La maîtresse de Clarewood

BRENDA JOYCE

La maîtresse de Clarewood

BestSellers

Titre original : AN IMPOSSIBLE ATTRACTION

Traduction française de MARIE-JOSE LAMORLETTE

HARLEQUIN®
est une marque déposée par le Groupe Harlequin

BEST-SELLERS®
est une marque déposée par Harlequin S.A.

Photos de couverture

Femme : © DANIEL MURTAGH/TREVILLION
Paysage : ©ROYALTY FREE/V. ROCH

Réalisation graphique couverture : V. ROCH

83/85, boulevard Vincent-Auriol, 75646 PARIS CEDEX 13.
Tél : 01 42 16 63 63
Service Lectrices — Tél. : 01 45 82 47 47
www.harlequin.fr
ISBN 978-2-2802-1689-0 — ISSN 1248-511X

Pour Sue Ball, l'un des esprits les plus généreux
et attentionnés que j'aie jamais connus.
Mes remerciements les plus sincères pour
tant d'années de gentillesse, d'amitié et
de soutien pour ma famille et moi.

Prologue

Sur le seuil de la porte, Alexandra hésita, troublée.

— Ale… xandra ? murmura sa mère, étendue sur le lit.

Du papier peint bourgogne et doré ornait les murs de la pièce. La coiffeuse et le lit étaient en acajou foncé et la courtepointe dorée et lie-de-vin. Le seul fauteuil était d'un rouge intense et profond et on avait tiré les rideaux devant les deux fenêtres. Pourtant, la chambre était baignée d'une lumière aveuglante.

— Je suis là, mère, chuchota-t-elle en se précipitant au chevet de sa mère.

Amaigrie par le cancer qui la rongeait, Elizabeth Bolton était mourante et ne passerait pas la nuit. Elle était devenue si frêle et si faible qu'elle y voyait à peine et entendait encore moins. Alexandra retint ses larmes. Elle n'avait pas pleuré, pas une fois, pas même quand son père lui avait annoncé que sa mère souffrait d'une maladie incurable. Cela n'avait pas été un choc. Pendant des mois, Elizabeth avait dépéri sous les yeux d'Alexandra et de ses jeunes sœurs. A dix-sept ans, elle était l'aînée et c'était donc à elle de soutenir la famille dans cette douloureuse épreuve.

Elle observa le visage émacié de sa mère, le cœur serré. Elle était méconnaissable. Elizabeth avait été si belle, si enjouée, si vivante. A présent, elle n'avait que trente-huit ans, mais elle en paraissait quatre-vingt-dix.

Elle s'assit, prenant les mains frêles de sa mère dans les siennes.

— Père m'a dit que vous vouliez me voir, mère. Que puis-je pour vous ? Voulez-vous un verre d'eau ?

La malade sourit faiblement. Au milieu des oreillers et des couvertures, elle semblait encore plus fragile.

— Les anges, murmura-t-elle. Les vois-tu ?

Alexandra sentit les larmes lui monter aux yeux. Elle battit furieusement des cils. Sa mère avait besoin d'elle, comme ses deux sœurs, qui n'avaient que sept et neuf ans. Elle devait également soutenir son père, même si, pour l'heure, il était enfermé dans la bibliothèque avec son gin. Elle comprenait maintenant pourquoi la pièce semblait rayonner d'une étrange lumière.

— Je ne les vois pas, mais je les sens. Etes-vous effrayée ?

Elizabeth secoua la tête, très légèrement, et pressa faiblement les mains de sa fille.

— Je ne veux pas... m'en aller, Alexandra. Les petites... sont si jeunes.

Alexandra se pencha plus près de son visage pour mieux l'entendre.

— Nous ne voulons pas que vous nous quittiez, mère, mais vous serez avec les anges, maintenant.

Elle parvint à sourire.

— Je prendrai soin d'Olivia et de Corey, ne vous inquiétez pas. Je prendrai soin de père, aussi.

— Promets-le-moi... ma chérie. Promets-le.

Alexandra posa la joue contre le visage osseux de sa mère.

— Je le promets. Vous avez tout fait pour cette famille, vous avez été la lumière qui la guidait, son rocher et son ancre. Je ferai tout pour père et les petites. Nous irons bien. *Ils* iront bien.

Pourtant, elle avait l'impression que plus rien n'irait jamais bien.

— Je suis si fière… de toi, murmura Elizabeth.

Alexandra s'était redressée pour qu'elles puissent se regarder dans les yeux. Des années la séparaient de ses jeunes sœurs, et sa mère et elle avaient toujours été très proches. Elizabeth lui avait enseigné l'art de tenir une maison, de recevoir et de s'habiller pour un thé ou un bal. Elle lui avait appris à faire des biscuits à la cannelle et à préparer de la citronnade. Elle lui avait montré comment sourire, même quand elle était contrariée, et comment se conduire avec grâce et dignité, quelle que soit l'occasion. Elle lui avait montré le vrai pouvoir de l'affection, de la famille, de l'assiduité et du respect.

Elle savait que sa mère était fière d'elle. Tout comme elle savait à quel point ces derniers instants avec elle seraient pénibles.

— Ne vous inquiétez pas pour les petites ou pour père, répéta-t-elle. Je m'occuperai bien d'eux.

— Je sais.

Sa mère sourit tristement et se tut. Il lui fallut se rendre compte que ses yeux étaient sans vie.

Elle étouffa un cri, aveuglée par une douleur intense. Ses larmes débordèrent, finalement. Elle serra plus fort les mains de sa mère et s'allongea à côté d'elle. Elle lui manquait déjà cruellement, son chagrin était intolérable.

Ce fut ainsi que son fiancé, Owen, la trouva.

— Alexandra…

Il la releva gentiment.

Il la couvrait d'un regard plein de sollicitude. Elle le laissa la guider hors de la chambre mortuaire. Il faisait sombre, maintenant — la chaude lumière avait disparu depuis longtemps. Dans le couloir, Owen la tint contre lui pendant un long moment. Elle le laissa faire tandis que son cœur se brisait de nouveau à l'idée de ce qu'elle allait lui annoncer.

Owen était son meilleur ami, son seul et unique amour, mais cela n'avait plus aucune importance désormais.

— Pourquoi me regardez-vous ainsi ? demanda-t-il avec de grands yeux.

Elle posa la main sur sa joue.

— Je vous aime, Owen.

— Vous êtes en état de choc, dit-il alarmé. L'heure est au chagrin.

Elle secoua la tête.

— Je ne peux pas vous épouser, Owen. J'ai dit à ma mère que je prendrais soin de cette famille, et je le pensais. Ma vie ne m'appartient plus. Je ne peux pas être votre femme ou la mère de vos enfants. Je ne le peux plus. Je dois m'occuper de mes sœurs.

A ce moment-là, elle sut qu'il en serait ainsi et elle fut écrasée par le tour que son existence avait pris.

— Alexandra ! s'écria-t-il. Accordez-vous une période de deuil. Je vous attendrai. Je vous aime, et nous traverserons cette épreuve ensemble.

Malgré son chagrin, elle s'écarta de lui.

— Non, Owen. Tout a changé. Corey et Olivia ont besoin de moi, et mon père aussi.

— Je vous attendrai, insista-t-il, des larmes au bord des cils.

Elle n'avait plus le choix. Elle devait soutenir sa famille, quoi qu'il lui en coûtât.

— Adieu, Owen, dit-elle.

1

— Je ne peux plus vous entretenir, annonça le baron d'Edgemont.

Surprise, Alexandra observa son père avec attention. Il avait mauvaise mine et sa tenue était négligée. Il venait de la convoquer avec ses deux sœurs dans la petite bibliothèque miteuse où il vérifiait de temps à autre les comptes du domaine. Bizarrement, il paraissait sobre — et pourtant, il était presque 16 heures. Où voulait-il en venir exactement ?

— Je sais combien nos finances sont précaires, dit-elle avec un sourire rassurant. Je prendrai davantage de couture, père, et je devrais pouvoir gagner une livre de plus par semaine.

Son père émit un grognement décourageant.

— Tu es exactement comme ta mère. Elle était infatigable, Alexandra, infatigable dans ses efforts pour me rassurer — jusqu'au jour de sa mort.

Il s'éloigna, les épaules affaissées, et prit place derrière son bureau élimé. Elle commençait à s'inquiéter à présent. Elle avait fait de son mieux pour garder la famille soudée après la mort de sa mère — une tâche difficile, étant donné le terrible penchant de son père pour le jeu et la boisson, que seule leur mère avait été capable de refréner.

La dernière fois que le baron les avait fait appeler dans la bibliothèque, c'était pour leur annoncer que leur mère était atteinte d'une maladie incurable. Toutefois, à l'époque, elle n'avait pas été étonnée. Elizabeth avait décliné sous leurs yeux. La nouvelle leur avait certes déchiré le cœur, mais n'avait pas été une surprise.

Voilà neuf ans que leur mère les avait quittés. Depuis lors, son père avait perdu toute retenue. Il n'essayait même pas de résister à ses mauvaises habitudes. Corey était d'une nature fougueuse, et faisait ce qui lui plaisait quand elle échappait à son regard attentif. Quant à Olivia, elle s'était retirée dans son monde d'aquarelles et de pastels et, même si elle semblait heureuse, Alexandra s'inquiétait beaucoup pour elle. Elle-même avait renoncé au véritable amour pour s'occuper de sa famille, mais elle n'avait aucun regret à ce sujet.

— Quelqu'un doit se montrer enjoué, dit-elle avec un sourire ferme. Nous sommes peut-être à court d'argent, mais nous avons une belle maison — même si elle aurait besoin de quelques réparations —, des habits sur le dos et de la nourriture sur la table. Notre situation pourrait être pire.

Corey, qui n'avait que seize ans, s'étrangla. Tous les tapis de la maison étaient usés jusqu'à la corde, les murs avaient besoin d'être repeints et replâtrés et les rideaux tombaient en lambeaux. Sans parler de l'état des jardins, laissés à l'abandon depuis le départ de leur jardinier. Car leur personnel avait été réduit à un unique valet. Leur maison de ville de Londres avait été vendue. Heureusement, Edgemont Way ne se trouvait qu'à une heure de route de Greenwich. Une situation qui comportait toutefois des inconvénients, car son père pouvait facilement s'y rendre pour jouer et boire.

Alexandra décida d'ignorer son intrépide petite sœur. Corey était très belle et n'avait pas la langue dans sa poche.

— Père ? Votre attitude m'inquiète.

Sans compter qu'il n'était pas encore ivre. D'habitude, il n'était plus sobre bien avant midi. Que signifiait tout cela ? Elle n'osait espérer qu'il ait décidé de changer. Il n'avait aucune raison de modifier ses façons dissolues.

Le baron soupira.

— Mon dernier crédit a été supprimé.

Son malaise augmenta. Comme beaucoup de leurs pairs, ils vivaient de loyers et de crédits. Mais la passion de leur père pour le jeu l'avait forcé à vendre leurs fermes l'une après l'autre. Aujourd'hui, ils n'en possédaient plus que deux. Ces fermages auraient pu être suffisants pour faire vivre la famille si seulement le baron n'avait pas joué de manière compulsive presque chaque soir. Il avait dépensé tellement d'argent au cours des dernières années qu'elle avait dû convertir son amour de la couture en une source de revenus, avec toutes les humiliations que cela supposait. Les femmes chez qui elle prenait autrefois le thé étaient devenues ses clientes. Lady Lewis prenait plaisir à lui remettre personnellement ses vêtements déchirés et abîmés, et faisait un tas d'histoires à propos des réparations « bâclées » lorsqu'elle lui rapportait ses ouvrages. Elle s'en excusait toujours en souriant. En vérité, elle était excellente couturière, et jusqu'à leur déchéance, elle avait aimé coudre et broder. Aujourd'hui, si on lui avait laissé le choix, elle n'enfilerait plus jamais une aiguille.

Mais, comme elle l'avait dit, ils avaient des habits sur le dos, un toit sur la tête et de quoi manger. Leurs toilettes étaient démodées et raccommodées, le toit fuyait quand il pleuvait et leur menu se limitait en général à du pain, des légumes et des pommes de terre, avec de la viande le dimanche. Néanmoins, c'était mieux que rien.

Et par bonheur, ses sœurs n'avaient jamais connu les dîners et les bals qui rythmaient sa jeunesse. Ainsi, elles ne pouvaient se rendre compte du changement de leur situation.

Mais comment allaient-ils continuer sans crédit ?

— Je prendrai plus de couture, déclara-t-elle, déterminée.

— Comment le pourrais-tu ? Tu veilles déjà toute la nuit avec les clientes que tu as, rétorqua Corey. Tu as des cals sur les pouces !

Sa sœur avait raison, et Alexandra le savait. Elle ne pouvait prendre plus de travail, à moins de renoncer complètement au sommeil.

— L'été dernier, lord Henredon m'a demandé de peindre son portrait. J'ai refusé, dit tranquillement Olivia.

Alors que Corey était d'un blond doré, les cheveux d'Olivia étaient de cette nuance incertaine entre le blond et le châtain. Elle était aussi très jolie.

— Mais je pourrais offrir mes services comme portraitiste, poursuivit-elle. Je pense que je pourrais gagner pas mal de livres en très peu de temps.

Alexandra regarda sa sœur cadette, consternée. Le bonheur de ses sœurs signifiait tout pour elle.

— Tu es un peintre naturaliste, protesta-t-elle doucement. Tu détestes faire des portraits.

Mais il y avait autre chose. Elle savait qu'Henredon avait fait des remarques inconvenantes à Olivia, et des avances outrageuses auraient sans doute suivi. L'homme était connu pour ses penchants débauchés.

— C'est une bonne idée, affirma Olivia, une ferme résolution brillant dans ses yeux verts.

— J'espère que nous n'en viendrons pas là, décréta Alexandra en le pensant.

Elle craignait que l'on profite de la bonne nature de sa sœur.

— Je ne pense pas que ce soit nécessaire, Olivia, dit le baron.

Il se tourna vers Alexandra.

— Quel âge as-tu ?

Elle fut légèrement troublée par l'étrange question de son père.

— J'ai vingt-six ans.

Edgemont rougit.

— Je te croyais plus jeune… Mais tu es encore une femme séduisante, Alexandra, et tu tiens bien la maison, malgré nos faibles moyens. Aussi tu seras la première et tu montreras l'exemple à tes sœurs.

La tension lui noua l'estomac, mais elle conserva son sourire.

— Que voulez-vous dire, père ? demanda-t-elle prudemment.

— La première à te marier, bien sûr. Il est grand temps, tu ne crois pas ?

Elle le regarda, bouche bée.

— Nous n'avons pas d'argent pour une dot.

— J'en suis conscient, déclara le baron d'un ton coupant. J'en suis très conscient, Alexandra. Néanmoins, on m'a interrogé à ton sujet.

Elle approcha une chaise et s'assit. Son père était-il fou ? Personne n'envisagerait jamais d'épouser une vieille fille pauvre de son âge. Tout le monde en ville connaissait son « métier », comme tout le monde savait qu'Edgemont jouait et buvait tous les soirs ou presque. La vérité était que le respectable nom des Bolton était sérieusement flétri.

— Etes-vous sérieux, père ?

Il sourit d'un air enjoué.

— Le châtelain Denney m'a abordé hier soir pour me questionner à ton propos — et pour demander s'il pouvait venir te voir.

Elle fut si surprise qu'elle se redressa sur sa chaise, qui se mit à tanguer dangereusement sur ses pieds bancals. Existait-il une chance de mariage, après tout ce temps ? Pour la première fois depuis des années, elle songea à Owen St. James, l'homme à qui elle avait donné son cœur si longtemps auparavant.

— Tu le connais, bien sûr, continua son père en lui souriant. Tu as cousu les toilettes de sa défunte épouse pendant plusieurs années. Il est sorti de son deuil, maintenant, et apparemment tu lui as fait grande impression.

Elle savait qu'elle ne devait pas penser à Owen en cet instant, ni aux espoirs et aux rêves qu'ils avaient partagés à l'époque. Elle se remémora le châtelain, un homme d'un certain âge, assez imposant, qui s'était toujours montré poli et respectueux envers elle. Elle ne le connaissait pas bien, mais sa femme avait été une bonne cliente. Elle avait été attristée pour lui quand celle-ci était morte. A présent, elle ne savait que penser.

Elle frémit. Quand elle avait renoncé à se marier, neuf ans plus tôt, ils étaient encore une famille dotée de moyens respectables. Aujourd'hui, ils étaient presque réduits à la misère. Le hobereau avait des terres et était fortuné. L'épouser pourrait améliorer leur situation, leur vie.

— Il doit avoir soixante ans, protesta Corey en pâlissant.

— Il est d'âge mûr, mais il est très bien conservé, et il n'a que cinquante ans, Corey. Alexandra aura une penderie pleine de robes à la mode. Cela te plairait, n'est-ce pas ?

Il se tourna vers sa fille aînée, les sourcils relevés.

— Il possède un beau manoir, un coche et un coupé.

Alexandra sursauta, rassemblant ses esprits. Elle avait un prétendant — un prétendant avec des moyens. Certes, il était assez âgé, mais il s'était toujours montré aimable avec elle, et s'il était enclin à la générosité, il pourrait être un sauveur pour leur famille. Elle songea encore à Owen et à la cour qu'il lui avait faite, et fut soudain envahie par une profonde tristesse. Elle ne devait plus penser à lui. Les attentions du châtelain Denney étaient flatteuses et pouvaient se révéler être une bénédiction. A son âge et dans sa situation, elle ne pouvait espérer davantage.

— Vous savez que je ne me soucie pas de la mode, je me soucie de vous et de mes sœurs, répondit-elle avec soin.

Elle se leva et lissa ses jupes immaculées, puis elle regarda son père avec attention. Il était sobre, et il n'était pas sot.

— Parlez-moi du châtelain. Sait-il qu'il n'y a pas de dot ?

— Oh, mon Dieu, murmura Olivia. Alexandra, tu ne peux pas envisager d'accepter.

— Ne t'avise même pas de songer à l'épouser ! s'exclama Corey.

Elle préféra les ignorer.

Le baron regarda fermement les deux jeunes filles.

— Vous deux, gardez vos opinions pour vous. Elles ne sont pas requises. Oui, il est très conscient de notre situation difficile, Alexandra.

Son regard était acéré.

— Y a-t-il une chance qu'il puisse et veuille contribuer à l'entretien de cette maison ? demanda Alexandra après une pause.

Corey courut à elle.

— Comment peux-tu envisager d'épouser ce vieux fermier trop gras ?

Elle tournoya vers son père.

— Vous ne pouvez marier Alexandra à lui contre sa volonté !

Edgemont la fusilla du regard.

— J'en ai assez de vos interventions, jeune fille.

— Corey, je t'en prie, je dois discuter de cette opportunité avec père, dit Alexandra en pressant la main de sa sœur.

— Tu es élégante et très belle. Lui, il est vieux et gras, insista Corey. Ce n'est pas une opportunité. C'est un sort pire que la mort !

Elle posa une main sur le bras de sa sœur.

— S'il te plaît, calme-toi.

Elle fit face à son père.

— Eh bien ?

— Nos discussions n'ont pas porté là-dessus. Mais c'est un homme très riche, Alexandra. J'ai entendu dire qu'il possède les baux les plus importants de tous les fermiers des Harrington. Il se montrera sûrement généreux avec nous.

Elle se mordilla la lèvre, une mauvaise habitude. Lady Blanche Harrington était une amie de longue date de la famille ; Elizabeth et Blanche s'aimaient beaucoup, autrefois. Lady Blanche venait à Edgemont Way une ou deux fois par an, lorsqu'elle était de passage, pour les voir, elle et ses sœurs. Depuis la mort de leur mère, Alexandra ne lui rendait plus visite. Leurs toilettes étaient tellement démodées et usées que la situation aurait été beaucoup trop embarrassante. Mais c'était peut-être le moment d'aller la voir, maintenant. Lady Blanche saurait certainement tout sur le hobereau Denney.

— Père, je vais être franche. S'il est enclin à se montrer généreux, je ne vois pas comment je pourrais refuser sa proposition — s'il en fait vraiment une.

Corey poussa un cri.

— Par Dieu, Alexandra, tu es une femme si bien, tu donnes tant de ta personne ! s'exclama le baron. Tu es exactement comme ta mère. Elle aussi était altruiste. Morton Denney a laissé entendre qu'il serait un gendre bienveillant. Et Olivia pourra certainement tenir cette maison quand tu seras mariée.

Elle regarda sa sœur cadette, visiblement bouleversée. Elle voulait lui dire de ne pas s'inquiéter, que tout irait bien.

— Il viendra demain après-midi, et je compte que tu sois vêtue de tes plus beaux habits, reprit son père.

Il sourit, satisfait.

— Je m'en vais, donc.

Mais Corey le saisit rudement par la manche alors qu'il se tournait pour partir.

— Vous ne pouvez pas vendre Alexandra à ce fermier ! s'écria-t-elle, les joues rougies par la colère. Elle n'est pas un sac de pommes de terre !

— Corey…

Olivia saisit la main de sa sœur, pour l'éloigner de leur père.

— Mais c'est ce qu'il fait, dit Corey, au bord des larmes. Il vend Alexandra à un vieux et gros fermier pour pouvoir remplir ses coffres — et il perdra de nouveau tout cet argent au jeu !

La main du baron s'abattit alors sur la joue de Corey. Le bruit résonna bruyamment dans la pièce. Elle retint un cri, portant la main à sa joue, les larmes aux yeux.

— J'en ai assez de ton insolence, déclara Edgemont, le visage échauffé. Et il me déplaît que vous vous alliiez toutes les trois contre moi. Je suis votre père et le chef de cette maison. Vous ferez ce que je dis — chacune d'entre vous. Ecoutez-moi bien, après Alexandra, ce sera votre tour.

Les trois sœurs se regardèrent avec de grands yeux. Alexandra s'avança vers le baron, tout en espérant que Corey saurait pardonner leur situation à leur père, même si, pour le moment, elle était trop jeune pour le faire. Toutefois, elle n'excusait en rien sa conduite brutale. Elle se plaça entre sa sœur et ce dernier, tandis qu'Olivia passait un bras autour de Corey. Celle-ci gardait la tête haute, mais elle tremblait de fureur.

— Bien sûr, que vous êtes le chef de cette maison. Bien sûr, que nous ferons ce que vous dites, dit Alexandra d'un ton apaisant.

Il ne s'adoucit pas.

— Je suis sérieux, Alexandra. J'ai décidé d'accepter cette union, que tu sois d'accord ou non. Même si Denney ne contribue pas à l'entretien de ce foyer, il est grand temps que tu te maries.

Elle se raidit. Elle était stupéfaite. Elle était trop âgée pour être contrainte contre son gré au mariage ou à autre chose.

Son père reprit plus aimablement :

— Tu es une bonne fille, Alexandra, et la vérité est que j'ai vos meilleurs intérêts à cœur. Vous avez toutes besoin d'un mari et d'une maison à vous. Je ne peux me permettre d'accepter de beaux jeunes gens désargentés, même si je le souhaiterais. Mais je ferai de mon mieux et c'est une grande chance que tu aies attiré l'attention de Denney, à ton âge. Cela m'a enfin ramené à la raison. Votre mère doit se retourner dans sa tombe, en voyant la façon dont j'ai négligé votre avenir.

Il regarda sévèrement Corey et Olivia.

— Et bonté divine, j'attends un peu de gratitude de votre part.

Aucune ne réagit.

— Je m'en vais. J'ai des projets pour la soirée, si vous tenez à le savoir.

La tête basse pour éviter leurs regards accusateurs, il quitta la pièce en hâte.

Quand il fut parti, claquant la porte d'entrée derrière lui, Alexandra se tourna vers Corey.

— Est-ce que tu vas bien ?

— Je le déteste !

Elle tremblait.

— Je l'ai toujours détesté ! Regarde ce qu'il nous a fait. Et maintenant il dit qu'il va se débarrasser de toi en te mariant.

Alexandra la prit dans ses bras.

— Tu ne peux pas le détester — il est ton père. Il ne peut s'empêcher de jouer et la boisson est une maladie, tout comme le jeu. Chérie, je veux seulement vous aider, Olivia et toi. Je désire tellement que vous ayez une vie meilleure.

— Nous allons bien !

Corey pleurait, maintenant.

— Tout est sa faute ! C'est sa faute si nous vivons ainsi. Sa faute si les jeunes gentlemen de la ville m'offrent des fleurs, puis, dans mon dos, m'adressent des regards grossiers et parlent de soulever mes jupes. C'est sa faute si mes robes sont déchirées. Je le déteste ! Et je m'enfuirai avant que ce soit mon tour d'épouser un horrible barbon.

Elle se libéra de son étreinte et sortit en courant.

Alexandra se tourna vers Olivia, qui l'observait dans un silence de plomb.

— Cela n'est pas bien. Mère t'aurait choisi un prince. Elle n'aurait jamais approuvé cette histoire. Nous sommes heureuses ainsi, Alexandra. Nous formons une famille.

Elle frémit. Elizabeth Bolton avait approuvé son mariage avec Owen. De fait, elle avait été enchantée que sa fille ait trouvé un tel amour. Olivia avait raison. Sa mère n'approuverait pas cette union éminemment raisonnable et lucrative avec Denney.

— Mère est morte, et père mène une vie complètement dissolue. Cette famille est sous ma responsabilité, Olivia. Cette proposition est une bénédiction.

L'expression d'Olivia se durcit. Après une longue pause, elle dit :

— Dès que père a commencé à en parler, j'ai vu ton visage et j'ai compris que personne ne pourrait te convaincre de renoncer à cette terrible union. Tu t'es déjà sacrifiée pour nous une fois, mais j'étais trop jeune pour le comprendre. Et maintenant tu as l'intention de recommencer.

Alexandra se dirigea vers l'escalier.

— Ce n'est pas un sacrifice. Veux-tu m'aider à choisir une robe ?

— Alexandra, je t'en prie, ne fais pas ça !

— Seul un ouragan pourrait m'en empêcher, répondit-elle

fermement. Ou une autre force de la nature, tout aussi terrifiante.

Sur la route, l'énorme voiture laquée de noir et son attelage de chevaux parfaitement assortis ne passait pas inaperçu. De loin, on pouvait distinguer les armoiries rouges et or des Clarewood peintes sur les portières. Deux valets en livrée se tenaient à l'arrière. Dans l'habitacle luxueux, aux couleurs du blason, le duc de Clarewood s'agrippait nonchalamment à une courroie de sécurité, le regard fixé sur le ciel gris sombre. Il sourit légèrement lorsque le tonnerre gronda, comme s'il approuvait. Un éclair sillonna le ciel un instant plus tard, et son expression sembla s'éclairer de nouveau. Il allait faire un terrible orage. Cela l'amusait, naturellement — une journée morne et humide convenait parfaitement à cette sombre occasion.

Il se crispa, songeant à son prédécesseur, Tom Mowbray, l'homme qui l'avait élevé.

Stephen Mowbray, huitième duc de Clarewood, universellement reconnu comme le pair le plus riche et le plus puissant du royaume, tourna son impassible regard bleu vers le mausolée gris qui se dressait devant lui. Erigé sur un tertre dépourvu d'arbres, il abritait sept générations de nobles ducs. Lorsque la berline s'arrêta, il se mit à pleuvoir. Il ne fit aucun geste pour sortir.

De fait, son emprise sur la lanière se resserra.

Il était venu honorer la mémoire du septième duc, Tom Mowbray, en ce quinzième anniversaire de sa mort prématurée. Il ne pensait jamais au passé, il trouvait l'exercice inutile. Ce jour-là pourtant, ses souvenirs l'avaient tellement hanté qu'il souffrait maintenant de violents maux de tête… En ce jour particulier, on ne pouvait échapper au passé. Comment, sinon, présentait-on ses respects et honorait-on les défunts ?

— Je veux vous dire un mot, Stephen.

Il était plongé dans ses études lorsque Tom Mowbray l'interpella. Il était un excellent élève, maîtrisant tout sujet et toute discipline qui lui étaient soumis, même si cette excellence exigeait de l'application, de la dévotion et de la rigueur. La nécessité d'exceller lui avait été inculquée dès son plus jeune âge ; après tout, un duc n'avait pas le droit d'échouer. Parler couramment le français n'était pas suffisant pour lui ; aucune barrière à sauter n'était assez haute ; aucune équation mathématique n'était assez compliquée. Même lorsqu'il était petit garçon, à six ou sept ans, il veillait jusqu'après minuit pour étudier. Et il ne recevait jamais de compliments.

— Vous avez obtenu un huit sur dix à cette interrogation, dit le septième duc d'un ton dur.

Stephen trembla, levant les yeux vers le grand et bel homme blond qui le toisait.

— Oui, Votre Grâce.

La feuille fut froissée et jetée dans la cheminée.

— Vous allez donc recommencer !

Et il avait recommencé, obtenant neuf sur dix. Le duc avait été si furieux contre lui qu'il avait été envoyé dans sa chambre avec l'interdiction d'en sortir durant le reste de la semaine. Finalement, il avait réussi à avoir dix sur dix.

*
* *

Il reprit soudain pied dans la réalité. Un valet tenait la portière ouverte, tandis que l'autre lui tendait un parapluie déplié. Il pleuvait plus fort, à présent.

Sa tête était péniblement douloureuse. Il fit un signe du menton aux deux hommes et sauta de la berline, ignorant le parapluie. Son chapeau de feutre ne le protégea pas de la pluie, il fut trempé en quelques secondes.

— Vous pouvez attendre ici, dit-il aux domestiques qui étaient aussi mouillés que lui.

Alors qu'il pataugeait à travers son domaine en direction du mausolée, il aperçut le manoir Clarewood juste au-dessous de la crête où le caveau de marbre était édifié. Niché dans un parc magnifique, il se fondait parfaitement avec le paysage obscur de cette journée pluvieuse. Le tonnerre grondait à l'est. La pluie tombait pour de bon, maintenant.

Il poussa la lourde porte du tombeau et entra. Il entreprit d'allumer les lanternes, une par une, à l'aide de son briquet. Dehors, le tonnerre ne cessait de résonner dans le lointain tandis que la pluie drue martelait le toit du caveau. Il n'avait pas besoin de lumière pour deviner l'effigie de Tom Mowbray, au fond du tombeau.

Stephen avait hérité du duché à l'âge de seize ans. A l'époque, il savait déjà que le duc n'était pas son père biologique. On ne le lui avait pas dit, il l'avait compris seul, une lente compréhension, insistante et croissante. Et cette prise de conscience n'avait rien changé pour lui. Après tout, on l'avait éduqué pour être le prochain duc, l'héritier de Tom. Apprendre que ce dernier n'était pas son vrai père n'était pas si important. Le duc était connu pour ses nombreuses liaisons, mais Stephen n'avait pas de frères et sœurs, pas même un bâtard, ce qui lui avait paru très étrange. Et, malgré son enfance isolée — sa vie se résumait à Clarewood et aux contacts qu'il avait avec ses précepteurs, le duc et la duchesse —, il avait tout de même eu vent des rumeurs concernant ses origines. Elles avaient virevolté autour de lui toute sa vie. Ses jeunes oreilles avaient maintes fois surpris les ragots, que ce soit lors d'un bal à Clarewood ou au sous-sol parmi les domestiques. Et, même s'il ne prêtait guère attention aux murmures le traitant d'« enfant substitué » ou de « bâtard », la vérité avait commencé à se faire jour dans son esprit.

Les leçons de l'enfance pouvaient être utiles à un homme, pensait-il. Les rumeurs le suivaient partout où il allait, mêlées d'envie, de jalousie et de malveillance. Il les ignorait. Pourquoi s'y intéresserait-il ? Nul ne possédait autant de pouvoir que lui dans le royaume — à part la famille royale, bien entendu. Si l'on voulait l'accuser d'être froid, implacable et de ne se soucier de rien d'autre que de Clarewood, il s'en moquait. Le duché lui prenait tout son temps, ainsi que la fondation du même nom. Depuis qu'il avait pris les rênes du domaine, il avait triplé de valeur, tandis que la fondation faisait bâtir des asiles, des hôpitaux et d'autres établissements de charité à travers tout le royaume.

Il regarda la pâle effigie de pierre face à lui. Sa mère, la duchesse douairière, n'avait pas voulu se joindre à lui ce jour-là. Il ne l'en blâmait pas. Le duc précédent avait été un homme froid, critique et exigeant — un maître très dur pour eux deux. Il n'oublierait jamais la façon dont sa mère avait constamment pris sa défense — ni leur rancœur sans fin, leurs débats hostiles. Pourtant, Tom avait fait son devoir, non ? Son devoir envers Clarewood avait été de s'assurer que Stephen ait le tempérament nécessaire pour faire fructifier le domaine, et il avait réussi. La plupart des hommes n'auraient pu endosser l'immense responsabilité qui allait avec le duché. Lui, il l'avait souhaitée.

En dépit du vacarme provoqué par le tonnerre, il régnait une tranquillité absolue dans le caveau. La pluie tambourinait sur le toit au-dessus de sa tête, l'assourdissant presque. Stephen prit une torche fixée au mur et marcha lentement vers le tombeau de marbre blanc, puis baissa les yeux sur l'effigie en pierre du duc. Il ne se donna pas la peine de parler — il n'y avait rien à dire.

Il replongea dans ses souvenirs…

— Il vous demande.

Ses entrailles se crispèrent avec une force effrayante. Il referma soigneusement le livre de classe qu'il lisait et leva les yeux vers sa mère. Elle était si pâle qu'il sut que le duc était à l'article de la mort. Il était mourant depuis trois jours maintenant, et l'attente lui avait semblé interminable. Bien sûr, il ne voulait pas que son père meure, mais c'était inévitable. Ces derniers jours, la tension était devenue insupportable pour tout le monde, même pour lui. Pourtant, on lui avait enseigné qu'un duc pouvait et devait supporter n'importe quel fardeau au nom du duché.

Il se leva lentement, s'efforçant de tenir ses sentiments à distance. Il était le prochain duc de Clarewood, il accepterait toujours son devoir et ferait ce qu'il avait à faire. Il avait été préparé depuis sa naissance à ce jour-là ; si son père mourait, il prendrait les rênes du duché — et il excellerait en tant que huitième duc. Il chasserait tous ses doutes. L'incertitude n'était pas permise — pas plus que la peur, la colère ou la douleur.

La duchesse le regarda attentivement, comme si elle s'attendait à des larmes.

Il ne pleurerait pas — surtout en public. Il lui adressa un sombre signe de tête et ils quittèrent ses appartements. Même si elle s'attendait à ce qu'il eût du chagrin, il ne révèlerait jamais de tels sentiments. En outre, il savait se contrôler. Il avait appris voilà longtemps, quand il était petit garçon, que le contrôle de soi était le salut personnel.

Lorsqu'il entra dans la chambre, il eut du mal à croire que l'homme qui était allongé sur son lit de malade était l'un des pairs les plus puissants du royaume. Le duc était méconnaissable. La diphtérie avait rongé son corps, laissant une petite ombre émaciée à la place de l'homme qu'il avait été. Stephen se raidit, perdant un moment son assurance. En cet instant, il ne voulait pas que son père meure.

Cet homme l'avait élevé, l'avait reconnu comme son fils, lui avait tout donné…

Les yeux du duc s'ouvrirent. Son regard bleu était vague, mais il s'acéra aussitôt.

Stephen s'avança, conscient maintenant qu'il voulait prendre les mains de son père et s'y accrocher, lui dire combien il était reconnaissant de tout ce qu'il avait fait pour lui.

— Puis-je aller vous chercher quelque chose, Votre Grâce ?

Ils se dévisagèrent. Et soudain, Stephen s'avisa que, en ces derniers instants de la vie du duc, il voulait que son père lui dise qu'il était content de lui. Parce qu'il n'avait reçu que des critiques, des désapprobations, des rebuffades. Jamais un compliment. Il y avait eu de longs sermons sur le devoir, l'application et la poursuite de l'excellence. D'autres sur le caractère et l'honneur. De temps en temps, un coup, la cravache redoutée. Mais jamais de félicitations. Et il souhaitait soudain désespérément des louanges — et peut-être même un signe d'affection.

— Père ?

Le duc le fixait, les lèvres pincées par le mépris, comme s'il savait ce que Stephen voulait.

— Clarewood est tout, dit-il d'une voix sifflante. Votre devoir est envers Clarewood.

Stephen humecta ses lèvres, étrangement consterné, un sentiment qui ne lui était pas familier. Le duc allait mourir à tout moment, peut-être dans un instant. Etait-il satisfait ? Fier ? L'aimait-il au moins un peu ?

— Bien sûr, répondit-il en respirant avec difficulté.

— Vous me rendrez fier, ajouta le duc. Pleurez-vous ?

Stephen se raidit.

— Les ducs ne pleurent pas.

— C'est juste, dit le duc d'une voix étranglée. Jurez sur la Bible que vous ne renoncerez jamais à Clarewood.

Stephen se tourna, vit la Bible et la prit. Il s'aperçut que ses mains tremblaient et que son souffle était inégal. Il se rendit compte qu'aucun compliment, aucune gentillesse et aucun mot ou signe d'affection ne viendraient.

— Clarewood est mon devoir, dit-il.

A ces mots, les yeux du duc brillèrent de satisfaction. Un moment plus tard, ils étaient sans vie.

*
* *

Stephen sursauta, revenant à la réalité. Il avait entendu une forte inspiration dans le caveau. Il fixa l'effigie avant de comprendre que c'était lui qui avait fait ce bruit. Il devait certainement tout à Tom Mowbray, et il n'allait pas le critiquer maintenant.

— Vous êtes probablement satisfait, n'est-ce pas ? Qu'on me traite d'homme froid, implacable et sans cœur. Qu'on me voie à votre image.

Sa voix résonna dans la chambre mortuaire. Si Mowbray l'entendait, il ne répondit pas et ne fit aucun signe.

— Vous parlez aux morts ?

Surpris, Stephen se retourna vivement. Mais un seul homme oserait le surprendre ainsi dans l'intimité : son cousin et meilleur ami, Alexi de Warenne.

Alexi s'appuyait près de la porte entrebâillée, trempé et les habits en désordre, des cheveux noirs tombant sur ses yeux bleu vif.

— Guillermo m'a dit que je vous trouverais ici. Comme vous êtes devenu morbide, à fréquenter ainsi les morts !

Il souriait largement.

Stephen était très heureux de voir son cousin. Personne, en dehors de la famille ne connaissait leur lien de parenté mais cela ne les empêchait pas d'être très proches depuis leur enfance. Sa relation avec Alexi confirmait le vieil adage : « Les contraires s'attirent. » Sa mère l'avait amené à Harrington Hall quand il avait neuf ans, au prétexte de le présenter à sir Rex, qui avait sauvé la vie de Tom Mowbray pendant la guerre. Ce jour-là, il avait rencontré tant d'enfants qu'il n'avait pu se rappeler leurs noms. Bien sûr, ils étaient tous ses cousins de Warenne et O'Neil. Il ne le savait pas à l'époque, et il n'avait compris que beaucoup plus tard que sir Rex de Warenne était son père naturel, mais il avait été saisi par la chaleur et l'affection qui régnaient dans la maison de Warenne — il ignorait qu'une famille pouvait être si aimante et qu'une maison pouvait être si pleine de rires. En vérité, il avait été très embarrassé car il ne connaissait personne et ne se sentait pas à sa place dans la grande demeure. Sa mère étant partie avec les dames, il s'était contenté de rester sur le seuil de la pièce surpeuplée, les mains dans les poches de sa veste, observant les garçons et les filles qui babillaient et jouaient gaiement les uns avec les autres. C'était Alexi qui était venu à lui. Il lui avait proposé de les suivre dans la cour pour faire ce que font tous les petits garçons : des bêtises, et nombreuses. Ils avaient volé des chevaux et étaient partis au galop dans les rues de Greenwich, renversant des charrettes de marchands ambulants et faisant fuir les passants. Tout le monde avait été puni, ce soir-là. Le duc avait été livide lorsqu'il avait appris sa conduite — il avait sorti sa cravache —, mais Stephen avait connu l'excitation de sa vie. Leur amitié avait commencé ce jour-là.

Bien qu'il fût maintenant marié et confortablement installé, Alexi restait l'esprit le plus libre et le plus indépendant que Stephen connaissait. Ils pouvaient discuter des heures sur presque n'importe quel sujet ; d'ordinaire, ils s'accordaient sur les conclusions générales, mais divergeaient sur presque tous les détails. Avant le mariage d'Alexi, ils sortaient souvent ensemble — Alexi était un homme à femmes notoire. Stephen admirait son cousin et l'enviait presque. Il avait façonné sa vie exactement comme il le souhaitait — il n'avait pas été au service du devoir ou l'esclave d'un héritage. Stephen ne pouvait imaginer avoir eu de tels choix ou une telle liberté. Mais

Alexi avait aussi suivi les traces de son père et était devenu courtier en Chine, l'un des plus prospères de son temps. De fait, jusqu'à ce qu'il épouse Elysse, la mer avait été son grand amour. Maintenant, étonnamment, sa femme l'accompagnait dans ses grands voyages et ils possédaient des résidences dans le monde entier.

— Je ne converse pas avec les morts, et je les fréquente encore moins, répondit sèchement Stephen, en s'avançant vers son cousin pour lui donner une brève accolade. Je me demandais quand vous seriez de retour en ville. Comment est Hongkong et, surtout, comment va votre femme ?

— Ma femme se porte très bien et, si vous tenez à le savoir, elle est enchantée d'être de retour à la maison — vous lui avez manqué, Stephen. Dieu sait pourquoi. Ce doit être votre charme irrésistible.

Alexi eut un grand sourire et jeta un coup d'œil à l'effigie.

— Il pleut à verse, dehors, et la route est sur le point d'être inondée. Il se peut que nous devions attendre la fin de l'orage ici. N'êtes-vous pas content que je sois venu ?

Il sortit une flasque de sa poche.

— Nous pouvons honorer ce vieux Tom ensemble. A sa santé !

Stephen se sentit sourire.

— Pour être honnête, je suis heureux que vous soyez tous les deux de retour et oui, je vais boire avec vous.

Mais il n'ajouta pas ce qu'ils savaient tous les deux, qu'Alexi méprisait Tom Mowbray et ne songerait pas réellement à l'honorer. Il n'avait jamais compris les méthodes de Tom en tant que père. Il avait été élevé d'une manière si différente. Il n'avait jamais eu à subir de vertes réprimandes, et encore moins des coups de cravache.

Alexi lui tendit la flasque.

— Il a meilleure apparence en pierre. Et la ressemblance est frappante.

Stephen but une gorgée avant de lui rendre la petite bouteille.

— Nous ne devons pas manquer de respect aux morts, prévint-il.

— Bien sûr que non. Dieu vous garde de manquer à votre devoir de l'honorer et de préserver le duché. Je vois que vous n'avez pas changé.

Alexi reprit une lampée de cognac.

— Rien que des obligations et pas d'amusement… Comme vous êtes respectable, Votre Grâce.

— Mes devoirs sont ma vie et je n'ai pas changé, ni en mieux ni en pire, dit Stephen, légèrement amusé.

Alexi aimait le sermonner sur son incapacité à prendre la vie du bon côté.

— Certains d'entre nous ont des responsabilités.

Alexi souffla.

— Les responsabilités sont une chose, les entraves en sont une autre.

Il but de nouveau.

— Oui, je suis tellement entravé, répondit Stephen avec une pointe d'ironie. C'est vraiment un sort terrible que celui d'avoir le pouvoir d'acheter, de prendre ou de faire ce que je veux, quand je le veux.

— Tom vous a bien formé… Mais un jour, le sang des Warenne ressortira.

Alexi était imperturbable.

— Même si votre pouvoir terrifie tous les autres en les poussant à une obéissance abjecte, à des flatteries obséquieuses ou à une soumission totale, j'essaierai toujours de vous orienter dans la bonne direction.

— Je ne serais pas un très bon duc si je n'étais pas obéi, observa doucement Stephen. Clarewood serait en ruines. Et je crois que la famille compte assez d'intrépides aventuriers comme cela.

Il sourit. En vérité, les hommes Warenne ne se montraient intrépides que jusqu'à leur mariage, et Alexi en était la preuve éclatante.

— Clarewood en ruines ? C'est impossible tant que vous serez à la barre, rétorqua-t-il en lui adressant un salut moqueur.

— Et j'en déduis que vous avez décidé de ne pas suivre mes traces, finalement. Je suis intolérablement déprimé.

Stephen sourit.

Alexi lui rendit son sourire avant d'ajouter :

— Donc j'en conclus que rien n'a changé et que vous êtes toujours le célibataire le plus en vue d'Angleterre.

Là, Stephen fut véritablement amusé. Ses parents Warenne — ceux qui savaient que sir Rex était son père — adoraient le titiller sur son célibat. Bien sûr, il lui fallait un héritier. Il redoutait simplement un mariage froid, amer et ennuyeux.

— Vous êtes parti dix ou onze mois. A quoi vous attendiez-vous ? A ce que j'aie enfin trouvé ma fiancée ?

— Vous venez d'avoir trente et un ans, et cela fait quinze ans que vous avez commencé à chercher une épouse.

— On ne peut se précipiter dans une telle affaire, répondit Stephen d'un ton un peu pincé.

— Ne pas se précipiter ? Vous voulez dire empêcher la chose. On ne peut que retarder l'inévitable, Stephen, pas l'éviter. Et pour ma part, je suis content que vous ayez rejeté les offres de cette Saison.

— Je le reconnais, de futiles bavardages avec une

jeune fille de dix-huit ans, quelque raffinée qu'elle soit, sont une discipline que je redoute. Naturellement, vous ne le répéterez pas.

— Vous devenez adulte. Et bien sûr, je ne dirai rien ! affirma Alexi en faisant une croix sur son cœur.

Stephen rit, ce qu'il faisait rarement. Alexi était la seule personne capable de le faire rire en toute situation.

— Je l'espère. Je *suis* d'âge mûr.

Ils burent de nouveau, en silence. Puis Alexi reprit :

— Ainsi, rien n'a changé pendant mon absence ? Vous restez toujours aussi industrieux, construisant des refuges pour les mères célibataires et vous procurant des concessions minières pour le duché ?

Stephen hésita.

— Rien n'a changé.

— Comme tout cela est ennuyeux.

Le sourire d'Alexi s'évanouit tandis qu'il observait fixement l'effigie.

— Ce vieux Tom doit être fier, enfin.

Stephen se raidit. Il regarda à son tour le gisant. Et un moment, ce fut comme si son père se redressait sur son séant et le fixait d'un air moqueur, aussi vivant qu'eux, et aussi accusateur que toujours. Son cœur se mit à battre plus vite, mais la vision s'estompa.

— J'en doute.

Ils échangèrent un regard sombre.

— Sir Rex est fier de vous, lui, déclara Alexi. Et en fait, vous ne ressemblez pas du tout à Tom, même si vous essayez de l'imiter.

Stephen réfléchit à ce commentaire, sachant que son ami l'avait entendu parler à la statue.

— Je n'ai aucune illusion sur mon caractère, Alexi.

Mais en ce qui concerne sir Rex, il s'est toujours montré attentif et m'a toujours accordé son soutien. Il était aimable avec moi quand j'étais un jeune garçon, avant même que je ne devine notre vraie relation. Vous avez probablement raison. Mais franchement, cela n'a pas d'importance. Je n'ai pas besoin que l'on m'admire ou que l'on soit fier de ce que j'accomplis. Je sais que je dois faire. Je connais mon devoir — même si vous vous en moquez.

— Sapristi, votre caractère est tout à fait satisfaisant !

Alexi était en colère, ses yeux bleus étincelaient.

— Je suis venu vous sauver du vieux Tom, mais maintenant je pense que je dois vous sauver de vous-même. Tout le monde a besoin d'affection et d'admiration Stephen, même vous.

— Vous vous trompez, rétorqua Stephen.

Et il le pensait vraiment.

— Pourquoi ? Parce que vous avez grandi sans aucune affection ? Vous pensez que vous pourrez vivre ainsi toute votre vie ? Grâce au Ciel, votre sang Warenne vous sauvera !

Stephen n'avait pas envie de s'engager sur ce terrain, aussi dit-il simplement :

— Je n'ai pas besoin d'être sauvé, Alexi. Je suis celui qui possède le pouvoir, vous vous rappelez ? C'est moi qui sauve les autres.

— Ah ! oui, et le travail que vous faites pour ceux qui ne peuvent se secourir eux-mêmes est admirable. Peut-être préserve-t-il aussi votre raison — en vous empêchant de prendre conscience de la froide vérité sur vous-même.

Stephen éprouva une pointe de colère qu'il réprima.

— Pourquoi me houspillez-vous ainsi ?

— Parce que je suis votre cousin, et si je ne le fais pas, qui le fera ?

— Votre femme, votre sœur et maints autres parents.

Alexi sourit largement.

— Assez parlé. Fonçons jusqu'à la voiture, et si la route est inondée, nous nagerons.

Stephen se mit à rire.

— Si vous vous noyez, Elysse *me* noiera ! Je suggère que nous attendions ici que l'orage passe.

— Oui, elle le ferait probablement, et bien sûr vous choisissez de vous montrer raisonnable et pragmatique comme d'habitude.

Alexi ouvrit tout de même la porte du caveau. Il pleuvait toujours à torrents.

— Le vieux Tom m'ennuie. Je vote pour que nous nous réfugiions dans votre bibliothèque pour boire le meilleur whisky irlandais de votre cabinet à alcools.

Il se retourna une dernière fois.

— Vous savez, je pense qu'il est ici, à nous écouter, aussi réprobateur que toujours.

Stephen répondit d'un ton sec :

— Il est mort, bonté divine ! Mort depuis quinze ans !

Mais il se demanda si son ami avait senti la présence de l'ancien duc, lui aussi.

— Alors, pourquoi n'êtes-vous pas libéré de lui ?

Stephen sursauta. Qu'est-ce que cela signifiait ?

— Je suis tout à fait libéré de lui, Alexi, tout comme je suis libéré du passé, dit-il avec soin. Mais le devoir me gouverne, et même un homme comme vous peut sûrement le comprendre. Je *suis* un Clarewood.

— Non, Stephen, vous n'êtes pas libre, ni de lui ni du passé, et je souhaite que vous puissiez vous en rendre compte. Mais vous avez raison, vous êtes gouverné par le devoir, et je ne devrais pas escompter autre chose. Sauf que, bizarrement, je le fais.

Alexi avait tort ; il ne comprenait pas l'importance de Clarewood. Et Stephen n'avait pas envie d'en discuter. Il avait juste envie d'échapper à Tom.

— La pluie est moins forte, dit-il. Allons-y.

2

Alexandra se tourna vers ses sœurs, l'air grave.

— Souhaitez-moi bonne chance.

Son sourire était beaucoup trop crispé au lieu d'être chaud et rassurant comme elle l'aurait voulu. Le châtelain Denney attendait dans la pièce voisine avec le baron. Etrangement, elle était nerveuse. Ou peut-être n'était-ce pas si étrange. Après tout, l'avenir de sa famille était en jeu.

Elle savait qu'elle n'aurait pas à faire bonne impression, le châtelain avait déjà exprimé l'intérêt qu'il lui portait, mais elle jeta tout de même un coup d'œil au miroir. Olivia l'avait aidée à se coiffer et son chignon était un peu sévère. Pire, bien qu'elle eût choisi une robe qui avait mieux survécu aux années que les autres, elle était visiblement usée et démodée. Elle soupira. Aucun travail de couture ne pouvait réparer un ourlet élimé ; seuls des galons coûteux pourraient le faire.

— Je parais peu soignée, dit-elle platement.

Corey et Olivia échangèrent un regard.

— Tu as l'air d'une héroïne de roman en proie à des circonstances tragiques, dit Olivia, et qui attend un héros ténébreux pour la sauver.

Elle tendit la main et libéra quelques mèches du chignon serré.

Alexandra lui sourit.

— Je ne suis pas une héroïne tragique, même si le châtelain pourrait bien être un héros. Je suppose que l'on ne peut pas me contredire sur ce point.

— Tu n'as pas à être nerveuse, dit doucement Olivia. Il est bien disposé à ton égard.

— Je ne sais pas pourquoi tu ne m'as pas laissée te coiffer, se plaignit Corey, une lueur vacillante dans les yeux.

— Je l'aurais fait volontiers — si j'avais pu te faire confiance.

Connaissant sa sœur, elle aurait été capable de lui emmêler les cheveux dans l'espoir de faire fuir le hobereau. On entendait clairement les voix masculines dans le salon, maintenant. Alexandra s'avança, résolue.

Ses deux sœurs la suivirent. A la porte, Olivia l'étreignit.

— Je suis de l'avis de Corey, Alexandra. Il n'est pas assez bien pour toi. De grâce, réfléchis.

Alexandra ne se donna pas la peine de lui répondre : comme toujours, elle faisait ce qui était le mieux pour tout le monde.

Olivia soupira, jetant un coup d'œil à Corey, qui paraissait abattue, maintenant.

— Ce n'est pas la fin du monde, déclara fermement leur sœur aînée en affichant un sourire éclatant. De fait, c'est un nouveau commencement pour nous tous.

Elle chassa son anxiété et ouvrit la porte.

Derrière elle, elle entendit Corey s'exclamer doucement :

— Oh, mon Dieu, j'avais oublié combien il était petit !

Alexandra l'ignora. Elle était exceptionnellement grande pour une femme, et la plupart des hommes étaient plus petits qu'elle, de toute façon. Son père et Denney se tenaient devant la fenêtre, comme s'ils admiraient leur jardin boueux et mal entretenu. La pluie avait cessé ce matin-là, mais dehors la pelouse s'était changée en un petit lac.

A son entrée, les deux hommes se tournèrent.

Le cœur d'Alexandra tressauta subitement — comme sous l'effet du désarroi. Denney était tel qu'elle se le rappelait, un homme robuste avec des favoris et des yeux aimables. Il portait une jaquette pour l'occasion — elle vit aussitôt qu'elle était très bien coupée, et très coûteuse. Puis elle nota à son doigt une chevalière en or, sertie d'une pierre précieuse. L'inspecter ainsi lui donna l'impression d'être une chasseuse de fortune.

Mais n'était-ce pas exactement ce qu'elle était ?

Vous ne pouvez pas vendre Alexandra à ce fermier !

Or, son père le pouvait, cela se faisait tout le temps, pensa-t-elle sombrement. Très peu de gens dans la haute société se mariaient par amour. Et les femmes dans sa situation, jamais.

Le salon était petit, les murs d'un jaune moutarde, avec des rideaux verts fanés et des meubles usés. Le baron s'avança en souriant et passa un bras sous le sien.

— Alexandra, te voilà.

Il se tourna vers le hobereau dont les yeux étincelaient d'une étrange lueur.

— Je suis navrée si je vous ai fait attendre, parvint-elle à dire, le pouls battant la chamade.

Pourquoi se sentait-elle attristée, tout à coup ? Etait-ce l'idée de quitter Edgemont Way et sa famille bien-aimée qui l'angoissait ? Soudain, elle songea à Owen et au lien profond — à la passion — qu'ils avaient partagée. Elle n'en fut que plus déterminée. Le souvenir d'Owen avait occupé son esprit depuis que son père lui avait annoncé qu'elle allait se marier. Mais elle n'avait pas le droit à ce genre d'amour, elle devait oublier le passé…

— Voici ma très belle fille, Alexandra, dit fièrement le baron, rayonnant.

— Vous auriez pu me faire attendre pendant des jours, miss Bolton, et je serais malgré tout heureux de vous voir, déclara Denney en lui souriant.

Alexandra réussit à lui rendre son sourire en pensant à la gentillesse dont il avait fait preuve envers sa femme avant qu'elle ne meure. C'était un homme bien. Peut-être, avec le temps, parviendrait-elle à l'aimer un peu.

— C'est beaucoup trop aimable à vous, répondit-elle, ébranlée.

— Nous avons eu le temps de discuter des prévisions que donne l'Almanach pour l'été, dit son père. Denney pense que ce sera une bonne saison, pas trop chaude, avec beaucoup de pluie.

— C'est magnifique, déclara Alexandra.

Elle était sincère. C'était une merveilleuse nouvelle pour les fermiers du comté qui vivaient de leurs récoltes.

— J'ai eu trois bonnes années de suite. Elles m'ont permis de faire de beaux profits, et quelques autres investissements ont été également fructueux, annonça Denney d'un ton enjoué.

Son regard brun s'était fait scrutateur.

— J'ai investi dans les chemins de fer, principalement. J'ajoute maintenant une belle aile à la maison, pour y loger un grand salon. Il y aura une petite salle de bal, aussi. J'ai décidé de recevoir, à l'avenir. J'aimerais beaucoup vous montrer mes plans, ajouta-t-il.

— Je suis sûre qu'ils sont très plaisants.

Le baron intervint avec empressement :

— Son manoir a quinze pièces, Alexandra. Quinze pièces !

Elle parvint à sourire de nouveau. Mais son désarroi s'était accru, contre sa volonté et ses intentions. Le châtelain continuait à la fixer, les joues échauffées, les yeux brillants. Il ne s'était tout de même pas épris d'elle ? Elle ne voulait pas le blesser en étant incapable de lui rendre ses transports.

— Vous pouvez venir visiter Fox Hill quand vous le désirerez, dit Denney. De fait, ce serait un plaisir pour moi de vous faire faire le tour de la maison et des jardins.

— Alors, je dois le faire dès que possible, dit-elle légèrement.

Elle jeta un coup d'œil à son père. Elle avait besoin de rester seule avec le hobereau pour pouvoir découvrir s'il serait enclin à aider ses sœurs.

Edgemont leur sourit.

— Le châtelain a été invité à la soirée des Warenne, demain soir. C'est un grand honneur, car on célèbre l'anniversaire de la fille de lady Harrington.

— Je suis impressionnée, dit Alexandra.

Elle n'avait pas entendu parler de la fête, mais elle connaissait Sara et Marion, les deux jeunes filles Warenne, même si elle ne les avait pas vues depuis plusieurs années. Elles avaient à peu près l'âge d'Olivia et de Corey.

— Je suis en très bons termes avec lady Harrington et sir Rex, lui précisa Denney d'un ton empressé. Le bal est donné pour leur plus jeune fille, Sara. J'aimerais beaucoup que vous m'accompagniez, miss Bolton — avec vos sœurs, naturellement.

La première réaction d'Alexandra fut la surprise ; puis, aussitôt, elle pensa à ses sœurs, qui n'avaient jamais assisté à une soirée mondaine. Son esprit s'emballa. Bien sûr, elle devait accepter. Ce serait une magnifique occasion pour Olivia et Corey — et le genre d'événement auquel elles auraient dû être habituées dès leur plus jeune âge. Hélas, ni elle ni ses sœurs n'avaient eu de robe neuve depuis la mort de leur mère. La triste vérité était que personne ne les invitait plus, du fait de leur situation. Et, même si quelqu'un l'avait fait, elles n'avaient pas les toilettes adaptées à ce genre de réception.

Corey pourrait mettre une de ses vieilles robes de bal, avec quelques légères retouches, se dit-elle. Et elles trouveraient sûrement quelque chose pour Olivia parmi les vêtements de leur mère. Elles seraient tristement démodées, mais elles pourraient être présentes.

— Nous en serions enchantées, répondit-elle vivement.

Le baron la regarda avec attention. Elle savait qu'il se demandait comment elles trouveraient des toilettes convenables.

— Père, j'espérais pouvoir marcher avec le châtelain dehors, puisque le soleil a fait son apparition et que la pluie n'est plus à craindre.

Les yeux d'Edgemont s'élargirent, il rayonnait.

— Je serai dans mon cabinet de travail, dit-il. Profitez bien de votre promenade.

Il sortit, laissant la porte grande ouverte.

Alexandra fixa le seuil un moment, avant de se tourner vers son prétendant.

— Monsieur Denney, je suis très flattée de votre visite.

— Un orage n'aurait pas pu me retenir.

— Est-il possible d'avoir une conversation très franche ?

Il l'observa, surpris.

— Je préfère tellement la sincérité. C'est une des

choses qui me plaisent le plus en vous, miss Bolton, après votre aimable nature, bien entendu. Vous êtes toujours très directe.

Alexandra se détourna.

— Je crains que vous ne me placiez sur un piédestal, monsieur, une position que je ne mérite pas.

Il haussa les sourcils.

— Si une femme mérite d'être placée sur un piédestal, miss Bolton, c'est bien vous.

Elle voulut le contredire mais il poursuivit.

— Je vous admire depuis des années. Vous avez merveilleusement pris soin de vos sœurs et de votre père. Un tel altruisme et une telle sollicitude sont à féliciter. Et puis, bien sûr, il y a votre beauté. Je perds presque l'usage de la parole à me trouver ici avec vous.

Alexandra faillit rougir. Elle n'était guère une beauté étourdissante, à son avis, mais s'il le pensait…

— Je suis heureuse que vous trouviez ma nature plaisante. Et vous avez raison sur une chose — je m'efforce de bien m'occuper de mes sœurs et de mon père. Oliva n'a que dix-huit ans, et Corey seize.

Une expression légèrement déconcertée passa sur le visage carré du châtelain.

— Ce sont de charmantes jeunes dames.

Elle lui désigna un fauteuil, décidant de renoncer à la promenade. Il s'assit et elle prit place à côté de lui, nouant les mains sur ses genoux.

— J'étais sur le point de me marier il y a neuf ans, avant le décès de ma mère. Quand elle est morte, j'ai pris la décision de me consacrer à ma famille et j'ai rompu avec mon fiancé.

Elle s'efforça de sourire. Il lui était très pénible de repenser à Owen et à leurs rêves gâchés à présent.

— J'ai promis à ma mère que je prendrais soin des miens. Je me suis engagée sérieusement à veiller au bien-être de mes sœurs et de mon père.

— Cet engagement ne fait qu'accroître mon admiration pour vous, miss Bolton.

Denney hésita.

— J'ai l'impression que vous aimiez ce gentleman. Je me trompe ?

Elle hocha la tête.

— Oui.

— Vous êtes un parangon de vertu, miss Bolton. Mais pourquoi me dites-vous cela ?

— A quel point puis-je être directe ? demanda-t-elle en se redressant sur son siège.

— Aussi directe que nécessaire.

Le hobereau rougit, paraissant brusquement affligé.

— Allez-vous me dire que vous restez tenue par les serments que vous avez faits à votre mère sur son lit de mort ?

— Je m'occuperai de mes sœurs et de mon père jusqu'à ma mort, même si j'espère que mes sœurs seront mariées avant ce jour-là.

Elle sourit.

Il hocha lentement la tête.

— Je vois. Mes intentions sont honorables, miss Bolton.

— C'est ce que mon père m'a indiqué.

Il soutint son regard.

— Savez-vous pourquoi j'ai suggéré que vos sœurs nous accompagnent demain soir ?

Alexandra fit signe que non.

— Parce qu'il m'a semblé que cela rendrait la soirée plus agréable pour vous bien sûr, mais j'ai pensé aussi que ces deux jeunes filles devaient avoir l'occasion de sortir et d'être vues.

Le cœur d'Alexandra s'emballa.

— C'est si aimable à vous.

— Je me considère comme un homme aimable et généreux. Si ma cour progresse comme je l'espère, vous n'aurez pas à porter le fardeau de vous occuper toute seule de votre famille.

Alexandra étouffa une exclamation. Des larmes lui montèrent aux yeux. A présent, elle en avait confirmation : Denney avait des moyens, sa cour était sérieuse et il se montrerait généreux avec sa famille.

— Je vous ai admirée pendant des années, miss Bolton, répéta-t-il, de loin, et très respectueusement.

Il parlait d'un air pensif, à présent.

— Je n'aurais jamais imaginé que mon épouse meure si soudainement, elle était en si bonne santé jusqu'à cette dernière maladie. Je l'ai profondément regrettée.

Il fit une pause, le visage sombre.

— Mais elle est morte, et une année a passé. Vous êtes toujours sans attaches, ce qui me stupéfie.

Il la regarda dans les yeux.

— Je suis doté d'un très solide caractère, miss Bolton. Je suis un homme honorable, sur qui l'on peut compter. Je suis certain que les choses tourneront à notre satisfaction mutuelle, si vous me laissez une chance.

— J'accorderai à votre cour tout le respect et toute la considération qu'elle mérite, parvint-elle à répondre, sans trop savoir comment.

Elle pouvait à peine croire que cela arrivait. Ses sœurs

allaient avoir un avenir hors d'Edgemont Way. C'était un miracle.

Il se leva et elle l'imita.

— Allons-nous marcher dehors ? demanda-t-il.

Elle prit le bras qu'il lui offrait.

— J'aurai plaisir à me promener avec vous.

Mais alors qu'ils sortaient de la maison, elle jeta un coup d'œil par-dessus son épaule. Corey et Olivia se tenaient sur le seuil, l'expression sombre et consternée. Puis Corey se tourna brusquement pour rentrer en trombe.

Alexandra se crispa tandis que le coupé du châtelain s'alignait derrière d'autres attelages dans l'allée circulaire d'Harrington Hall. C'était une très belle soirée. Les derniers rayons du soleil illuminaient le ciel d'une lueur rose qui mettait en valeur les magnifiques jardins de la maison Warenne. Une fontaine se dressait au milieu de l'allée, ses superbes jets d'eau s'élevant d'une douzaine de pieds dans les airs. Mais Alexandra ne pouvait apprécier le décor, car elle était épuisée. La veille, elle avait travaillé toute la nuit pour arranger les robes de ses sœurs et la sienne. De fait, elle avait cousu sans interruption depuis que M. Denney était parti l'après-midi précédent.

A présent, elle était extrêmement tendue par toute cette fatigue accumulée. Et sa tension ne faisait qu'augmenter. Elle était assise près de ses sœurs,, en face de leur père et du châtelain. Dos aux fenêtres, elle devait se dévisser le cou pour regarder à l'extérieur. Les voitures qui les précédaient étaient grandes et luxueuses, avec des chevaux parfaitement appariés et des cochers en livrée. Les gentlemen et les dames qui en descendaient portaient leurs plus élégantes jaquettes et leurs plus belles robes de bal. Même dans le crépuscule, Alexandra pouvait voir les bijoux qui scintillaient sur la gorge et aux oreilles des dames.

Elle avait presque oublié combien l'aristocratie était riche. Elle baissa les yeux sur ses mains nues, sur sa robe de satin vert fané. L'étoffe aurait dû luire, mais elle était restée accrochée trop d'années dans la penderie. Personne ne portait plus de robes avec des manches larges au-dessus du coude, mais elle n'avait pas eu le temps de modifier sa toilette, elle s'était contentée d'arranger les manches de ses sœurs. Quant à ses jupes, elles étaient beaucoup trop amples pour la mode actuelle. Au moins, pensa-t-elle sombrement, la robe lui allait encore.

— C'est une très belle robe, dit le châtelain en se raclant la gorge.

Avait-il lu dans ses pensées ? Etait-elle aussi transparente ? Elle réussit néanmoins à lui sourire. Ses yeux bruns avaient brillé lorsqu'il était venu les prendre pour les conduire à Harrington Hall. Pourtant, elle n'avait pas bonne mine, elle était même très pâle, épuisée par ses efforts pour habiller correctement ses sœurs. Le hobereau ne l'avait pas remarqué, apparemment. Et peut-être ne voyait-il pas combien sa robe était vieille et démodée, en réalité.

Olivia lui prit la main. Ses yeux étincelaient de l'excitation qu'elle réservait d'ordinaire à ses peintures et à ses croquis. Elle n'avait jamais paru plus jolie. Ses longs cheveux fauves étaient relevés en boucles, et elle portait une des robes de bal ivoire de leur mère. Leurs regards se croisèrent. Alexandra était si fière d'elle.

— Tu es vraiment très belle, chuchota Olivia.

Alexandra lui pressa la main.

— Toi aussi, et Corey également. Nous allons passer une soirée délicieuse, grâce au châtelain.

Denney rayonna.

— Je l'espère, dit-il.

Alexandra jeta un coup d'œil à Corey. Elle regardait les invités avec des yeux immenses, ses joues rougies par l'excitation. Elle était presque aussi grande qu'elle et seulement un peu plus mince. Sa robe de soie bleu pâle lui allait à merveille. La toilette était bien trop sophistiquée pour une jeune fille de seize ans, mais Alexandra n'avait pas trouvé autre chose dans sa penderie. Ainsi vêtue, Corey semblait avoir dix-huit ans et elle était terriblement belle.

Le cœur d'Alexandra se serra. Ses sœurs ne s'étaient jamais rendues à ce genre de réception et, même si elle ne voulait en blâmer personne, il y avait bien quelqu'un à blâmer. Mais leur père n'était plus vraiment lui-même, elle ne pouvait pas lui en vouloir. La mort de sa femme l'avait brisé, ne lui laissant que la passion du jeu et de la boisson, et aucune force de caractère pour y résister. En tout cas, ses sœurs méritaient mieux, et peut-être que cette soirée changerait leur vie. Les gentlemen présents devraient être aveugles pour ne pas les remarquer.

Soudain, des sabots grondèrent dans l'allée. On aurait dit qu'une armée approchait. Alexandra se retourna pour voir d'où venait ce vacarme. Une immense voiture noire, tirée par six superbes chevaux noirs, avec des armoiries rouge et or peintes sur les portières, les dépassa, se dirigeant vers la tête de la file. A son passage, du gravier gicla contre leur coupé.

Elle observa avec attention les valets somptueusement vêtus d'une livrée rouge et or, avec leurs bas clairs, leurs belles chaussures et leur longue perruque blanche bouclée. Elle frémit. Pourtant, lorsque sa mère était encore en vie, elle avait assisté à quelques soirées dans la haute société. Etre nerveuse était absurde. Est-ce que quelqu'un se soucierait de les voir paraître dans le monde, ou du fait qu'elles portaient de vieilles robes ? Si elle était inquiète, ce n'était pas pour elle-même. Elle ne voulait pas que ses sœurs soient ridiculisées.

La grande voiture s'était arrêtée, mais elle ne put voir qui en descendait. Elle aperçut uniquement une haute silhouette sombre qui se frayait un chemin à grands pas parmi la foule, dépassant la file d'attente et entrant directement dans la maison.

Bizarrement, son cœur s'emballa.

— Ah ! c'est notre tour de descendre, annonça Denney.

Son cocher avait ouvert la portière, et il sortit. Le baron s'apprêta à le suivre. Au moment où il allait descendre, elle lui saisit le bras. Il ne devait pas leur gâcher la soirée et elle ne se fiait pas à lui. Elle lui fit face, résolue.

— Je préférerais que vous ne buviez pas trop, ce soir.

Les yeux d'Edgemont s'élargirent de surprise.

— Tu n'as pas à me parler de cette façon, Alexandra.

Elle resta ferme. La seule chose qu'elle pouvait contrôler, ou au moins essayer de contrôler, était que son père restât sobre.

— Vous avez une flasque dans votre poche. Puis-je l'avoir ?

Il retint une exclamation offusquée.

Elle tendit la main tout en lui souriant.

— Si vous voulez que j'épouse M. Denney, cela n'aidera pas qu'il vous voie tituber. Et, plus important, si Corey et Olivia attirent des prétendants, ce soir ? Nous sommes visiblement dans une situation très précaire, et cela signifie que notre conduite doit être impeccable.

En grommelant, il sortit une flasque en argent terni dont il but une lampée avant de la déposer dans la main de sa fille.

— Père ! protesta-t-elle.

— Tu me rappelles ta mère un peu plus chaque jour, dit-il en sortant.

Alexandra déboucha la petite bouteille et en versa le contenu par la fenêtre. Puis elle échangea un regard avec ses sœurs.

— C'est notre tour.

Malgré l'excitation qui se lisait dans ses yeux, Corey était très pâle. Alexandra lui murmura :

— Tout ira bien, ne t'inquiète pas.

Elle donna sa main au cocher du hobereau — il n'avait pas de valets en livrée —, et descendit. Ses sœurs suivirent.

Olivia s'approcha d'elle pour lui chuchoter :

— A quoi penses-tu ? Nous ne sommes pas ici pour attirer des prétendants ! Comment cela se pourrait-il ? Tout le monde sait que nous sommes dans une situation critique.

— Etre ici ce soir me fait espérer que la situation changera, pas pour moi, mais pour toi et Corey. Avant, père et mère allaient souvent à des bals. C'est la vie que tu aurais dû mener Olivia, et Corey aussi.

— Nous sommes très heureuses ainsi, insista Olivia. Et pour l'instant, la seule tâche sur laquelle nous devons nous concentrer est de t'arracher à ces fiançailles non souhaitées.

Alexandra fit une grimace en lançant un regard en coin au châtelain, mais il n'avait pas entendu.

— Je n'ai pas changé d'avis. Je suis très contente que M. Denney me courtise, chuchota-t-elle.

— Peut-être trouveras-tu quelqu'un d'autre ici, ce soir, répondit sa sœur.

Elle ne se montrait jamais combative, mais elle avait une volonté de fer. Il en avait toujours été ainsi. Pourtant, avec sa nature agréable, très peu de gens soupçonnaient ce trait de caractère chez elle.

— Je me sens nerveuse, dit soudain Corey, les interrompant. Assez pour avoir la migraine. Et ces hommes nous fixent.

Corey n'était jamais nerveuse. Elle suivit le regard de sa jeune sœur pour voir trois gentlemen qui se tenaient près de la porte par laquelle des valets introduisaient les invités dans la maison. Ils avaient à peu près son âge, et ils les regardaient en effet. L'un d'eux sourit en soulevant son haut-de-forme, son regard admiratif fixé sur Corey.

Alexandra lui rendit son sourire.

— Il te souriait, dit-elle à la jeune fille. Et il n'y avait rien de hardi ou d'inconvenant à cela.

— Il souriait à Olivia, rétorqua Corey.

Mais cela ne l'empêcha pas de rougir.

Alexandra lui prit le bras, se rappelant combien elle était jeune. Corey pouvait se montrer intrépide et volontaire à la maison, mais elle était intimidée maintenant, et elle ne pouvait l'en blâmer. Elle ne serait pas si anxieuse si elle avait eu le genre de vie auquel sa naissance la destinait, pensa-t-elle. Et même si son mariage avec le châtelain ne remplacerait pas toutes ces années perdues, ce serait déjà un immense progrès pour ses sœurs.

Denney se tourna, leur faisant signe de le rejoindre. Elles s'empressèrent d'obéir, suivant d'autres invités dans l'allée. Alexandra était souvent venue à Harrington Hall, d'abord avec sa mère, puis à deux reprises avec ses sœurs après la mort d'Elizabeth Bolton. Lady Blanche les avait toujours reçues chaleureusement, même après leur déchéance.

Le vestibule était deux fois plus vaste que leur salle à manger. Lorsqu'elle arriva à l'entrée de la salle de bal, Alexandra aperçut immédiatement leurs hôtes : lady Blanche et sir Rex. Ce dernier avait perdu une jambe à la guerre et s'appuyait sur une béquille, mais cela ne gâtait en rien son allure. Ils formaient un très beau couple : elle, pâle et jolie ; lui, brun et séduisant. Sara était avec eux, une ravissante brunette bien habillée et parée de ses plus beaux bijoux. Alexandra éprouva une bouffée d'envie en la voyant. Ses sœurs aussi auraient dû avoir accès à tout ce luxe.

Soudain, elle s'avisa qu'on les observait avec insistance.

Elle sursauta lorsqu'elle croisa le regard haineux de lady Lewis. Pourquoi la dévisageait-elle ainsi ? Lady Lewis était l'une de ses meilleures clientes. Elle se détourna rapidement quand elle s'aperçut qu'Alexandra l'avait vue, puis se mit à chuchoter avec deux autres dames, et Alexandra comprit qu'elles parlaient d'elle.

Le châtelain, qui saluait plusieurs gentlemen, avait pris les devants. Alexandra se tourna vers ses sœurs, mal à l'aise et consternée.

— Vous avez vu ?

Olivia hocha la tête.

— Pourquoi nous regarde-t-elle ainsi ?

Alexandra inspira pour se calmer. Elle remarqua alors lady Henredon et lady Bothley. Qu'avait-elle imaginé ? Elle cousait pour toutes ces femmes, et il était inacceptable qu'une domestique — ou une couturière — se mêle à ses supérieurs.

Son estomac se contracta. Elle se tourna et heurta lady Lewis, qui s'était approchée.

— Alexandra, quelle surprise ! Je ne vous avais pas reconnue dans cette robe.

Incapable de sourire, elle sentit la présence de ses sœurs, qui avaient pris place autour d'elle, prêtes à la soutenir.

Lady Lewis les considéra avec mépris.

— Je ne reconnais aucune d'entre vous, d'ailleurs.

Le cœur d'Alexandra tambourina dans sa poitrine.

— C'est fort peu aimable de votre part.

Lady Lewis haussa un sourcil.

— Je ne vois pas en quoi, ce n'est pas comme si je disais que je suis accoutumée à vous voir en haillons et cousant mes robes.

Corey s'étrangla. Olivia lui prit la main.

Alexandra se força à sourire. Elle avait envie d'exploser, mais elle avait besoin de la clientèle de lady Lewis, au moins pour le moment.

— Non, vous n'avez rien dit de tel, et je vous fais mes excuses. Vous ne parleriez jamais d'une manière aussi disgracieuse, j'en suis certaine.

— Ma soubrette vous apportera cette robe demain pour la nettoyer et la repasser, déclara lady Lewis, avant de souffler en s'éloignant.

Alexandra tremblait de colère.

— Quelle harpie ! s'exclama Corey. Ne t'avise pas de nettoyer sa robe.

— C'est pourtant ce que je ferai.

Elle avait réussi à parler calmement pourtant, elle était à bout de nerfs. Ses tempes la lançaient. Elle était déjà harassée, et cette cruelle confrontation n'avait pas aidé. Elle jeta un coup d'œil autour d'elle, espérant trouver un endroit où s'asseoir.

— Miss Bolton, puis-je vous présenter mon bon ami, le châtelain Landon ? dit Denney en revenant vers elle, souriant et de bonne humeur. George, voici miss Bolton et ses deux sœurs, Olivia et Corey. Et Edgemont, que vous connaissez, bien sûr.

Leur père les avait rejoints. Alexandra parvint à sourire à M. Landon et à lui souhaiter une bonne soirée. Alors que ce dernier commençait à questionner Denney sur un taureau qu'il venait d'acheter, elle entendit une femme chuchoter derrière elle.

— Une honte… Ivre tous les soirs… Le jeu… Ses filles…

Elle sentit aussitôt ses joues s'enflammer tandis qu'elle s'efforçait d'entendre ce que la femme disait. Le sens de la conversation était très clair : le baron d'Edgemont était une honte, et tous ceux qui étaient là le savaient.

Corey n'y prenait pas garde, elle regardait tout et tout le monde avec de grands yeux. Alexandra jeta un coup d'œil à Olivia, qui fixait un homme blond étrangement familier. Elle ne pensait pas le connaître, pourtant elle en avait l'impression. Elle prit une grande inspiration. Peut-être le pire était-il passé.

Elle aperçut alors trois femmes d'âge mûr qui les scrutaient, ses sœurs et elle. Le pire était à venir visiblement. Les femmes chuchotaient derrière leurs mains gantées. Furieuse, elle leur tourna le dos pour s'adresser à son père :

— Père, connaissez-vous ces dames ?

Edgemont jeta un bref coup d'œil dans leur direction.

— De fait, même si cela remonte à un moment, ces

dames étaient toutes des amies de votre mère. Lady Collins était particulièrement proche d'Elizabeth. Juste Ciel, cela paraît si loin ! Elle semble aller très bien, vraiment.

— Elle ne paraît guère aimable, remarqua Olivia. Ses yeux nous lancent des dagues.

— Cela ne se peut pas. Elle était très liée avec Elizabeth. Venez, allons la saluer.

— Nous n'avons pas encore salué nos hôtes, dit vivement Alexandra.

— Il y a une douzaine de personnes avant nous, insista le baron. Et le châtelain Denney est occupé avec son ami. Lady Collins !

Il s'empressa vers la dame.

Avec réticence, et en échangeant un regard sombre avec ses sœurs, Alexandra le suivit. L'expression de lady Collins était glaciale.

— C'est bon de vous revoir, dit leur père.

Elle inclina la tête.

— Bonsoir, Edgemont. Je ne m'attendais pas à vous voir ici.

— J'en suis le premier surpris, répondit-il d'un ton enjoué. Vous souvenez-vous de mes filles ?

Alexandra garda la tête haute tandis que lady Collins disait qu'elle ne pensait pas les avoir rencontrées. Elles échangèrent des poignées de main polies.

— Passez une bonne soirée, dit la dame en les quittant, sans cacher son désir de s'éloigner le plus vite possible.

Le baron rougit.

— Par Dieu, elle a changé.

— Nous n'aurions jamais dû venir, déclara doucement Alexandra. Je suis couturière, maintenant. Je travaille pour une demi-douzaine de ces femmes. Elles m'en veulent d'être ici.

— Tu en as pourtant tous les droits ! Tu es l'invitée du châtelain Denney, et lady Harrington sera enchantée de te revoir.

Alexandra se tourna pour regarder ses sœurs, qui paraissaient affligées, maintenant. Elle regretta d'avoir parlé si franchement. Denney lui fit un signe de tête en souriant et lui indiqua qu'il allait les rejoindre dans un moment. Il était entouré de gentlemen, à présent. Visiblement, c'était un homme apprécié.

A quoi avait-elle pensé en acceptant de se rendre à un bal avec Olivia et Corey ? Il y avait encore trois couples dans la file d'attente. Elle entendit la matrone en tête de la file se répandre en compliments sur Sara — si gracieuse, si bien élevée. C'était vrai. Bien sûr, Sara de Warenne, une jeune fille assez plaisante, ne manquait de rien.

— Elle a été *plantée*.

Alexandra se retourna et vit une femme qui la fixait cruellement. Si un regard pouvait tuer, elle se serait effondrée sur place. Elle concentra son attention sur ce que la femme disait à son amie.

— A l'autel ? s'exclama celle-ci, regardant Alexandra avec une malveillance ravie.

— Oui, elle a été plantée à l'autel. Je m'en souviens parfaitement, maintenant.

La première femme lui jeta un sourire triomphal.

— Elle a eu ce qu'elle méritait. St. James a recouvré la raison et a épousé une jeune fille titrée, d'une famille convenable.

Alexandra tournoya, offrant son dos aux deux matrones, horrifiée. Olivia chuchota :

— Ai-je vraiment entendu ce que je crois ? Ces deux dames parlaient-elles de ton mariage avec Owen ?

De tout ce qu'elle avait enduré jusqu'à présent, ce mensonge était le plus douloureux, et le fait qu'Olivia l'ait entendu rendait la chose encore plus insupportable.

— Cela n'a pas d'importance, Olivia, dit-elle, se sentant étrangement faible.

Elle s'avisa qu'elle était trop fatiguée pour s'attarder au bal d'anniversaire de Sara. Elle chercha une chaise des yeux. Il y en avait rangées le long des murs du vestibule, la plupart occupées. Mais deux couples seulement étaient devant elles maintenant ; il lui faudrait patienter.

Elle toucha ses tempes qui la lançaient.

— Pourquoi quelqu'un dirait-il une chose pareille, alors que c'est manifestement faux ? insista Olivia à mi-voix.

Alexandra s'efforça de paraître calme.

— Je suis sûre que ce mensonge n'était pas délibéré. Elles ne se souvenaient pas bien, sans aucun doute. Je suis certaine que ces dames ont fait une erreur involontaire.

— Les ragots sont comme une mèche allumée, commenta Olivia. Quand ils commencent, ils sont impossibles à contrôler.

— Je pense que ces femmes sont détestables, dit Corey.

Les tempes d'Alexandra étaient très douloureuses, à présent. Elle passa un bras autour de sa jeune sœur.

— Personne n'est détestable. Et nous ne devrions pas écouter les conversations des autres.

— Elles voulaient qu'on entende, rétorqua Corey en se dégageant.

— Si nous changions de sujet ? Nous sommes venues ici pour profiter de la soirée.

— Comment pouvons-nous en profiter maintenant ?

s'enquit Olivia, soucieuse. Même s'il est vrai qu'un petit scandale pourrait écarter le châtelain Denney.

Alexandra s'étrangla. Elle avait à peine dormi depuis des jours, plongée dans l'anxiété depuis l'annonce choquante de son père. La nuit précédente, elle avait cousu jusqu'à l'épuisement, au point d'avoir les doigts engourdis. Soudain, elle fut prise de vertiges. Il fallait absolument qu'elle s'assoie.

La salle se mit à tournoyer. Les lumières pâlirent et devinrent grises.

Elle devait tenir bon. Si elle s'évanouissait au milieu de la salle, les ragots n'en finiraient jamais.

Tandis qu'elle tendait la main à l'aveuglette, elle heurta un corps ferme et viril. Aussitôt, un bras puissant l'enlaça. Son cœur sembla s'arrêter, puis repartir à toute allure. Solide et musclé, son sauveur l'enveloppait de sa chaleur. Le souffle court, elle leva les yeux vers lui, impuissante…

Elle plongea aussitôt dans deux yeux bleus extraordinaires qui la regardaient avec insistance. Cet homme avait les plus beaux yeux qu'elle ait jamais vus.

Avec un calme absolu, l'inconnu dit :

— Laissez-moi vous accompagner jusqu'à une chaise.

Elle voulut répondre, vraiment, mais elle ne put former aucun son. Elle ne pouvait que contempler son visage magnifique — un regard encerclé de longs cils, qui était devenu languide et sensuel, maintenant, un nez droit et patricien, des pommettes hautes et bien dessinées. Elle ne parvenait pas à respirer. Il était renversant, et cela faisait si longtemps qu'elle n'avait pas été dans les bras d'un homme.

Son corps le savait. Il se crispait, se soulevait. Son cœur

se contracta de nouveau. Le désir lui fit l'effet d'un coup de poing dans l'estomac, la privant d'oxygène.

Il la regardait intensément. Sa bouche était pleine, mais pincée en une ligne dure. Puis ses lèvres se relevèrent légèrement.

— Puis-je vous escorter jusqu'à une chaise ? répéta-t-il.

Son intonation était si séduisante que le désir la submergea une nouvelle fois. Elle humecta ses lèvres. Comme elle ne savait plus badiner, clle décida qu'elle n'essaierait même pas — en supposant qu'elle pourrait retrouver sa voix.

— Vous êtes très aimable, parvint-elle à dire enfin.

Sa bouche se releva un peu plus.

— On dit maintes choses de moi, mais je crois que personne ne m'a jamais qualifié d'aimable.

Il gardait un bras autour d'elle et elle mit un moment avant de s'en rendre compte. Quelles que soient ses intentions, il était inconvenant de rester aussi proche de lui.

— Alors, vous avez des détracteurs, monsieur.

Il parut amusé, mais c'était comme si sa bouche refusait de sourire.

— J'en ai beaucoup, accorda-t-il. Mais la vérité est que l'amabilité n'a rien à voir avec le fait de secourir une très belle femme.

Elle rougit comme une jouvencelle.

Il haussa les sourcils.

— Y allons-nous ?

Avant même qu'elle puisse acquiescer, il l'entraîna à travers la foule, qui s'écarta devant eux comme s'il en donnait l'ordre. Soudain, une chaise en velours rouge leur fit face. Alexandra était vaguement consciente des murmures derrière eux, mais elle ne pouvait prononcer un mot et n'essaya même pas, son cœur battait bien trop vite.

— Je répugne à vous lâcher, dit-il doucement.

Elle sut qu'elle rougissait de nouveau.

— Je crains… qu'il n'y ait pas d'autre choix.

— Il y a de nombreux choix, déclara-t-il de la même voix douce, en la poussant vers la chaise.

Il aurait pu s'éloigner d'elle à présent, mais quelque chose lui disait qu'il la tiendrait ainsi jusqu'à ce qu'elle soit confortablement assise. Et même alors, il laissa sa main plaquée sur sa taille.

— Cela a été un plaisir.

Elle ne trouva rien à répondre. Pire, elle ne put détacher les yeux de son regard chaud et intense. Il *badinait* avec elle. Elle en fut stupéfaite.

Il la libéra enfin et se redressa de toute sa taille, puis il s'inclina et s'éloigna.

Alexandra resta assise, sidérée.

Ce ne fut qu'à cet instant qu'elle prit conscience de son cœur, qui tambourinait, et de son corps, qui palpitait de désir. *Qui était cet homme ?*

Ses sœurs s'étaient élancées auprès d'elle dès que l'homme avait disparu.

— Tu sais qui c'était ? demanda Corey d'un ton excité, comme si elle avait entendu sa question silencieuse.

Alexandra leva les yeux et vit que tout le monde ou presque dans le vestibule la fixait et murmurait derrière sa main.

— Non, je l'ignore.

— C'était le duc de Clarewood, révéla Corey dans un souffle.

Alexandra se raidit sur sa chaise. Elle savait tout du

duc, comme tout le monde. C'était un parangon de virilité, riche et grand philanthrope. De fait, il était sans conteste le pair le plus fortuné du royaume et probablement le plus puissant. Et il était le parti le plus recherché d'Angleterre.

Elle frémit. Il ne fallait pas non plus oublier sa réputation, que tout le monde connaissait. Il était, disait-on, froid et sans cœur. Il avait rejeté les plus beaux partis d'Angleterre, pendant plus de dix ans, refusant de choisir une épouse. Mais il entretenait de nombreuses maîtresses, toutes sublimes. Et l'on disait aussi qu'il avait laissé derrière lui une traînée de cœurs brisés à travers tout le pays…

3

Stephen ne pouvait assister à un événement mondain sans que des dames démonstratives et des gentlemen obséquieux essaient d'attirer son attention. Les hommes voulaient s'attirer son amitié, non parce qu'il était agréable, mais à cause de ses relations ; les dames voulaient lui mettre la bague au doigt ou entretenir une liaison avec lui, ou encore le marier à leurs filles, leurs sœurs… Depuis qu'il avait hérité de son titre, il avait appris à ériger un mur invisible entre lui et les autres. Déjà, lorsqu'il était un jeune garçon, en sa qualité d'héritier du duc, les flagorneurs le poursuivaient. Il y avait donc longtemps qu'il était devenu expert dans l'art de traverser une foule sans rencontrer les regards. Quand quelqu'un osait l'approcher, soit il tolérait l'intrusion, s'il y était enclin, soit il décochait une œillade tellement cinglante à la personne — homme ou femme — que celle-ci prenait la fuite.

Il jeta un regard à la jeune femme brune qui avait failli se pâmer dans ses bras. Son cœur ne s'emballait pas à la vue d'une belle femme habituellement. Il était bien trop expérimenté et blasé pour cela. Mais là, son sang bouillonnait dans ses veines.

Il sourit lentement.

La jeune beauté était entourée de plusieurs femmes,

de deux gentlemen d'un certain âge et de leurs hôtes, et assurait manifestement à tout le monde qu'elle allait bien. Les deux plus jeunes filles semblaient très inquiètes pour elle, et il en déduisit qu'il devait s'agir de parentes ou de proches amies. Il pensa discerner une vague ressemblance. Des sœurs ?

Il continua à la fixer, ne se souciant pas que l'on remarque son intérêt. Elle était beaucoup plus grande que la moyenne et très séduisante. Son visage était bien dessiné, avec des traits marqués. Il ne dirait pas qu'elle était jolie, mais elle était d'une beauté frappante. Il s'en tiendrait à cette analyse, se raisonna-t-il. Néanmoins, il était intrigué.

Et c'était un phénomène plutôt rare.

Du fait de son âge, il supposa aussitôt que c'était une femme d'une certaine expérience. Et comme elle était visiblement pauvre — aucune femme ayant des moyens ne porterait une robe aussi démodée —, il n'y avait aucune raison qu'ils ne puissent parvenir à une sorte d'arrangement mutuellement profitable. Sa maîtresse Charlotte commençait déjà à le lasser. En outre, ses amantes ne restaient jamais dans ses bonnes grâces plus de quelques mois.

— Il est absolument honteux qu'elle se montre ici. Pensez donc ! Alexandra Bolton coud les robes de lady Henredon ! Elle *gagne sa vie !*

Stephen jeta un coup d'œil derrière lui. Deux dames échauffées et furieuses — l'une aux cheveux gris et l'autre rousse — entretenaient une discussion animée. Juste derrière elle, il aperçut sa maîtresse actuelle, qui lui adressa un grand sourire dès que leurs regards se croisèrent.

Il lui adressa un signe de tête poli, nullement troublé. Alexandra Bolton travaillait donc pour ces dames du monde… De plus en plus surprenant. Il ne connaissait aucune dame noble en situation difficile qui ferait une chose pareille. De fait, c'était vraiment admirable. Il ne comprenait pas la révulsion de la haute société pour le travail. En vérité, lui-même remontait ses manches chaque jour, qu'il fûtt à son bureau, sur un de ses chantiers ou au siège de la fondation.

— Et Edgemont a été banni de nos cercles depuis des années, ajouta la rousse. C'est un *ivrogne*. Je ne puis croire que lady Harrington les ait laissés entrer.

Les deux femmes s'éloignèrent tout en murmurant que si miss Bolton avait été abandonnée à l'autel, elle le méritait bien. Il soupira. Les deux commères s'en donnaient à cœur joie. Par moments, il détestait vraiment la société dans laquelle il évoluait, et pourtant il se trouvait à son sommet. Il avait toujours méprisé les ragots, surtout lorsqu'ils étaient motivés par la méchanceté ou l'ignorance. Il suspectait que, dans ce cas, les colporteuses de rumeurs ne savaient quasiment rien de miss Bolton, mais elles lui voulaient certainement du mal.

Il éprouva une bouffée de compassion pour elle. Il ne se rappelait que trop bien les nombreuses fois où, petit garçon, il avait surpris les conversations des domestiques ou des invités à son sujet. Aujourd'hui, il ne se souciait plus d'être traité de bâtard, mais, quand il était enfant, ces murmures le blessaient profondément.

Il regarda de nouveau Alexandra Bolton. Soudain elle leva les yeux, comme si elle avait senti son regard sur elle. Le cœur de Stephen se remit à s'emballer. Il n'en éprouvait aucune gêne, il était même quelque peu amusé par sa réaction. Après tout, cette femme n'était plus toute jeune et elle était pauvre. Bien qu'elle fût très séduisante, il ne pouvait ignorer la laideur de sa robe. Et pourtant, elle avait fait naître en lui un désir qu'il n'avait plus ressenti depuis très longtemps.

— Bonsoir, Votre Grâce, murmura Charlotte Witte.

Il se tourna et s'inclina. Il profitait des faveurs de Charlotte depuis plusieurs mois, maintenant. Elle était blonde, menue, extrêmement jolie — et très déterminée à retenir son attention. Trop déterminée, de fait, et son désir de devenir sa femme était devenu de plus en plus transparent. C'était la ligne à ne pas franchir.

— Bonsoir, lady Witte. Vous êtes dans une forme superbe, ce soir.

Elle sourit et fit une révérence avec un air flatté comme il se devait, puis regarda au-delà de lui vers miss Bolton.

— Quel mélodrame, Votre Grâce ! Et je sais combien vous voulez éviter les coups de théâtre dans ce genre.

Stephen baissa les yeux sur elle, impassible. En effet, les scènes de toute sorte lui déplaisaient souverainement.

— Ainsi, vous accusez miss Bolton d'avoir délibérément attiré mon attention ? C'est très injuste, alors qu'elle n'est pas là pour se défendre.

— Si elle n'avait pas l'intention de se donner en spectacle, elle a eu de la chance, non ? Car elle a bel et bien attiré votre attention.

Charlotte souriait, mais ses yeux bleus étaient durs.

Stephen parvint à réprimer un soupir. Elle était jalouse, comme il supposait qu'elle pouvait l'être. Sauf qu'elle n'était qu'une maîtresse, et qu'il ne faisait jamais de promesses qu'il ne comptait pas tenir. Il n'en avait certainement pas fait à Charlotte.

— Je n'ai pas encore le cœur assez froid pour laisser une demoiselle en détresse s'effondrer à mes pieds.

— Je n'insinuerais jamais une chose pareille, protesta Charlotte, l'air déconcerté.

Puis elle sourit en regardant autour d'elle avant de s'approcher un peu plus près de lui.

— Avez-vous reçu mon billet ?

— Oui.

Elle voulait savoir s'il avait l'intention de la retrouver plus tard dans la soirée. Il allait accepter ce rendez-vous lorsqu'il s'aperçut que miss Bolton s'était levée. Une flûte de champagne à la main, elle souriait à l'un des gentlemen d'âge mûr. Il plissa les yeux. L'homme paraissait entiché d'elle.

— Connaissez-vous miss Bolton ? demanda-t-il à brûle-pourpoint.

Charlotte parvint à maintenir son sourire en place.

— J'ai entendu parler d'elle, Votre Grâce, mais je ne la connais pas. Comment le pourrais-je ? C'est une couturière et son père est un ivrogne. Nous ne fréquentons pas les mêmes cercles.

Stephen la fixa.

— La mesquinerie ne vous sied pas.

Elle rougit.

— Je vous demande pardon, Votre Grâce.

A ce moment-là, il sut qu'il en avait fini avec Charlotte Witte.

Elle murmura :

— Vous verrai-je plus tard ?

Il parvint tout de même à sourire.

— Non, pas ce soir.

Il n'avait pas l'intention de lui expliquer sa décision.

Elle fit une moue boudeuse si charmante que la plupart des hommes auraient changé d'avis.

— Je me consolerai avec mes rêves.

Elle finit par s'éloigner, mais, avant que Stephen ait pu retrouver le nouvel objet de son intérêt, Alexi s'approcha.

— Qu'est-ce qui ne va pas ?

— Rien. Je suis inaltérable, l'avez-vous oublié ?

Alexi rit.

— Alors, pourquoi chasser une aussi belle femme ? demanda-t-il, plus sérieux. Oh ! attendez, je sais. Elle vous ennuie.

Bien qu'ils aient partagé une bonne quantité de son meilleur whisky la veille au soir, ils n'avaient pas reparlé de son célibat.

— De grâce, ne me faites pas un sermon sur les indicibles délices du mariage.

Le sourire d'Alexi se fit coquin.

— Ils ne sont indicibles que si vous êtes heureux en amour.

— Ma parole, elle a fait de vous un poète énamouré.

— Ah ! une insulte dont vous devrez répondre. Un verre au Cerf, ce soir ?

— Vous laissera-t-elle échapper à sa vue ?

— J'ai mes méthodes de persuasion, rétorqua-t-il en souriant largement.

Une image d'Alexandra Bolton traversa l'esprit de Stephen.

— A minuit, donc.

— Je racolerai Ned, si je peux, dit Alexi en se référant à leur cousin, le fils et héritier du comte actuel.

— Et qu'en est-il de moi ? demanda une voix féminine.

Ou cette beuverie doit-elle être strictement et exclusivement masculine ?

Stephen se tourna pour saluer la sœur d'Alexi, Ariella, maintenant lady St. Xavier. Il avait grandi avec elle, aussi. Elle était maintenant très éprise de son époux et s'était épanouie pour devenir une très jolie femme, mais elle restait la personne très cultivée et intellectuellement insatiable qu'il connaissait depuis son enfance.

Le frère et la sœur s'étreignirent.

— Il s'agira d'un moment de chauvinisme mâle pur et dur. Tu n'es pas invitée, mais St. Xavier l'est.

— Je vais réfléchir à le laisser sortir, plaisanta-t-elle, j'ai de bien meilleurs plans pour lui cette nuit.

Stephen se sentit rougir.

— Celà dépasse la conversation mondaine, dit-il aimablement.

— Je déteste les conversations mondaines…

Elle haussa les épaules en souriant.

— De fait, j'arrive d'une réunion du Soutien populaire aux ouvriers du textile.

Elle pinça la joue de Stephen comme s'il était un petit garçon.

— Je sais que vous ferez un don à un syndicat ouvrier. A propos, j'ai entendu de curieuses rumeurs à votre sujet, Votre Grâce. Etes-vous sur le point de vous fiancer ?

Stephen se montra amusé.

— N'avez-vous rien de mieux à faire que d'écouter des ragots sans fondements ?

— Je pensais que c'était improbable, mais on ne sait jamais.

Ariella le regarda avec attention.

— Avez-vous quelqu'un à l'esprit, Stephen ?

— Si c'était le cas, il me le dirait à *moi,* dit Alexi. Son meilleur et peut-être seul ami.

Stephen ne put s'empêcher de penser à Alexandra Bolton, qui s'était montrée très digne, même à deux doigts de s'évanouir.

— Les rumeurs prétendent cela depuis des années, répondit-il fraîchement. Ce sont de vains souhaits.

Alexi rit d'un air entendu.

— Vous fixez cette belle brune depuis tout à l'heure.

Stephen lui décocha un regard languide.

— Je me soucie simplement qu'elle ne se sente pas bien.

— Vraiment ? ironisa Alexi. Et elle n'a pas dix-huit ans, quel changement agréable !

Stephen le vrilla du regard.

— Vous disputez-vous ?

Il se tourna à la voix d'Elysse, qui jeta les bras autour de lui et l'étreignit fortement.

— Nous venons juste de rentrer, Stephen. Pourquoi vous disputez-vous déjà avec mon époux ?

— Parce qu'il est insupportablement entêté et que ses opinions sont toujours fausses.

Enfant, Elysse était gâtée, prétentieuse et exigeante, et elle aimait prendre de grands airs. Ils se lassaient souvent de sa conduite et l'excluaient de leurs sorties. Depuis, elle avait beaucoup changé. Avoir été abandonnée par son mari pendant six ans, juste après leur mariage, l'avait poussée à revoir son attitude. Quoi qu'il en soit, Stephen avait de l'affection pour elle, maintenant. Et le soir précédent, Alexi avait annoncé sa grande nouvelle : Elysse attendait leur premier enfant.

— Je vois que Hongkong vous a convenu.

Stephen l'embrassa sur la joue.

— Félicitations, ma chère.

Elle rayonnait.

— C'est mon époux qui me convient, et mon état est l'une des raisons pour lesquelles nous sommes rentrés. Vous avez manqué à Alexi, et à moi aussi. Mais je vois que vous vous chamaillez déjà comme deux petits garçons.

— Nous sommes généralement d'avis contraire, dit Stephen. Ce que vous savez, pour nous avoir vus nous quereller depuis notre enfance.

— Et ni l'un ni l'autre ne l'emporte jamais, leur rappela-t-elle, son regard violet devenu grave. Alors, qui est cette femme qui s'est évanouie dans vos bras ?

Avant qu'il pût répondre, Ariella intervint.

— C'est Alexandra Bolton. Sa mère était une bonne amie de tante Blanche, dit-elle en se référant à lady Harrington, mais après son décès, la famille a connu des moments difficiles. Je ne l'avais pas vue depuis des années, et c'est merveilleux de la voir ici avec ses sœurs.

— Est-elle veuve ? s'enquit Stephen, très conscient qu'elle ne portait pas de bague.

Les deux femmes le regardèrent.

— Je ne pense pas qu'elle ait jamais été mariée, répondit Ariella, les sourcils levés. Mais je n'en suis pas sûre. Manigancez-vous votre prochaine entreprise de séduction ?

Il la contempla calmement.

— Un gentleman ne se vante pas de ces choses-là.

— Ne vous en avisez pas ! s'exclama Ariella, outragée.

Avant qu'il pût changer de sujet, un homme demanda derrière eux :

— Qui est sur le point d'être séduite ?

Stephen se tourna, surpris, en entendant la voix du

frère d'Elysse. Il était ami avec Jack O'Neill, mais il ne l'avait pas vu depuis deux ans, car ce dernier vivait en Amérique.

— Ariella a une vive imagination, l'avez-vous oublié ?

Jack sourit largement et lui adressa un clin d'œil. Comme Elysse, il était blond, mais sa peau était désormais hâlée par le grand air.

— Je ne pourrais jamais l'oublier.

Ariella souffla.

— J'avertis Stephen de ne pas séduire la femme qu'il vient juste de secourir. Il se trouve que je la connais et elle n'est pas pour lui — à moins que ses intentions ne soient honorables.

Sur le point de boire une gorgée de champagne, Stephen s'étrangla.

— Vraiment ? Stephen a secouru une jeune femme ? demanda Jack intrigué.

— J'ai simplement empêché cette femme de s'effondrer, parvint à dire Stephen. Sapristi, je pose une question innocente et je suis accusé des pires intentions.

Il décocha un regard perçant à Ariella. Qu'avait-elle donc ? Alexandra Bolton avait plus de vingt-cinq ans, et une femme aussi renversante ne pouvait manquer d'expérience.

— Eh bien, je n'ai pas de problème à avouer que mes intentions ne seraient peut-être pas honorables, si j'étais à votre place, déclara Jack. Cette belle brune est très agréable à regarder. Bonsoir, Elysse. Je suis jaloux. Es-tu plus contente de voir Stephen, un simple ami, plutôt que ton propre frère ?

Elysse ouvrait de grands yeux — elle ne savait visiblement pas que son frère était rentré.

— Je n'ai pas reçu une seule lettre de toi en un an, alors je n'ai aucune envie de te parler, dit-elle sèchement en lui lançant un regard glacial avant de lui tourner le dos.

— Il est assez difficile d'écrire des lettres quand on défend sa maison contre des Indiens hostiles, déclara Jack, amusé.

Il lui embrassa la joue par-derrière.

— Je t'aime quand même, et j'ai un présent pour toi.

Il tendit la main à Alexi.

— Félicitations.

Alexi eut un grand sourire.

— Le Cerf à minuit, dit-il.

— Je ne manquerais pas cela, répondit Jack.

Sa sœur lui refit face.

— Tu n'achèteras pas ton pardon par un cadeau.

— Mais j'ai des cicatrices pour prouver mes dires, affirma Jack avec de grands yeux candides. Et un guerrier apache m'a pris un scalp.

— Pourquoi fallait-il que tu ailles dans les contrées sauvages d'Amérique ? demanda Elysse, consternée, sa colère complètement oubliée.

— C'était si facile, dit Jack en riant et en passant un bras autour d'elle.

Un moment, Stephen eut presque l'impression d'être le petit garçon d'autrefois, se tenant au bord du salon encombré des Warenne, le seul étranger de la pièce. St. Xavier était venu les rejoindre et il apercevait sir Rex et lady Blanche, qui se tenaient à quelques pas de là, parlant à Tyrell de Warenne, comte d'Adare, debout près de sa jolie femme bien en chair, Lizzie.

Stephen avait l'habitude de ces sentiments. Il était impossible de se trouver au milieu de la grande famille

Warenne et de ne pas avoir l'impression de ne pas y appartenir tout à fait, même s'il partageait leur sang. Il ne porterait jamais leur nom et leur parenté était un secret de famille — la société n'en aurait jamais vent. De ce fait, il serait toujours à la lisière du clan et n'en ferait jamais vraiment partie.

Non que cela ne lui fît quelque chose ou n'eût de l'importance, mais tout homme d'honneur avait un devoir, et le sien était Clarewood.

Stephen se détourna, certain que Jack avait dit la vérité à propos des Indiens et de ses cheveux, et tout aussi certain qu'il avait habilement manœuvré Elysse. La foule dans le vestibule avait diminué, la plupart des invités se trouvant maintenant dans la grande salle de bal pour laquelle Harrington Hall était renommé. Il parcourut la pièce des yeux, mais ne trouva pas l'objet de son intérêt. De l'autre bout de la pièce, les Sinclair se dirigeaient vers lui.

Lord Sinclair avait dernièrement jeté des jalons pour un mariage entre lui et sa très belle fille, la jeune Anne, qui marchait coincée entre ses parents. Elle était si ravissante que les têtes se tournaient sur son passage. Pourtant, Stephen restait calme, se demandant plutôt comment il allait se débarrasser de la famille en restant courtois. Il n'avait pas écarté d'emblée les avances de Sinclair ; Anne avait toutes les qualités requises — sur le papier, en tout cas — et il avait dit qu'il réfléchirait à cette union.

Elle n'avait que dix-huit ans. Elle serait docile et avide de plaire ; elle n'aurait pas d'opinions indépendantes ; en bref, elle ferait une superbe duchesse.

— Pourquoi froncez-vous les sourcils ? demanda Alexi.

— Je fronce les sourcils ?

Stephen eut un sourire sans conviction. Il savait qu'elle l'ennuierait avant même qu'ils arrivent à l'autel, et cela mettait un point final à l'affaire.

— Qui est-ce ? Oh, attendez… Je sais.

— Anne Sinclair. Son père a suggéré un mariage.

— Vous ne le ferez jamais.

— Ne me dites pas combien il est plaisant d'être houspillé sans arrêt.

— Je mourrais d'ennui si Elysse obéissait à chacun de mes ordres.

— Elle *désobéit* à tous vos ordres, observa Stephen.

— Et j'en suis heureux.

— Et même si je suis ravi de vous voir si amouraché, je serais très mécontent que ma femme me désobéisse.

— Ah, oui, bien sûr, Votre Grâce.

Alexi secoua la tête, dégoûté, et baissa la voix.

— Vous pouvez prétendre être comme l'ancien duc, mais vous ne l'êtes pas. Et nous savons tous les deux que vous ne vous résignerez jamais à une fade union arrangée — raison pour laquelle vous avez évité le mariage depuis près de quinze ans.

Stephen était étrangement agacé, et ils étaient de nouveau dans une impasse.

— Je vous verrai au Cerf tout à l'heure, conclut-il pour mettre un terme à cette conversation. Je prie que nous puissions parler de vos affaires, pas des miennes.

— Lâche.

Seul Alexi de Warenne pouvait se montrer aussi insolent envers lui. Il l'ignora et partit à grandes enjambées. Il avait mieux à faire — et une nouvelle connaissance à approfondir.

*
* *

Sara avait été prise d'assaut par les invités et les admirateurs depuis son arrivée. Stephen sourit, observant sa demi-sœur à distance. Elle n'avait jamais paru aussi heureuse, et il en était à la fois content et fier. C'était une très jolie jeune fille, elle ressemblait beaucoup à sa mère ; elle était aimable, timide et douce. Même s'il la connaissait depuis qu'elle était toute petite — elle était née peu après qu'il eut hérité du duché —, il n'avait pas passé autant de temps avec elle et Marion qu'il l'eût aimé, du fait des contraintes de la situation. Alors que la plus grande partie de la vaste famille Warenne connaissait la vérité à son sujet, ses demi-sœurs n'étaient au courant de leur lien de parenté que depuis deux ans. Après tout, les enfants gardaient mal les secrets. Jusque-là, elles l'avaient pris pour un proche ami de la famille.

Il savait qu'elle était timide avec lui, comme s'il était un parent plus âgé qui ne venait pas souvent en visite. Il savait aussi qu'il l'impressionnait. Il aurait tant aimé se comporter comme un frère pour elle, mais c'était impossible.

Elle était radieuse ce soir-là, comme c'était normal pour son seizième anniversaire. Tandis qu'il regardait plusieurs jeunes gens badiner avec elle, il ressentit une bouffée de fierté et un désir de la protéger. Ça, il pouvait s'en charger, même de loin.

Il attendait tranquillement son tour de la saluer lorsque les personnes qui le précédaient s'avisèrent de sa présence et le laissèrent passer devant eux. Sara rougissait fortement alors que lord Montclair, beaucoup trop âgé pour elle, la complimentait. Stephen s'arrêta pour sourire à lady Harrington.

— Comment allez-vous, Votre Grâce ? demanda Blanche en lui prenant les mains avec chaleur.

Elle s'était toujours montrée chaleureuse et aimable avec lui dès leur première rencontre, lorsqu'il avait neuf ans. Il l'aimait beaucoup en retour, et comprenait qu'elle l'avait accueilli si généreusement à cause de son profond amour pour sir Rex.

— J'apprécie cette soirée, et Sara aussi, semble-t-il.

— En vérité, dit doucement Blanche, Sara redoutait ce bal. Vous savez combien elle est modeste. Elle craignait de ne pas être à la hauteur de ses invités. Mais elle passe un moment fabuleux.

Stephen jeta un coup d'œil à la jeune fille, se demandant comment il pourrait l'aider à avoir plus d'assurance. Elle croisa alors son regard et s'avança aussitôt en rougissant.

— Votre Grâce, murmura-t-elle.

Voilà longtemps, il avait décidé que le fait que ses demi-sœurs et son demi-frère s'adressent à lui de manière aussi formelle n'était pas une gêne mais plutôt une nécessité.

Il lui prit les mains :

— Félicitations, ma chère. Vous êtes ravissante, ce soir, et je crois que votre bal est une réussite.

— Merci, Votre Grâce.

Elle sourit timidement.

— Je suis si contente que vous ayez pu venir.

— Je ne manquerais jamais votre anniversaire. De fait, votre cadeau est sur la table des présents dans le vestibule, et j'espère qu'il vous plaira.

— Je le conserverai précieusement, dit-elle avec sérieux, parce qu'il vient de vous.

Il lui baisa la main. Il lui avait offert un collier avec un pendentif de diamants, et il espérait qu'elle le chérirait toujours comme un trésor. Mais avant qu'il pût se redresser, il eut une vision de Tom Mowbray debout derrière lui.

Cela ne dura qu'un instant, mais le vieux duc raillait ses sentiments, comme s'il le prenait pour un sot.

Stephen se raidit. Même si Tom était mort et si ce qu'il avait vu était un souvenir, il pouvait l'entendre aussi clairement que s'il était vivant. *Votre devoir est Clarewood, pas votre demi-sœur ! Et vous osez aspirer à davantage ?*

Mais il n'aspirait à rien. Il avait simplement de l'affection pour sa sœur — et c'était autant son devoir qu'autre chose.

Sir Rex se détacha d'un groupe d'invités et se tourna vers lui. Stephen savait qu'il avait de la chance que son père naturel fût un homme aussi honorable, et ils s'étaient liés d'amitié au fil des années.

— Est-ce que Sara va glapir et se pâmer en voyant votre cadeau ? J'espère qu'il est raisonnable, dit lord Harrington en lui serrant la main. Comment allez-vous, Stephen ?

Il refusait de l'appeler « Votre Grâce », et même si c'était étrange, personne ne semblait s'en soucier, ou peut-être la haute société s'y était-elle simplement habituée. Stephen songea qu'il détesterait être traité si formellement par l'homme qui l'avait non seulement engendré, mais avait eu ses meilleurs intérêts à cœur depuis aussi longtemps qu'il s'en souvenait. Il avait respecté et admiré sir Rex pendant des années avant d'apprendre la vérité sur leur relation, tandis que ce dernier s'était toujours montré plus aimable et attentif avec lui que la normale. Avec le recul, il comprenait pourquoi.

— Je vais bien, répondit-il, et m'occupe actuellement du projet de foyer pour Manchester, entre autres choses.

Il faisait construire des logements pour les ouvriers de l'industrie textile, avec un éclairage, une ventilation et des égouts corrects. Les industriels n'étaient pas contents, mais il ne s'en souciait pas ; ils changeraient d'avis quand ils se rendraient compte que des travailleurs en bonne santé étaient plus productifs que des travailleurs malades.

— Les plans sont achevés ? demanda Rex avec intérêt.

Il soutenait chaleureusement toutes les bonnes œuvres de Stephen.

— Non. Mais j'espérais vous les montrer quand ils le seront.

Sir Rex sourit, satisfait.

— Je ne doute pas de leur succès, et je suis impatient de les voir.

Il était aussi différent de Tom Mowbray que possible. Il croyait à la valeur des compliments et des encouragements, pas des critiques et du mépris. Stephen savait qu'il aurait dû être habitué à ces louanges, mais il ne l'était pas. Il était toujours vaguement surpris et un peu mal à l'aise lorsque sir Rex le félicitait pour son travail.

— Il se peut qu'il y ait plusieurs versions, dit-il. Il reste quelques problèmes à régler.

— Vous les résoudrez, comme toujours. Je suis confiant, assura sir Rex en souriant.

— Merci. J'espère que votre confiance ne sera pas mal placée.

Tout en parlant, il aperçut Randolph, le fils de sir Rex, son demi-frère, qui entrait dans la salle de bal. Le jeune homme les vit aussitôt et s'avança vers eux avec un grand sourire.

— Je suis content que vous formiez Randolph, dit sir

Rex. Il n'a fait que parler de vos bonnes œuvres depuis qu'il est rentré de Dublin.

— Randolph est déterminé et très intelligent. Il a découvert des malversations dans les comptes du foyer Clarewood de Dublin. J'ai dû remplacer le directeur.

— Il me l'a dit. Il est étonnamment doué avec les chiffres. Il ne tient pas cela de moi.

Randolph n'avait pas encore vingt ans, mais il était beau, avait les cheveux cendrés, et ressemblait presque trait pour trait à son père. Il possédait une formidable assurance qui se voyait dans ses longues enjambées, et les nombreuses jeunes débutantes présentes l'admirèrent toutes tandis qu'il passait devant elles.

— Bonsoir, père. Votre Grâce.

— Vous êtes en retard, dit gentiment Stephen.

Son demi-frère avait la mine échauffée et très satisfaite, et Stephen savait parfaitement bien ce qu'il avait fait.

— Vous n'êtes pas le seul à avoir secouru une demoiselle en détresse ce soir, se vanta Randolph.

— Vous allez attraper une terrible maladie, l'avertit sérieusement Stephen. Et on ne doit jamais parler en public de ce genre de sottise.

La jubilation de Randolph diminua un peu.

— Je n'avais pas l'intention d'être en retard. Je n'ai pas vu passer le temps.

Il sourit de nouveau.

— Evidemment, que vous n'aviez pas l'intention d'être en retard. Vous n'aviez pas les idées claires — si vous aviez des idées. C'est l'anniversaire de Sara, Randolph.

Stephen espéra ne pas se montrer trop dur, mais le jeune homme était trop souvent intrépide, et cela l'inquiétait.

Randolph rougit.

— Je vais faire mes excuses à Sara.

Il regarda sa sœur et ses yeux s'élargirent.

— Tu es devenue une vraie beauté ! s'exclama-t-il.

Stephen en fut amusé et il vit que sir Rex l'était aussi. Tandis que Randolph s'empressait d'aller à sa sœur, sir Rex dit :

— Je lui ai parlé maintes fois, mais je crains que mes conseils ne tombent dans l'oreille d'un sourd.

— Il m'a assuré qu'il serait très prudent et discret.

— Merci.

Sir Rex soupira.

— Je ne puis me rappeler un mâle Warenne qui n'ait pas été renommé pour ses fredaines jusqu'à ce qu'il se marie.

Il regarda Stephen.

— Eh bien, Randolph suit la tradition familiale, observa ce dernier.

Mais il se détourna, mal à l'aise, se demandant s'il était inclus dans cette généralisation. En un sens, il espérait que non. Il considérait ses liaisons amoureuses comme assez routinières, pour un célibataire comme lui.

Soudain, il aperçut le baron d'Edgemont qui se frayait un chemin parmi la foule, et il s'avisa vite qu'il était ivre à ne pouvoir marcher droit. Il regarda autour de lui avec quelque inquiétude, mais miss Bolton était invisible. Et c'est alors qu'il vit la duchesse douairière entrer dans la salle de bal. Et elle n'était pas seule… Le fait que sa mère fût escortée dans une telle soirée n'avait rien de surprenant, mais Stephen se rendit immédiatement compte qu'il ne s'agissait pas là d'une affaire anodine. L'homme à son bras était grand et blond, avec une présence positivement léonine. Et la duchesse était radieuse, comme si elle était suprêmement heureuse. De fait, elle n'avait jamais paru plus en forme.

Julia Mowbray, duchesse douairière de Clarewood, était l'une des femmes les plus fortes et les plus courageuses qu'il connaissait. Elle avait consacré toute sa vie aux intérêts de son fils, au prix de grands sacrifices personnels. Elle avait beaucoup souffert par la faute du duc précédent. Douairière depuis quinze ans, elle avait décidé de ne pas se remarier, et Stephen avait applaudi à sa décision. Maintenant, il était inquiet.

— Qui accompagne la duchesse ce soir ? demanda-t-il d'un ton sec.

— Je crois que son nom est Tyne Jefferson, c'est un rancher californien.

— Vous en êtes sûr ?

Sa mère avait-elle un intérêt sentimental pour cet homme ?

— Est-il fortuné ? Vient-il d'une bonne famille ? Il a l'air assez sauvage.

— Vous devriez vous calmer. Julia est une femme forte et raisonnable. Des chasseurs de fortunes ont rôdé autour d'elle pendant des années, et elle les a tous écartés.

— Vous pensez donc que c'est un chasseur de fortunes ? s'exclama Stephen.

— Non, répondit sir Rex. J'ai entendu dire qu'il a des affaires avec votre oncle, Cliff.

— Je crois que des présentations s'imposent, dit Stephen.

La duchesse douairière était très riche — et il en était responsable. Cette relation ne lui disait rien qui vaille. Elle le tourmentait.

— Excusez-moi.

Julia traversait la salle de bal avec l'Américain.

Diplomate consommée maintenant, comme elle avait été une parfaite duchesse, elle s'arrêtait devant chaque groupe, présentant poliment Jefferson, que ces formalités semblaient laisser de bois. Il parlait à peine, mais il observait Julia avec une attention et un intérêt évidents. Stephen s'approcha d'eux par-derrière.

L'Américain sentit aussitôt sa présence et se retourna. Stephen lui adressa un sourire glacial auquel il répondit par un regard méfiant.

Julia se tourna à son tour, intriguée.

— Stephen !

Elle prit les mains de son fils avant de l'embrasser sur la joue.

— Je suis si contente que vous soyez ici. Voici M. Tyne Jefferson. Monsieur Jefferson, voici mon fils, Sa Grâce le duc de Clarewood.

— Je suis honoré, Votre Grâce, dit l'Américain d'un ton traînant.

Mais Stephen devina à son intonation qu'il n'était pas le moins intimidé.

— Monsieur Jefferson. Appréciez-vous mon pays ? répondit Stephen en souriant.

Il désigna la pièce somptueuse.

— J'imagine que vous n'assistez pas à beaucoup de bals, en Californie.

Julia s'approcha plus près de son fils et lui décocha un regard qui disait clairement qu'il l'irritait.

Peu importait. Il devait la protéger d'un désastre et d'un cœur brisé, à n'importe quel prix.

— Non, nous n'avons pas de bals comme celui-ci en Californie. Le paysage ici est un changement tout à fait agréable, aussi.

Jefferson baissa les yeux sur Julia, qui se mit à rougir violemment.

Stephen fut choqué — et privé de l'usage de la parole, ce qui ne lui ressemblait pas — par l'évidence de ses sentiments pour cet homme.

— J'apprécie mon séjour ici, ajouta l'Américain. Et j'apprécie beaucoup d'avoir été invité à ce bal.

Julia lui sourit.

— Il eût été négligent de ma part, monsieur, de ne pas vous prier de m'accompagner.

Stephen jeta un regard acéré à sa mère. A quoi pensait-elle ?

— Et qu'est-ce qui vous amène en Grande-Bretagne ?

L'Américain parut amusé.

— Une affaire personnelle, de fait.

Ce qui revenait à dire à Stephen de s'occuper de ce qui le regardait, ce qui ne lui plut pas.

— Sir Rex m'a dit que vous traitiez avec Cliff de Warenne.

Son oncle, le père d'Alexi, avait édifié un empire dans la marine marchande.

— Stephen, intervint vivement Julia, je sais que vous voulez faire plus ample connaissance avec M. Jefferson, mais nous venons juste d'arriver. Je souhaite faire encore un certain nombre de présentations.

Elle était ferme. Stephen comprit qu'il devait battre en retraite — pour le moment. Mais il se renseignerait sur cet homme et, le lendemain, à la première heure, il convoquerait sa mère à Clarewood pour découvrir ce qu'il lui prenait de s'afficher en présence d'un tel individu.

— Je peux peut-être vous être utile dans vos affaires, dit-il, car non seulement je suis en bons termes avec la famille Warenne, mais j'ai beaucoup de relations dans le royaume.

— C'est aimable à vous de le proposer, répondit Jefferson, sur un ton sarcastique. J'y réfléchirai certainement.

Julia lança un autre regard d'avertissement à son fils, mais il le vit à peine. Il n'était pas sûr d'avoir déjà rencontré une telle arrogance, et malgré lui il sentait poindre un respect réticent pour l'Américain.

— Tenez, une gorgée de thé vous fera du bien, dit le châtelain Denney d'un ton soucieux.

Alexandra lui sourit avec reconnaissance, consciente qu'on la regardait et chuchotait à son sujet. Elle n'avait pas imaginé un tel accueil pour sa première sortie mondaine après neuf ans de solitude. Personne ne lui avait parlé depuis leur arrivée, hormis ses sœurs, son père, M. Denney et leurs hôtes. Elle avait fait de son mieux pour prétendre que tout allait bien — elle ne voulait pas chagriner le hobereau ou, pire, le faire fuir. Mais sûrement, lorsqu'il s'aviserait de ce qui se passait et de ce que la société pensait d'elle, il prendrait la fuite.

Ils étaient à Harrington Hall depuis environ deux heures, et sa migraine était telle maintenant qu'elle avait finalement avoué ne pas se sentir très bien. Denney se montrait aimable. Elle avait le sentiment que la compassion était une large part de sa nature.

— Merci, dit-elle, acceptant le thé et sachant qu'il avait dû se démener pour en obtenir une tasse à cette heure.

Elle but une gorgée. Il lui semblait qu'elle se tenait dans ce coin de la salle de bal depuis une éternité, mais il n'était pourtant que 21 heures. Elle n'était pas sûre de s'être déjà sentie aussi humiliée. Elle ne parvenait pas à croire qu'elle avait été assez naïve pour penser qu'elle pouvait paraître en société en travaillant comme couturière. Quant aux méchants ragots disant qu'elle avait été abandonnée par Owen juste avant leur mariage, elle ne pouvait supporter d'y penser. Au moins pouvait-elle se consoler avec la vérité. Même ainsi, le châtelain déciderait sûrement qu'il voulait une femme acceptable dans le monde, ce qui l'exclurait.

Elle jeta un coup d'œil à ses sœurs, consternée. Elles auraient dû être en train de danser ; à la place, elles refusaient de la quitter. Elles auraient dû passer le plus beau moment de leur jeune vie ; à la place, elles étaient anxieuses et effrayées, déterminées à la défendre d'autres attaques et à prévenir un autre désastre.

Son regard vagabonda. Malgré elle, elle *le* cherchait.

Son cœur battit la chamade. Ses joues s'enflammèrent.

— Je vais vous chercher quelque chose à manger, dit Denney, sa sollicitude toujours aussi grande.

S'avisant qu'il la quitterait un moment et qu'elle pourrait parler en privé à ses sœurs, Alexandra acquiesça.

— Merci.

Dès qu'il fut parti, Corey murmura :

— Je pense que nous devrions partir.

Elle était pâle de détresse.

Alexandra lui fit face, un ferme sourire en place.

— Nous ne pleurerons pas sur du lait renversé, nous l'épongerons.

— Ces gens sont détestables, continua sa sœur à mi-voix. Qui se soucie d'être à cette soirée ?

— Tout le monde n'est pas détestable. Quelques-unes

de ces femmes sont méchantes, c'est tout. N'était-il pas agréable de revoir lady Harrington et ses filles ?

Blanche Harrington s'était montrée aimable et attentionnée, et Sara et Marion avaient paru heureuses de refaire connaissance avec elles. Sir Rex avait été également magnanime.

— Et, Corey, tu intéresses plusieurs jeunes gentlemen, ici.

— Je m'en moque, répondit sérieusement la jeune fille. Quand pouvons-nous partir ?

Alexandra échangea un coup d'œil avec Olivia et la surprit à fixer le même jeune homme blond qu'elle avait remarqué plus tôt. Son cœur se serra. Qui qu'il soit, il n'était pas pour sa sœur.

— Qui est-ce ? demanda-t-elle.

Olivia s'empourpra.

— Je ne sais pas. J'ai entendu quelqu'un dire qu'il a passé les deux dernières années dans les contrées sauvages d'Amérique.

Alexandra perçut l'intérêt de sa sœur. Elle lui prit la main et la serra tristement. Puis elle regarda Corey.

— Nous ne pouvons partir si tôt. Ce serait une offense grossière à nos hôtes. Et ce serait grossier vis-à-vis de M. Denney, aussi.

Corey était lugubre.

— Je sais. Mais on peut toujours espérer, n'est-ce pas ?

— Je pense que nous devrions essayer de ressusciter cette soirée et de profiter des prochaines heures, déclara Alexandra.

Ses sœurs ne furent pas dupes un instant de son optimisme.

— Où est père ? demanda Olivia.

Alexandra se figea. Elle ne l'avait pas vu depuis une

heure, et rien de bon ne pouvait en sortir. S'il buvait, elle lui tordrait le cou quand ils rentreraient chez eux, et cette fois elle le pensait. Elle ne pouvait supporter plus de honte.

— Nous devrions peut-être le chercher, dit-elle en posant sa tasse de thé.

A ce moment-là, elle sentit *son* regard sur elle. Elle inspira à fond, pour évacuer la tension qui l'habitait. La sensation d'être observée par le duc de Clarewood était sans égale. Lentement, elle se tourna.

Il demeurait incroyable qu'elle se soit presque évanouie et qu'il l'ait rattrapée avant qu'elle ne tombe. Il restait tout aussi incroyable qu'il se soit montré aussi galant — et qu'il ait même badiné avec elle. Et il était également impossible qu'un moment plus tard elle l'ait surpris à la regarder avec attention, comme maintenant. Leurs regards se croisèrent.

Son cœur bondit, manqua un battement avant de se mettre à tambouriner dans sa poitrine.

Elle pouvait à peine respirer.

Il parlait avec plusieurs gentlemen, mais son regard était posé sur elle, à la fois sûr de lui et intense. Elle savait qu'elle n'oublierait jamais la sensation d'avoir été dans ses bras forts. Quant à son intérêt, elle était quasiment certaine de savoir ce qu'il signifiait.

Il n'était pas marié, et elle non plus — mais elle n'était pas faite pour lui. Elle était trop âgée, trop appauvrie, le nom de sa famille était trop déshonoré. Son intérêt ne pouvait vouloir dire qu'une seule chose.

Elle était stupéfaite, mais aussi consternée.

— C'est Clarewood, dit Corey dans un souffle, visiblement impressionnée et ne comprenant manifestement pas la situation.

— Je lui suis redevable, déclara Alexandra d'un ton crispé.

Elle jeta un coup d'œil à Olivia, qui lui rendit son regard. Sa sœur cadette comprenait sûrement qu'il ne s'intéresserait jamais à elle d'une façon honorable. Et elle ne pouvait toujours pas concevoir son intérêt pour elle, même d'une façon déshonorable. Pourquoi la trouvait-il intéressante ? Il y avait maintes belles femmes dans la salle. Et alors, du coin de l'œil, elle aperçut son père qui venait vers elles.

Elle se figea. Il *titubait.* Elle avait prié pour que les choses n'empirent pas, mais apparemment ses prières n'avaient pas été entendues.

Olivia le vit aussi et retint une exclamation.

— Maintenant, nous devons partir, dit-elle.

Il n'y avait rien qu'Alexandra souhaitât davantage. Toutefois, s'enfuir maintenant d'une façon honteuse laisserait une terrible impression.

— Vous deux, restez ici, décréta-t-elle. Je vais le renvoyer à la maison et je reviens.

Olivia lui jeta un regard implorant.

— Pourquoi ?

— Je ne pense pas que Denney ait remarqué à quel point père est ivre. Et nous resterons jusqu'à ce que le châtelain soit prêt à partir — nous sommes ses invitées.

Edgemont arriva en chancelant vers elle, avec un grand sourire.

— Ma… ma si belle fille ! Tu t… t'amuses ?

Alexandra le prit par le bras et le tira dans le coin.

— Vous aviez promis de ne pas boire.

— Je n'ai p… pas bu, Alexandra, je le j… jure. Pas une goutte.

— Vous empestez le whisky et vous titubez, l'accusa-t-elle.

Elle était livide, mais elle était surtout humiliée et consternée.

— Je n... n'ai pas bu une goutte de w... whisky, dit le baron, l'élocution difficile. C'était du g... gin.

— Et vous trouvez que c'est mieux ?

Elle passa fermement un bras sous le sien, mais même ainsi, il lui tomba presque dessus. Elle heurta le mur, s'empourprant. Il était beaucoup trop lourd pour elle.

— Vous devez partir, père. Vous ne pouvez rester ici dans cet état.

— C'est t... trop tôt, ma chère. On... on joue aux cartes dans le salon de jeu.

Il essaya de la repousser et faillit tomber de nouveau. Alexandra savait qu'on les remarquait. Elle saisit son bras et tenta de le faire se tenir droit. Tandis qu'il se redressait en chancelant, elle ne fut pas sûre de pouvoir lui pardonner cela un jour.

— T... Tu t'amuses bien, hein ? répéta-t-il en souriant largement.

— Oui, je passe un moment magnifique ! lâcha-t-elle d'un ton coupant, en se demandant si elle devait essayer de le traîner de force hors de la salle de bal.

Elle ne pensait pas être assez forte pour cela.

— B... Bien.

Soudain, il se libéra de son étreinte et heurta le mur à son tour.

Furieuse, les joues en feu, elle lui empoigna le bras et le passa sur ses épaules.

— Nous partons, dit-elle en essayant de parler aussi

calmement que possible, ce qui n'était pas facile vu sa colère.

— Je n… ne veux pas partir, protesta-t-il en résistant. Les c… cartes.

Elle le regarda, et quand il lui sourit, elle eut envie de pleurer. C'était donc ainsi qu'il était lorsqu'il quittait la maison chaque soir ? Cela lui brisait le cœur. Et le plus cruel était que si sa mère avait vécu, elle en était certaine, son penchant pour la boisson ne serait jamais devenu aussi incontrôlable.

— Puis-je ? demanda le duc de Clarewood.

Alexandra se figea pour lever les yeux vers la voix sensuelle.

Elle plongea alors dans l'intense regard bleu du duc. Il n'y avait pas de mépris sur son beau visage, pas de condescendance. Il paraissait grave, comme il convenait aux circonstances. Il semblait prêt à la soutenir dans cette épreuve.

Elle sentit son cœur exploser.

— Je vous demande pardon ?

— Puis-je vous aider ?

Il lui décocha un sourire éclatant.

C'était le genre de sourire auquel nulle femme ne pouvait résister. Alexandra eut envie de laisser choir son père ivre dans ses bras musclés et de fondre en larmes. A la place, elle rajusta le bras de son père sur ses épaules, garda la tête haute et battit des cils. Ce faisant, elle comprit qu'elle ne pourrait jamais le porter hors de la pièce, et encore moins jusqu'à la maison.

Et Clarewood, l'homme le plus renversant qu'elle avait jamais vu, était témoin de son humiliation.

— Vous ne pouvez supporter son poids, dit-il gentiment.

Il avait raison. Elle s'humecta les lèvres et il lui vint à l'esprit que ce geste — qui était véritablement héroïque — ne ferait qu'attirer davantage l'attention et causer plus de ragots.

— Vous avez raison.

Elle osa croiser de nouveau son regard.

C'était le regard le plus spéculatif, le plus intelligent et le plus pénétrant qu'elle avait jamais vu. Puis il se pencha et ôta le bras de son père de ses épaules, le prenant fermement par la taille. Le baron protesta en bafouillant.

— Père, vous allez sortir avec le duc, dit-elle aussi calmement que possible. Je vous suivrai — et vous rentrerez à la maison.

— J… je ne veux pas rentrer. Le d… duc ?

Le baron contempla Stephen, bouche bée.

— Du calme, monsieur, dit Clarewood avec une autorité tranquille. La soirée est finie pour vous et vous rentrez chez vous, comme miss Bolton l'a suggéré.

Il connaissait son nom.

Les yeux d'Edgemont s'écarquillèrent d'une façon comique.

— V… Votre Grâce, murmura-t-il, visiblement intimidé et docile, maintenant.

Alexandra lutta contre les larmes tandis que Clarewood portait quasiment son père vers la porte.

Elle s'aperçut que ses sœurs étaient venues se placer à côté d'elle, silencieuses, emplies du même désespoir et de la même détresse que ceux qu'elle éprouvait. Tandis que le duc traversait la pièce, elle prit conscience de la foule qui regardait la scène, muette. Tous les yeux étaient rivés sur Clarewood et son fardeau burlesque.

Soudain, deux gentlemen se portèrent vers le duc. Elle

reconnut le jeune homme aux cheveux cendrés — c'était Randolph de Warenne, le fils de sir Rex, qui devait avoir autour de vingt ans. Elle ne pouvait se tromper sur l'autre, même si elle ne l'avait pas vu depuis des années — c'était le brun et beau courtier maritime Alexi de Warenne. Les deux hommes débarrassèrent promptement Clarewood du baron ivre.

— Trouvez une voiture pour le ramener chez lui avec une escorte, dit calmement le duc en redressant sa jaquette.

— Je vais le raccompagner moi-même, offrit Randolph avec un sourire crispé.

— Merci.

Clarewood lui sourit en retour.

— Vous pouvez prendre ma voiture, si vous voulez. J'apprécie ce geste, Randolph.

Alexandra pensa que le jeune homme était avide de plaire au duc, non que cela lui importât, à partir du moment où cela signifiait qu'il ramènerait son père chez lui. Mais elle nota aussi à quel point les deux hommes se ressemblaient — même si Randolph était plutôt blond et le duc très brun. La similarité de leurs traits la frappa, comme leur teint mat, et juste avant que Randolph ne se détourne pour emmener son père, elle aperçut les brillants yeux bleus pour lesquels les hommes Warenne étaient renommés. Clarewood avait les mêmes. Mais cela n'avait aucune importance, bien sûr. Elle n'aurait su dire pourquoi elle remarquait ce genre de choses maintenant.

Clarewood pivota et revint vers elle.

Son cœur battit très fort. A côté d'elle, ses deux sœurs se raidirent et Alexandra sentit qu'elle rougissait. Il l'avait sauvée d'une scène embarrassante. Avait-il entendu les ragots ? La jugeait-il répréhensible ? Que pensait-il de la conduite de son père ? Ou du fait qu'elle doive gagner sa vie en cousant ? Pourquoi s'en souciait-elle ?

Soudain, il prit une flûte de champagne à un valet sans s'arrêter de marcher. Peu après, il la lui tendit.

— Le champagne ne guérit certainement pas tous les maux. Mais vous semblez avoir besoin d'un peu d'alcool.

Elle accepta le verre avec reconnaissance. Clarewood jeta un coup d'œil nonchalant à ses sœurs. Comme s'il le leur avait ordonné, elles lui firent un signe de tête et s'éloignèrent de quelques pas. Alexandra ne pouvait détacher les yeux de lui, mais elle savait que ses sœurs le fixaient aussi — comme tout le monde dans la salle.

— Je suis navré de votre détresse, miss Bolton.

Que voulait-il dire ? Pourquoi se soucierait-il d'elle ?

— Vous n'avez aucune raison d'être navré, répondit-elle. Vous m'avez sauvée d'un évanouissement. Vous avez reconduit mon père ivre à la porte et vous êtes assuré qu'il rentre à la maison sain et sauf. Merci.

— Le premier cas était un plaisir pour moi. Le second, un choix.

Sa bouche s'incurva.

Elle se demandait toujours pourquoi il s'était donné cette peine.

— Il s'agissait certainement d'un choix désagréable, que vous n'étiez pas tenu de faire. De nouveau, merci, Votre Grâce. Votre amabilité est époustouflante.

Il l'étudia un moment.

— L'amabilité n'a rien à voir là-dedans.

Il s'inclina.

— Il semble que vous ayez un soupirant qui attend à l'écart. Un gentleman sait quand il doit prendre congé.

Elle se raidit, apercevant le châtelain Denney, qui

attendait derrière eux, les yeux élargis, et elle sut qu'elle ne s'était pas méprise sur la moquerie dans le ton du duc. Son désarroi s'accrut, et son embarras aussi. D'une manière quelconque, il avait deviné que Denney la courtisait.

Clarewood lui décocha un regard étrange, presque prometteur, comme s'il lui disait qu'il reviendrait, puis il s'en alla.

Alexandra resta figée sur place, avec l'impression d'avoir essuyé un ouragan — ou quelque autre incroyable force de la nature.

4

La salle du Cerf à l'hôtel Saint-Lucien était un cercle privé très sélectif. Même si l'on n'avait pas à être un membre pour y accéder, le maître d'hôtel n'hésitait pas à détourner les clients indésirables de ses massives portes sculptées. Les marchands, les banquiers, les industriels et les hommes de loi n'étaient simplement pas acceptés sans une introduction appropriée ou une escorte adéquate. En bref, c'était un refuge pour l'élite de la région. Stephen fréquentait rarement la salle du Cerf ou des établissements similaires, mais de temps en temps ce genre d'isolement était le bienvenu.

Il poussa Randolph en avant, une main sur son épaule. Le maître d'hôtel s'inclina.

— Votre Grâce. Monsieur de Warenne.

Stephen fit un signe de tête tandis qu'il pénétrait avec son demi-frère dans le salon aux lumières tamisées, empli de beaux meubles, d'antiquités dorées et de tapis d'Aubusson. A cette heure tardive, près de minuit, les gentlemen présents étaient tous de son âge, hormis quelques exceptions, et beaucoup étaient bien éméchés. On murmura « Votre Grâce » sur son passage alors qu'ils traversaient la pièce, occupée par plusieurs groupes. Alexi, Jack, Ned et son jeune frère Charles, surnommé Chaz, étaient affalés au fond dans leurs sièges rembourrés. Dans ce coin, les fenêtres donnaient sur le parc. La lune brillait, ce soir-là.

— Nous nous demandions si vous vous étiez perdus en route, dit Jack O'Neill, les jambes croisées, un cigare à la main.

— J'ai dû arracher mon jeune ami aux griffes d'une baronne particulièrement vorace, indiqua sèchement Stephen. Il faisait des avances à lady Dupré.

Randolph se laissa choir sur le canapé à côté d'Alexi, qui lui servit un cognac dans un ballon et le lui tendit.

— Elle était la plus belle femme de la soirée, et puis-je dire pour ma défense qu'elle me lorgnait depuis un moment avant que je m'approche ?

— Les femmes sont toutes belles, pour toi, observa Chaz.

— La discrétion eût été préférable, dit Stephen d'un ton sévère, étant donné que son amant actuel était à côté d'elle et son mari à portée de voix.

— Lady Dupré, murmura Alexi. Bien joué, Rolph.

Randolph le salua de son verre.

Stephen prit le fauteuil à côté du canapé, en jetant un coup d'œil à Alexi. Son ami était appuyé aux coussins d'une manière qui suggérait qu'il était loin d'être ivre et se préparait sérieusement à leur prochain round. Il avait l'air d'un puma dans une cage, qui attendait que le dresseur ose s'aventurer à l'intérieur. Il sourit d'un air indolent au duc.

— Puisque nous parlons de conquêtes, miss Bolton a-t-elle indiqué qu'elle vous sera reconnaissante de l'avoir sauvée pas une fois, mais deux, ce soir ?

Stephen se servit un cognac, se remémorant avec une

bouffée de colère l'humiliation qu'Alexandra avait subie du fait de son père.

— Edgemont est une honte.

— Miss Bolton s'est bien comportée, déclara fermement Ned. De la grâce sous un feu nourri, de tout côté.

Stephen approuva en silence.

— C'est une femme saisissante, remarqua Jack. Elle est presque aussi grande que moi.

Stephen lui décocha un regard d'une douceur fallacieuse.

— Je ne m'aventurerais jamais sur votre terrain, se défendit Jack en riant.

Il redevint sérieux.

— J'ai été navré pour elle. Et pour ses sœurs, aussi. Edgemont devrait être abattu.

— C'est un peu extrême, nota Ned, amusé. Tu es revenu à la civilisation, Jack, l'aurais-tu oublié ?

— Je suppose que je suis devenu un peu extrémiste, en effet.

Il jeta un coup d'œil à la ronde.

— Trouvons une taverne et quelques filles bien disposées. Je m'ennuie.

Chaz et Randolph échangèrent un regard.

— Je connais un endroit, indiqua Chaz, en s'efforçant de prendre un air blasé.

Son frère aîné le regarda.

— Tu es le deuxième en ligne, dit-il d'un ton réprobateur. Tu as une réputation à maintenir.

— Exactement. Je suis le deuxième, pas l'héritier, rétorqua Chaz sans se laisser perturber.

Il vida son verre et fit des messes basses avec Randolph concernant leurs plans pour le reste de la soirée.

Alexi se tourna vers Stephen.

— Je repose la question : comment se passe votre dernière entreprise de séduction ? Miss Bolton est-elle disposée à se montrer reconnaissante ?

Stephen sentit son sang s'échauffer. Il songea à la fierté d'Alexandra et répondit lentement :

— Elle a manifesté une gratitude prudente... comme si vous vous en souciiez.

— Mais je m'en soucie.

Alexi sourit.

— Elle n'est pas une Charlotte Witte. De fait, vous pourriez vous trouver confronté à une certaine résistance, cette fois. A propos, Elysse a décidé qu'elle souhaitait connaître miss Bolton. Ariella prévoit de les présenter.

Stephen soupira. Il s'attendait à ce que ses cousins interfèrent dans sa vie personnelle — ils le houspillaient assez sur son état de célibataire —, mais il ne voyait pas du tout pourquoi ils s'inquiéteraient de son intérêt pour Alexandra Bolton. Et il se demanda si Alexi pouvait avoir raison. Non seulement elle s'était montrée fière, mais elle n'avait pas badiné avec lui, pas une seule fois, alors que toute femme qui croisait son chemin jouait les coquettes et les aguicheuses.

— Etant donné sa situation catastrophique, je suis certain que nous finirons par arriver à un accord très plaisant. Et peut-être pourriez-vous demander à votre femme et à votre sœur de ne pas s'en mêler. Il n'y a absolument rien qui les regarde là-dedans.

Alexi lui sourit de nouveau.

— Il se trouve qu'à mon avis elles devraient peut-être s'en mêler, cette fois. Miss Bolton est si originale.

Stephen le fixa.

— Que mijotez-vous ?

— Elle n'est pas votre genre, en tout cas pas pour une liaison, déclara Alexi.

— Comme vous vous trompez.

Son ami arborait une expression très satisfaite qui le mit mal à l'aise.

— N'est-elle pas célibataire ? demanda Ned, le regardant sans ciller. Et n'est-elle pas noble ?

Stephen éprouva un certain inconfort.

— C'est une femme mûre, Ned, une vieille fille, pour l'amour du Ciel. Et il y a déjà eu un scandale, aussi n'est-elle guère une innocente débutante dont je souhaite profiter impitoyablement.

— C'est une femme de qualité, insista Ned. Et fière. Tout le monde peut le voir. Vous devriez vous tourner ailleurs pour vous distraire.

Stephen le regarda froidement, mais Ned ne fléchit pas. Un jour, son cousin serait le comte d'Adare, un titre et une position de pouvoir. Il ne comptait pas que Ned plie devant lui, mais il n'appréciait pas d'être mis en question, ni que ses cousins interviennent dans cette affaire. Nul ne s'était soucié de lui dire un mot à propos de Charlotte, ni de sa maîtresse précédente ni de celle d'avant.

Mais Alexi avait raison sur un point : Alexandra ne ressemblait pas du tout à Charlotte.

— Je me demande comment Anne Sinclair aurait négocié le drame de cette soirée, si elle avait été à la place de miss Bolton, dit doucement Alexi.

Les autres gloussèrent. Stephen eut un sourire crispé et but une gorgée de cognac, se demandant pourquoi son ami faisait cette comparaison.

— Je suis sûr qu'elle se serait montrée aussi gracieuse

et digne, répondit-il, même s'il ne le pensait guère. Vous intéressez-vous à lady Anne, Alexi ?

— Moi ? Bien sûr que non. Voyons voir… Quel âge a-t-elle ? Dix-huit ans ? Et qu'a-t-elle accompli ? Oh, attendez… Elle a été gâtée et choyée toute sa vie. Mais c'est une excellente danseuse, et ses manières sont impeccables. Vous formez un beau couple, de fait — elle ferait une superbe duchesse. Vous n'êtes pas d'accord, vous autres ?

Tout le monde était silencieux. L'intérêt était vif.

Et Stephen était très agacé, maintenant.

— J'ai songé à Anne, mais j'ai décidé de l'écarter.

— Naturellement. Et je soutiens votre décision, déclara Alexi. Dites-moi, avez-vous entendu dire que miss Bolton coud pour entretenir ses sœurs et son père ?

Alexi le provoquait, il ne voyait pas pourquoi.

— J'admire ses ressources.

Alexi en resta bouche bée.

— Vraiment ?

Quelqu'un rit.

— Je pense que c'est une tragédie qu'elle doive travailler pour faire vivre sa famille, intervint Randolph.

— C'est une tragédie, confirma Stephen en regardant Alexi avec attention. La vie est pleine de tragédies.

— Et la vie est pleine de débutantes jeunes, belles et gâtées, dit ce dernier en le saluant de son verre.

— Où voulez-vous en venir ? demanda Stephen avec irritation.

Mais il se remémora la parade de jeunes dames qui lui avaient été proposées au cours des dix dernières années — chacune à l'exacte image d'Anne.

— Parce que je crois me rappeler une autre jeune

femme terriblement gâtée et choyée… avant que vous ne l'abandonniez à l'autel et partiez pour des contrées inconnues, lança-t-il à Alexi.

Ce dernier conserva son sourire, mais qui n'atteignait plus ses yeux.

— J'ai commis une terrible faute en la quittant après l'échange de nos vœux. Mais je ne peux imaginer lady Anne devenant la femme spectaculaire que mon épouse est devenue — une femme qui a des opinions, des idées, de la volonté, de la *profondeur.* Miss Bolton me rappelle Elysse — pas en apparence, mais par son courage.

Il vida son verre et dit :

— Je crois que vous venez d'insulter ma femme.

Stephen savait qu'il devrait s'excuser, mais la dernière remarque d'Alexi à propos d'Alexandra Bolton était encore plus irritante que les précédentes — même si elle s'était montrée courageuse ce soir-là. Personne ne pouvait le nier.

— Personnellement, je n'ai que faire d'une femme d'opinions, marmonna-t-il.

— Sapristi, vous m'avez insulté, puis Elysse, et maintenant vous insultez toutes les femmes de la famille, déclara Alexi en se levant brusquement.

— Ce n'est pas ce que je voulais dire, répondit Stephen en se levant aussi.

— Je pense que vous devriez épouser Anne ou quelqu'un comme elle, reprit Alexi. Vous pouvez être un tel idiot. Epouser une femme qui vous ennuiera mortellement juste pour pouvoir plaire au scélérat qui vous a élevé — pour pouvoir lui *ressembler* — est exactement ce que vous méritez. Excusez-vous.

Jack se mit à rire.

Stephen finit par se mettre en colère.

— Je suis un idiot ? Vous vous mêlez de mes affaires comme une femme le ferait.

Les yeux d'Alexi s'élargirent, puis il plissa les paupières.

— Oh, oh…

Stephen se raidit dans l'attente du coup.

Mais juste comme Alexi serrait le poing, Ned se leva pour s'interposer entre les deux hommes.

— Tu ne peux pas frapper *Sa Grâce.*

— Et pourquoi pas ? Je l'ai fait une centaine de fois déjà.

Alexi avait le regard noir.

— Stephen le mérite, dit Jack en souriant de plaisir. Il a bel et bien insulté Elysse — ma seule et unique sœur. Et s'il me traitait de femme, je lui arracherais une partie du scalp.

Il fit un clin d'œil aux deux adversaires, savourant visiblement la perspective d'un pugilat.

— Allez-y, frappez-moi, déclara doucement Stephen. Je ne vous rendrai pas vos coups.

Mais Alexi le connaissait bien.

— Vous ne me les rendrez pas parce que vous savez que je gagnerai.

Stephen leva les yeux au ciel.

— Je vais faire un pari, annonça Jack. Vous voulez jouer ? demanda-t-il à Chaz et Randolph.

— Personne ne se battra, décréta Ned. Pas à cette table. Envisagez-vous d'épouser Anne Sinclair ? demanda-t-il à Stephen. S'agit-il de cela ?

— Non, répondit fermement Stephen. Et j'ignore complètement ce qui a pris à Alexi ce soir. Il est évident que je devrai me marier un jour — et oui, je choisirai une débutante. Je suis désolé d'avoir insulté Elysse. Je l'aime beaucoup. Je la considère comme une sœur, d'une certaine manière.

Alexi sourit, retrouvant sa bonne humeur.

— Je sais. Mais vous restez un idiot. Vous avez considéré une centaine de débutantes ces dernières années. Toutefois, ce n'est pas votre faute, c'est celle de Tom. Vous allez l'imiter, finalement, vivant avec une épouse que vous méprisez, dans un splendide isolement.

Ned saisit l'épaule de son cousin.

— Il s'est excusé. Mettons un terme à cette histoire.

Stephen croisa les bras, le regard fixe. Il espérait sincèrement qu'Alexi se trompait. Mais, jeune garçon, Clarewood lui avait paru un endroit froid et solitaire, ce qu'il se rappelait avec acuité maintenant.

— Un splendide isolement ? Voilà que vous jouez les poètes, dit-il, refrénant son humeur.

— La vérité peut blesser, rétorqua Alexi en haussant les épaules. J'ai changé d'avis. Vous devriez cesser de poursuivre Alexandra et épouser Anne.

— D'accord, vous avez prouvé ce que vous vouliez. Cela vous a pris assez longtemps.

— Qu'a-t-il prouvé ? s'enquit Jack.

— Qu'une personne aussi jeune et inexpérimentée qu'Anne n'est pas le bon choix, raison pour laquelle il ne cesse de la comparer à miss Bolton, répondit Alexi. Bientôt, il savourera les délices du mariage avec une femme indépendante, aux opinions et aux idées bien arrêtées et à la forte volonté.

— Contrairement au reste de cette famille, dit Jack, je suis contre le mariage en théorie *et* en pratique.

Il sourit.

— C'est une conclusion infâme, déclara Alexi.

— Alexi est trop entiché de sa femme pour se rendre compte que la satisfaction de soi n'est pas seyante, ajouta Stephen.

— Des mots encore plus infâmes.

Alexi lui tapota l'épaule.

— Ne vous inquiétez pas, il y a de l'espoir. Vous êtes un Warenne, après tout, et un jour nous rirons de votre entêtement et de votre stupidité.

— Je suis ravi que vous vous sentiez si concerné, mais pouvons-nous nous rasseoir et profiter de nos boissons, maintenant ? Ou allez-vous continuer à me harceler ?

Alexi secoua la tête.

— J'en ai assez fait pour ce soir — je rentre chez moi. Retrouver ma femme indépendante et opiniâtre, qui ne mâche pas ses mots.

Il eut un grand sourire.

— Buvez bien.

Lorsqu'il partit, ils se regardèrent, tous célibataires et bons vivants, car même Ned était enclin à s'amuser.

— Il a perdu sa virilité, commenta Jack.

Stephen avait tendance à être d'accord — presque.

— Qu'il ne vous entende pas dire cela.

— Je pense que nous devrions porter un toast à notre liberté et mesurer notre chance, reprit Jack. Pour ma part, je ne deviendrai jamais comme lui.

Stephen accepta un verre, pensant à Alexandra.

— Au moins, il est véritablement heureux, dit-il.

Alexandra procéda à sa routine matinale dans un état second. Elle ne pouvait cesser de penser à la soirée de la veille. Et alors qu'elle était incapable d'oublier les méchants ragots qui l'avaient visée, c'était le duc de Clarewood qui hantait son esprit.

Quand elle se fut lavée et habillée, elle descendit pour un petit déjeuner terriblement tardif. En repensant au duc, son corps se raidit et son cœur se contracta. Elle se rappelait tous les détails de son visage. Comment oublier un homme comme lui ?

Elle ne comprenait toujours pas pourquoi il était venu à son secours et à celui de son père. Mais, surtout, elle ne comprenait pourquoi elle avait été — et restait — aussi vivement attirée par lui.

Elle pouvait justifier la passion qu'elle avait éprouvée pour Owen — elle l'aimait et avait l'intention de l'épouser. Mais Clarewood était un complet étranger.

Et la veille il avait indiqué qu'il s'intéressait à elle, également, un intérêt qui ne pouvait être que scandaleux. Comme si elle avait besoin d'un scandale supplémentaire ! Mais cela n'importait pas, pas du tout. Aujourd'hui, il reprendrait certainement ses sens. Il l'oublierait. Et c'était ainsi qu'il devait en être ; elle n'était pas le genre de femme qu'il imaginait. Quelles que fussent ses intentions, elle n'était pas intéressée.

Depuis son réveil, elle était d'humeur chagrine. Elle avait fait une erreur en acceptant l'invitation du châtelain, c'était évident, et ses sœurs en avaient souffert. Sortir pour la première fois après neuf ans d'isolement et se retrouver brièvement dans les bras de Clarewood avaient rouvert ses anciennes blessures. Elle n'avait pas pu dormir. Elle n'avait pas cessé de penser à ce qu'elle avait ressenti. Son corps était devenu fiévreux rien qu'à ce souvenir. Et elle pensait constamment à Owen, maintenant, et à ce qu'ils avaient presque eu. La douleur du passé était revenue, et elle faisait plus mal que jamais.

Elle souhaitait presque avoir fait un autre choix. Et c'était tout aussi terrible. Jamais auparavant elle n'avait douté de sa décision. Décider de s'occuper de ses sœurs et de son père avait été la chose moralement correcte à faire. Elle avait juré à Elizabeth sur son lit de mort qu'elle prendrait soin de sa famille. Ce serment comptait plus pour elle que son propre bonheur.

— Pourquoi te tiens-tu dans l'escalier comme une statue ?

La voix douce d'Olivia s'immisça dans ses pensées.

Alexandra revint en sursaut à la réalité. Elle sourit et descendit vivement les marches pour rejoindre sa sœur.

— Je me suis réveillée très tard, dit-elle.

Elle avait fini par s'endormir à l'aube. Pas étonnant qu'elle ait dormi bien plus tard que d'habitude.

— Tu ne fais jamais la grasse matinée, observa sa sœur, ses yeux verts emplis d'inquiétude.

Il n'y avait pas lieu d'accroître l'anxiété d'Olivia en avouant combien elle avait été tourmentée toute la nuit, alors elle ignora simplement son commentaire.

— J'ai faim, mentit-elle. Veux-tu te joindre à moi pour une tasse de thé ?

Avant que sa cadette puisse répondre, la porte de la bibliothèque s'ouvrit et le baron sortit d'un pas lourd, toujours vêtu de sa jaquette qui était toute froissée, maintenant. Pas rasé, il avait l'air peu recommandable.

— Bonjour ! lança-t-il d'une voix sonore, en clignant les paupières.

Alexandra était si outragée qu'elle ne répondit pas — elle n'était pas sûre de pouvoir se contrôler si elle ouvrait la bouche. Pas encore, en tout cas. Elle le dépassa pour se rendre dans la cuisine, Olivia sur les talons.

Mais Edgemont les suivit.

— Comme c'est grossier ! s'exclama-t-il. Qu'est-ce que tu as, ce matin ?

Alexandra alla au fourneau et craqua une allumette pour allumer un brûleur, les mains tremblantes. Elle emplit une bouilloire d'eau et la posa dessus.

— Tu es en colère ?

Il tressaillit et se massa les tempes.

— Cela a-t-il été une bonne soirée ? Je ne me souviens pas de la plus grande partie.

Alexandra se tourna vivement vers lui.

— Non, ce n'a pas été une bonne soirée, vu que vous étiez ivre à ne pas tenir debout !

Le baron se redressa.

— Je ne tolérerai pas que tu me parles sur ce ton.

Elle inspira. Elle ne se mettait jamais en colère, ne criait jamais, et pourtant c'était ce qu'elle venait de faire. Elle venait d'insulter son propre père. Elle lutta pour recouvrer son calme.

— Et pourquoi ? Vous vous êtes humilié devant tout le monde à Harrington Hall.

Elle parlait posément, à présent.

— Savez-vous seulement comment vous êtes rentré, hier soir ?

Il parut perplexe.

— Non.

— Le duc de Clarewood vous a traîné à travers la salle de bal, père. Oui, vous étiez ivre à ce point. Puis Randolph et Alexi de Warenne vous ont fait sortir. Je crois que le jeune Randolph vous a escorté jusqu'à la maison.

Edgemont pâlit, puis se redressa.

— Un homme a ses droits, et j'ai le droit de boire du gin. Tu exagères, je me souviens de tout, à présent.

Il s'arrêta, respirant fort, et regarda Olivia.

— Prépare-moi mon petit déjeuner.

Olivia passa devant lui pour obéir, la bouche pincée.

La bouilloire se mit à chanter. Alexandra se tourna lentement pour la saisir. Elle la posa sur le comptoir tandis que le souvenir du duc de Clarewood resurgissait dans son esprit.

— Comment va le châtelain aujourd'hui ? demanda le baron avec prudence, ayant apparemment recouvré ses esprits.

— Je l'ignore.

Elle emplit deux tasses de thé pour Olivia et elle-même.

— Vous en voulez une tasse, père ?

— Oui.

Elle le servit et lui fit face.

— Il va sûrement mettre fin à sa cour, maintenant, et ce sera votre faute. Vous devez cesser de boire. C'est honteux et nous ne pouvons nous le permettre.

Edgemont la fixa et elle lui rendit son regard en lui tendant la tasse. Sans un mot, il quitta la cuisine pour aller s'installer dans la salle à manger.

Alexandra regarda Olivia. Elles savaient toutes les deux qu'il ne changerait pas.

— Nous avons des visiteurs. Ou plutôt, nous avons *un* visiteur.

Corey se tenait à la fenêtre de la cuisine pendant qu'Alexandra finissait son déjeuner. Elle se leva pour voir qui pouvait venir avant midi. Quand la voiture sombre approcha, elle s'avisa que c'était celle du châtelain.

Elle se crispa. Il les avait raccompagnées chez elles la veille, mais il était tard, tout le monde était fatigué et la conversation avait été réduite au minimum. Corey s'était même endormie en route et Denney avait encouragé Alexandra à en faire autant. Elle ne l'avait pas fait, mais elle avait feint de somnoler pour éviter d'avoir à lui parler. A présent, elle se demandait s'il envoyait un billet pour rompre avec elle. Ou viendrait-il le faire en personne ? Un billet serait plus aimable. D'un autre côté, il avait juste besoin de parler au baron. Et elle était consternée, car il était le dernier espoir pour ses sœurs.

Elle refusa d'aller dans ce sens. *Elle* était le dernier espoir pour ses sœurs. Elle n'abandonnerait pas avant de leur assurer un avenir décent.

Corey se détourna de la fenêtre.

— Il est ici. Veux-tu que nous te servions de chaperons ?

— Ce ne sera pas utile.

Alexandra ôta son tablier et fit passer une mèche sur son oreille d'un geste machinal.

— Il va rompre avec toi, n'est-ce pas ? demanda Corey.

Elle était lugubre.

— Sans nul doute. Tu devrais être contente, montée comme tu étais contre lui.

— On t'a accusée de choses horribles hier soir, Alexandra ! Je ne souhaiterais jamais qu'il mette fin à sa cour de cette manière.

Alexandra lui tapota l'épaule.

— Oublie ce qui s'est passé hier soir, Corey.

Elle jeta un coup d'œil à Olivia et alla à la porte d'entrée. Etre rejetée était toujours déplaisant, et son cœur était serré par l'anxiété tandis qu'elle tournait le bouton.

Le châtelain était venu en personne, le teint avivé par le trajet, et il ne souriait pas. Il paraissait grave.

— Bonjour, miss Bolton.

Dominant son appréhension, Alexandra le salua à son tour et le fit entrer dans le salon.

— Est-il trop tôt pour une visite ? demanda-t-il. Je n'ai pas pu dormir cette nuit en pensant à vous, miss Bolton.

Alexandra sourit sombrement.

— Je dois m'excuser pour la conduite de mon père hier soir, monsieur Denney, et vous remercier encore de nous avoir invités.

— Vous n'avez pas à vous excuser, dit-il.

Elle inspira vivement.

— Bien sûr que si.

— Non.

Il secoua la tête.

— Je suis tellement affligé. Je suis désolé que vous ayez dû souffrir pendant cette soirée. Ce n'était pas mon intention !

— Je vais bien, répondit-elle légèrement. Et c'est oublié.

Elle parvint à sourire. Elle devait le libérer.

— Je sais pourquoi vous êtes venu, monsieur Denney. Et je comprends.

— Bien. Alors, vous devez savoir que je suis furieux de la méchanceté des ragots que j'ai entendus, hier soir !

Alexandra se figea.

— Vous les avez entendus ?

Il hocha gravement la tête.

— Mais vous ne l'avez pas montré.

— Je ne voulais pas ajouter à votre détresse.

Sachant qu'il avait entendu toutes les vilaines rumeurs, y compris les mensonges à propos d'elle et d'Owen, elle rougit.

— Je vous libère, monsieur Denney. Aucun gentleman ne veut d'une épouse qui n'est pas acceptable dans le monde.

Il recula avec de grands yeux.

— Quoi ? Est-ce ce que vous pensez ? Je ne crois pas un instant les méchancetés que j'ai entendues ! Et vous êtes la femme la plus acceptable en société que je connaisse. Vous rayonnez, miss Bolton, alors que ces harpies jettent de l'ombre. Je ne parviens pas à comprendre qu'elles veuillent ternir à ce point votre caractère.

Alexandra fut prise de court, incrédule. Morton Denney n'avait pas cru les ragots. Il ne l'avait pas jugée comme tous les autres. Il avait foi en son caractère.

C'est alors qu'elle vit ses sœurs qui se tenaient dans le couloir, derrière la porte entrouverte, le visage collé à la fente.

— Je suis surprise, monsieur, que vous croyiez en moi.

— Vous avez cousu les robes de ma femme pendant cinq ans, miss Bolton. Je crois que je connais votre vraie nature.

Elle se mordit la lèvre, puis demanda dans un souffle :

— Ainsi, il s'agit d'une visite de courtoisie ?

— Qu'est-ce que ce serait d'autre ?

Elle ne put se retenir.

— Vous n'êtes pas venu rompre avec moi ?

— Non. Je suis venu m'assurer que vous aviez survécu à la soirée.

Alexandra ne parvenait pas à croire à sa magnanimité.

Elle se tourna, prit une chaise et s'assit. Le châtelain vint vers elle. Elle leva les yeux et dit :

— Je ne suis pas bien vue en société. Vous pouvez trouver mieux et devriez le faire.

Il hésita.

— Comment pourrais-je trouver mieux, miss Bolton ? Comment ?

Elle chercha à se reprendre, à la fois consternée et soulagée. Il ne sortirait pas de leur vie, finalement, et alors même qu'elle le pensait, elle se sentit affligée — il était visiblement si épris d'elle. Juste Ciel, si seulement elle pouvait en venir à l'aimer en retour. Et elle devait cesser de penser à Clarewood ! Elle inspira profondément et se leva.

— Je n'ai pas été abandonnée par Owen St. James, monsieur Denney. Quand je vous ai parlé de mon serment à ma mère mourante, et de ma décision de renvoyer Owen, je disais la vérité.

Il hocha la tête, et à ce moment-là le baron fit irruption dans la pièce. Son regard passa de l'un à l'autre, brillant d'une expression alarmée.

— Père, dit Alexandra en espérant éviter un désastre, le châtelain est venu en visite.

Edgemont se précipita vers eux. Denney semblait mal à l'aise, maintenant.

— Avez-vous passé une bonne soirée, hier ? demanda-t-il innocemment. Alexandra était ravissante, n'est-ce pas ? Juste comme sa chère mère, une vraie dame.

— Miss Bolton est toujours ravissante, dit le hobereau.

— Voulez-vous prendre une tasse de thé avec moi ? Puisqu'il est trop tôt pour un cognac.

Le baron rit, frappant le bras de Denney.

Ce dernier regarda Alexandra.

Même s'il ne semblait pas intéressé par des relations mondaines avec son père, les deux hommes devraient s'entendre si ce mariage devait se faire, aussi lui sourit-elle légèrement et il hocha la tête, puis pivota et passa dans la bibliothèque avec le baron. A ce moment-là, ses sœurs pénétrèrent vivement dans la pièce. Elles étaient toutes les deux pâles, avec de grands yeux.

— Il ne rompt pas, déclara Alexandra.

— Nous avons entendu, murmura Olivia.

Corey regarda par la fenêtre, vers l'allée en terre battue et pleine d'ornières.

— Un cavalier arrive.

Alexandra se tourna et vit un cavalier arriver au trot sur un cheval écumant. L'animal était l'une des plus belles bêtes qu'elle avait jamais vues, et elle ne put imaginer qui était l'arrivant. Elle refit face à ses sœurs.

— Le châtelain est un homme généreux, aimable et clément.

— Nous pourrions peut-être lui pardonner le crime d'avoir vingt-quatre ans de plus que toi ? suggéra Olivia.

— C'était votre reproche, pas le mien, dit doucement Alexandra.

Leur visiteur frappait à la porte d'entrée. Alexandra décida qu'il avait dû s'égarer. Encore stupéfaite que le châtelain ne l'ait pas mal jugée, elle sortit de la pièce, suivie de ses sœurs, et ouvrit la porte.

Randolph de Warenne se tenait sur le seuil, les bottes boueuses, les joues rougies par le vent. Il tenait à la main un très gros bouquet enveloppé dans du papier.

Venait-il voir une de ses sœurs ? se demanda Alexandra, en proie à la confusion.

— Miss Bolton.

Il sourit et s'inclina.

— Ces fleurs sont pour vous.

Le ravissement qu'Alexandra avait commencé à éprouver disparut. Totalement déconcertée, elle jeta un coup d'œil par-dessus son épaule à la porte fermée de la bibliothèque. Denney n'apprécierait pas que Randolph de Warenne lui apporte des fleurs.

Son cœur tambourina.

Derrière elle, une de ses sœurs inspira.

Il eut un grand sourire.

— Il y a une carte à l'intérieur.

— J'ai oublié mes manières, dit-elle en se mettant à trembler.

Non, c'était impossible. Clarewood ne lui avait sûrement pas envoyé des fleurs. Absolument pas. Elle prit le bouquet, faisant signe à Randolph d'entrer.

— Avez-vous fait une longue chevauchée ?

— Oui, mais ma monture est rapide et nous avons galopé presque tout le long.

Il sourit à Corey et Olivia.

— J'ai parcouru le trajet en à peine une heure et demie.

Elle frissonnait tant elle était surprise par cette visite Que signifiait ce geste ? Elle entra dans le salon en disant :

— La nouvelle voie ferrée entre Kensett et Clarewood devrait être achevée en 1847.

— Je continuerai tout de même à voyager à cheval, dit Randolph en riant.

Il jeta un coup d'œil à Corey.

— Lis la carte, chuchota Olivia.

Alexandra serra le bouquet dans ses mains.

— Ce pauvre Randolph a l'air gelé. Pouvons-nous lui offrir du thé chaud et des scones ? Oh, mon Dieu !

Elle se tourna vers lui.

— Je ne vous ai pas remercié de votre amabilité hier soir.

Ses sœurs ne bougèrent pas.

— Je vais bien, vraiment.

Randolph sourit largement.

— Et j'ai été heureux de raccompagner votre père. Ouvrez les fleurs. Je ne suis pas autorisé à partir tant que vous ne l'aurez pas fait.

Il n'était pas autorisé à partir avant qu'elle n'ouvre le bouquet ? L'image de Clarewood la consumait, à présent. Il lui avait envoyé des fleurs ; il ne l'avait pas oubliée et n'avait pas repris ses sens.

Toujours stupéfaite, et très réticente, elle déchira le papier. Deux douzaines de grandes roses bourgogne, chacune épanouie et parfaite — certainement choisie avec soin —, apparurent. Une petite enveloppe crème était glissée au milieu.

Elle resta immobile. Qu'est-ce que le duc lui voulait ? Pourquoi ces manières ?

Elle allait épouser le châtelain… Corey poussa une exclamation.

— Ce sont les roses les plus belles que j'aie jamais vues.

— Je n'avais jamais vu de roses de cette couleur, déclara Olivia de la même voix altérée.

— Elles coûtent une petite fortune, se vanta Randolph.

Alexandra fixa les fleurs époustouflantes. Le geste était excessivement hardi, excessivement théâtral. Elle pouvait même affirmer que c'était là une tentative de séduction de la part du duc, même si elle n'était pas sûre que cette attention fût très romantique.

La main toujours aussi tremblante, Alexandra tendit le bouquet à Olivia pour pouvoir ouvrir l'enveloppe. La petite carte qu'elle contenait était vierge à l'exception d'un grand « C. » tracé fermement.

— Que dit-elle ? s'enquit Corey.

Alexandra lui montra la carte avant de lever les yeux vers Randolph. Il attendait, lui souriant largement. Elle se tourna vers Olivia, recouvrant l'usage de sa voix.

— Peux-tu trouver un vase, s'il te plaît ?

Mais alors même qu'elle parlait, elle s'avisa qu'elle devrait retourner les fleurs — qu'elle ne devrait pas les accepter.

— Attends !

Olivia se figea.

— Qu'y a-t-il ?

Le cœur battant très fort, Alexandra regarda Randolph d'un air déterminé.

— Je ne peux accepter ces fleurs.

Il élargit les yeux.

— Pourquoi ? s'écria Corey.

— Alexandra, nous devrions en discuter, dit Olivia avec raideur.

Alexandra tremblait, mais elle prit les roses à sa sœur et les tendit au jeune homme, dont les yeux s'élargirent encore plus. Il ne les prit pas.

— Je vous en prie, dit-elle.

Elle tenta de sourire sans y parvenir.

— Si l'un de nous doit se sentir redevable envers l'autre, c'est moi. Sa Grâce mérite une preuve de ma gratitude pour ce qu'il a fait hier soir.

— Il souhaite que vous les ayez, miss Bolton. De fait, il a spécifié exactement les roses qu'il voulait que je trouve — les plus parfaites, les plus coûteuses. Il a même dit qu'une douzaine ne suffirait pas. Vous ne pouvez les retourner — il en serait offensé.

— Je ne puis les accepter.

Elle entendit le tremblement incertain de sa voix. Elle ne voulait pas offenser le duc ; aucune femme sensée ne le voudrait.

— Au nom du Ciel, pourquoi ? demanda Randolph d'un ton vif.

Elle humecta ses lèvres et regarda vers la porte de la bibliothèque.

— J'ai un soupirant, monsieur, qui a laissé entendre clairement qu'il me proposerait bientôt le mariage.

Elle inspira.

— Je veux dire que je suis courtisée.

Elle lui mit les fleurs dans les bras.

— Lorsqu'il comprendra que je suis pratiquement fiancée, le duc n'en sera pas offensé.

Olivia la saisit par-derrière.

— Je veux te dire un mot en privé, déclara-t-elle d'un ton coupant.

Alexandra la suivit, hantée par l'image de Clarewood. Etrangement, une partie d'elle-même souhaitait accepter ces fleurs, aussi inconvenant que cela puisse paraître, et les chérir un moment.

Clarewood lui avait envoyé des roses.

— Je ne suis pas pressé, déclara Randolph avec fermeté, visiblement déterminé à ne pas repartir avec les roses, en dépit de ce qu'elle lui avait dit.

— Je vais vous faire du thé, offrit Corey en se précipitant dans la cuisine.

— Je vais sortir refroidir mon cheval, dit le jeune homme. Puis-je l'abreuver ?

— Bien sûr, répondit Alexandra. La pompe se trouve près des écuries.

Elle attendit de l'apercevoir à l'extérieur pour soupirer.

— Ces roses sont trop belles pour les retourner, décréta Olivia.

— Comment puis-je les accepter ? demanda Alexandra, implorante.

— Et si ses intentions sont honorables ?

Alexandra la regarda.

— C'est impossible.

— Vraiment ? S'il y avait la moindre chance qu'il s'intéresse à toi comme épouse ? Si tu retournes ces fleurs, tu lui claqueras la porte à la figure.

Alexandra fixa sa sœur. Il ne s'intéressait pas à elle de cette manière, elle en était certaine. Elle songea à Owen et serra ses bras autour d'elle. Il lui manquait terriblement, ainsi que leurs rêves.

— Garde les fleurs, insista Olivia. Cela ne peut faire de mal de les garder, mais cela *peut* blesser le duc de les renvoyer.

La résistance d'Alexandra s'effritait rapidement. *Elle n'avait jamais vu de si belles roses.*

— En outre, ajouta Olivia en souriant, je veux les peindre à l'huile.

Alexandra sourit. Comment ne pas céder à un tel argument ?

5

En début d'après-midi, Stephen laissa ses architectes se pencher sur les modifications qu'il avait griffonnées sur leurs plans soigneusement dessinés. Il avait l'esprit empli de visions du foyer dont les ouvriers du textile bénéficieraient bientôt. Il avait perdu beaucoup de temps, plongé dans le projet de Manchester, et il attendait la duchesse douairière à tout moment.

Clarewood avait été rénové par son père et se composait maintenant de cent pièces, avec une façade en grande partie gothique, ornée de tourelles et de pignons. Son majordome Guillermo introduirait probablement sa mère dans le Salon doré lorsqu'elle arriverait, si elle n'était pas déjà là. C'était le salon le plus grandiose de la maison, où il recevait ses hôtes les plus importants.

Il dévia le cours de ses pensées, songeant maintenant à l'Américain. Enquêter sur lui serait une entreprise de longue haleine, car il vivait à l'étranger. Le temps qu'il apprenne quelque chose d'intéressant, la relation de sa mère avec cet homme serait peut-être allée trop loin.

Son visage s'assombrit à cette pensée. Julia avait cinquante ans, mais elle restait une très belle femme, mince et élancée, gracieuse et élégante. Elle était une cavalière accomplie qui montait chaque jour, et il était certain que ses activités contribuaient à la maintenir jeune. Il ne cessait de se remémorer le regard qu'il avait intercepté entre elle et l'Américain. Il ne doutait nullement que Jefferson était attiré par elle.

Malheureusement, l'homme était sans nul doute tout aussi attiré par sa fortune, sinon plus.

Alors qu'il atteignait le vestibule, le cœur de la maison, il jeta un coup d'œil à l'extérieur. Il pouvait voir la grande fontaine et la claire allée circulaire recouverte de coquillages qui l'entourait. Au-delà, il apercevait une portion de la longue allée bordée d'ormes majestueux. Aucun cavalier en vue. Mais Randolph allait revenir à tout moment. Il sourit pour lui-même.

Il n'avait pas bien dormi la nuit précédente. Il se tournait et se retournait souvent dans son lit, réfléchissant à des plans, à des problèmes non résolus et à de nouvelles idées. Mais, la nuit dernière, son intérêt pour Alexandra Bolton n'avait cessé de prendre le dessus. Si elle avait pensé attiser son appétit en rejetant ses premières avances, elle avait certainement réussi.

Guillermo l'intercepta soudain. Il tendait une carte de visite.

— Votre Grâce, lady Witte vient d'arriver.

Stephen se rembrunit aussitôt ; il ne pouvait retarder l'inévitable. Il était temps de l'informer que leur liaison était terminée.

— Où est-elle ?

— Dans le salon de Printemps, avec la duchesse douairière.

Le duc hocha la tête, se dirigeant à grands pas vers le salon. Sa mère se tenait devant les portes-fenêtres qui donnaient sur la terrasse, devisant plaisamment avec lady Witte. En l'entendant approcher, les deux femmes se tournèrent d'un même mouvement.

Le sourire de sa mère s'évanouit et il vit immédiatement qu'elle était contrariée. Il se rappela brusquement combien elle était radieuse la veille au soir, au bras de Jefferson. Ils formaient un très beau couple ; même lui devait l'admettre.

Puis il jeta un coup d'œil à sa maîtresse, qui lui décochait un sourire éclatant. Charlotte était intelligente et rusée, et elle était probablement venue pour consolider leur relation.

— Bonjour, lady Witte. Mère.

Il sourit à la jeune femme et embrassa légèrement sa mère sur la joue.

— J'espère ne pas être venue à un moment inopportun, dit doucement Charlotte.

— Je souhaiterais parler en privé à Stephen, déclara fermement Julia, son regard bleu très sombre.

— Je ne suis pas pressée.

Charlotte sourit, une lueur charmeuse dans les yeux.

— Voulez-vous nous accorder un moment ? demanda poliment le duc, connaissant sa réponse.

Quand elle hocha la tête, il conduisit sa mère dans la pièce adjacente, dominée par un piano à queue et une harpe. Deux rangées de chaises au velours mordoré faisaient face aux instruments.

— Merci d'être venue si rapidement, dit-il.

— Même moi, votre mère, je reconnais une convocation quand j'en reçois une.

— Je ne vous ai pas « convoquée », mère. Mais cela fait un moment que nous ne nous sommes pas parlé, et j'aimerais discuter de certains sujets avec vous. Néanmoins, je vois que vous êtes quelque peu contrariée.

Elle eut un sourire pincé.

— Vous avez fait votre devoir hier soir, Stephen, comme toujours, en interrogeant Jefferson de cette manière. Nous savons tous les deux que vous avez décidé immédiatement de ne pas l'apprécier. Aussi, oui, je suis contrariée.

Il était étrangement tendu, à présent.

— Je ne sais rien de cet homme — c'est un inconnu et un étranger, et pour aggraver les choses, vous sembliez extrêmement heureuse avec lui.

— Cela *aggrave* les choses ? releva-t-elle. Je ne puis décider, même maintenant, si Tom vous a appris à être si froid et si détaché ou s'il s'agit de votre nature. Oui, je suis très contrariée aujourd'hui, contrariée par *vous*.

Stephen était sombre.

— Eh bien, puisque vous semblez vouloir être d'une franchise cassante, je serai franc aussi. C'est mon devoir de vous protéger des charlatans et des chasseurs de fortunes.

— Bien sûr, grommela-t-elle. Tom vous a bien dressé.

Il se raidit. Ils ne se disputaient jamais habituellement.

— Vous croyez au devoir autant que moi, dit-il tranquillement.

Elle s'écarta de lui dans un bruissement de soie. Puis elle se tourna, les poings sur ses hanches minces.

— En effet. J'ai passé ma vie à faire mon devoir envers Clarewood — et envers vous. Et vous êtes toujours passé le premier, c'est pourquoi j'ai choisi de rester avec Tom et de subir ses abus. Tout ce que j'ai fait, je l'ai fait pour vous — afin que vous puissiez être le prochain duc de Clarewood et le plus grand.

Stephen était mal à l'aise, maintenant. Nul ne savait

mieux que lui qu'elle avait souffert en étant l'épouse de Mowbray. Ce dernier avait été très cruel avec elle. Il méprisait sa femme et, à la fin, il ne s'en cachait même pas.

Julia, de son côté, n'avait jamais cherché à se défendre contre ses attaques. Elle s'était drapée dans sa dignité et avait enduré ses abus. Elle ne se changeait en lionne que lorsque son fils était concerné. Et, alors, ses disputes avec Tom étaient féroces et véhémentes. Il avait trop souvent fui ces scènes détestables.

Même enfant, il avait été désespéré de voir sa mère forcée à lutter pour lui comme elle le faisait. Lorsqu'il avait été plus âgé, il l'avait suppliée de battre en retraite, d'ignorer Tom quand il décidait de les attaquer l'un ou l'autre. Elle avait refusé. Sa mère était si courageuse et si déterminée lorsqu'elle s'opposait à son mari. Et elle s'était également montrée très diplomate, car elle avait toujours su ce qui était en jeu : l'avenir de son fils comme prochain duc.

— Nul ne sait mieux que moi les sacrifices que vous avez consentis.

— Bien. Alors il est temps, n'est-ce pas, que je m'occupe de moi-même ?

Elle le fixa.

La méfiance s'empara de Stephen.

— Qu'est-ce que cela signifie ? Vous êtes et serez toujours la duchesse douairière, ma mère, dont j'ai la responsabilité.

— Cela signifie que Tom est mort depuis quinze ans, et même si sa mort m'a libérée, me permettant de mener la vie de mon choix, j'ai toujours eu peur de laisser n'importe quel homme s'approcher de trop près. Je ne voulais pas être enchaînée de nouveau dans le mariage,

Stephen. Et je sais que vous êtes conscient que c'est la raison pour laquelle j'ai toujours refusé de me remarier.

Le fait qu'elle aborde le sujet du mariage maintenant ne lui plaisait pas.

— Continuez, dit-il avec raideur.

Elle marqua une pause, lui faisant face, les joues avivées.

— Il y a quelque chose en Tyne Jefferson… Il est aimable, mais aussi viril, solide, comme la terre ! Je sais qu'il devrait être avec une femme plus jeune — nous avons le même âge, je pense —, mais je crois qu'il me trouve intéressante et… assez séduisante. Il me plaît, Stephen. Il me plaît beaucoup, mais vous allez essayer de tout gâcher, je le sais.

Sa mère songeait-elle à épouser Jefferson ? Il était atterré. Ou était-ce seulement une sorte de romance d'âge mûr ?

— Depuis combien de temps le connaissez-vous, et pourquoi ne suis-je mis au courant de cette affaire que maintenant ?

Il contrôla sa colère.

— S'agit-il d'une affaire de cœur ?

La duchesse se raidit.

— Je viens juste de le rencontrer — à un souper —, puis nous nous sommes croisés par hasard à Pall Mall. Et hier soir a été notre première occasion de pouvoir converser vraiment. Nous avons passé un moment délicieux, malgré votre attitude autoritaire.

— Considérant la façon dont il vous regardait, c'était mon privilège d'être autoritaire.

— Et c'est mon privilège d'avoir cette deuxième et peut-être dernière chance ! s'écria Julia. J'ai été fidèle à votre père, ajouta-t-elle d'un ton crispé. Et Dieu sait que n'importe quelle autre femme aurait cherché du réconfort et de la gentillesse ailleurs.

Stephen fut alarmé.

— Si vous vous sentez seule, je vous trouverai un époux.

Elle sursauta.

— Savez-vous pourquoi Tom en est venu à me haïr, alors qu'il était fou amoureux de moi quand vous êtes né ? Assez pour vous accepter comme son propre enfant ?

Comme Stephen ne disait rien, elle continua :

— Il s'est mis à me détester de ne pas lui donner un fils à lui. Quelle ironie ! Il était impuissant, et pourtant il a dirigé sa colère contre moi — et contre vous. Jefferson m'a donné l'impression d'être de nouveau une jeune femme.

Elle sourit et il blêmit, consterné.

— J'étais seule en étant la duchesse de Clarewood. Et je ne me suis pas rendu compte que je l'étais toujours avant de rencontrer Jefferson, avant qu'il ne me fasse sentir si vivante de nouveau.

Cet exposé de leur intimité mettait Stephen mal à l'aise.

— Je le répète, il me semble que vous méritez ce que vous paraissez souhaiter à présent — un époux. Je vais entamer une recherche. Mais vous pouvez trouver bien mieux qu'un fruste Américain qui gagne sa vie avec un ranch.

— Quand êtes-vous devenu aussi snob ? demanda Julia dans un souffle, en pâlissant.

— Y a-t-il une différence entre un ranch et une ferme ?

Il savait que sa mère ne se lierait jamais avec un fermier, pas même un gentleman-farmer.

— Il est beaucoup plus qu'un fermier — il a bâti son ranch de ses mains, à partir de rien, dans une contrée sauvage ! Et ne vous avisez pas de vous mettre à chercher un époux pour moi. C'est Jefferson qui m'intéresse, pas le mariage — cela fait une grande différence.

Sa mère était-elle en train de lui dire qu'elle voulait avoir une liaison ? Il l'accepterait — c'était le moindre des deux maux.

— Je n'ai pas confiance en lui. Et vous semblez en savoir aussi peu sur lui que moi.

— C'est pourquoi j'entretiens une amitié. Je souhaite en apprendre davantage. Et c'est pourquoi vous devez vous occuper de vos affaires, et laisser Jefferson tranquille, déclara platement Julia.

Il ne le pouvait simplement pas, alors il se tut, avant de demander :

— Voulez-vous rester pour un dîner de bonne heure ? J'annulerai mes plans pour la soirée.

Elle se leva.

— Je vais y aller. J'ai des projets pour le thé. J'espère avoir été claire, Stephen. J'ai beau vous aimer, si vous me gâchez cela, je ne vous le pardonnerai peut-être jamais.

— Je vous raccompagne, dit-il en lui prenant le bras, sachant qu'il ferait au mieux pour sa mère, même si cela signifiait perdre sa confiance et son amour.

Comme ils quittaient le salon de musique, il ajouta :

— Je vous demande simplement de procéder avec prudence.

Soudain elle sourit, ses yeux bleus étincelant.

— Il est difficile d'être prudent, Stephen, quand quelqu'un vous fait battre le cœur si vite que vous pouvez à peine penser clairement. Mais vous ne connaissez pas cette sensation, n'est-ce pas ?

Il pensa brusquement à miss Bolton. Elle lui emballait certainement le cœur, mais il n'avait pas de problème à se montrer prudent et pragmatique dans son entreprise de séduction.

Guillermo avait déjà le manteau et les gants de sa mère à la main quand ils pénétrèrent dans le beau vestibule à plafond haut. Son portier se précipita pour ouvrir la porte d'entrée tandis que le majordome aidait la duchesse à s'habiller.

— Promettez-moi seulement d'être poli la prochaine fois que vous le rencontrerez, dit-elle. De fait, je vous demande de lui laisser le bénéfice du doute.

— Je ferai de mon mieux, répondit Stephen, sachant qu'il mentait.

— A propos, ajouta Julia, cela a été galant de votre part d'aider cette jeune dame avec son père ivre. Miss Bolton semble être une femme intéressante.

Elle lui décocha un regard interrogateur.

Il sourit avec indifférence.

— Je peux être galant, mère. Je suis un gentleman, après tout, quoi que l'on dise à mon sujet.

— Vous auriez pu envoyer Alexi et Randolph de Warenne à son aide sans avoir à vous déranger.

— Ils sont venus à son secours.

Julia le regarda avec attention.

— Mais vous avez dérogé à vos habitudes pour lui prêter assistance. Elle semble être une fière jeune femme, Stephen. Elle est très différente des jeunes filles qui vous sont présentées d'ordinaire.

Il se contenta de sourire. Et quand la duchesse douairière fut installée dans sa voiture un moment plus tard, il retourna au salon de Printemps. Charlotte était assise sur un canapé, et lisait une gazette. Il savait que sa pose était étudiée, car elle révélait toutes ses courbes voluptueuses. Elle lui sourit et se leva quand il entra.

Il ne lui rendit pas son sourire.

— Vous devriez fermer la porte, dit-elle doucement, marchant vers lui avec des mouvements languides.

Elle s'était révélée une amante très expérimentée.

— Nous avions un accord, déclara-t-il. Et je ne me souviens pas de vous avoir envoyé un billet vous demandant de venir aujourd'hui.

Il avait été très clair dès le début : il n'appréciait pas les visites inattendues, et préférait décider du rythme de leurs rencontres.

Elle s'arrêta devant lui, saisissant les revers de son gilet.

— Je n'ai jamais aimé cette stipulation, Stephen, murmura-t-elle. Vous pouvez me convoquer, mais je ne peux jamais vous appeler. J'ai des passions, moi aussi. Cela fait une semaine.

— Je ne discuterai pas avec vous.

Il prit ses mains et les écarta de lui.

— Je suis navré, Charlotte. J'ai été très distrait par mes projets, et je reste préoccupé.

Il avait l'intention d'être aussi poli que possible.

Le visage de sa maîtresse se durcit.

— Préoccupé par vos projets, Stephen, ou par cette gauche couturière que vous avez sauvée par deux fois hier soir ?

Il la regarda, incrédule.

— Je vous demande pardon, mais j'ai évidemment remarqué votre galanterie, dit-elle, rougissante. Vous ne vous dérangez jamais pour une femme — à moins qu'elle ne vous intéresse.

— Je n'ai pas l'intention de parler de miss Bolton

avec vous. Je suis désolé, Charlotte, mais je mets fin à notre liaison.

Son visage se crispa.

— Afin de pouvoir *la* séduire ? Ou y a-t-il quelqu'un d'autre, également ?

— J'ai beaucoup apprécié vos faveurs. Mais il ne rime à rien de continuer si ma passion a diminué.

Il s'écarta, indiquant d'un geste que l'entretien était terminé.

Elle ne bougea pas.

— Peu m'importe vos écarts. Je suis certaine que vous vous lasserez d'elle après une nuit ou deux.

Il n'avait aucune intention de débattre de ce sujet.

— Je crains d'avoir à m'occuper de nombreuses affaires. Puis-je vous raccompagner ? Je vous ferai envoyer ce que vous avez ici.

Elle trembla.

— Vous pouvez venir n'importe quand, Stephen. Je sais que vous reprendrez vos esprits.

Il soupira.

— Pensez ce que vous voulez.

Elle ouvrit de grands yeux innocents et déclara :

— J'aimerais prendre mes affaires maintenant.

Il savait qu'elle manigançait quelque chose. Il le voyait dans ses yeux. Et c'était pire encore que si elle insistait…

— Bien. Je vais demander à Guillermo de vous aider.

— J'aimerais d'abord avoir un moment à moi, dit-elle doucement, les yeux brillants de larmes.

Il n'en fut pas ému ; il savait reconnaître la comédie. Il hocha la tête et quitta le salon, aussitôt soulagé. Son intérêt avait faibli depuis quelque temps, et il ne s'en rendait compte que maintenant. C'était peut-être pourquoi il était si vivement conscient de miss Bolton. Il préférait cette conclusion à l'idée que d'une manière quelconque elle attisait son désir comme aucune femme avant elle.

Quelques minutes plus tard, il avait oublié Charlotte Witte et pensait à ses plans. Il était sur le point d'entrer dans son cabinet de travail quand Randolph arriva en courant dans le couloir, les bottes boueuses de son long aller-retour jusqu'à Edgemont Way.

Stephen s'arrêta en souriant pour consulter sa montre de gousset.

— Vous avez fait un bon temps. A-t-elle aimé les roses ?

Randolph chercha son regard, l'air hésitant.

Le sourire de Stephen disparut.

— Les roses étaient exquises, je présume ?

Il y aurait des sanctions si elles ne l'avaient pas été.

— Elles étaient plus qu'exquises et, oui, elle les a admirées… dans une certaine mesure.

Randolph hésita de nouveau, comme s'il cherchait soigneusement ses mots.

Stephen ne pouvait imaginer ce qui n'allait pas.

— *Dans une certaine mesure ?* Qu'a-t-elle dit exactement ? Elle a sûrement été très flattée.

— Je ne suis pas sûr qu'elle ait été flattée, Votre Grâce. Mais elle a dit merci, ajouta-t-il vivement.

Stephen fut déconcerté.

— Elle n'a pas été flattée par mon intérêt ?

Randolph soupira.

— En vérité, Votre Grâce, elle avait l'intention de refuser le bouquet, et j'ai dû discuter avec elle pour la convaincre de le garder.

Stephen était incrédule et choqué, à présent. Alexandra Bolton avait voulu retourner les fleurs ? Elle pensait rejeter ses avances ? Elle pensait le rejeter, *lui* ? Il était de mauvaise humeur à présent.

— Pourquoi aurait-elle voulu retourner ces roses ?

Randolph pinça les lèvres.

— Il semble qu'elle ait un soupirant qui a l'intention de la demander en mariage.

Stephen fut surpris. Elle n'était sûrement pas intéressée par ce hobereau d'âge mûr ? Il avait déjà découvert que l'homme qui l'avait escortée la veille au soir était Morton Denney, le plus important des fermiers de sir Rex. Il avait le double de son âge, mais cela ne voulait rien dire. Néanmoins, même s'il était un gentleman, il restait un fermier. D'un autre côté, il disposait de certains moyens. Pour quelqu'un d'aussi pauvre qu'Alexandra, cela pouvait sembler une fortune.

Mais cela ne l'était pas. C'était lui, Stephen Mowbray, qui possédait une fortune.

— Elle a paru juger inconvenant d'accepter les fleurs, Votre Grâce, reprit Randolph. Elle a même dit que c'était elle qui devrait vous en envoyer, en signe de gratitude pour votre aide d'hier soir.

L'intérêt de Stephen semblait avoir grimpé en flèche. Aucune femme n'avait jamais repoussé ses avances et, en vérité, elle ne l'avait pas fait non plus. Mais elle y avait songé. Toutefois, au fond d'elle, elle ne semblait pas réellement prête à le rejeter. Bien sûr que non. Finalement, elle se plierait à sa volonté, comme les autres.

Et maintenant, l'amusement prenait le dessus. Il avait un rival ? Vraiment ? Il adorait les défis. Il regrettait seulement que son adversaire ne fût pas quelqu'un de plus intéressant, un pair plus proche de lui par la richesse et le titre. Il sourit avec lenteur.

— Je veux connaître le moment où le châtelain fera sa demande en mariage, dit-il doucement.

Randolph sursauta.

— Je vais prendre contact avec nos avoués à Londres, découvrir quelle étude Denney emploie et m'assurer que nous soyons informés.

— Bien.

Stephen pivota, faisant signe au jeune homme de le suivre dans son cabinet de travail, et alors il aperçut Charlotte, qui s'écartait des portes du salon. Visiblement, elle les avait espionnés. Il espéra que cela l'avait ramenée à ses sens. Puis il oublia de nouveau complètement son ancienne maîtresse.

— Je voudrais vous parler de certaines choses. J'ai commencé à regarder les comptes de Ridgeway, et je voudrais que vous les examiniez.

Tandis que son esprit revenait aux affaires de Clarewood et de la fondation, il eut une dernière pensée pour Alexandra. Il lancerait une invitation à dîner. Et comme il ne s'attendait pas à ce qu'elle accepte une invitation conventionnelle, il la rendrait convaincante.

Très convaincante — le genre qu'aucune femme ne pouvait refuser.

Deux jours plus tard, le châtelain Denney emmena Alexandra visiter sa demeure. Sur le chemin du retour, elle observa le paysage par la fenêtre de la calèche tandis qu'ils s'approchaient d'Edgemont Way. C'était une journée grise et nuageuse, les routes encore mouillées étaient jonchées de feuilles rouges et dorées. Elle avait été impressionnée par la propriété du hobereau. Il possédait une belle maison de campagne avec des terrains immaculés ; visiblement, il était très prospère.

Edgemont Way se dressait face à eux à présent. C'était une gentilhommière rectangulaire, d'un étage, construite en pierre beige avec des toits d'ardoise gris. L'écurie, également en pierre, se trouvait sur la gauche. Un cottage de gardien apparaissait plus loin, mais il était vide depuis des années. Une clôture de bois encerclait le devant de la propriété. Au printemps, elle était couverte de bougainvilliers en fleurs et les roses rouges d'Elizabeth ornaient à foison la façade de la maison. Pour l'heure, seul du lierre agrémentait les murs.

Le châtelain tourna dans leur courte allée et, aussitôt, la voiture heurta une profonde ornière. Alexandra fut secouée sur son siège. Elle décocha simplement un regard d'excuse à son compagnon.

— Je suis désolée, cette allée mériterait d'être refaite, dit-elle.

— Ne vous excusez pas. Il sera très facile d'améliorer cela, dit-il en lui souriant.

Puis il ajouta :

— Puis-je dire que vous êtes charmante aujourd'hui, miss Bolton ?

— Merci.

Elle ne rougit pas, et son cœur ne s'emballa pas. Aussitôt, ses pensées allèrent à Clarewood.

Comment ne le pourraient-elles pas ? Ses magnifiques roses étaient dans sa chambre et, quand elle y montait, elle demeurait incrédule. Pourquoi la choisir pour ses avances inconvenantes ?

Elle avait eu deux jours pour y réfléchir et pourtant, elle ne comprenait toujours pas les intentions du duc.

En tout cas, les choses s'arrêteraient là. Elle avait parlé à Randolph du châtelain et de sa cour, et il ne faisait aucun doute que le duc irait voir ailleurs en l'apprenant.

A cette pensée, elle éprouva une étrange bouffée d'affliction et de regret.

Elle devait absolument reprendre ses esprits. Un merveilleux gentleman avec des moyens la courtisait. Il aurait pu tourner les talons et fuir après le fiasco d'Harrington Hall, mais il ne l'avait pas fait. Il était loyal, il était généreux et il était aimable. Surtout, ses intentions étaient honorables et il pouvait changer la vie de ses sœurs.

Denney arrêta sa calèche tirée devant la maison. Aussitôt, Alexandra fit taire ses pensées vagabondes. Il aurait été convenable de recevoir Denney un moment, mais elle était impatiente qu'il s'en aille. Lady Lewis avait fait apporter sa robe comme promis le lendemain du bal, et elle comptait la faire reprendre le jour suivant. Plusieurs autres dames lui avaient également remis leur robe de bal la veille. Elle avait donc des heures de travail devant elle.

Denney descendit de la voiture, qu'il conduisait lui-même, et aida Alexandra à mettre pied à terre. Puis il demanda gravement :

— Seriez-vous offensée si je n'entrais pas ? Je crains d'avoir certains comptes à voir et un rendez-vous avec l'un de mes principaux fermiers.

Ainsi, il louait une partie des terres pour lesquelles il avait lui-même un bail. Elle fut convenablement impressionnée par son sens des affaires — et soulagée qu'il ne s'attarde pas, pour pouvoir se mettre à l'œuvre.

— Je n'en serais pas offensée du tout, monsieur Denney. Cet après-midi a été très agréable.

Il rayonna et, d'un geste impulsif, lui prit les deux mains.

— J'essaie de me retenir, ma chère, mais cela vous contrarierait-il si je venais trouver votre père au plus vite ?

Le cœur d'Alexandra se contracta. Elle tenta de se rassurer : elle était surprise, pas alarmée.

— Je doute que vous puissiez jamais me contrarier, monsieur.

Son grand sourire s'élargit encore. Un moment plus tard, il s'en alla et elle lui fit un signe de la main. Il répondit à son geste.

Il avait l'intention de la demander bientôt en mariage. Elle resta debout sur place, regardant partir sa voiture tout en essayant de contrôler son désarroi. Elle s'était attendue à une cour de plusieurs mois, sinon plus.

Mais, bien sûr, il était impatient. Au printemps, elle aurait vingt-sept ans. Et elle se demanda, le cœur serré, s'il voulait d'autres enfants. Il avait deux fils et une fille, tous trois adultes, tous mariés, qu'elle n'avait jamais rencontrés.

Ce n'était pas le moment d'y penser.

Derrière elle, la porte d'entrée s'ouvrit et elle se tourna pour voir Olivia, qui se tenait sur le seuil, l'air effarouché. Aussitôt, elle sut que quelque chose n'allait pas. Elle s'empressa de rejoindre sa sœur.

— Qu'y a-t-il ?

— Entre.

Alarmée, elle accéléra le pas pour la suivre dans la maison.

— Père est sorti, dit sa cadette d'un ton crispé, en la conduisant dans le salon.

Alexandra s'arrêta brusquement sur le seuil, bouleversée. Six vases étaient posés sur la table derrière la bergère, chacun empli d'une douzaine de parfaites roses bourgogne. Son cœur manqua un battement, puis repartit à toute allure.

Il n'abandonnait pas.

— Le fleuriste les a livrées lui-même. Elles sont arrivées une heure après ton départ avec le châtelain, dit Olivia à mi-voix, en ouvrant de grands yeux.

Alexandra s'assit, sous le choc.

Corey pénétra en trombe dans la pièce.

— Tu peux le croire ? lança-t-elle d'un ton excité. Et cette fois, il y a une lettre !

Pourquoi faisait-il cela ?

Olivia lui tendit une enveloppe.

— Il y a quelque chose à l'intérieur, Alexandra.

Alexandra regarda l'enveloppe et vit la bosse. Elle était simplement adressée à son nom suivi d'Edgemont Way. Manifestement, on avait donné au fleuriste des indications et une adresse précises. Elle ne pouvait imaginer ce que la lettre contenait. Elle tourna l'enveloppe et vit que ses mains tremblaient. Ses armoiries étaient magnifiques : la lettre C était flanquée de deux lions rugissants et surmontée d'une couronne.

— Je t'en prie, ouvre-la ! supplia Corey.

Elle regarda ses sœurs.

— J'ai été très claire. J'ai dit à Randolph que le précédent geste du duc était inapproprié. J'ai expliqué que M. Denney me courtisait et envisageait le mariage.

Elle ne reconnaissait pas le timbre de sa propre voix. Il était haut et tendu.

— Il est si romantique, dit Corey dans un souffle.

Alexandra eut envie de crier la vérité à sa pauvre sœur naïve. Ceci n'était pas romantique. C'était sordide.

Elle humecta ses lèvres et saisit le coupe-papier qu'Olivia lui tendait pour ouvrir l'enveloppe. Lorsqu'elle vit son contenu étincelant, glissé presque sans soin contre une feuille pliée, elle resta paralysée de stupeur.

— Qu'est-ce que c'est ? s'enquit Olivia d'un ton pressant.

Alexandra était incapable de bouger, de parler. Elle sortit le bracelet de diamants de l'enveloppe. Il scintillait de mille feux, même dans la lumière grise du jour.

Corey retint une exclamation et se laissa choir sur une chaise. Olivia poussa un cri. Abasourdie, Alexandra fixait simplement le bracelet. Il faisait un pouce de large, et était composé de centaines de diamants sertis dans des carrés de platine. Son cœur battait si fort, à présent, qu'elle en avait le tournis.

— Ce bijou vaut une fortune, parvint à dire Olivia en s'asseyant aussi.

— Pourquoi fait-il cela ? demanda Alexandra d'une voix impuissante.

Avec ce bracelet, elle pourrait acheter une nouvelle garde-robe pour ses sœurs, pensa-t-elle. Il pourrait même leur fournir de petites dots. Que pensait le duc en lui offrant de tels cadeaux ?

— Lis la lettre, chuchota Olivia.

Alexandra prit une profonde inspiration avant de déplier la petite feuille qui accompagnait le somptueux bijou.

« Chère miss Bolton,

» Je serais très honoré si vous me faisiez la joie d'accepter une invitation à dîner, ce soir, à 19 heures.

» J'attends avec plaisir de faire plus ample connaissance avec vous.

» Bien à vous,

Clarewood. »

— Que dit-il ? demanda Corey, la voix étouffée tant elle était impressionnée.

C'était elle qui tenait le bracelet, à présent.

Alexandra tendit la lettre à Olivia, qui la lut à haute voix. Son propre esprit s'emballait, tournoyait. Elle ne pouvait pas y aller. Bien sûr que non. Parce que, maintenant, il n'y avait plus de doutes sur ses intentions. S'il était enclin à la courtiser, il ne lui enverrait jamais ce genre d'invitation, ou ce genre de cadeau que l'on offrait à une maîtresse — à condition d'être extrêmement riche bien entendu.

— Il faut que tu y ailles, dit Corey en se relevant.

Alexandra la regarda.

— Corey, il a l'intention de me séduire. Et j'ai un prétendant, tu t'en souviens ?

— Le châtelain ? riposta sa sœur avec dédain. Alexandra, qu'est-ce qui ne va pas chez toi ? Le célibataire le plus beau et le plus riche d'Angleterre te courtise. Comment peux-tu refuser ?

— Si je vais là-bas ce soir, je reviendrai en étant une femme déchue, une catin sans vergogne ! protesta Alexandra, outrée.

Corey pâlit avant d'insister :

— Je pense qu'il est un gentleman. Il ne te forcerait jamais à faire quelque chose contre ton gré.

Alexandra dévisagea sa jeune sœur avec désespoir. Elle brûlait de croire ce qu'elle disait. Ce que Corey ignorait, c'était qu'elle rêvait des bras forts du duc depuis leur rencontre, de ses baisers. Il avait réveillé son corps endormi, lui rappelant qu'elle était une femme insatisfaite. Mais, grands dieux, il n'était pas Owen ! Elle ne l'aimait pas ! Elle ne le connaissait même pas !

Olivia se leva soudainement.

— Corey, je crois que le duc est un gentleman, mais je pense comme Alexandra que ses intentions sont scandaleuses.

Elle se tourna vers sa sœur aînée et la regarda avec attention. Alexandra lui rendit son regard, consciente qu'elle devinait combien il l'attirait.

— Il a refusé de prendre ton « non » en considération, murmura-t-elle.

— Tu vas refuser son invitation à dîner ? demanda Corey. Même si tu le fais, tu devrais garder le bracelet.

— Corey ! s'écria Olivia, choquée. C'est là quelque chose de stupéfiant, mais Alexandra ne peut pas garder ce bijou.

Elle se tourna pour dévisager Alexandra avec attention, de nouveau, le regard scrutateur.

— Mais ce bijou suffirait à nous nourrir pendant des années. Il paierait notre dette, déclara platement Corey.

A son tour, elle regarda Alexandra.

Les tempes de cette dernière la lançaient.

— Je ne peux pas garder le bracelet, car cela voudrait dire que je suis ouverte à ses avances.

Elle savait ce qu'elle devait faire.

— Corey ?

Elle tendit la main.

Sa sœur finit par lui remettre le bracelet étincelant, non sans réticences.

— Moi, j'irais ! dit-elle avec véhémence. Et je préférerais être la maîtresse du duc que la femme du châtelain !

Alexandra sentit son cœur chavirer, mais elle refusa d'identifier ses sentiments.

— Il sait que je suis courtisée. Et visiblement, il ne s'en soucie pas. Cela doit cesser.

A regret, Olivia approuva.

— Cela doit cesser, en effet, c'est-à-dire… si tu as l'intention d'épouser M. Denney.

Alexandra ignora un autre sursaut de son cœur.

— J'en ai l'intention.

Elle regarda la table avec les six douzaines de roses.

— Si père voyait ces fleurs, j'ignore ce qu'il dirait. Il serait certainement furieux. Dieu sait ce qu'il ferait.

Elle prit une profonde inspiration.

— J'irai à Clarewood.

Ses deux sœurs sursautèrent de surprise.

L'expression d'Alexandra était lugubre tandis qu'une formidable vague d'anxiété commençait à l'envahir.

— Je vais retourner les fleurs et le bracelet, et je parlerai clairement au duc une fois pour toutes.

6

Stephen enfila sa jaquette avant de quitter le cabinet de travail où Randolph vérifiait les comptes de la fondation. Il devait retrouver Elysse et Ariella qui étaient venues le voir à sa demande.

— Je suis impressionné, dit-il en entrant à grands pas dans un petit salon bleu et or. Je suis impressionné que vous vous soyez aventurées hors de la ville par ce mauvais temps.

Il s'était mis à bruiner une heure plus tôt, et maintenant le ciel noir annonçait de violents orages.

Ses cousines étaient assises sur le canapé crème et or, Elysse dans une robe verte à rayures et Ariella vêtue de soie bleu pâle, formant un tableau ravissant qu'un artiste eût adoré peindre. Elles bondirent pour le saluer, Elysse l'embrassant avec chaleur sur la joue et Ariella l'imita. Ni l'une ni l'autre ne se souciaient que Guillermo fût témoin de leurs marques d'affection. Le majordome était la quintessence de la discrétion, et était habitué à ce genre de scène. La haute société et les domestiques savaient que le duc était très proche de la famille Warenne depuis des années.

— Votre billet nous a intriguées, répondit Ariella, ses yeux bleus brillants de curiosité. Vous écriviez que vous

vous trouviez dans une situation critique et que seule Elysse et moi pouvions vous aider.

Elle haussa ses sourcils cendrés d'un air interrogateur.

— J'ai dit à Ariella que c'était une ruse quelconque. Vous n'êtes jamais dans une situation critique. Si un ouragan osait souffler jusqu'ici, vous le pointeriez du doigt et le feriez reculer, déclara Elysse en riant. Quoi qu'il en soit, je suis affamée et je dois manger avant que vous ne nous confiiez vos ennuis.

Stephen sourit avant de se tourner vers le majordome.

— Veuillez apporter une collation, Guillermo, je vous prie.

— Tout de suite, Votre Grâce.

Le domestique sortit, fermant la porte bleu et or derrière lui.

Stephen fit signe aux deux femmes de se rasseoir et, quand elles furent installées, il s'assit à son tour. Croisant les jambes, il annonça :

— Je vais aller droit au but. Je souhaite trouver un époux à la duchesse douairière.

Elles le regardèrent, bouche bée.

— Je sais. Au bout de quinze ans, cela semble étrange. Mais je pense que Julia serait plus heureuse avec un mari que rester seule comme actuellement.

Ariella et Elysse échangèrent un regard. Ariella finit par se décider à prendre la parole :

— Stephen, d'où vous vient cette idée ? Ce n'est pas un secret que votre mère a horriblement souffert quand elle était mariée à votre père. Je crois qu'elle est très heureuse maintenant. Elle n'a à rendre de comptes à personne, excepté à vous, et vous lui permettez de faire ce qui lui plaît. Chaque fois que je la vois, elle semble de bonne humeur. Je réfléchirais sérieusement à cela si j'étais vous. Je pense qu'elle apprécie sa liberté hors du mariage.

Ariella était une femme franche et directe. En cet instant, Stephen lui en était reconnaissant.

— Je ne la forcerais jamais à se marier, vous n'avez pas saisi mon idée. Je veux une union qui lui soit bénéfique. J'aimerais lui trouver quelqu'un de plaisant, de spirituel et de noble.

Les deux femmes restèrent muettes, à le fixer avec de grands yeux. Finalement, Elysse demanda :

— Dites-vous que vous souhaitez pour elle un mariage *d'amour* ?

Stephen tressaillit.

— Je veux lui trouver un gentleman auquel elle puisse s'attacher et qui s'attachera à elle. Si vous tenez à appeler cela un mariage d'amour, soit.

Il se leva, songeant à Tyne Jefferson et éprouvant une bouffée de culpabilité. Il connaissait bien sa mère. Elle ne serait pas contente de son plan, pas dans l'immédiat en tout cas. Mais finalement, si tout marchait comme prévu, elle serait enchantée.

— Je préfère que leur relation soit faite d'admiration et de respect mutuels. Et, bien sûr, le prétendant devra avoir des moyens, pour empêcher toute possibilité qu'il soit intéressé par sa fortune.

Ariella et Elysse se regardèrent de nouveau, puis se mirent à sourire.

— Vous êtes romantique, en fin de compte ! s'exclama Elysse.

Il soupira.

— Je ne suis *pas* romantique, Elysse. Mais Julia s'est

conduite étrangement, ces derniers temps. Il est évident qu'elle se sent seule.

— Vraiment ?

Elle ne put se retenir de glousser, chose qu'aucune dame ne se permettait en présence du duc.

— Elle ne semblait pas esseulée l'autre soir à Harrington Hall.

Stephen frémit d'irritation.

— Je suis sûr que, dans toute la Grande-Bretagne, il doit bien exister un gentleman d'âge mûr qui pourrait véritablement s'attacher à ma mère.

Elysse se tourna vers Ariella d'un air excité.

— Comment s'appelait-il, déjà ?

— Jefferson, comme le président. Mais je ne me rappelle pas son prénom.

Ariella refit face à son cousin.

— Elle semblait complètement charmée par cet Américain. Qu'en est-il de lui ?

La tension de Stephen monta en flèche.

— Tyne Jefferson est un rancher du fin fond de la Californie. En Angleterre, les gens qui élèvent du bétail sont des *fermiers* ! Il fait également du commerce — il vend sa viande de bœuf sur les marchés du Midwest et de l'Est. Il n'est pas convenable pour la duchesse douairière.

Il en était convaincu dès leur première rencontre, et la brève conversation qu'il avait eue avec Cliff de Warenne lui avait permis de confirmer son impression.

Les deux femmes échangèrent un nouveau regard.

— Alexi fait du commerce, et son père aussi, déclara platement Elysse. Refuseriez-vous quelqu'un comme mon mari ou mon beau-père ?

— Puis-je vous rappeler à quel point leur sang est bleu ?

Sa mauvaise humeur s'accroissait, mais il la contrôla. Il savait qu'il faisait preuve d'un horrible snobisme.

Ariella se leva, fronçant les sourcils d'un air réprobateur.

— Je déteste quand vous prenez vos airs supérieurs. L'Amérique n'est pas l'Angleterre — elle n'a pas le même système de classes. C'est une société ouverte. Les principes qui s'appliquent ici ne s'appliquent pas là-bas.

— Il est très séduisant, dit Elysse en se levant à son tour. Et il semble être un gentleman.

Voilà qu'elles se liguaient contre lui.

— Mes principes s'appliquent partout — même à Hongkong.

Ariella leva les yeux au ciel.

— Naturellement, Votre Grâce. Parce que vous avez hérité d'une fortune et d'un duché, et que vous êtes aussi dominateur qu'un tyran. Ne pouvez-vous reconnaître vos préjugés ?

Il bouillait de colère.

— Pourtant, je suis accusé par tout le monde d'être un républicain et un réformateur.

— *Je* suis la vraie libérale, Stephen. Malgré vos bonnes œuvres, vos valeurs sont dépassées.

Seule Ariella — ou Elysse — pouvait se permettre de telles affirmations.

— Et vous restez terriblement suréduquée, rétorqua-t-il avec le calme qui le caractérisait, même s'il n'était pas calme du tout. Faut-il que vous vous opposiez toujours à moi ? Je suis stupéfait que St. Xavier vous laisse de telles libertés. Vous heurtez-vous à lui comme vous le faites avec moi ? Pour l'amour du Ciel, la fondation est à l'avant-garde des réformes sociales et politiques !

— Je m'oppose à mon mari quand je pense qu'il a tort.

Ariella soupira.

— Je ne veux pas me quereller avec vous, Stephen. Je vous aime énormément, malgré votre hypocrisie et tout le reste. Et, oui, vous êtes à l'avant-garde des réformes. Mais vos tendances réformatrices disparaissent en ce qui concerne votre mère. Je pense qu'elle aime beaucoup Jefferson et que nous devrions nous pencher là-dessus.

— Je suis d'accord, dit Elysse.

Il était atterré et offensé.

— Je souhaite faire appel à vous pour trouver à ma mère un *pair* convenable — anglais et de sang-bleu, pas un rancher américain qui vend de la viande de bœuf !

— Mais si Julia était tombée amoureuse ? Lui refuseriez-vous cela ? s'enquit Ariella.

— Elle n'est pas tombée amoureuse. Elle se sent seule et il lui a simplement tourné la tête.

Elysse s'empressa d'intervenir.

— J'adorerais aider, dit-elle, paraissant réjouie à cette perspective, et faisant comme si elle n'avait pas entendu ce qu'il venait de dire. Pas toi, Ariella ? J'ai toujours eu de l'affection pour la duchesse douairière. Trouvons-lui un mariage *d'amour.*

Elle jeta un coup d'œil à sa belle-sœur, et Stephen comprit qu'elles conspiraient contre lui.

— Très bien, Stephen, acquiesça Ariella. Nous le ferons.

Il mit les poings sur ses hanches.

— Je pensais tout ce que j'ai dit. Je n'accepterai pas Jefferson, ni maintenant ni jamais. Je veux que vous lui trouviez un Anglais respectable et titré. Quand vous aurez fait vos recherches, vous me soumettrez une liste d'époux potentiels. Vous n'arrangerez de présentations avec personne, pas avant que je ne l'aie approuvé.

Elles échangèrent un regard.

— Bien sûr, Votre Grâce, répondirent-elles en chœur, d'un air candide.

Alexandra était transie par le froid lorsqu'elle arriva enfin à Clarewood. Sa pauvre vieille jument, Bonnie, était trempée et harassée par ce long voyage.

Tenant les rênes dans ses mains gantées, elle ordonna à sa monture de marcher au pas tandis qu'elle observait, par-delà l'allée de coquillages, la fontaine monumentale et les jardins environnants, la majestueuse demeure de trois étages en pierre grise. Un véritable palais, pensa-t-elle avec un soudain désarroi. La demeure d'un roi bien plus que celle d'un duc.

Elle frissonna. Elle était incapable de ressentir de l'indignation lorsqu'elle pensait au dîner qui l'attendait. Sa jument avait douze ans et était habituée au petit trajet de deux milles jusqu'à la ville — pas à traverser ce qui lui semblait être la moitié du Surrey. Randolph de Warenne avait peut-être parcouru la distance entre Edgemont Way et Clarewood en une heure et demie, mais trois heures s'étaient sûrement écoulées depuis qu'elle était partie de chez elle. La pluie n'avait pas arrangé les choses.

Les routes étaient mouillées, sinon boueuses, et la capote fuyait. La calèche n'était pas fermée et le vent avait soufflé des bourrasques de pluie à l'intérieur. Elle n'avait jamais eu aussi froid. Son apparence aurait dû être le cadet de ses soucis, puisqu'elle avait l'intention de repousser Clarewood, mais elle ne pouvait s'empêcher de s'inquiéter de sa tenue toute trempée. Sans parler de la nervosité qui la gagnait à mesure qu'elle approchait de la vaste demeure.

Quelle femme ayant tous ses esprits oserait affronter le duc de Clarewood ?

Elle redoutait cette rencontre. Mais elle était fière d'être une femme forte, déterminée et capable de prendre des décisions. Ce n'était pas le moment de faiblir et de perdre son assurance — ou son courage.

Mais le duc était tellement intimidant. Et elle ne concevait toujours pas pourquoi il l'avait choisie, *elle*.

Elle était si prise par son anxiété qu'elle mit quelques minutes à s'apercevoir que la jument s'était arrêtée. Elle fit aussitôt claquer sa langue et releva les rênes.

— Allez, Bonnie. Nous sommes bientôt arrivées.

Son pouls s'était accéléré. La jument repartit au trot, les oreilles rabattues en signe d'agacement. De vieux ormes majestueux bordaient l'allée et leur feuillage dense les protégeait un peu de la pluie. Un moment plus tard, Alexandra dépassa la grande fontaine et, malgré l'averse, admira les hautes haies sculptées qui dessinaient des mosaïques identiques de chaque côté de la maison.

Elle arrêta la jument devant les larges marches de pierre qui menaient à la porte d'entrée. De nombreuses dépendances s'élevaient sur la droite, dont des écuries. Un coupé de ville noir, très coûteux, était rangé sous une arche entre deux bâtiments, attelé de quatre chevaux bais.

Visiblement, le duc avait convié d'autres personnes.

Son appréhension s'accentua. Elle n'avait pas songé à la possibilité qu'il reçoive d'autres hôtes. Elle n'avait d'autre choix maintenant que d'aller de l'avant, pensa-t-elle sombrement. Sauf qu'elle ne souhaitait en aucun cas un conflit. Elle ne voulait pas contrarier, ennuyer le duc ou le mettre en colère. Si possible, elle désirait qu'une sorte de relation paisible sorte de l'entretien à venir.

Elle ôta ses gants et remit ses cheveux mouillés en place, repiquant quelques épingles. Puis elle ajusta son chapeau de feutre bleu. Il n'y avait aucun moyen de sécher ses jupes bleu marine, mais au moins son manteau avait protégé son corsage de la pluie. Alors qu'elle remettait ses gants, un portier se présenta près de son siège avec un parapluie. Elle lui sourit avec gratitude avant de descendre de la calèche.

Un moment plus tard, elle se retrouva dans un immense vestibule. Le plafond était haut et un énorme lustre en cristal était suspendu au centre. Le sol était dallé de marbre blanc et noir. Des chaises dorées recouvertes de velours rouge foncé et des consoles à pattes de lion étaient rangées contre les murs, couverts d'œuvres d'art. Alexandra reconnut des chefs-d'œuvre du Titien, de Raphaël, de Constable et de Poussin.

Son cœur tambourinait, à présent.

Son désarroi s'était accru. Elle n'était plus sûre de vouloir parler au duc, surtout s'il avait des hôtes et dans l'état où elle était après ce long voyage. Mais elle n'était pas venue jusqu'ici pour renoncer. Elle tendit son manteau et ses gants au domestique, puis elle lissa ses jupes mouillées. Un grand miroir étroit dans un cadre doré était accroché à un mur. Elle y jeta un coup d'œil et constata que rien n'améliorerait son apparence, à moins de se changer.

Déjà, un majordome en costume noir venait vers elle d'un pas empressé. Elle parvint à sourire.

— Je crains d'avoir oublié mes cartes de visite, mentit-elle.

Elle n'en avait plus. Elle ne s'en était pas servi depuis des années.

L'expression impassible du domestique ne se modifia pas.

— Qui dois-je annoncer, madame ?

— Miss Alexandra Bolton, d'Edgemont Way.

Le majordome s'éloigna. Alexandra s'avisa qu'elle se tordait nerveusement les mains, l'image du duc assaillant son esprit. Elle ne le connaissait pas du tout, sauf de réputation, mais elle était certaine qu'il ne serait pas satisfait de sa réponse à son invitation. Il ne semblait pas être un homme habitué à être contrecarré.

Elle humecta ses lèvres tout en souhaitant que l'entretien se termine vite.

Le majordome revint.

— Sa Grâce va vous recevoir.

Elle le suivit à travers le vestibule, passant devant un magnifique salon blanc et or avec au moins une douzaine de sièges. Elle n'avait jamais vu de meubles aussi somptueux Ils passèrent devant une grande bibliothèque, sombre et masculine. Un feu dansait dans la cheminée en marbre vert. D'une manière quelconque, elle sut que c'était la pièce préférée du duc et elle l'imagina assis sur le canapé, plongé dans les journaux du jour. Ses tempes étaient douloureuses. Elle ne pouvait se rappeler avoir déjà été aussi nerveuse. Si seulement elle n'avait pas attiré son attention au bal…

Enfin, ils arrivèrent devant un petit salon intime mais aéré, aux murs d'un bleu délicat, rehaussés de dorures. Clarewood se tenait debout près d'une jolie cheminée sculptée en plâtre blanc, un nu voluptueux accroché au-dessus du manteau. Il était d'une beauté aussi renversante que dans son souvenir. Son cœur bondit si fort, tandis qu'elle le regardait, qu'elle en oublia de respirer.

Il tourna immédiatement la tête et son regard bleu heurta le sien, intense et direct.

Pendant un instant, qui lui sembla être une éternité, ses yeux restèrent rivés sur elle, pénétrants. Elle sentit ses joues s'échauffer terriblement ; elle n'avait plus froid. Elle avait oublié combien son regard était intense et troublant, combien il dominait une pièce par sa simple présence.

Elle avait tenté d'oublier, aussi, comment il pouvait embraser son corps d'un simple regard.

Il la parcourut rapidement des yeux, de haut en bas, rompant le charme. Elle s'avisa alors qu'il n'était pas seul. Deux dames élégamment vêtues se tenaient près de lui. Elles ne lui étaient pas étrangères. Il aurait sans doute été préférable qu'elle le confronte un autre jour, lorsqu'ils seraient seuls. Consciente de son apparence déplorable, elle sentit de nouveau ses joues s'enflammer et son estomac se serrer. Elle haussa un peu la tête, déterminée à cacher son embarras.

— Miss Alexandra Bolton, annonça le majordome.

Clarewood déclara calmement :

— Veuillez apporter une collation pour miss Bolton, Guillermo. Et du thé brûlant. Tout de suite.

Il s'avança vers elle.

Alexandra fit une révérence, consciente qu'elle avait le souffle court.

— Bonjour, Votre Grâce, parvint-elle à dire.

— C'est une surprise extrêmement agréable, miss Bolton.

Le regard du duc s'était fait scrutateur tandis qu'il poursuivait.

— Je suis navré que vous ayez dû endurer un aussi mauvais temps.

— La pluie n'a cessé de tomber depuis mon départ d'Edgemont Way et je dois m'excuser pour mon apparence négligée. Ma voiture n'est pas fermée.

— Ne vous excusez pas. Je ne puis imaginer ce qui vous a pris de traverser le Surrey sous cette pluie.

Son regard, fixé sur elle, devint encore plus intense.

Elle savait qu'il attendait une réponse à la question qu'il venait de formuler implicitement ; à la place, elle lutta pour cacher sa nervosité pendant qu'ils se dévisageaient. La croyait-il si pleine d'impatience pour un rendez-vous galant qu'elle était arrivée plus tôt que l'heure de son invitation ? Elle pria que ce ne soit pas le cas.

— Je crois qu'il y a une question dont nous devons parler, dit-elle finalement.

Il baissa les yeux. Ses cils étaient longs et épais, aussi noirs que du charbon.

— Peut-être devriez-vous venir vous mettre devant le feu.

C'était plus qu'une suggestion. Il la prit par le coude, la tenant fermement pour la diriger vers la cheminée.

Son toucher, bien que léger, lui fit l'effet d'une secousse. Il la brûlait, comme si sa main était posée directement sur sa peau Elle se rappela aussitôt ses mains sur elle lors du bal, lorsqu'il avait tenu sa taille dans un geste possessif. Une vague de chaleur l'envahit à cette pensée. Leurs regards se croisèrent de nouveau.

La tension qui s'était installée entre eux dès son arrivée s'intensifia, l'air crépitait entre eux. Et cela ne fit qu'ajouter au désarroi d'Alexandra. L'attirance choquante qu'elle éprouvait pour lui n'avait pas diminué, pensa-t-elle sombrement. Et il le savait. Sa bouche s'incurva très légèrement.

Elle détourna les yeux. Tandis qu'il la guidait vers la cheminée, son cœur battait follement et elle avait du mal à réfléchir au contact de ses doigts sur son bras. Elle aspirait désespérément à la conclusion de leur entrevue et pourtant, étrangement, la façon dont il la tenait était presque rassurante.

Elle jeta un coup d'œil à son superbe profil. C'était l'aura virile qu'il dégageait qui était rassurante, se dit-elle. Elle était si peu habituée à ce genre d'homme. Jamais le duc ne jouerait de manière insensée, ne s'enivrerait ou ne gaspillerait sa fortune. Il ne se conduirait jamais de façon stupide. En vérité, il ne tolérerait sûrement même pas une conduite stupide sous son toit.

— Puis-je vous présenter Mme Alexi de Warenne et lady St. Xavier ? dit-il.

Alexandra parvint à sourire aux deux femmes, s'attendant à des regards durs et à des salutations faussement polies. Mais, au contraire, elles lui rendirent son sourire, sans prêter la moindre attention à son apparence peu soignée et sans faire aucune remarque sur sa visite cavalière. Pourtant, elle savait qu'elles devaient penser du mal d'elle. L'autre soir, elle avait appris combien la haute société pouvait être mauvaise.

— Je connais un peu lady St. Xavier, répondit-elle aussi calmement que possible.

Elle n'avait pas vu Ariella St. Xavier, qu'elle avait connue sous le nom d'Ariella de Warenne, il y a des années.

— Mais je ne crois pas avoir eu l'occasion d'être présentée à Mme de Warenne.

Soudain, elle se rappela que le mari d'Elysse était celui

qui avait reconduit son père hors de la salle de bal, avec l'aide du jeune Randolph.

— Nous ne nous sommes jamais rencontrées, mais je suis heureuse que nous le fassions maintenant, déclara chaudement Elysse de Warenne. Sa Grâce vous a sauvée d'un évanouissement l'autre soir. Vous sentez-vous mieux ? Peut-être n'auriez-vous pas dû venir par une si mauvaise journée.

Alexandra fixa la belle blonde, tentant de décider s'il y avait un sous-entendu dans ses paroles, une allusion aux vilains ragots qui avaient couru sur elle lors du bal. Mais Elysse de Warenne souriait si plaisamment qu'elle en conclut qu'il n'y avait ni rancœur ni méchanceté dans ce qu'elle disait. Etait-il possible que ces femmes la traitent correctement après l'autre soir ? Elle se sentait si incertaine. Elle jeta un coup d'œil au duc.

Son regard était empli de mâle assurance. Un frisson la parcourut. Rougissant, elle s'adressa aux visiteuses.

— Je crains d'avoir à discuter d'une question urgente avec Sa Grâce.

Et, soudain, elle souhaita n'avoir rien dit. Qu'est-ce qui pouvait être de nature urgente entre eux ? Qu'allaient-elles penser ?

— Vraiment ?

Elysse sourit à Clarewood.

— N'y a-t-il pas une bonne distance entre Edgemont Way et ici ?

— Elysse, lui reprocha le duc. Tout le monde n'est pas aussi direct que vous.

Cette fois, il y *avait eu* une insinuation — qu'elle s'était mise en quatre pour venir voir Clarewood, peut-être pour des raisons personnelles relatives à leur rencontre de l'autre soir. Si Elysse savait !

— Edgemont Way est assez éloigné d'ici, en effet, dit-elle, puis elle s'arrêta, car elle ne pouvait leur expliquer pourquoi elle avait rendu visite au duc.

Elle se tourna vers lui afin de changer de sujet.

— Se pourrait-il que l'on s'occupe de ma pauvre jument aux écuries ? Je crains que Bonnie soit un peu vieille, et elle est aussi trempée que moi.

— Bien sûr.

Il tourna les talons et gagna la porte, laissant les femmes entre elles.

Alexandra parcourut la pièce du regard, espérant éviter la question que l'une des deux femmes ne manquerait certainement pas de poser : pourquoi était-elle venue à Clarewood ?

— Quel salon ravissant ! observa-t-elle pour les distraire.

— Je suis contente que vous soyez venue, cela nous donne l'occasion de refaire connaissance, dit Ariella d'un ton plaisant. Comment allez-vous depuis tout ce temps, miss Bolton ?

Elle avait dû entendre les ragots, et elle avait certainement vu son père ivre. Comme Elysse, elle ne paraissait pas hostile, mais agréable et polie. Elle semblait sincère, même si Alexandra savait bien que personne n'était sincère en société.

Elle lui sourit prudemment.

— Je vais très bien, merci. Je crois savoir que vous vivez assez loin de la ville, maintenant.

Elle voulait orienter la conversation vers des banalités polies.

— Oui, Woodland est dans le Derbyshire et j'adore y

vivre. Nous ferons construire une maison à Londres, un jour, mais pour l'instant il nous plaît de séjourner dans la résidence londonienne de mon père.

Alexandra fit soudain la relation entre les deux femmes — elles étaient belles-sœurs.

— Je ne suis pas allée dans le Derbyshire depuis des années, mais c'est une très belle région, déclara-t-elle en gardant un œil sur la porte, et en se demandant comment elle pourrait parler en privé au duc alors qu'il avait des visites.

— Si jamais vous passez par là, vous devez venir nous voir, dit Ariella en souriant.

Alexandra sentit ses yeux s'élargir. Le pensait-elle ?

— Même si Woodland est une maison de campagne, nous avons un terrain de tennis couvert et il y a quelques boutiques intéressantes au village. Avez-vous déjà joué au tennis, miss Bolton ?

Alexandra inspira, choquée par ce qui ressemblait presque à une invitation.

— Non, mais cela semble amusant.

— C'est très amusant, et plus difficile qu'on ne pourrait le penser. Vous devez venir jouer, une fois.

Alexandra restait médusée qu'Ariella vienne de l'inviter chez elle.

— Je ne projette pas de me rendre là-bas pour l'instant, mais si je le fais, j'essaierai d'aller vous voir.

Les joues échauffées, elle se tourna pour regarder la pluie par la fenêtre.

— Vous devriez quitter ces habits mouillés, déclara soudain Elysse. Vous vous êtes quasiment évanouie l'autre soir, et vous pourriez tomber malade.

Alexandra dut lui faire face.

— Je crains de ne pas avoir de vêtements de rechange, et je rentrerai chez moi dès que j'aurai réglé mon affaire avec le duc.

Elysse et Ariella échangèrent un bref regard, en silence. Alexandra eut le sentiment qu'elles ne la croyaient pas tout à fait — et elle ne les en blâmait pas.

A ce moment-là, le duc revint dans la pièce. Il lui jeta un regard indolent, si charmeur que son cœur chavira violemment. C'était un regard plein d'assurance, comme s'il escomptait qu'elle accepte son outrageuse invitation à dîner. Etait-il fou ?

— Miss Bolton peut rester près du feu jusqu'à ce que sa robe sèche, dit-il, et de nouveau ce n'était pas une suggestion, mais un ordre. Votre jument sera bien soignée, miss Bolton.

— Merci.

Ariella s'avança.

— Je dois partir, Stephen, annonça-t-elle, surprenant Alexandra par l'usage de son prénom. Nous avons un dîner, et avec ce temps, le retour en ville sera plus long que d'habitude.

— Je suis content que vous soyez venue, Ariella, répondit Clarewood, une curieuse note d'avertissement dans la voix. Et je vous sais gré de votre aide dans l'affaire dont nous avons discuté.

Ariella sourit largement et l'embrassa sur la joue, surprenant encore davantage Alexandra.

— J'ai hâte de me lancer dans notre petite entreprise, assura-t-elle.

Elysse l'embrassa aussi.

— Vous paraissez soucieux. Ne vous inquiétez pas,

Votre Grâce, dit-elle d'un ton taquin. Nous obéirons humblement à tous vos ordres.

— Je tremble d'appréhension, répondit-il avec une froide ironie. Vous m'avez donné votre parole.

— Bien sûr, murmura Elysse.

Elle se tourna vers Alexandra.

— C'était un plaisir, miss Bolton. Je compte vous revoir bientôt.

Alexandra essaya de cacher sa surprise, car elle semblait sincère.

Puis Ariella ajouta :

— Stephen aboie plus fort qu'il ne mord. Quoi qu'il advienne, restez ferme, ma chère.

Les yeux d'Alexandra s'élargirent.

— Nous sommes amis depuis l'enfance.

Elle lui fit un petit geste des doigts et se dirigea vers la porte.

Clarewood se tourna vers elle, le regard soudain brûlant.

— Je reviens tout de suite, dit-il en pivotant pour les raccompagner.

Dès qu'elle fut seule, Alexandra chercha du regard un endroit où s'asseoir. Sa robe était tellement mouillée qu'elle craignait d'abîmer les beaux fauteuils. Finalement, elle prit place dans l'embrasure de la fenêtre..

Les deux femmes s'étaient montrées plaisantes et même aimables. Elles avaient été d'un naturel déconcertant, aussi. Que devait-elle en conclure ? Quant au duc, elles semblaient l'aimer beaucoup. Il ne les intimidait certainement pas. C'était une bonne nouvelle, supposa-t-elle, car il paraissait bel et bien trop puissant et trop sûr de lui. Peut-être aboyait-il plus fort qu'il ne mordait, comme l'avait dit Ariella St. Xavier.

Elle en doutait.

Et elle, était-elle intimidée ?

Elle se mit à frissonner. Des images surgirent dans son esprit, le duc la tenant quand elle avait été sur le point de défaillir, son regard bleu si intense, puis l'attitude galante du châtelain et son sourire aimable. Suivit une image d'Owen en train de rire, si beau et si amoureux d'elle. Elle se massa les tempes, ses maux de tête étaient de plus en plus violents. Le duc était si dominateur, si viril. Cette entrevue promettait d'être très difficile.

— Miss Bolton ?

Elle ne l'avait pas entendu revenir dans la pièce. Elle se leva et leurs regards se croisèrent. Il souriait très légèrement, d'un air satisfait.

— Il n'est pas 19 heures, murmura-t-il. Je pensais vous envoyer ma voiture.

Elle prit une inspiration hachée.

— Non, il n'est pas 19 heures… Il doit être environ 15 h 30.

Il haussa les sourcils.

— Devrais-je en être flatté ? demanda-t-il doucement. Ou affligé ?

— Je dînerai à Edgemont Way ce soir.

— Je vois.

Son regard resta fixé sur elle, mais son sourire avait disparu.

— Pourquoi ?

Pourquoi, se demanda-t-elle, éprouvait-elle cette pointe de regret ? Pourquoi la troublait-il ? Pourquoi avait-elle l'impression que si elle disait ce qu'il ne fallait pas, faisait le geste qui ne convenait pas, il pourrait en profiter aussitôt ?

— Les roses sont dans ma calèche. Elles sont magnifiques… mais je crains qu'elles aient mal supporté la pluie.

Comme il ne parlait pas, elle ouvrit son réticule et en sortit le bracelet.

— Je suis venue vous rendre ceci, également. Je ne peux manifestement pas accepter ces fleurs ni un présent aussi inapproprié.

— Je ne vois pas pourquoi. En particulier quand je souhaite que vous l'ayez, dit-il d'une voix enjôleuse.

La tension devint palpable. Le ton du duc était charmeur — mais aussi dangereux. C'était le lion invitant son dompteur à entrer dans la cage pour en faire son repas, mais seulement après avoir joué avec lui. Elle comprit alors qu'elle l'avait bien jugé : il n'était pas habitué à ce qu'on lui désobéisse.

— Votre invitation n'était pas convenable.

— Non, en effet.

Elle le regarda, surprise. Il lui rendit calmement son regard. Et parce qu'il ne disait rien, parce que son regard la troublait, elle s'écria :

— J'ai expliqué à Randolph que j'avais un prétendant, Votre Grâce. Quelqu'un qui envisage le mariage.

— Il ne m'importe guère d'avoir un rival, miss Bolton, déclara-t-il les yeux brillants.

Elle retint une exclamation. N'allait-il pas admettre la folie de ses avances ? Ne comprenait-il pas ce qu'elle disait ?

— Ses intentions sont honorables. Les vôtres le sont-elles ?

— Non.

Alexandra fut frappée de mutisme par cet aveu. Il sourit lentement.

— J'aime être direct, miss Bolton, et je trouve futile

de perdre du temps. Vous me charmez. Je crois que je ne vous suis pas indifférent. Considérant les circonstances dans lesquelles nous nous trouvons, je ne vois pas pourquoi vous êtes réticente à aller de l'avant — à moins, bien sûr, que vous ne soyez éprise du châtelain Denney.

Il cherchait une liaison illicite. Elle ne pouvait croire qu'il continuât à se montrer si direct. Elle inspira à fond. Et que voulait-il dire par ces « circonstances » ?

— Que ressentez-vous pour lui ?

Son regard était dur, mais son ton ironique. Etait-il amusé par la cour du hobereau ?

— Ce que j'éprouve pour le châtelain Denney n'est pas votre affaire.

Mais s'il ne voulait pas reculer et abandonner, qu'allait-elle faire ?

— J'en *fais* mon affaire, rétorqua-t-il sur un ton suave.

Elle inspira de nouveau, ébranlée. Il semblait déterminé. Il ne se souciait pas qu'elle fût une femme de bonne naissance, même si son nom n'était désormais plus aussi respectable. De nouvelles images lui traversèrent l'esprit… Son beau visage aux traits virils près du sien quand il la tenait dans ses bras. Son corps était brûlant, secoué de palpitations. Elle ne pouvait évidemment pas faire ce qu'il voulait. Elle était une femme fière et digne.

— Vous ai-je offensée ? Parce que, laissez-moi vous l'assurer, ce n'était pas mon intention. La plupart des femmes sont flattées par mon intérêt.

Elle secoua la tête.

— Je suis flattée, parvint-elle à dire. Mais je me sens aussi insultée, Votre Grâce.

Il haussa les sourcils.

— Pourquoi mon intérêt serait-il insultant ?

Elle se raffermit.

— Votre Grâce, je suis dans une position difficile. Naturellement, je suis flattée. Quelle femme ne le serait pas ? Mais vous avez mal interprété ma situation, non que je vous en blâme, et c'est pourquoi je m'efforce de repousser vos avances.

Il parut amusé.

— Essayez-vous de me ménager, à présent ? De fait, je trouve votre rejet presque rafraîchissant. En général, les femmes sont avides de baiser le sol à mes pieds.

Elle doutait qu'on l'ait déjà rejeté.

— Je ne veux pas vous repousser complètement, murmura-t-elle, le cœur battant.

Il haussa de nouveau les sourcils.

— Existe-t-il quelque chose comme un rejet partiel ?

Elle eut du mal à parler.

— Nous pourrions peut-être être amis.

Il rit.

— Miss Bolton, c'est une idée fort saugrenue.

Il lui jeta un regard d'une hardiesse choquante.

— N'en soyez pas insultée, mais l'amitié n'a rien à voir avec des roses rouges et des diamants — ni avec mon intérêt pour vous. Vous m'intriguez beaucoup.

Cet outrage aurait dû être le coup final. Les entrailles d'Alexandra se contractèrent. Le désir lui nouait l'estomac. Tandis qu'il la regardait dans les yeux, elle parvint à dire, consciente que c'était sa dernière chance de lui échapper :

— Votre Grâce, je suis venue vous expliquer que si le châtelain me propose le mariage, j'accepterai.

Il resta silencieux. Il ne semblait ni déconcerté, ni offensé, ni même contrarié. A la rigueur, il paraissait amusé, sauf que son regard était d'acier.

— Donc je vous retourne les fleurs et le bracelet. Et je dois décliner votre invitation à dîner. Je dois aussi vous demander de ne plus me poursuivre de vos attentions.

Comme il continuait à la fixer, elle s'exclama :

— Je suis désolée, vraiment ! Je désire réellement que nous restions amis.

— Pas aussi désolée que moi, dit-il enfin. Vous devriez réfléchir.

Elle posa le bracelet sur la table et secoua la tête, se sentant aux bords des larmes et impuissante.

— Je vous suis reconnaissante de votre aide l'autre soir… Et je suis flattée, mais… je dois m'en aller.

Elle passa précipitamment devant lui. Plus vite elle rejoindrait sa voiture, mieux ce serait. Elle n'aurait su dire si elle avait déjà été aussi bouleversée. Certes, elle avait atteint son objectif. Elle avait mis les choses au point. Elle avait coupé court à ses avances.

Alors qu'elle avançait d'un pas décidé vers la sortie, il se plaça devant elle, lui barrant le chemin. Elle réprima un cri juste avant qu'il ne la saisisse fermement par les bras.

— Il est très rare que je commette une erreur de jugement, dit-il doucement.

Son regard se fit perçant, la forçant à lui faire face. Son cœur battait si fort qu'elle était sûre qu'il pouvait l'entendre.

— Vous vous êtes trompé, cette fois.

— Je ne pense pas. Je crois que vous êtes décidée à accepter le châtelain par nécessité économique.

— Et si c'était le cas ?

Il fit alors passer son pouce le long de sa mâchoire. Le plaisir explosa soudain en elle, la laissant tremblante de désespoir.

— J'ai l'intention d'être un bienfaiteur très généreux, murmura-t-il.

Il était si difficile de le comprendre quand il la caressait ainsi. Elle était envahie par le désir, incapable de décrypter les paroles qu'il prononçait.

— Je serai heureux d'être généreux avec vous de toutes les façons possibles, Alexandra, dit-il d'une voix enrouée.

Elle ne pouvait se méprendre sur le désir qui perçait dans son timbre, sur la concupiscence qui brûlait dans ses yeux. Elle trembla, inspira, eut l'intention de le repousser et de le contredire. Mais elle n'en fit rien.

Il lui releva le menton.

— Vous êtes trempée et vos vêtements sont en désordre. Pourtant, même ainsi, vous êtes capable de me couper le souffle.

— Arrêtez, essaya-t-elle de dire, mais elle ne fut pas sûre de parler à haute voix.

Ses longs cils épais s'abaissèrent, puis il rapprocha son visage du sien.

Il allait l'embrasser.

Elle s'immobilisa, oubliant tout, y compris pourquoi elle était venue à Clarewood cet après-midi-là. Tout ce qu'elle savait, c'était qu'il allait l'embrasser, et qu'elle en tremblait d'excitation.

La prenant par les épaules, il lui frôla les lèvres de sa bouche ferme.

Elle ne bougeait pas, médusée par la sensation de ses lèvres sur les siennes, son corps entier devenant une boule de désir. Elle saisit ses épaules massives et le sentit sourire. En réponse, elle s'adoucit.

Pourquoi refuser ?

Il émit un son rauque, réclamant sa bouche, en forçant l'ouverture.

Elle gémit, jetant les bras autour de son cou, se pressant contre lui tandis qu'il l'enveloppait dans son étreinte, leurs langues se mêlant aussitôt. Il était dur et raide contre sa hanche. L'excitation l'aveugla. Elle avait désespérément besoin d'être dans les bras puissants de cet homme, comme elle avait désespérément besoin de sa bouche sur la sienne et de son corps viril durci par le désir se pressant avec insistance contre son bassin.

Elle lui rendit son baiser.

Pas doucement, pas délicatement, pas comme une femme de bonne naissance aurait dû le faire. Elle l'embrassa sauvagement, avec urgence, exigeant qu'il s'ouvre à elle, essayant de l'absorber tout entier. Il poussa un grognement de triomphe. Il resserra son étreinte, chaque centimètre de son corps s'imprimant en elle.

Elle n'aurait su dire combien de temps ils restèrent ainsi, unis en un baiser farouche et profond, sa langue prenant possession d'elle, son sexe massif terriblement excité contre son ventre. Elle avait envie de crier son nom et de pleurer de plaisir — elle voulait demander plus, supplier qu'il lui donne davantage. Elle ressentait du désir. Du soulagement. Elle éprouvait de la joie.

Comment avait-elle fait, ces neuf dernières années ?

Et alors, il interrompit ce baiser outrageux et enivrant.

Sa belle image flotta devant elle tandis qu'il la tenait pour l'empêcher de tomber, la regardant avec attention, les yeux brûlants. Anéantie, elle se retint à lui avant de revenir lentement à la raison.

Lorsque enfin elle reprit ses esprits, elle comprit qu'elle avait failli commettre une erreur irréparable. Prenant conscience du désir débridé qu'elle venait de lui témoigner, elle relâcha ses épaules, choquée. L'excitation qui l'habitait, le désir de cet homme.

La consternation suivit rapidement.

Que venait-elle de faire ?

— Vous resterez à dîner, déclara-t-il platement.

Elle secoua la tête en tentant de s'écarter. Mais il la retenait fermement, la contemplant avec surprise.

— Non. Je ne peux pas. Laissez-moi partir… je vous en prie !

Elle ne sut pas s'il la relâcha ou si elle se libéra. Leurs regards restèrent joints, celui du duc semblant maintenant exprimer une colère sourde.

— Si vous vous jouez de moi, Alexandra, alors vous êtes une superbe comédienne, la meilleure que j'aie rencontrée.

Il la prenait à présent pour le genre de femme qui se jouait des hommes. Elle pivota et courut vers la porte, horrifiée par son accusation et par sa propre défaillance morale. Elle était trop affligée pour penser clairement ou entendre s'il la suivait. Elle traversa la maison en courant, si anxieuse de s'échapper qu'elle ne s'arrêta pas dans le vestibule pour demander son manteau. Elle atteignit la porte avant le valet, luttant contre les larmes. *Qu'est-ce qui n'allait pas chez elle ?* Avant qu'elle n'ait pu actionner la poignée, le portier lui ouvrit et elle sortit en courant, sous la pluie.

Sa voiture n'était pas en vue. Elle se rappela que la jument avait été conduite aux écuries sur sa demande. Elle était bouleversée… Qu'avait-elle fait ?

— Miss Bolton.

Le ton du duc était aussi cinglant qu'un fouet. Il tendit un parapluie au-dessus d'elle.

Refusant de lui prêter attention, elle partit résolument vers les écuries.

Il la suivit, tout en l'abritant du parapluie. Ses enjambées étaient plus longues que les siennes et quand il arriva à sa hauteur, il la saisit par le bras, le visage durci par la colère.

— Arrêtez.

— Lâchez-moi.

— Vous êtes toujours trempée et votre canasson ne fera jamais le trajet de retour jusqu'à Edgemont Way.

Elle finit par lever les yeux vers lui, en se dégageant brusquement.

— Alors, que voudriez-vous que je fasse ? demanda-t-elle d'un ton hystérique. Que je reste ici avec vous, que je cède à vos besoins, que je satisfasse votre désir et obéisse à vos ordres ?

Malgré sa colère, il parla calmement.

— Je suis navré que vous vous trouviez dans un tel dilemme moral. Et je ne vous retiendrai pas captive, Alexandra. Laissez la jument. Elle peut se reposer ici. Je vous renverrai chez vous quand vous vous serez séchée. Et je vous laisserai tranquille pendant ce temps.

Elle le fixa pour voir s'il était sincère. Il lui rendit froidement son regard.

— Toutefois, je suggère que vous reconsidériez les bénéfices d'une relation avec moi, en particulier à la lumière de ce qui vient de se passer.

7

— Alexandra, lança le baron d'un ton jovial le lendemain, t'ai-je dit que le châtelain vient dîner avec nous ce soir ?

Il était 10 heures et Olivia préparait le petit déjeuner de leur père, comme d'habitude. Il ne pouvait pas se lever plus tôt après avoir passé une nuit de plus à boire et à jouer. Alexandra avait installé sa planche à repasser dans un coin de la cuisine et repassait la dernière robe de bal de la soirée d'Harrington Hall. Elle était restée debout presque toute la nuit.

— Non, père, je ne pense pas que vous nous l'ayez dit, répondit-elle calmement, alors qu'elle était tout sauf calme.

Clarewood avait été fidèle à sa parole. Il l'avait reconduite devant la cheminée du salon bleu et or, puis avait disparu. Il lui avait fallu une heure pour se sécher et entre-temps on lui avait servi un repas chaud qu'elle avait voulu décliner avant de se raisonner. Elle devait prendre des forces avant d'affronter le long trajet, froid et humide, jusqu'à Edgemont Way. Pourtant, lorsqu'elle était montée dans la voiture du duc, elle avait immédiatement compris que le retour serait bien plus agréable que l'aller. Des briques chaudes avaient été placées sur le sol et des fourrures sur les sièges. Le toit ne fuyait pas.

Les fenêtres étaient vitrées. Le trajet avait été si plaisant qu'elle s'était endormie — en dépit de son désarroi et de son désespoir.

A présent, elle se concentrait avec attention sur sa tâche. Si elle abîmait une robe aussi coûteuse, elle devrait la remplacer. Hélas, elle avait beau fixer la robe et le fer, c'étaient les yeux bleu foncé du duc qu'elle voyait. Elle avait beau serrer le fer dans ses doigts, c'étaient ses épaules musclées qu'elle sentait. Elle était complètement désespérée. Tout ce qu'elle souhaitait était oublier qu'il existait.

La veille au soir, le baron était déjà sorti lorsqu'elle était rentrée. Cela avait été sa seule consolation de la journée. Elle aurait été bien incapable de trouver une explication raisonnable ou crédible au fait qu'elle revenait dans la somptueuse voiture du duc.

Olivia et Corey en étaient restées coites avant de la harceler de questions.

Refusant de répondre à une seule d'entre elles, Alexandra était montée précipitamment dans sa chambre pour oublier cette affreuse journée. Mais son regard s'était tout de suite posé sur la rose bourgogne qui ornait sa commode, faisant resurgir sa détresse.

Maintenant, il lui était impossible de se réjouir de la visite du châtelain. Même s'il fallait bien qu'elle fasse preuve d'enthousiasme. Elle avait un repas à préparer et très peu d'argent pour le faire. Repassant soigneusement une manche de soie framboise, elle demanda :

— Avez-vous dit au châtelain que nous dînons à 19 heures ?

— Il compte venir un peu plus tôt, pour un xérès. Il a dit qu'il voulait s'entretenir avec moi. En privé.

Le baron était manifestement satisfait.

Elle sentit son cœur se serrer de consternation tandis qu'elle reposait le fer sur le comptoir près de l'évier. L'image puissante de Clarewood restait au centre de son esprit ; quand elle regarda son père, ce fut le duc qu'elle vit. Et ses yeux étaient emplis de colère.

Il avait détesté être repoussé.

Mais il n'y avait pas eu d'autre recours possible.

Malgré elle, son esprit essaya de revenir au baiser enflammé qu'ils avaient partagé. Des larmes lui montèrent aux yeux et elle eut soudain du mal à respirer. Elle ignorait pourquoi elle était si triste. Elle ne devait jamais se permettre de repenser, ne fût-ce qu'un instant, à cet incident passionné et choquant.

— Je me demande ce qu'il veut me dire, déclara son père avec un grand sourire.

Elle lui fit face en s'efforçant de lui rendre son sourire. Denney n'allait sûrement pas faire sa demande maintenant. C'était trop tôt, même s'il avait dit qu'il avait l'intention de hâter sa cour.

— J'espère qu'il n'aura rien contre un poulet rôti.

Ce serait un plat principal convenable, et peu coûteux.

Olivia posa sur la table une assiette qui contenait un seul œuf poché et deux tranches de pain. Le jambon, les saucisses et le bacon avaient disparu depuis longtemps de leur cellier.

— Il est tellement entiché de toi que tu pourrais lui servir des gésiers qu'il serait quand même content, j'en suis sûre.

Plongée dans la confusion et le désarroi, Alexandra retourna la robe avec soin et reprit le fer qu'elle avait oublié.

— Alexandra, tu as déjà repassé ce côté, observa doucement Olivia, le regard soucieux.

— Tu as raison. Je suis sotte.

Il n'y avait aucune raison d'être aussi affligée. Elle ne pouvait se permettre de fantasmer ainsi sur le duc.

C'était comme si elle était revenue au temps de ses rendez-vous d'amour avec Owen — sauf qu'elle n'était pas certaine d'avoir déjà éprouvé une telle explosion de désir avec son fiancé.

Owen lui manquait tellement. Son souvenir était de nouveau douloureux.

Le baron engloutissait son œuf et ses toasts. Il avait déjà annoncé qu'il serait absent pour la journée. Alexandra n'avait aucune idée de l'endroit où il allait et ne s'en souciait pas particulièrement. Elle emporta la robe, suivie par Olivia.

— Assure-toi de servir un bon repas, ce soir, Alexandra. Ne regarde pas à la dépense ! cria leur père derrière elles.

Elle ne répondit pas et suspendit la robe à un cintre dans le vestibule.

— Pourquoi ne veux-tu pas parler de ce qui s'est passé hier ? demanda sa sœur. Je suis si inquiète.

Alexandra ne voulait pas que ses sœurs se tourmentent pour elle. Elle accrocha le cintre au portemanteau et se tourna.

— Il n'y a pas de quoi s'inquiéter. J'ai expliqué ma situation au duc. Il ne me fera plus d'avances inconvenantes.

— Tu es au bord des larmes, fit remarquer Olivia. Tu ne peux même pas esquisser un sourire. Qu'est-il arrivé ? S'est-il montré désagréable ? Cruel ? J'imagine toutes sortes de choses terribles !

Alexandra passa un bras autour d'elle.

— Oh, Olivia… Il était tellement en colère. Il n'a pas pris à la légère mon refus. Mais c'est fini, et il n'y a aucune raison valable pour que je reste contrariée par cette affaire.

— Pourtant, tu *es* contrariée !

Elle ne parlerait jamais à sa sœur du baiser. Et elle ne pouvait lui avouer qu'Owen lui manquait, qu'elle pensait à lui comme elle ne l'avait pas fait depuis des années — son image ne cessant d'apparaître et de disparaître, remplacée par celle du duc. Olivia se servirait de cela comme munition contre le châtelain et sa cour.

— Je suis juste très fatiguée, dit-elle, ne mentant qu'à moitié.

Elle se força à sourire.

— Au moins, Bonnie est en vacances. Elle est dans la plus belle stalle qu'elle ait jamais connue, avec du foin à ne savoir qu'en faire.

Olivia ne sourit pas.

— Quelque chose s'est passé à Clarewood, et tu ne veux pas me le dire. Nous n'avions jamais de secrets l'une pour l'autre, avant.

Alexandra se mordit la lèvre. Des larmes lui montèrent aux yeux.

— Il m'a embrassée.

Sa sœur retint une exclamation.

— Je suis désolée, dit Alexandra en s'appuyant au mur. J'avais oublié ce que c'est que d'être embrassée par un homme jeune et beau.

— Il n'est pas jeune. Il a autour de trente ans. Quel méprisable goujat !

— Oui, il est méprisable.

Mais à l'instant où elle prononça ces mots, elle sut

que ce n'était pas la vérité. Les deux sœurs échangèrent un regard et sourirent au baron tandis qu'il passait près d'elles pour prendre son manteau.

— Bonne journée, père.

— Encore une fois, ne regarde pas à la dépense, Alexandra, recommanda-t-il, rayonnant. Et porte quelque chose de joli.

Il sortit de la maison.

Elles attendirent que la porte se referme et se regardèrent de nouveau. Olivia secoua la tête.

— Ainsi, je me trompais sur ses intentions. Je suis désolée, Alexandra.

— Tout va bien. C'est fini.

Elle était ferme. Rien ne lui semblait terminé, en réalité, mais elle devait penser à la soirée à venir. Il y avait tant à faire.

— Il faut que nous nous mettions au ménage. Où est Corey ?

— Je vais la chercher, dit Olivia.

Pendant l'heure qui suivit, les trois sœurs balayèrent et époussetèrent la maison en prévision du dîner. Alexandra ne pouvait toujours pas chasser Clarewood de son esprit. Elle ne comprenait pas non plus son soudain abattement. Et Owen continuait à terriblement lui manquer. C'était comme si le duc avait pris un couteau pour rouvrir toutes ses anciennes blessures.

Corey et elle se mirent à cirer les meubles. Olivia balayait le perron quand, soudain, elle poussa un cri avant de se précipiter à l'intérieur.

— Alexandra, viens vite !

Alexandra sentit son cœur bondir. Elle pensa immédiatement, et curieusement, que Clarewood lui avait envoyé un autre présent ; elle se dit aussitôt qu'elle se trompait. Elle s'empressa de sortir, Corey sur les talons. Et elle vit que le duc avait renvoyé sa calèche, mais ce n'était pas Bonnie qui y était attelée. C'était un magnifique cheval noir, jeune et puissant.

— Où est Bonnie ? murmura Olivia.

— Regardez ce cheval ! s'exclama Corey.

Le hongre était visiblement un cheval de trait. Il pouvait sans aucun doute faire plusieurs fois l'aller-retour jusqu'à Clarewood dans la journée sans se fatiguer, en tirant un chariot empli de mortier et de briques. Puis Alexandra aperçut le bel étalon de Randolph attaché derrière la calèche, et elle s'avisa aussitôt qu'il la conduisait. Il leur fit un signe de la main.

Que préparait Clarewood, cette fois ?

Elle était alarmée et déroutée. Elle avait aussi le souffle étrangement court.

Randolph arrêta la voiture, serra le frein et sauta à terre avec l'aisance d'un jeune homme. Il remonta d'un pas sautillant l'allée pavée de briques jusqu'à elles.

— Bonjour, mesdames ! lança-t-il gaiement.

Alexandra noua ses bras autour d'elle, tandis que Corey demandait :

— Où est Bonnie ?

— Votre jument reste à Clarewood pour l'instant. Je crains qu'elle ne boite, mais ne soyez pas alarmées. Sa Grâce a un vétérinaire attitré et vous pouvez être sûres que Bonnie sera prête à revenir dans cinq ou six semaines. Apparemment, elle s'est étiré un tendon.

— Cinq ou six semaines ? s'écria Corey, consternée. C'est notre seul cheval de trait ! Comment ferons-nous ?

Elle se tourna vers Alexandra, qui inspira.

— Père devra se passer de son cheval, voilà tout. Ce n'est que temporaire.

— Il ne le fera jamais, dit doucement Olivia.

— Ne craignez rien, mesdames, déclara Randolph en souriant. Sa Grâce souhaite que vous utilisiez Ebène jusqu'à ce que la jument puisse revenir.

Alexandra le regarda, stupéfaite.

— Je vous demande pardon ?

Elle jeta un coup d'œil au beau hongre noir.

— Vous pouvez emprunter Ebène en attendant de retrouver Bonnie, répéta fermement le jeune homme. Sa Grâce insiste.

Alexandra détacha son regard du magnifique cheval. Randolph la fixait — comme s'il s'attendait à une discussion. Clarewood leur avait envoyé un cheval. C'était un geste attentionné et généreux.

Je serai un bienfaiteur très généreux.

Je suggère que vous reconsidériez notre relation.

— Il est superbe, murmura Corey. C'est le plus beau cheval que j'aie jamais vu. Peut-on le seller ?

Randolph la regarda.

— Oui, c'est aussi un très bon cheval de selle. Aimez-vous monter, miss Bolton ?

— Certainement, mais je ne l'ai pas fait depuis des années.

Elle haussa les épaules, d'un geste à la fois féminin et résigné.

— Je n'ai jamais eu de monture à moi, mais quand j'étais enfant, je montais Bonnie à cru et je galopais à travers la campagne.

— Corey, la réprimanda Olivia.

Alexandra les entendait à peine, tant elle était ébranlée.

Ce geste était-il une aimable attention, une marque de considération ? Ou signifiait-il qu'il avait l'intention de poursuivre ses avances, finalement ?

Elle finit par se tourner vers Randolph pour lui annoncer d'une voix résolue :

— Nous apprécions cette offre. Elle est très attentionnée et très magnanime. Mais je crains que nous ne puissions accepter le prêt d'un tel cheval, même temporairement.

Ce qu'elle voulait dire en réalité, c'était qu'elle ne pouvait accepter de se servir de *son* cheval, ni maintenant ni jamais.

— Pourquoi ? glapit Corey.

Malgré sa surprise, Randolph semblait réprimer un sourire.

— Miss Bolton, Sa Grâce insiste. Pourquoi ne pas lui faire plaisir ?

Elle le fixa. Il était si difficile de penser clairement.

— Pouvons-nous parler en privé, monsieur ?

Avant qu'il puisse répondre, Corey la prit par le bras, ses yeux verts étincelant.

— Alexandra, j'adore ce cheval. Nous en avons besoin. Nous ne pouvons nous passer d'un cheval d'attelage, même pour six semaines. Regarde-le ! Si tu le renvoies, je ne te parlerai plus jamais !

Olivia saisit le bras de sa jeune sœur.

— Rentrons.

Elle jeta un regard significatif à Alexandra avant de s'éloigner.

— Je suis du côté de Corey, Alexandra. Nous avons besoin d'un cheval d'attelage. Ce n'est qu'un prêt. Ne le renvoie pas.

Alexandra refusa de parler. Elle attendit qu'elles soient parties avant de poser les yeux sur Randolph.

— Je crois vous avoir expliqué ma situation, monsieur.

— Ce n'est qu'un cheval.

— C'est un cheval très coûteux, qui appartient à Clarewood.

Il croisa les bras.

— Il a dit que vous refuseriez.

Elle eut un haut-le-corps.

— Voyons, miss Bolton, pourquoi refuser ? Il n'abandonnera pas, en particulier dans cette affaire — il veut vraiment vous aider alors que vous en avez besoin.

Que pouvait-elle répondre à cela ?

— Si seulement je pouvais vous croire, monsieur.

— Je n'ai pas la permission de revenir avec Ebène, ajouta-t-il, l'air malicieux. Alors, je vais le laisser ici, dans votre écurie. Et si vous vous sentez réellement tenue de le rendre, vous devrez le faire vous-même.

La défaite d'Alexandra était complète. Elle ne retournerait jamais à Clarewood, même pour rendre le cheval. Elle devait donc accepter ce présent. Le duc de Clarewood avait gagné.

— Est-ce que quelqu'un t'a déjà dit combien tu es intelligente ? demanda Elysse en souriant, tandis que le beau coupé St. Xavier tournait dans Pall Mall.

Ariella sourit à sa belle-sœur et amie.

— De fait, c'est l'idée d'Emilian. Il a fait remarquer que M. Jefferson cherche à faire des affaires avec mon père et que je pourrais certainement utiliser cela à notre avantage.

Elle se sentit emplie de chaleur à la pensée de son mari. Ils étaient mariés depuis sept ans, maintenant, et avaient deux beaux enfants, un fils et une fille. Malgré les années, elle l'aimait plus que jamais. Même s'il s'était montré sombre, distant et intimidant, lorsqu'ils s'étaient rencontrés, il était maintenant beaucoup plus qu'un amant et un époux — il était son meilleur ami et son plus proche confident.

Il avait été amusé quand elle lui avait parlé de leur projet d'ignorer les plans de Stephen et d'encourager une union entre la duchesse douairière de Clarewood et le grand et bel Américain. Il avait également remarqué le couple et avait reconnu qu'il existait visiblement quelque chose entre eux.

— Nous allons dire à M. Jefferson que mon père a suggéré que je lui montre Londres. Etant avide de traiter avec lui, je doute qu'il refuse notre offre.

Ariella sourit, contente de leur stratagème.

— Et nous passerons par hasard devant Constance Hall. Une fois là, il nous incombera de faire une visite.

Elysse eut un grand sourire et pressa la main de son amie.

— Nous ne pourrons que les mettre dans la même pièce, déclara Ariella. Ensuite, ce sera à eux de jouer.

— Pas nécessairement, dit Elysse en lâchant sa main.

Ariella regarda attentivement sa belle cousine qui s'était assombrie, et elle sut aussitôt qu'Elysse pensait aux débuts de son mariage et aux six terribles années de séparation qui avaient suivi leurs vœux.

Elle avait beaucoup souffert. Et Alexi ne l'admettrait probablement jamais, mais Ariella était sûre qu'il avait souffert aussi. Sa colère avait été une façade. Finalement ils s'étaient réconciliés et Ariella savait qu'ils étaient follement heureux ensemble. Elle n'avait jamais rêvé que sa tête brûlée de frère puisse devenir un époux amoureux et attentionné.

— Parfois, un couple a besoin d'un coup de pouce.

Elysse lui sourit sombrement.

— Alexi et moi serions peut-être toujours séparés, si tu ne m'avais pas encouragée à le poursuivre de mes assiduités et à le séduire.

— C'était une terrible période, dit doucement Ariella. Je suis contente que ce soit fini et que vous soyez si épris, maintenant.

Elysse eut un vrai sourire, cette fois.

— A mon avis, il y a un gouffre entre Julia et Jefferson. Elle est duchesse douairière, il est rancher. Elle est anglaise, il est américain. Elle possède une fortune, pas lui. S'il existe une profonde attirance entre eux, ils pourraient avoir besoin d'aide pour surmonter leurs différences apparentes.

— Est-ce que quelqu'un t'a déjà dit combien tu es intelligente ? demanda à son tour Ariella, malicieuse.

— Seulement mon très séduisant mari.

Tyne Jefferson avait refusé de prendre le siège dans le sens de la marche, bien que les deux jeunes dames aient insisté. Il était assis face à elles, ses longues jambes croisées. Il était peut-être un Américain qui avait traversé trois fois le pays avant qu'il n'y ait un chemin de fer transcontinental — ce qui signifiait qu'il avait affronté des montagnes et des déserts, souffert de la chaleur et des blizzards, survécu aux Indiens et aux loups, sans parler des bandits —, mais quand il était en compagnie du beau sexe, il se considérait comme un gentleman. Du moins essayait-il toujours de se comporter le mieux possible.

La fille de Cliff de Warenne lui indiquait une autre curiosité, cette fois la maison d'un artiste anglais renommé. Il était médusé. Il avait été très surpris quand les deux dames étaient apparues à son hôtel, se présentant délicieusement et demandant si elles pouvaient lui faire faire le grand tour de Londres. Et même quand la fille de Cliff avait expliqué que son père avait suggéré qu'elles viennent le voir et le fassent se sentir chez lui, il avait flairé un complot. Mais il ne pouvait imaginer en quoi consistait cette conspiration et il n'allait pas refuser une invitation de la jeune femme, pas quand il essayait de convaincre son père de mettre en place une ligne transatlantique jusqu'à Sacramento. En outre, son séjour à Londres était limité. Il était plus qu'heureux de voir tout ce qu'il pourrait.

Mais, à présent, deux heures s'étaient écoulées et ils ne se trouvaient plus en ville. Il n'allait jamais nulle part sans consulter une carte, il savait donc qu'ils étaient à Greenwich. C'était un faubourg où résidaient les gens riches et titrés. Une magnifique partie du grand Londres, pleine de demeures imposantes et de manoirs plus petits, avec des jardins soignés et des allées bordées d'arbres. Sa perplexité s'était accrue.

— Ne devrions-nous pas rentrer en ville ? demanda-t-il. Si vous voulez bien vous joindre à moi, mesdames, nous pouvons prendre le thé, comme vous dites, à l'hôtel. Ainsi, je pourrai vous rendre votre hospitalité.

Lady St. Xavier lui sourit curieusement.

— Vous n'avez pas à nous rendre quoi que ce soit, monsieur Jefferson.

— C'est juste Jefferson, dit-il.

Mme de Warenne battit des cils d'un air innocent et s'exclama :

— Oh, regardez ! Constance Hall. Je me demande si la duchesse douairière est chez elle.

Le cœur de Tyne se contracta.

— Je crois que vous l'avez rencontrée, n'est-ce pas ? demanda lady St. Xavier, beaucoup trop suavement. Si elle est là, nous devrions aller la saluer. Nos familles sont très proches, et je n'ai pas pu beaucoup lui parler lors du bal Harrington.

Tyne fixa les hauts piliers blancs et les grilles en fer forgé, fermées, qui empêchaient les intrus de pénétrer dans la propriété. Son pouls s'était calmé, maintenant. Mais il n'était pas très content de sa réaction à leur arrivée *accidentelle* chez la duchesse.

Il regarda les deux jeunes femmes, qui lui souriaient d'un air candide. Il n'y avait rien d'accidentel là-dedans, décida-t-il. Mais il ne pouvait imaginer pourquoi elles l'avaient amené rendre visite à la duchesse douairière. Il n'était pas en affaires avec elle. Si c'était une visite mondaine, il pouvait l'accepter. Mais dans ce cas, pourquoi le conduire ici avec tant de subterfuges ?

Elles n'avaient sûrement pas un mariage à l'esprit !

Son image s'imposa dans sa tête, pâle, blonde et très belle.

— Je ne vois pas d'inconvénient à m'arrêter, dit-il lentement.

Et c'était vrai. La duchesse douairière était l'une des femmes les plus intéressantes qu'il avait rencontrées.

Mais après tout, de là où il venait, les femmes étaient rares, et les dames encore plus.

Tandis que l'on donnait au cocher l'ordre de tourner dans l'allée, il dut reconnaître que sa tension augmentait. Il frotta sa nuque raide, s'interrogeant à ce sujet. Il se sentait presque nerveux. Or, il n'était jamais nerveux, en aucune circonstance. Si jamais quelqu'un lui avait demandé d'imaginer une duchesse, il se serait représenté une dame exactement comme Julia Mowbray, mais il n'aurait pas pensé qu'une femme puisse être aussi élégante, aussi raffinée, aussi gracieuse et aimable. Ni aussi riche. Il avait été très surpris de recevoir son invitation au bal. Il avait accepté surtout parce qu'il ne s'était jamais rendu à un bal auparavant — même dans sa jeunesse à Boston.

Depuis qu'ils s'étaient rencontrés à un dîner la semaine précédente, il s'était efforcé de penser à elle comme à une grande dame et non comme à une très belle femme. Mais lorsqu'ils avaient parlé ce soir-là, il avait été clair qu'elle était très intelligente et très affable, ce qui avait accru son admiration. Il avait eu du mal à ne pas la regarder à la dérobée toute la soirée.

Il l'avait rencontrée dans la rue quelques jours plus tard. Elle faisait des emplettes avec une amie. Il avait juste eu l'intention de la saluer, en signe de politesse, mais cette simple salutation s'était changée en une conversation d'une demi-heure.

Un homme devrait être aveugle pour ne pas remarquer la silhouette menue de la duchesse, sa beauté pâle, sa féminité et sa grâce. Toutefois, il n'avait aucun droit de penser à elle comme à une femme. Il devait se rappeler qu'elle était une duchesse douairière — et une dame. Non seulement elle était hors de sa portée, mais il ne poserait jamais la main sur une femme comme elle. Ce serait le summum de l'irrespect.

De toute façon, il aimait les femmes brûlantes et sensuelles. Les dames n'appréciaient pas le sexe, elles le supportaient. C'était donc une autre raison de garder les choses propres et nettes entre eux — et bien sûr polies et respectueuses.

Même s'il devait reconnaître qu'il avait vraiment passé un bon moment au bal, et ce non pas grâce aux autres invités. Et à présent, sapristi, il était vraiment nerveux.

— J'espère que ce n'est pas une intrusion, dit-il platement, tandis que les valets leur ouvraient les portières.

— Elle sera ravie de nous voir, assura Mme de Warenne. Nous sommes de proches amies de son fils depuis l'enfance.

Tyne émit un son railleur. Clarewood avait été dominateur et arrogant, comme s'il se prenait pour le centre du monde.

— Ah, oui ! j'ai eu le plaisir de rencontrer Sa Grandeur le duc.

Lady St. Xavier le regarda avec sérieux.

— Il y a plus en Stephen que ce qu'il n'y paraît. Il a peut-être de grands airs, mais il est à l'avant-garde des réformes. Il est renommé pour sa philanthropie, il construit et entretient des hôpitaux et des asiles dans tout le pays, et il est en train de bâtir des logements décents pour les travailleurs pauvres.

Tyne l'ignorait. Néanmoins, Clarewood s'était montré un crétin. Pour ne pas vexer ces dames, il mentit :

— Je suis très impressionné.

Un moment plus tard, ils se retrouvèrent dans l'immense vestibule de la duchesse. Les deux femmes tendirent leurs cartes à un majordome qui les posa sur un petit plateau d'argent en leur demandant de bien vouloir patienter. Quelques minutes après, on les introduisit dans un splendide salon aux murs turquoise et or, avec des meubles dorés.

Tyne se rendit compte que son cœur battait un peu plus vite que d'habitude. Il se commanda de se ressaisir. Elle était *duchesse,* bonté divine.

Et alors, juste comme les deux jeunes femmes s'asseyaient, elle arriva d'un pas glissant dans la pièce.

Il fut surpris, car elle portait un costume d'équitation avec une jupe-culotte. C'était une tenue élégante et très féminine, un effet qui ne se dissipa pas lorsqu'il vit un peu de boue sur ses bottes noires — et de petits éperons anglais. Il porta les yeux sur son visage. Elle était échauffée par le grand air, et quelques mèches claires s'étaient échappées de son chignon, bouclant le long de ses joues.

Elle était incroyable… Elle alla aussitôt aux deux femmes et les enlaça, les embrassant avec affection sur la joue.

— C'est une si délicieuse surprise ! s'exclama-t-elle.

Le cœur de Tyne s'emballait. Il ne l'avait jamais vue aussi ravissante, et il s'ordonna de refroidir ses ardeurs. Mais il ne pouvait s'empêcher de l'imaginer sur sa monture lancée au galop, ses longs cheveux au vent. Et dire qu'il avait supposé qu'elle était toujours conduite en voiture.

Elle se tourna vers lui, souriant poliment.

— Je suis si contente de votre visite, monsieur Jefferson.

Il avait appris les bonnes manières, aussi lui prit-il la main, baisant l'air au-dessus. Quel geste ridicule ! Sa main était petite et mince dans la sienne.

— Ces dames ont insisté pour que nous nous arrêtions. J'espère que cela ne vous dérange pas.

Il pensait ce qu'il disait et la regarda dans les yeux, se demandant si elle était vraiment heureuse de le voir. Il perçut l'odeur de sa transpiration, de la sueur de cheval et d'un parfum net et frais, comme des feuilles d'automne mêlées à des lis. Aussitôt, un violent désir inonda ses veines. S'apercevant qu'il tenait toujours sa main dans la sienne, il s'empressa de la libérer.

— Je suis enchantée que vous vous soyez joint à Elysse et à Ariella, dit-elle, les joues légèrement rougies. Et je dois m'excuser pour mon apparence. J'ignorais que vous viendriez et je crains que le temps n'ait passé trop vite. Il en est toujours ainsi quand je monte.

Il la fixa comme un idiot. Elle montait donc souvent et cela lui plaisait assez pour ne pas voir passer le temps.

Lady St. Xavier rompit le silence.

— La duchesse douairière est l'une de nos écuyères les plus renommées.

Il la regarda, se demandant ce que cela voulait dire.

— J'aime beaucoup mes chevaux, dit doucement Julia. Et vous, monsieur Jefferson ? J'imagine qu'ils sont très importants dans votre ranch.

Tyne reprit ses esprits. Et bien qu'il ne fût pas sûr de devoir lui parler de la vie dans un ranch, il expliqua :

— J'ai cinq mille têtes de bétail, Votre Grâce. Nous les faisons sortir au printemps, et en été elles sont dans les pâturages. Nous les rassemblons à l'automne. Cela prend quelques semaines. Aucun cow-boy ne pourrait y parvenir sans de bons chevaux.

Il fut surpris par l'attention qu'elle lui accordait. Cela l'intéressait-il vraiment ? Après tout, *elle était une « écuyère » renommée.*

— Je n'ai jamais essayé d'imaginer un tel rassemblement auparavant, dit-elle.

— C'est un gros travail, et il peut être dangereux. Mieux vaut ne pas se trouver là quand les bêtes partent à la débandade.

Il souhaita alors ne pas avoir dit cela, car il savait que l'aristocratie anglaise dédaignait le dur labeur. Mais la duchesse paraissait vraiment intéressée.

— J'adorerais voir ce genre de rassemblement, dit-elle.

Il en resta muet, car elle paraissait sérieuse. *Il pourrait peut-être l'inviter en Californie.*

— Avez-vous jamais chevauché dans une chasse au renard, monsieur Jefferson ? demanda-t-elle en souriant. C'est mon sport préféré.

Il se figea, se demandant s'il avait bien entendu.

— Vous chassez le renard — à cheval ?

Est-ce qu'elle poursuivait des renards à travers la campagne, montée à califourchon, avec une meute de chiens ?

Elle sourit.

— Oui, et cela me passionne. Vous devriez vous joindre à nous une fois, si vous le pouvez. On donne une piste à flairer aux chiens et ils se mettent en chasse. Nous suivons à cheval, où qu'il faille aller.

Elle croisa son regard et le fixa. Il était toujours incrédule.

— Je n'ai jamais participé à une chasse au renard, et je n'en ai jamais vu une. Mais j'ai lu certaines choses sur ce sport. Ne comporte-t-il pas des sauts d'obstacles ?

— Oui, il y a des barrières et d'autres obstacles de toute sorte. De fait, le maître de chasse travaille souvent avec un concepteur de course pour ajouter des obstacles intéressants au terrain. Nos montures doivent sauter des haies, des murets de pierre et des troncs d'arbre. Un cheval qui renâcle est considéré comme en très mauvaise forme.

Tandis qu'elle parlait, ses yeux brillaient, toujours fixés sur ceux de Tyne.

Cette femme participait à des chasses au renard. Elle faisait sauter son cheval par-dessus des murets ou des troncs d'arbre. Il n'aurait jamais deviné que la jolie petite duchesse douairière était une telle cavalière.

— Les barrières sont basses, j'espère, parvint-il à dire.

Elle rit, et ce son joyeux lui fit bondir le cœur.

— Ce ne serait pas très amusant, monsieur Jefferson. Et ce ne serait guère un défi.

— Bien sûr, marmonna-t-il.

— Si vous voulez, je peux vous montrer mes écuries, un jour. Je possède l'un des meilleurs haras de chevaux de chasse du pays. Et je vous avouerai que j'ai sélectionné et élevé moi-même la plupart d'entre eux.

Elle élevait des chevaux, aussi. Il allait devoir reconsidérer son opinion à son sujet car élever des chevaux était la plus terre-à-terre des activités.

— Il me plairait de voir vos chevaux, dit-il d'un ton bourru. Quand cela ne vous dérangera pas.

— Vous semblez très surpris, observa-t-elle, le transperçant de son regard bleu. Et si je vous ennuie, je m'en excuse, mais je suis passionnée par mes chevaux. Et, bien sûr, on m'autorise mes excentricités. J'ai même la conviction de les mériter. Je vous montrerai aussi mes chiens, si cela vous dit. C'est une formidable meute.

Tyne se remettait quelque peu.

— Je le parie. Vous les élevez aussi ?

— Bien sûr. Les chiens de chasse doivent avoir l'instinct

de poursuivre une proie, et nous les élevons de manière à développer cet instinct.

— J'aimerais prendre part à une chasse au renard avant mon départ, dit-il soudain.

Il avait envie de voir monter la duchesse.

— Je vais essayer d'arranger cela, mais cela peut prendre un certain temps. Voudriez-vous chevaucher avec moi, un jour ?

Il la regarda. Elle venait de lui offrir une deuxième invitation. Pourquoi ? Et pourquoi était-elle seule ? Pourquoi ne s'était-elle pas remariée ?

— Si cela ne pose pas de problème, cela me plairait.

Il entendit le ton charmeur de sa propre voix, incrédule.

Elle dut le percevoir aussi, car elle s'empourpra.

— Ce serait un plaisir, répondit-elle lentement.

Ils cessèrent soudain de sourire pour rester silencieux, les yeux dans les yeux. Ils savaient tous deux que cette situation était inconvenante pourtant…

Ce fut l'une des deux jeunes femmes qui les interrompit.

— Pourquoi ne montrez-vous pas à M. Jefferson vos chiens domestiques ?

Il avait oublié ses deux accompagnatrices, subjugué qu'il était par la duchesse. Il se détourna, soupçonneux, car il avait cru déceler un rire dans la voix de lady St. Xavier. Mais les visages des jeunes dames étaient au contraire très sérieux. Il jeta un coup d'œil à la duchesse, qui lui sourit vivement, aussi gracieuse que toujours.

— Lorsque vous reviendrez, monsieur Jefferson, je vous ferai faire le tour de mes écuries et de mes chenils.

Elle regarda ses deux visiteuses.

— Je suis sûre que mes chiens personnels n'intéressent pas M. Jefferson.

— Merci, dit-il. J'en serais très heureux… Et il me plairait également de voir vos chiens de compagnie, ajouta-t-il, surtout pour être poli.

Elle le regarda d'un air étrange avant de demander à un domestique de faire entrer ses deux chiens. Il savait qu'une paire de bruyants toutous au pelage soyeux allait entrer dans la pièce et il en éprouva un certain soulagement, car c'était ainsi qu'il voulait penser à elle, comme à une duchesse majestueuse, élégante et intouchable, vêtue de ses plus beaux atours et assise dans le somptueux salon doré de sa demeure princière, deux stupides petits chiens de giron à ses côtés.

Un instant plus tard, deux dogues danois noirs presque aussi grands qu'elle pénétrèrent en trottinant dans le salon. Instinctivement, il recula.

— Ne craignez rien, dit la duchesse. Ils sont bien dressés et n'attaquent que si je l'ordonne.

8

Alexandra était assise dans le salon avec ses sœurs, les mains serrées sur ses genoux. Le poulet rôtissait, assorti de pommes de terre et de légumes en train de cuire. La tarte qu'elle avait achetée était dans la glacière. Une bouteille de vin rouge avait été ouverte pour l'occasion. La table de la salle à manger était dressée avec leurs plus belles assiettes, et deux chandeliers en argent étaient posés au centre. Tout était prêt pour le châtelain.

Un silence de plomb régnait dans la pièce.

M. Denney et leur père étaient enfermés dans la bibliothèque depuis plus d'une demi-heure. Leur xérès devait être fini depuis bien longtemps, de quoi était-il en train de discuter ? Elle redoutait qu'ils aient quelque chose à leur annoncer à leur retour dans le salon.

Pour compliquer les choses, le baron avait vu Ebène. Corey avait immédiatement échafaudé un mensonge et avait effrontément déclaré que le cheval leur avait été prêté par lady Harrington, rien de moins. D'après elle, elles étaient allées lui rendre visite pour la remercier du bal, et Bonnie s'était mise à boiter. Leur père l'avait crue et s'était même montré content. Il pensait bien utiliser le hongre pour lui.

Olivia prit la main de sa sœur aînée.

— Ils parlent peut-être des courses. Ne t'inquiète pas.

L'hippodrome de Newmarket fermerait dans quelques semaines et tout le monde pensait aux dernières courses de la saison.

— Je vais bien, mentit Alexandra.

— Tu es aussi blanche qu'un linge. Et tu trembles, dit Corey. S'ils reviennent en nous annonçant vos fiançailles, tu dois défendre tes droits et refuser.

Alexandra lui jeta un regard sombre.

— Je ne ferai rien de tel…

A ce moment-là, la porte de la bibliothèque s'ouvrit et les deux hommes sortirent, souriant si largement qu'il était évident qu'ils s'étaient mis d'accord sur quelque chose.

Son cœur se serra. Elle était certaine qu'ils avaient décidé des fiançailles et elle se rappela que cette opportunité était un miracle qui profiterait à tout le monde, y compris elle-même. Elle ne devait pas penser à Clarewood maintenant.

— Nous avons des nouvelles, annonça le baron, rayonnant.

Alexandra se leva, refusant de regarder ses sœurs et s'efforçant de sourire.

— Je peux voir que vous êtes tous les deux satisfaits.

Le châtelain alla jusqu'à elle et lui prit les mains. Etrangement, ce soir-là, ses paumes étaient moites.

— Ma chère, j'ai demandé votre main, et votre père a accepté !

Elle regarda ses yeux brillants et souhaita qu'il ne l'aime pas autant. Il lui était difficile de parler.

— C'est merveilleux, parvint-elle à dire.

— Il n'y a même pas eu de cour ! s'exclama Corey,

rougissant d'indignation. Il ne l'a courtisée que pendant cinq jours en tout !

Denney tressaillit, le baron devint furieux et Alexandra se tourna vivement.

— Corey, le châtelain a indiqué qu'il irait vite et j'ai accepté.

— Non, tu ne l'as pas fait ! continua sa sœur, les yeux étincelants. Tu souhaitais une vraie cour, tu l'as dit.

Alexandra se mordit la lèvre, consciente que Corey désirait ardemment empêcher ce mariage parce qu'elle tenait à elle.

— Un mot de plus et tu monteras dans ta chambre ! tonna Edgemont, tremblant de rage.

— Ne vous inquiétez pas, j'y vais de ce pas. Je ne souhaite pas assister à la vente de ma sœur aînée. Elle mérite un mariage d'amour !

Corey lança un regard noir à Denney avant de s'élancer dans l'escalier en courant. Peu après, ils entendirent claquer sa porte.

Un silence choqué et gêné s'ensuivit. Alexandra se tourna vers le hobereau, craignant qu'il ne rejette sa sœur et ne revienne sur ses premières intentions de se montrer généreux avec sa famille. Elle était déterminée à l'apaiser.

— Je suis tellement désolée. Ma sœur est très jeune. Je vous en prie, pardonnez-lui son éclat.

Denney avait pâli.

— Pouvons-nous parler un instant en privé, miss Bolton ? demanda-t-il gravement.

L'appréhension s'empara d'elle.

— Bien sûr.

Elle attendit que son père escorte Olivia dans la bibliothèque pour répéter :

— Je suis vraiment navrée.

— Est-ce vrai ? Souhaitiez-vous être courtisée convenablement ?

Elle déglutit.

— Il est vrai que tout cela est un peu hâtif, monsieur, mais j'ai beaucoup de chance et je n'ai pas l'intention d'ergoter.

Mais alors même qu'elle parlait, son esprit exigeait traîtreusement qu'elle avoue ses réticences à Denney.

Il lui toucha le bras.

— Je suis si impatient de vous épouser, miss Bolton. Je ne peux simplement pas attendre.

Elle se crispa.

— Je suis flattée, parvint-elle à dire, puis elle se demanda s'il se montrerait si pressé d'officialiser leur union.

Elle n'allait tout de même pas l'épouser dans les prochains jours !

Il lui frôla la joue. D'abord incrédule, elle fut ensuite atterrée lorsque ses doigts s'attardèrent sur sa mâchoire.

— Vous méritez de l'amour, miss Bolton, dit-il doucement. Là-dessus, je suis d'accord avec votre sœur.

— Peu de gens se marient par amour, dit-elle avec difficulté, contenant son envie d'écarter la tête.

Il laissa retomber sa main.

— Miss Bolton… *Je* suis amoureux de *vous*.

Elle eut envie de crier de désarroi. Et sacrebleu, c'était l'image farouche de Clarewood qu'elle voyait maintenant dans son esprit. Ebranlée, elle relâcha son souffle.

— Avec le temps, je crois que vous en viendrez à m'aimer aussi, murmura-t-il.

Que pouvait-elle répondre à une telle affirmation ?

— Je l'espère.

Pour l'heure, tout ce qu'elle pouvait se rappeler était la colère du duc lorsqu'elle l'avait repoussé.

Il la prit par l'épaule, souriant gentiment. Elle était sur ses gardes maintenant que le regard tendre du hobereau s'était fait plus pressant. Elle savait qu'il allait l'embrasser.

Lorsqu'il se pencha vers elle, elle tenta de se raisonner. Après tout, il y aurait bien d'autres baisers… Juste Ciel, elle partagerait même son lit ! C'était ainsi qu'il devait en être. Ils allaient être mari et femme — c'était la meilleure solution pour tout le monde.

Je serai un bienfaiteur généreux.

Je suggère que vous reconsidériez notre relation.

Ses yeux bleu foncé avaient été noirs de colère, sa voix emplie d'autorité. Ce n'avait pas été une suggestion…

La bouche du châtelain effleura la sienne.

Transportée par le souvenir du duc, elle poussa un cri de surprise. Les mains de Denney se resserrèrent sur ses épaules et sa bouche se fit plus ferme, plus exigeante.

Prise de panique, elle le repoussa, horrifiée. Son corps lui criait de partir en courant. Elle détestait le contact de sa bouche, son goût, son toucher.

Il s'écarta abruptement.

Elle recula, tremblant sous le choc.

Elle n'aimerait jamais cet homme.

— De grâce, pardonnez-moi, dit-il d'une voix rauque. J'étais transporté par votre beauté, miss Bolton.

Elle secoua la tête, ayant envie d'essuyer sa bouche de sa manche.

— Vous êtes pardonné, réussit-elle à dire.

— Vraiment ? Je vois que je vous ai choquée. J'en suis tellement désolé.

— J'ai été surprise. C'est oublié, monsieur Denney. Oh ! J'ai un poulet dans le four ! Voulez-vous m'excuser ?

Là-dessus, elle s'enfuit.

Après le dîner, le châtelain parti, Alexandra s'assit sur son lit, la porte de sa chambre fermée à clé. Elle ne pouvait se rappeler la dernière fois où elle s'était enfermée ainsi. Elle prit un oreiller et le serra contre elle, fixant les roses bourgogne posées sur sa coiffeuse. Dans son esprit, le duc lui paraissait moqueur, à présent, comme s'il lui lançait : « Je vous l'avais bien dit. »

Que ressentez-vous pour le châtelain ?

Avait-il deviné qu'elle ne pourrait pas désirer Morton Denney ni s'attacher à lui ? L'avait-il su, d'une façon quelconque ?

Peu m'importe d'avoir un rival.

Ou était-ce simplement que dans son arrogance il savait qu'il ne pouvait exister de compétition entre lui et le vieux châtelain ?

Vous me charmez. Je crois que je ne vous suis pas indifférent.

Je serai un bienfaiteur généreux.

Elle se mit à pleurer. Comment pouvait-elle épouser le châtelain, même s'il était aimable et généreux, même s'il était épris d'elle ? Son baiser l'avait révulsée. Dans les bras de Clarewood, en revanche, elle avait connu un plaisir fou. Pire, elle s'était sentie étrangement en sécurité.

Elle était une femme éhontée, c'était clair, de rêver d'un homme qui voulait seulement faire d'elle sa maîtresse, et de le désirer. Cela avait été différent avec Owen ; ils voulaient se marier. Elle l'aimait. Elle n'aimait pas le duc et il ne lui offrait aucune sécurité. Il avait même l'intention de la perdre, même s'il avait promis d'être généreux.

Que pouvait-elle bien faire ?

Elle s'allongea et fixa le plafond, s'obligeant à chasser ces pensées malvenues. A la place, elle s'imagina maîtresse de Fox Run, épouse du châtelain Denney. Elle essaya de s'imaginer vivant dans sa belle maison, tenant son intérieur, dirigeant le personnel. Elle se représenta arrangeant des fleurs dans le grand salon, puis déjeunant avec ses sœurs, un repas qu'elle n'aurait pas été obligée de préparer. Elles seraient servies par ses deux soubrettes.

Puis elle vit le châtelain apparaître pendant leur déjeuner, la regarder d'un air rayonnant, l'embrasser avec chaleur et s'asseoir pour se joindre à elles. Aussitôt, la consternation la saisit.

Elle ferait semblant d'être heureuse de le voir, contente qu'il les rejoigne, quand en réalité elle ne s'en soucierait pas du tout. Elle souhaiterait peut-être même qu'il la laisse déjeuner en paix avec ses sœurs.

Des larmes perlèrent de nouveau.

Elle n'aillait pas s'apitoyer sur elle-même ! Il y aurait peut-être des enfants. Elle en avait voulu, autrefois. Elle aimait les enfants et savait qu'elle serait une bonne mère. Alors, elle modifia la scène. A présent, deux petites filles couraient dans la salle à manger tandis qu'elle déjeunait avec ses sœurs et son époux. Elles étaient si jolies — l'une châtaine, l'autre blonde, ressemblant à Olivia et Corey petites. Sa détresse s'accrut.

Elle imagina ses sœurs ayant de beaux maris et les ajouta à la table. Tout le monde souriait, les petites filles, ses sœurs, leurs époux, le châtelain. Tout le monde sauf elle…

Le déjeuner se transforma en dîner. Ils étaient tous en tenue du soir, ses sœurs si élégantes, maintenant. Olivia portait même des perles. Et le repas se terminait. Le châtelain lui lançait des regards brûlants. Elle se forçait à sourire, puis montait à l'étage. Il la suivait. Dans sa chambre, il se plaçait derrière elle et l'enlaçait, d'humeur amoureuse. Elle restait immobile, le laissant la taquiner de sa bouche.

A ce moment, elle se redressa brusquement sur son séant. *Elle ne pouvait pas faire cela.*

Elle désirait endurer ce mariage, vraiment, et elle voulait être une épouse affectionnée. Mais elle n'aimait pas Morton Denney. Elle ne l'aimerait jamais. Il était trop vieux, et le seul homme qu'elle avait jamais aimé était Owen. Lui, c'était un prince. Elle méritait un prince !

Clarewood se gaussait d'elle, maintenant. Même ses roses la raillaient !

Elle souhaita que sa mère fût là.

— Que vais-je faire ? demanda-t-elle à la pièce vide.

La chambre avait une seule fenêtre. Dehors, la nuit était noire, avec quelques étoiles. Et, soudain, elle crut voir apparaître Elizabeth devant l'une des vitres. Comme toujours, elle était calme et rassurante. *Tu feras ce que tu as à faire.*

Alexandra serra ses genoux contre sa poitrine. Elizabeth avait été si heureuse qu'elle ait trouvé l'amour avec Owen. Ses sœurs avaient raison, sa mère n'approuverait pas le châtelain.

— Mais il m'aime.

Tu ne l'aimes pas.

Et elle ne l'aimerait jamais.

— Je voulais tellement sauver mes sœurs de la déchéance.

Elizabeth sourit.

Il n'est pas ton prince.

Elle regarda de nouveau les roses rouges, songeant à Clarewood, qui était aussi proche d'un prince qu'un homme pouvait l'être, de toutes les façons possibles. Il serait généreux. Il l'avait dit. Sa fortune faisait paraître Denney bien pauvre en comparaison.

Oh, Ciel, à quoi pensait-elle ?

Mais, malgré ses tentatives pour ne pas penser au duc, elle ne pouvait s'empêcher de se dire que, même si elle écartait le châtelain, ses sœurs n'auraient pas forcément à continuer à être des jeunes femmes appauvries, sans avenir possible. Si elle le repoussait, elle pourrait se tourner vers le duc, qui serait généreux avec elle.

Elle se mordit fortement la lèvre. Il avait dit qu'il serait généreux. Et cela ne lui coûterait pas d'être dans ses bras, au contraire. Elle avait l'impression d'avoir *besoin* de ses étreintes, de sa passion. Non, elle n'avait pas besoin de lui, se fustigea-t-elle ; c'était juste qu'Owen lui manquait, Owen, qui appartenait à une autre, maintenant, et cela faisait si longtemps…

Tu mérites de connaître l'amour.

Elle sursauta, regardant sa mère, se rappelant les paroles de Corey.

— Il ne m'aime pas. Ce sera juste un arrangement.

Et il serait à court terme. Ce ne serait pas pour la vie.

Sa mère sourit.

Alexandra serra plus fort l'oreiller, sachant que si sa liaison illicite était découverte, sa déchéance causerait la perte irrémédiable de ses sœurs. De terribles pièges la guettaient, si elle décidait vraiment de suivre son projet.

— Que devrais-je faire ? demanda-t-elle.

Elizabeth s'avança vers elle et lui toucha les cheveux d'une caresse maternelle. *Je n'ai jamais voulu que tu te sacrifies pour tes sœurs, Alexandra. Et je crois qu'au fond de toi, tu le sais.*

Sa mère n'avait jamais voulu qu'elle se sacrifie, mais s'occuper de ses sœurs n'avait pas été un sacrifice, si ? Elle sourit à travers ses larmes, puis Elizabeth disparut.

Peu importait. Une chose était claire : elle ne pouvait pas épouser le châtelain. Sa décision prise, un immense soulagement la submergea.

— Tu as fermé ta porte à clé, hier soir, dit Corey avec de grands yeux.

— J'avais besoin d'être seule, répondit Alexandra en se hâtant de descendre.

Sa décision était prise. Elle n'épouserait pas Denney. Elle n'avait pas dormi de la nuit, pensant au duc et à l'arrangement qu'il avait à l'esprit. Elle était nerveuse, mais aussi tellement soulagée.

Elle sourit à ses sœurs.

— A propos, j'ai changé d'avis. Je n'épouse plus le châtelain.

Leurs yeux s'élargirent.

Alexandra arriva au rez-de-chaussée ; son père n'avait pas répondu quand elle avait frappé à sa porte, et elle supposait qu'il s'était endormi dans la bibliothèque. Il n'était pas sorti, la veille au soir. A la place, il s'était enivré au dîner, buvant plusieurs bouteilles de vin rouge.

Il était bien dans la bibliothèque, endormi sur le canapé. Elle alla à lui d'un pas décidé et le secoua par l'épaule.

— Père ? Je suis désolée de vous réveiller, mais nous devons parler.

Il tressaillit, se réveillant immédiatement pour se redresser sur son séant.

— Quoi ? Quelle heure est-il ? Me suis-je endormi ?

Son regard vaseux s'éclaircit.

— Tu es fiancée, par Dieu ! Cela mérite un verre.

Elle appuya sur son épaule, l'empêchant de se lever.

— C'est le matin, père.

Elle se tourna.

— Olivia, peux-tu apporter son café à père ?

— Quelle heure est-il ? grommela ce dernier en regardant dehors.

— Il n'est que 8 heures et demie, dit-elle en s'asseyant à côté de lui. Père, j'ai repris mes esprits. Corey et Olivia ont toujours eu raison. Je ne peux pas épouser le châtelain simplement pour les moyens qu'il peut nous fournir, et je ne le ferai pas.

Edgemont parut en proie à la confusion, puis visiblement déconcerté.

— Tu t'es fiancée hier soir, Alexandra, déclara-t-il d'un ton d'avertissement.

— Non, père. M. Denney et vous vous êtes mis d'accord sur des fiançailles, mais aucun contrat n'a été signé et je ne porte pas de bague.

Elle était ferme.

Le baron se leva pour lui faire face.

— Nous signons le contrat *ce soir,* dit-il avec autorité. Et nous allons annoncer les fiançailles.

Alexandra se raidit.

— Je ne l'épouserai pas.

— Tu es la fille obéissante. Celle qui donne. De fait, tu es exactement comme ta mère — la glu qui permet à cette famille de ne pas exploser. Bien sûr que tu épouseras Denney et nous sauveras de la ruine.

Elle commença à éprouver de la culpabilité. Dans son esprit, Clarewood lui jetait un regard noir, comme s'il sentait qu'elle était sur le point de reculer.

— Je ne peux pas l'épouser.

— Tu le peux et tu le feras ! cria le baron. Je suis ton père, le chef de cette maison. Tu m'obéiras et me respecteras, Alexandra !

— Signez ce que vous voulez. J'ai vingt-six ans et, légalement, je suis libre de décider de mon sort. On ne peut me forcer au mariage contre ma volonté.

Son père tremblait de rage et elle pensa qu'il pourrait la frapper, même s'il n'avait jamais porté la main sur elle.

— Tu feras ce que je dis ! Tu iras jusqu'à l'autel !

Elle secoua la tête, la bouche pincée, détestant avoir à le contredire de cette façon et à montrer qu'il n'avait aucun pouvoir. Aucun. Car, à moins qu'il ne la traîne à l'église, elle n'épouserait pas Denney. Ils se dévisagèrent, Edgemont écumant de rage, Alexandra assombrie par le chagrin. Puis elle tourna les talons et quitta la pièce.

Ses sœurs étaient dans le vestibule, toutes deux d'une pâleur de cendres.

— Que vas-tu faire maintenant ? demanda Olivia à mi-voix.

Naturellement, elle ne pouvait leur dire qu'elle avait l'intention d'accepter l'offre indécente du duc. Elle ne pouvait leur dire qu'elle pensait le prendre comme amant et accepter d'être payée en retour. C'était sordide. C'était mal. Mais ses sœurs auraient un avenir, et cela valait mieux qu'une vie entière de faux-semblants et de compromis.

Cette fois, le trajet jusqu'à Clarewood avait été rapide et facile. Ebène s'était mis au trot dès qu'elle le lui avait demandé, en quittant la maison, et n'avait pas ralenti une seule fois. Un coup d'œil à sa montre de poche lui indiqua que moins de deux heures avaient passé lorsque la voiture tourna dans la longue allée de coquillages.

Son pouls commençait déjà à s'emballer. Elle avait la bouche sèche. Elle n'avait jamais été aussi nerveuse, pas même la dernière fois où elle était venue à Clarewood pour rendre les fleurs et le bracelet de diamants. Le duc avait gagné. Evidemment. L'issue de leur affrontement avait-elle jamais fait aucun doute ?

Et elle ne reviendrait pas en arrière. Elle savait qu'elle renonçait à sa dignité, mais cela lui semblait être un petit prix à payer pour l'avenir de ses sœurs.

Et il y avait davantage à gagner. Elle perdrait peut-être le respect d'elle-même, mais quand elle s'imaginait dans les bras musclés du duc, son cœur bondissait et s'emballait. Depuis qu'elle avait quitté Edgemont Way, elle était au comble de l'excitation. Elle ne pouvait nier qu'elle éprouvait de l'impatience autant que du désarroi. Dans quelques jours, elle serait la maîtresse du duc de Clarewood !

Elle inspira. Tandis qu'Ebène trottait vers la fontaine, elle se rappela qu'elle devait rester concentrée sur les termes de leur arrangement. Elle voulait obtenir une entente complète et détaillée — une entente qui protégerait ses intérêts et ceux de ses sœurs. Elle avait déjà décidé de demander au duc une dot pour elles. La question était : que pouvait-elle demander de plus ?

Son estomac se serra soudain. Corey avait accusé leur père de la vendre à Denney, mais ce qu'elle faisait maintenant faisait paraître nobles les efforts du baron pour la marier. Elle vendait son corps au duc. Il n'y avait qu'un mot pour décrire cela. Ce serait si différent s'il s'agissait d'une histoire d'amour, ou même simplement d'une passion physique.

Elle songea à faire demi-tour. Il n'était pas trop tard ; ils pouvaient continuer comme ils l'avaient fait ces neuf dernières années. Mais l'image de Clarewood était si puissante, maintenant, qu'elle ne pouvait plus faire marche arrière. Et puis l'avenir de ses sœurs était en jeu.

— Ho, Ebène ! lança-t-elle en tirant sur les rênes.

Elle entendit alors le galop d'un cheval qui arrivait rapidement derrière elle. Monté sur un magnifique étalon noir, elle sut que c'était le duc sans même voir son visage.

Il montait à cheval comme il faisait tout le reste, avec puissance et autorité.

Sa tension grimpa en flèche. Il s'arrêta si brusquement à côté de sa calèche que des coquillages jaillirent contre les roues. Tandis qu'elle le fixait, elle s'avisa qu'il était encore plus séduisant que d'habitude dans sa tenue d'équitation. Et à présent qu'il était près d'elle, elle éprouvait de nouveau cet étrange sentiment de sécurité.

Elle croisa son intense regard bleu, empli de spéculation.

— Bonjour, dit-il, sa bouche s'adoucissant. Me ramenez-vous mon cheval ?

Elle frissonna au son de sa voix grave et sensuelle. Si elle acquiesçait, elle rentrerait chez elle la tête haute. Si elle disait non, elle entamerait un nouveau voyage qui changerait sa vie à jamais.

— Miss Bolton ? demanda-t-il en la fixant toujours. Puis-je vous inviter à entrer et à prendre une tasse de thé ? Alors, vous pourrez peut-être formuler la réponse que je souhaite entendre.

Elle humecta ses lèvres.

— Je ne ramène pas le cheval.

Il sursauta avant de sourire avec lenteur.

— Je vois.

Il était visiblement satisfait. Il lui décocha un regard intense, un regard qui fit naître une onde de chaleur le long de son corps, puis il descendit de sa monture pour l'attacher à l'arrière de la calèche. Alexandra ne bougea pas tandis qu'il revenait près de son siège. Elle n'était même pas sûre de pouvoir respirer. Elle allait devenir sa maîtresse, et était très consciente de l'ampleur de cette décision.

Il sourit de nouveau.

— Puis-je ?

Au début, elle ne l'entendit pas, trop occupée à admirer son beau visage, ses pommettes hautes, son nez patricien, ses yeux d'un bleu brillant. Elle se sentait impuissante et perdue, une petite barque ballottée sur la mer de son charisme. Puis, quand il prononça son nom d'un ton plus insistant, elle reprit ses esprits et s'écarta pour qu'il puisse monter à côté d'elle et prendre les rênes.

— Bien sûr.

Mais à l'instant où il s'installa sur le banc, il lui devint encore plus difficile de penser. Quelques centimètres seulement les séparaient. Elle avait du mal à respirer, encore plus de mal à feindre qu'il ne l'affectait pas. Elle avait vivement conscience de son grand corps masculin si près d'elle.

— Je suis enchanté de vous recevoir, remarqua-t-il en faisant avancer le cheval. Puis-je supposer que le trajet a été agréable et que vous appréciez Ebène ?

Elle inspira et comprit qu'il l'avait entendue.

— Le voyage a été très plaisant, contrairement à l'autre jour.

Il la regarda avec attention.

— Vous semblez tendue, miss Bolton.

Elle n'allait pas lui dire ce qu'elle éprouvait, ni pourquoi.

— Vous vous trompez. Je… souffre d'une légère migraine.

Il haussa un sourcil incrédule.

— Nous devrons y remédier. Ma gouvernante a des potions miraculeuses. Et comment se porte votre père ? demanda-t-il poliment alors qu'ils contournaient la fontaine.

Mon père est furieux contre moi. Il continue à boire comme un trou et à gaspiller notre argent au jeu.

Elle sourit.

— Très bien, merci.

Il lui jeta un regard de côté.

— De fait, je déteste les conversations banales et me trouve rarement en position d'avoir à les susciter.

Elle se tourna vers lui et fut frappée par l'intensité de son regard. Il était si difficile de parler lorsqu'il la fixait ainsi, une lueur brûlante dans les yeux.

— Si vous tenez à le savoir, cela fait des années que je ne suis pas sortie dans le monde et j'ai oublié comment deviser de tout et de rien. Je crains d'avoir perdu cette capacité.

— Bien, approuva-t-il en la surprenant. Pouvons-nous agréer qu'aucune conversation vaut mieux qu'une conversation creuse et mondaine ?

Elle inspira vivement, étonnée.

— Oui.

— Ainsi, de longs silences ne vous gêneront pas ?

Elle continuait à le fixer, songeant combien il était beau et puissamment viril. Savait-il pourquoi elle était venue ?

— Je n'ai rien contre de longs silences.

Il parut amusé.

— Alors, vous êtes bien la première que je rencontre, miss Bolton. Et puis-je dire que je vous trouve rafraîchissante et originale sous maints aspects ?

Les yeux d'Alexandra s'élargirent. Sa surprise se changea en un plaisir absurde.

— Venez-vous de me flatter, Votre Grâce ?

— En effet.

Il arrêta l'attelage devant la maison.

— Je n'ai aucune patience pour la coquetterie et les coquettes m'ennuient. Je suis heureux que vous n'en soyez pas une.

Elle frémit. Insinuait-il qu'il n'était pas seulement attiré par elle physiquement, mais qu'elle lui *plaisait réellement ?*

Il sauta de la calèche avec une grâce athlétique, comme un jeune homme de vingt ans. Puis, tandis qu'un valet d'écurie accourait pour prendre le hongre, il lui tendit sa main.

— Puis-je ? demanda-t-il en souriant.

Alexandra eut l'impression que le sol tournoyait follement. Le regard qu'il lui décochait était si franc et si intime qu'elle avait l'impression d'être la seule femme au monde.

S'il tenait vraiment à elle, ce serait beaucoup plus

facile, pensa-t-elle. Elle posa sa main dans celle qu'il lui tendait. Une violente secousse la parcourut aussitôt. Elle le laissa l'aider à descendre, espérant qu'il n'avait pas remarqué combien elle était affectée par ses compliments, sa chaleur, son toucher.

— Vous tremblez, dit-il doucement.

S'avisant qu'il tenait toujours sa main, elle la retira. Elle avait eu l'intention de cacher son anxiété, mais sa franchise la vainquit.

— Je suis nerveuse.

Il élargit les yeux.

— Alors, j'en suis désolé. Parce qu'en dépit de ma réputation, je ne mords pas, et malgré la situation, j'ai l'intention d'être respectueux.

Il lui fit signe d'entrer dans le vestibule où un valet attendait pour prendre son manteau.

— Votre Grâce, j'espérais pouvoir vous parler en privé, dit-elle.

— Je n'en suis guère surpris. Dois-je retarder le thé ?

Son regard était scrutateur, à présent.

Elle hocha la tête, désireuse d'en finir au plus vite. Il toucha légèrement sa taille — un geste qu'aucun étranger ne se serait permis —, et elle avança en pensant : « Il sait. » Il savait pourquoi elle était venue, sinon il ne la regarderait pas de cette façon ni ne la toucherait d'une manière aussi inconvenante, comme s'ils étaient déjà intimes.

Il la conduisit dans la bibliothèque, fermant les portes en ébène derrière eux. Un feu brûlait dans la cheminée en marbre vert devant laquelle elle prit place. Elle n'avait plus aucun doute, la seule question qui la préoccupait désormais était de trouver un accord avec le duc qui lui permettrait de préserver l'avenir de ses sœurs.

Soudain, elle sentit une présence dans son dos. Elle sursauta avant de se retourner contre le torse puissant du duc. Il lui saisit les bras en la couvrant d'un regard empli de désir.

— Vous êtes très anxieuse. Vous n'avez pas à l'être. Je peux peut-être vous rendre les choses plus faciles. Je sais que vous êtes venue m'annoncer que vous acceptiez mon offre.

Elle hocha la tête.

— J'ai repoussé le châtelain. Il n'y aura pas de mariage.

Ses yeux bleus étincelèrent.

— Bien. Je ne partage jamais mes maîtresses.

Elle inspira, déconcertée.

— Alexandra, dit-il doucement. Soyons francs. Vous allez être ma maîtresse. J'attends de vous une loyauté absolue.

— Juste Ciel, cela paraît si sordide !

Il la prit par les bras.

— Il n'y a rien de sordide dans le désir que nous partageons. Il est naturel, très chère. Ce n'est guère comme si nous étions deux jeunes innocents.

Alexandra frissonna à ces paroles. Elle, *elle était* innocente et avait de la moralité, même s'il ne le saurait jamais.

— Qu'y a-t-il ? Je vois des doutes dans vos yeux.

Elle hésita, tentée de lui dire la vérité : elle n'avait jamais eu d'amant. Pourquoi pensait-il le pire d'elle ? Mais si elle lui faisait cet aveu, il risquait de changer d'avis sur leur liaison. Quelle ironie !

— Comment pouvez-vous me respecter ?

Il ouvrit de grands yeux.

— Vous êtes une femme noble. C'est mon devoir de vous respecter.

Ces mots étaient plaisants, mais ils ne changeraient pas l'opinion qu'elle avait d'elle-même en cet instant.

— Ainsi, vous respectiez vos précédentes maîtresses ?

Il relâcha son étreinte.

— C'est une question intéressante.

— Non, à vrai dire, je ne les respectais pas.

— Et d'une manière quelconque je serai l'exception ?

— Pourquoi vous attardez-vous sur le respect ?

— C'est important pour moi.

Il resta pensif un long moment.

— Vous êtes une femme intéressante, Alexandra, et vous m'intriguez constamment. J'ai conscience qu'en quelque sorte vous n'êtes pas comme les autres. Vous ne prenez pas notre liaison à la légère, manifestement.

— Non.

Il plissa les paupières.

— Vous souhaitiez vraiment épouser le châtelain, et l'auriez-vous fait si je n'étais pas intervenu ?

— Probablement. C'était mon intention.

— Est-ce mon charme qui vous a fait changer d'avis ?

Son ton ironique la fit frémir.

— Vous savez, je crois, qu'il est très difficile de vous résister. Il est également évident que vous ne vous arrêtez pas à un simple « non ».

— En effet.

Il frôla sa joue.

— En particulier dans notre cas, quand tant de désir fait rage entre nous, ajouta-t-il doucement.

Chaque fibre de son corps palpitait.

— Nous devons discuter de notre arrangement, parvint-elle à dire.

Il parut étonné et laissa retomber sa main, mais de telle sorte que ses doigts glissèrent le long de sa mâchoire, faisant naître en elle une spirale de plaisir.

— Très bien, si vous insistez.

— J'insiste.

Elle le regarda, craintive.

— Je confesserai néanmoins que je n'ai jamais eu à le faire auparavant, déclara-t-il, de nouveau songeur. Vous paraissez troublée.

— Que voulez-vous dire ?

— Mes amantes précédentes m'ont poursuivi de leurs assiduités et *vice versa.* Je n'ai jamais rencontré de résistance. Je n'ai jamais eu à apaiser ou à rassurer quelqu'un, pour aucune raison. Je n'ai jamais dû discuter des conditions d'une liaison.

Il marqua une pause.

— C'est ce que vous souhaitez, n'est-ce pas ? Discuter de la nature exacte de notre relation ?

Alexandra se sentit honteuse.

— Oui. Je ne peux pas être comme les autres, Votre Grâce.

— Cela concerne sans nul doute ma promesse de me montrer généreux. Doutez-vous de moi ?

— Non, bien sûr que non.

Elle savait qu'il serait un homme de parole.

— Mais je dois savoir ce que vous attendrez de moi — et *vice versa.*

La bouche du duc s'incurva. Il tendit le bras et l'attira lentement à lui.

— Ainsi, vous voulez des détails ? murmura-t-il.

Elle se raidit à son contact, le cœur battant d'appréhension.

— Il y a tant de choses à discuter, y compris des arrangements pratiques. Mais surtout, je souhaite qu'il y ait un contrat entre nous.

Il la relâcha brusquement.

— Un contrat ? Pas une simple entente ?

Elle l'avait insulté, ce qui n'avait pas été son intention.

— Je ne veux pas dire que vous devez établir un document, Votre Grâce. Mais je préférerais que nous nous mettions d'accord verbalement sur certains termes.

Il la dévisagea.

— Très bien. Et quels sont vos termes, Alexandra ?

Elle hésita, sachant que ses joues s'étaient enflammées. Elle regrettait qu'il se soit senti insulté, mais il n'existait pas de moyen facile de demander ce qu'elle devait demander.

Il attendait qu'elle prenne la parole et, finalement, elle parvint à dire :

— Il faudra de la discrétion. Nul ne doit connaître notre arrangement.

Il croisa les bras.

— Vous vivez avec votre père et vos sœurs, et habitez à deux heures d'ici, déclara-t-il d'un ton pensif. Si nous devons être directs, je vous dirai que je compterai sur votre présence ici quasiment chaque nuit.

Alexandra s'embrasa. Des images sensuelles se mirent à danser dans sa tête.

— C'est impossible.

Le visage du duc se durcit.

— Vraiment ?

— Nous devrons nous en tenir aux après-midi, dit-elle

d'une voix altérée, détestant cette précision. Et ce sera déjà assez difficile pour moi.

Il la fixa, une expression indéchiffrable sur le visage.

— J'achèterai une maison près d'Edgemont Way. Nous pourrons alors y passer les soirées. Jusque-là, nous devrons nous arranger d'un après-midi de temps en temps. Mon temps est précieux, Alexandra. Contrairement à la plupart des pairs, je m'occupe de grands projets durant la journée.

Elle secoua la tête.

— Je ne voulais pas vous irriter, Votre Grâce. Et je ne souhaite pas vous créer de gêne. Mais je dois protéger ce qui reste de mon nom.

Il ne cilla pas.

— Je suis un homme raisonnable, et franchement je ne peux vous en blâmer. Je n'ai jamais connu de femme comme vous, Alexandra. Le fait que vous habitiez dans votre famille et ne soyez pas mariée présente une difficulté que je n'avais pas envisagée.

Elle trembla, cette fois, de soulagement. *Il avait compris son raisonnement. Il n'était plus en colère.*

— De quoi d'autre souhaitez-vous parler ?

Comme elle hésitait, redoutant d'aborder le sujet de la rémunération, il demanda platement :

— Puis-je présumer qu'il s'agit de la question de ma générosité ?

Elle hocha la tête, se mordant la lèvre.

— Il faut que je puisse fournir de petites dots à mes sœurs.

Il mit les mains dans les poches de sa veste de chasse en tweed.

— Et quel serait ce montant ?

Elle détestait tellement ce qu'elle faisait. Elle avait eu

l'intention de demander plus que les dots. La maison avait besoin de réparations. Il leur fallait des vêtements et le cellier était vide. Mais elle décida de passer sur le reste.

— Je ne sais pas. Assez pour Olivia et Corey.

— Vous ne voulez pas de dot pour vous-même ?

— Non.

Elle regarda le sol. Ses joues étaient si brûlantes qu'elles devaient être écarlates.

— De combien auront besoin vos sœurs, Alexandra ?

Elle leva les yeux, tremblante.

— Peut-être mille livres chacune, Votre Grâce, à moins que cela ne vous paraisse excessif.

Le duc plissa les paupières.

— Je pense au contraire que la somme est faible.

Il haussa les épaules.

— Entendu.

Elle avait obtenu mille livres pour chacune de ses sœurs, mais elle n'en éprouvait aucun transport. Il ne devait sûrement plus la respecter, maintenant. Humiliée, et se demandant si elle avait eu raison de se lancer dans une telle aventure, elle se tourna vers le feu. Elle se sentait au bord des larmes.

Il s'approcha d'elle et la prit par les épaules, son souffle chaud lui caressant la nuque.

— Non, déclara-t-il fermement. Je ne vous laisserai pas battre en retraite.

Elle se crispa, choquée de sentir son corps dur et chaud contre le sien. Son cœur se mit à battre de plus en plus fort tandis qu'elle sentait tout son corps s'embraser.

Il lui taquina le cou de sa bouche et murmura :

— Cela est moralement répugnant pour vous.

— Oui, répondit-elle dans un souffle.

Lentement, il la fit pivoter.

— Pourquoi ? Je sais que je ne vous répugne pas.

— Non, bien sûr que non.

S'il y avait un moment pour lui dire la vérité, c'était maintenant.

Il lui massa les épaules d'un geste languide.

— J'ai supposé dès le départ que vous étiez une femme possédant une certaine expérience, dit-il.

Elle se raidit. Si elle avouait son innocence, se retirerait-il de leur arrangement ? Elle plongea les yeux dans les siens, brûlants, le cœur battant de désir et quelque peu alarmé, à présent.

Il lui jeta un regard curieux.

— Je ne me trompe pas, n'est-ce pas ?

Son inquiétude s'accrut. Si elle confessait la vérité, il allait mettre fin à ses assiduités, elle en était certaine.

— Il y a eu quelqu'un, autrefois. Je l'aimais.

Il ouvrit de grands yeux et cessa ses caresses.

— Je n'ai pas eu honte de ma passion pour lui, à cause de cet amour. Surtout, nous prévoyions de nous marier.

Elle scruta son regard en se mordant la lèvre. Comme il ne disait rien, elle ajouta :

— Notre arrangement est calculé, Votre Grâce. C'est la raison de mon hésitation.

— Oui. Et qui était cet homme de rêve ?

— Cela importe-t-il ? Depuis, il a épousé quelqu'un d'autre. Et me voici — concluant un arrangement immoral et illicite en échange d'une compensation financière.

— C'est à notre satisfaction mutuelle, Alexandra, dit-il d'un ton coupant. Nous en bénéficierons tous les deux, et vos sœurs aussi.

Quand il la fixait comme il le faisait maintenant, il lui était impossible de détourner les yeux.

— Oui, elles en bénéficieront, murmura-t-elle.

Il la relâcha.

— Je suis navré que vous luttiez contre votre conscience. Peut-être ceci vous aidera-t-il : si je ne parviens pas à vous satisfaire — assez pour vous rendre notre relation agréable et que vous soyez contente de la poursuivre librement —, je mettrai fin à notre entente, mais je compenserai en totalité.

Il fallut un moment à Alexandra pour saisir ce qu'il disait. Elle était stupéfaite.

— J'étais sérieux quand je disais que je suis un homme généreux, Alexandra. Peut-être devriez-vous commencer à vous fier à ma parole.

9

Tandis qu'elle préparait le diner, le lendemain soir, Alexandra ne pouvait s'empêcher de penser à son entrevue avec le duc. Tout en pelant des pommes de terre, elle ne cessait de se rappeler leur conversation dans tous les détails, sans oublier la manière dont il l'avait enlacée, si sensuelle. Il lui était impossible de ne pas sentir ses mains sur ses épaules, son souffle sur sa nuque. Frissonnante, elle jeta un coup d'œil à l'horloge de la cuisine.

Il n'était que midi et demie.

Clarewood lui avait demandé de revenir déjeuner avec lui le vendredi. Demain. Elle avait presque été déroutée, car une partie d'elle-même s'était attendue à ce qu'il commence à la séduire sur-le-champ. Mais la duchesse douairière devait arriver dans l'heure, et apparemment il ne pouvait se soustraire à ce rendez-vous.

Elle voulut prendre une autre pomme de terre et s'aperçut que le plat était vide.

Je compterai sur votre présence presque chaque nuit.

Elle était déjà ridiculement tendue, et son corps avait été dans un état d'excitation fiévreuse depuis leur négociation. C'était honteux. Elle ignorait ce qui n'allait pas chez elle. Etre dans ses bras était mal, et pourtant cela lui semblait juste.

Elle regarda de nouveau l'horloge. Cinq minutes seulement avaient passé.

— Pourquoi ne cesses-tu de regarder l'heure ? demanda Corey.

C'était presque comme si elle était impatiente de le rejoindre et d'entamer leur liaison, pensa Alexandra, comme si elle comptait les minutes en attendant de le revoir.

— Je regarde l'heure ?

— Toutes les cinq minutes, répondit sa sœur, les mains couvertes de farine.

On frappa à la porte d'entrée.

Ils n'avaient jamais de visites ; leurs voisins étaient bien plus riches qu'eux et n'étaient guère intéressés par la peu recommandable famille Bolton.

Alexandra se crispa. Elle s'était arrêtée chez le châtelain Denney la veille, en rentrant chez elle, pour rompre avec lui. Il avait été stupéfait, puis très affligé — ce qui pouvait se comprendre. Elle avait fait de son mieux pour s'expliquer en lui disant qu'elle n'aimerait plus jamais un homme, et qu'il serait donc injuste qu'elle l'épouse. Il avait argumenté, insistant sur le fait qu'elle s'attacherait à lui et qu'il la rendrait heureuse.

Cela avait été une entrevue très embarrassante.

Quand elle était partie, il avait renchéri, assurant qu'elle reprendrait bientôt ses esprits.

— C'est juste la nervosité de la future mariée, miss Bolton, avait-il déclaré. J'en suis sûr. Mais votre sœur a raison : je vous ai précipitée, aussi vais-je vous courtiser convenablement maintenant.

— N'en faites rien, je vous en prie, avait-elle tenté de le dissuader. J'ai vraiment changé d'avis.

Elle savait qu'il ne l'avait pas crue, parce qu'il ne *voulait pas* la croire.

Son père était déjà sorti lorsqu'elle était rentrée, et elle ne l'avait revu que quelques heures plus tôt. Il s'était montré très froid avec elle. Il avait sans doute toujours l'intention de la conduire de force à l'autel, pensa-t-elle sombrement. Mais elle n'obéirait pas, et étant donné son entente avec Clarewood, les intentions du baron ne comptaient plus.

Le heurtoir retentit de nouveau. Alexandra ôta son tablier, regardant la porte avec appréhension. Elle craignait que ce ne fût le châtelain. Les trois sœurs échangèrent un regard.

— Si c'est Denney, dit Olivia, reste ferme. C'est le mieux que tu puisses faire.

— Je me sens navrée pour lui.

— Tu te sentirais bien pire, si tu l'épousais et devais prétendre tenir à lui pour le reste de ta vie, rétorqua sa cadette d'un ton égal.

— J'y vais, dit Corey. Si c'est le châtelain, je dirai que tu n'es pas là.

Mais tandis qu'elle se précipitait vers la porte, Alexandra la suivit. Elle n'avait pas l'intention de se cacher. A sa surprise, ce n'était pas son soupirant, mais une très belle dame blonde et menue qui entra. Alexandra la reconnut aussitôt : elle l'avait vue au bal des Harrington. Elle se rappela l'avoir remarquée avec le duc.

— Bonjour. Miss Bolton, je présume ? demanda l'arrivante en souriant et en ôtant ses gants.

Aussitôt, Alexandra se crispa. Son sourire était froid et une lueur mauvaise brillait dans ses yeux.

— Oui.

— Je suis lady Witte, et j'ai entendu louer votre travail de couturière par lady Lewis et lady Henredon.

Elle commença à ôter son manteau. Alexandra s'empressa de l'aider.

— J'espère vivement que vous m'accepterez comme nouvelle cliente. J'ai un certain nombre de robes qui doivent être nettoyées et réparées.

— Je prends toujours de nouvelles clientes.

Alexandra sourit, se détendant maintenant que l'attitude dédaigneuse de la jeune femme s'expliquait, et heureuse d'avoir une nouvelle cliente. Cela représenterait du travail supplémentaire, certes, mais aussi des revenus.

— Oh ! je suis tellement soulagée.

Lady Witte lui adressa un grand sourire.

— Les robes sont dans ma voiture.

Alexandra se tourna.

— Peux-tu aller les chercher, Corey ?

Puis elle refit face à la visiteuse.

— Il fait assez froid. Puis-je vous offrir une tasse de thé ?

— Oui, il fait froid, mais je ne prendrai rien. Je voulais simplement vous rencontrer moi-même la première fois. Ensuite, je vous ferai envoyer mes robes.

Lady Witte sourit de nouveau.

— Avez-vous apprécié la fête d'anniversaire de Sara de Warenne ?

Alexandra se prépara à toute remarque désagréable.

— Oui, mentit-elle. Cela faisait longtemps que je n'étais pas sortie dans le monde, comme vous pouvez le deviner.

Elle désigna leur maison en piètre état.

— J'imagine, dit platement lady Witte. Et vous avez certainement fait une entrée remarquée.

Alexandra se crispa.

— Je ne me sentais pas bien.

— Vous avez eu de la chance que Clarewood vous voie — et se donne la peine de vous sauver.

Son sourire s'était figé.

A cet instant, Alexandra comprit qu'elle n'était pas venue uniquement pour faire réparer ses robes. Elle voulait sonder sa relation avec le duc. Mais, à ce stade de leur arrangement, les ragots n'avaient pas encore pu lui parvenir, elle se fondait donc sur des suppositions.

Le baron descendit l'escalier à ce moment-là, vêtu pour aller en ville.

— Je prends le cheval noir, annonça-t-il. Si vous avez besoin de sortir, vous pouvez utiliser ma jument.

Alexandra se hérissa intérieurement, mais elle sourit.

— Je ne prévois pas de sortir aujourd'hui. Père, voici lady Witte. Lady Witte, voici mon père, le baron d'Edgemont.

Ils échangèrent des politesses, puis il sortit pour seller le cheval du duc. A ce moment-là, Corey revint avec une douzaine de très belles toilettes — la garde-robe de lady Witte avait dû coûter une petite fortune. Alexandra aperçut quelques articles intimes dans le tas : des pantalons de dentelle et des corsets enrubannés et brodés, certains noirs. Personne ne lui avait apporté de sous-vêtements auparavant. Corey ouvrait de grands yeux et ses joues étaient rouges. Nul doute qu'elle avait examiné les dessous.

— Vous n'avez pas besoin de vous presser, déclara lady Witte, paraissant étrangement satisfaite. Je préfère que vous preniez votre temps pour un travail minutieux.

— Je suis une perfectionniste, lui répondit Alexandra

alors qu'elle reprenait son manteau. Et je suis fière de mon travail.

La jolie blonde la regarda avec pitié.

— Naturellement, miss Bolton.

Alexandra l'aida à s'habiller et lui ouvrit la porte, remarquant le coûteux coupé laqué arrêté devant la maison, et attelé de deux superbes chevaux bais. Alors qu'elle accompagnait sa visiteuse dehors, le baron émergea de l'écurie avec Ebène.

— Merci d'être venue, dit-elle.

Lady Witte s'arrêta net, le regard froid. Puis elle s'avança. Perplexe, Alexandra la suivit.

— Quelque chose ne va pas ?

— Où avez-vous eu ce hongre ?

Le baron avait tout entendu et s'arrêta donc à sa hauteur.

— Quoi ?

— Lady Harrington a été assez aimable pour nous le prêter parce que notre jument boitait, répondit Alexandra avec soin.

— Vraiment ?

Lady Witte lui décocha un regard cinglant.

— C'est un des plus beaux chevaux de Clarewood, ou alors je suis devenue folle.

Alexandra se raidit.

— Vous faites erreur, déclara Edgemont en passant de l'une à l'autre. Ce cheval vient d'Harrington Hall. Ma chère épouse était une bonne amie de lady Blanche. Ma fille ne connaît même pas le duc.

Alexandra ne parvenait pas à croire ce qui se passait. Le désarroi se mêlait à son incrédulité.

— Vraiment ? Il lui a porté secours au bal, non ? Puis vous avez été ramené chez vous dans sa voiture.

Manifestement dégoûtée, lady Witte retourna à son coupé. Le cocher lui ouvrit la portière et elle monta. Avant de partir, elle se pencha par la fenêtre ouverte.

— J'ai changé d'avis, dit-elle, les joues échauffées. J'aimerais avoir mes vêtements après-demain.

Alexandra se précipita vers la voiture.

— C'est impossible, lady Witte.

— Je suis sûre que vous vous débrouillerez, déclara cette dernière en remontant brusquement la vitre.

Alexandra recula tandis que le cocher s'installait sur son siège, et relevait les rênes.

— Alexandra ? demanda le baron alors que le coupé démarrait.

Elle se força à sourire et prit une profonde inspiration avant de lui faire face.

— Père, c'est lady Harrington qui nous a prêté ce cheval. Je ne puis imaginer ce qui a pris à cette femme.

Il la fixa d'un œil acéré, comme s'il était soupçonneux. Puis il se radoucit.

— Tu ne mentirais jamais. Tu ne sais pas faire. Je serai de retour pour dîner.

Il sauta en selle.

Lorsqu'il partit au trot, ses sœurs vinrent se placer à côté d'elle.

— Qu'est-ce que c'était que cette histoire ? demanda Olivia, inquiète.

— Comment lady Witte a-t-elle pu reconnaître Ebène ? ajouta Corey à voix basse.

Alexandra se sentait étrangement mal, et son cœur tambourinait. Elle essaya de se rappeler exactement comment le duc avait parlé à lady Witte. Et elle fut certaine que la jeune femme s'était montrée charmeuse avec lui, alors qu'il restait impassible et poli, à son habitude. De fait, si elle s'en souvenait bien, son regard avait dérivé vers *elle,* comme s'il ne s'intéressait pas du tout à la petite blonde.

Non pas que cela importât beaucoup — sauf que lady Witte en savait assez sur le duc pour avoir reconnu instantanément un de ses chevaux. Alexandra ne voulait pas faire de conclusions hâtives — mais là, c'était une évidence. Lady Witte était une très belle femme, incroyablement élégante, et elle avait probablement moins de vingt-cinq ans.

Voulait-elle vraiment faire nettoyer et réparer ses robes, ou était-elle venue pour des raisons plus personnelles ?

— Elle déteste Alexandra, dit Corey, le teint cendreux. Mais je ne comprends pas pourquoi.

— Je crois qu'elle est veuve, répondit Olivia. Et je pense qu'elle est jalouse de l'intérêt que le duc porte à Alexandra.

Le lendemain, Alexandra arriva à Clarewood avec un quart d'heure d'avance. Le majordome l'introduisit dans le salon bleu et or, où elle avait refait connaissance avec lady St. Xavier et rencontré Elysse de Warenne.

— Le déjeuner est à 13 heures, dit-il sans ciller. Sa Grâce est en réunion, mais elle aura bientôt fini.

— Merci, parvint à dire Alexandra, espérant qu'il n'avait pas remarqué qu'elle tremblait.

Elle ne pouvait contrôler ses nerfs.

Il était presque impossible de croire qu'elle s'embarquait dans une liaison avec le duc de Clarewood. Elle fit les cent pas, le souffle court. Bien sûr, qu'elle était oppressée. Dans quelques heures, elle pourrait être à l'étage — dans son lit.

Elle n'était plus honteuse ni mortifiée, à présent. Elle était simplement anxieuse. Il serait un bon amant, elle en était certaine. Elle savait qu'il pouvait être aimable ; il l'avait été avec elle dès leur rencontre — et plus d'une fois ensuite.

Elle avait besoin qu'il se montre aimable maintenant.

Même s'il ne tenait pas vraiment à elle — et comment le pourrait-il, ils se connaissaient à peine —, elle avait besoin qu'il feigne de l'affection. Il avait beaucoup d'expérience ; on disait qu'il avait été attaché à plusieurs très belles femmes au fil des années. Alexandra était sûre qu'il la mettrait à l'aise. En dépit de ses liaisons illicites, il était manifestement un gentleman.

Le majordome avait laissé les portes ouvertes. Elle entendit des voix, et l'une d'elles était la sienne. Son cœur bondit. Ellc se tourna, et ses yeux s'élargirent quand elle le vit s'arrêter sur le seuil avec Randolph. Son regard était direct, son sourire suggestif, et ses yeux brillaient. Il se tourna vers le jeune homme.

— Assurez-vous, je vous prie, que j'aie les réponses que j'attends, de préférence demain.

— Oui, Votre Grâce.

Randolph sourit à Alexandra.

— Bonjour, miss Bolton. J'espère que vous appréciez Ebène.

Elle était trop atterrée pour sourire.

— Oui, beaucoup.

Il hocha la tête et partit d'un pas guilleret.

Quand Clarewood pénétra dans la pièce, portant une liasse de papiers, elle dit :

— Nous nous étions mis d'accord sur la discrétion.

Il se montra amusé.

— Randolph est discret.

— Qu'il me voie ici n'a rien de discret !

Sans réfléchir, elle se dirigea vers la porte. Le duc lui barra le chemin et la prit par les épaules.

— Vous êtes très belle, aujourd'hui.

Elle se figea, regardant ses yeux brûlants.

— J'attendais notre rendez-vous avec impatience, murmura-t-il. Vous aussi, j'espère.

Alexandra se retrouva à fixer sa bouche et se força lentement à relever les yeux.

— Je suppose que oui, bien que… Je suis assez nerveuse, Votre Grâce.

Son sourire s'accentua, révélant une fossette.

— Vous n'avez aucune raison d'être nerveuse.

Il fit glisser son pouce sur sa pommette haute. Elle frémit. Cette sensation l'envahit tout entière, jusque dans ses reins.

— Je prie que vous ayez raison à propos de Randolph, murmura-t-elle. Et qu'en est-il de votre majordome ?

Il fut amusé.

— Si Guillermo voulait me trahir, il aurait pu le faire un millier de fois.

Qu'est-ce que cela signifiait ? se demanda Alexandra, songeant à lady Witte.

Il la lâcha, laissant glisser une main sur son bras en une caresse désinvolte. Ses entrailles se nouèrent de nouveau.

— Il ne me trahirait jamais.

— Connaissez-vous lady Witte ? s'entendit-elle demander.

— Franchement, je la connais très bien.

Il sourit doucement, surpris par sa question. Alexandra se raidit. *Ils étaient amants.*

— C'est une nouvelle cliente.

Il eut un haut-le-corps, paraissant ennuyé.

— Vous n'avez pas besoin de clientes, Alexandra. Vous devez m'écouter avec attention. Maintenant que nous nous sommes mis d'accord sur cet arrangement, je prendrai soin de vous.

Elle retint une exclamation.

— Que voulez-vous dire ?

— Qu'il vous faut une nouvelle garde-robe et un peu d'argent, pour le moins.

Son regard se fit plus intense.

— J'ai dit que j'étais un bienfaiteur généreux.

Elle rougit, ébranlée. Etait-il aimable et attentionné ? C'était ce qu'il semblait. Peut-être l'avait-elle mal jugé. D'un autre côté, il y avait sa relation avec lady Witte.

— Je sens qu'il y a autre chose, dit-il doucement. De grâce, terminez.

Elle rassembla son courage.

— Est-elle votre maîtresse… encore maintenant ?

— Elle l'était, répondit-il, l'expression indéchiffrable. Mais c'est fini.

Alexandra en fut soulagée. Et maintenant elle comprenait pourquoi lady Witte s'était montrée curieuse — elle avait dû percevoir leur attirance au bal des Harrington. Et comme elle connaissait le duc, elle avait dû deviner qu'il lui ferait des avances. La présence d'Ebène l'avait conforté dans cette impression. Pas étonnant qu'elle se soit montrée si impérieuse et si désagréable.

Mais c'était fini, il l'avait dit. Elle essaya de dissimuler un petit sourire. Il s'en rendit compte, naturellement, car il ajouta d'une voix douce :

— Vous êtes la femme que je veux dans mon lit, Alexandra. Et si vous ne le croyez pas encore, vous le croirez bientôt.

Elle inspira. Son regard était chaud. Elle savait où ils se retrouveraient dès que le déjeuner serait terminé.

— Je vous crois, murmura-t-elle, consciente que son visage était à quelques pouces du sien.

C'est alors qu'elle s'avisa du silence qui régnait dans la pièce. Elle entendait son propre souffle et son cœur, qui tambourinait. Il se redressa de toute sa hauteur, lui tendant la main; elle tendit lentement la sienne pour la poser sur sa paume. Son contact la brûla. Elle ressentit de nouveau cette secousse incroyable, qui défiait toute logique et toutes convenances. Ses genoux faiblirent; il la saisit par les coudes pour la soutenir.

— Pourquoi êtes-vous si nerveuse? demanda-t-il à voix basse, en l'attirant lentement à lui. Vous me rappelez une écolière séduite par un vieux barbon.

Il était si difficile de penser maintenant, alors qu'elle était presque dans ses bras. Et il l'attira encore plus près, écrasant ses seins contre son torse. Lorsqu'elle posa les mains sur ses épaules, la sensation d'être tenue par lui et de le tenir lui donna le tournis.

— Oh! mon Dieu, chuchota-t-elle.

Son corps s'embrasait sous ses jupes. Troublée, elle se demanda si Owen avait jamais suscité en elle une telle explosion de désir instantanée.

— Je souhaite être un gentleman, le parfait amant, murmura-t-il en se penchant sur elle, mais je suis aussi impatient qu'un écolier, moi aussi.

Il frotta sa joue contre la sienne.

— J'ai pensé à vous, ajouta-t-il d'une voix de gorge, et sa bouche glissa sur sa joue.

Elle ne pouvait respirer correctement, à présent. Elle s'accrochait à lui, parcourant de ses mains son dos musclé.

— Votre Grâce, murmura-t-elle d'une voix altérée, et elle fut horrifiée de s'entendre soupirer.

— Stephen, chuchota-t-il, en pressant ses lèvres pleines sur les siennes.

Elle se figea et ferma les yeux. La sensation était exquise, et si excitante. Et lorsqu'il se mit à l'embrasser pour de bon, sans se hâter, elle sentit une bosse dure bouger contre sa hanche. Elle tressaillit, mais seulement de surprise. Une palpitation aiguë naquit en elle en réponse à ce besoin viril, et elle s'ouvrit instinctivement à lui.

Ses lèvres se firent plus gourmandes.

Elle se cramponna fortement à lui, le laissant prendre possession de sa bouche, profondément, souhaitant ardemment davantage. Elle poussa un petit cri lorsqu'il la fit basculer sur le canapé. Il la couvrit de son corps.

Elle eut une seule pensée tandis qu'elle l'embrassait avec frénésie — elle devait l'aimer. Il n'y avait pas d'autre explication à l'urgence qu'elle ressentait, à ce désir ardent, cette passion ou l'étrange joie qui habitait sa poitrine. Elle frémit de désir, brûlant de bientôt crier de plaisir.

Soudain, il prit son visage dans ses mains et la regarda. Elle battit des cils, frissonnant, tandis qu'une vague de volupté la parcourait.

— Je n'ai jamais désiré autant une femme, dit-il d'une voix rauque. Je vous ai voulue dès que je vous ai tenue dans mes bras.

— Je vous désire aussi, répondit-elle dans un souffle. Désespérément.

Il eut un sourire satisfait.

— Montons-nous dans ma chambre ?

Elle craignit de retarder les choses, et que cette passion magique disparaisse.

— Non.

Il tendit la main pour lui ôter sa robe. Elle se redressa, lui tournant le dos, choquée de sentir sa bouche et sa langue sur sa peau nue. Il la mordilla, provoquant des sensations si délicieuses qu'elle dut fermer les yeux, à peine capable de se retenir de gémir tandis qu'il défaisait ses boutons et faisait descendre sa bouche au fur et à mesure. Elle frissonna de plaisir et finit par lâcher un gémissement.

Il atteignit sa camisole — le seul dessous qu'elle portait avec ses pantalons —, finit prestement de déboutonner sa robe et l'aida à l'ôter.

Elle lui fit face, debout, se sentant plus que dénudée. Son regard resta fixé sur ses seins tandis qu'il enlevait sa jaquette et son gilet, et les jetait négligemment sur un fauteuil. Sa camisole était vieille et usée — rien à voir avec les magnifiques dessous de lady Witte —, mais le regard qu'il posait sur elle était brûlant de désir. Il se pencha et taquina la pointe dressée de ses seins tout en la maintenant par la taille.

Alexandra poussa une exclamation de plaisir, les mains dans ses cheveux bruns pour qu'il ne s'arrête pas.

Il lui arracha sa camisole — elle entendit le coton se déchirer — et prit un téton dans sa bouche. Le plaisir était insupportable, elle ne pensait pas pouvoir l'endurer. Il glissa alors une main entre ses jambes, contre la chair à la moiteur choquante de sa féminité, exposée par ses pantalons fendus.

— Oui, murmura-t-il, triomphant.

Elle s'accrocha désespérément à lui. Il la caressa et l'explosion fut instantanée — elle se mit à pleurer. Cette extase physique était trop intense pour elle. Les vagues de volupté l'emportèrent, mais elle eut vaguement conscience qu'il la rallongeait sur le canapé, le souffle court, et s'étendait sur elle. Puis elle sentit son sexe dur palpiter contre sa chair, qui se convulsait.

Il resta immobile, se contentant de lui baiser le cou tandis que l'orgasme refluait. Elle revint peu à peu à des idées cohérentes, les bras enroulés autour de son cou. Ainsi, voilà de quoi il retournait dans le désir, pensa-t-elle avec l'impression de flotter. Il s'agissait d'amour. Et d'extase…

Il lui prit le visage dans ses mains, la forçant à le regarder dans les yeux.

— Chérie, dit-il en l'embrassant très fort.

La réalité recommença à s'imposer. Elle venait d'expérimenter le comble de la volupté, pour la première fois de sa vie, et il était maintenant aussi nu qu'elle — installé entre ses jambes. Aussitôt, la chair sensible de sa féminité se mit à enfler tandis que cette terrible sensation d'urgence renaissait.

Elle lui rendit son baiser, cherchant sa langue, tout en explorant chaque pouce de son dos et de ses hanches fermes. Elle frétilla contre son sexe dur, essayant de l'attirer plus près, oubliant tout le reste.

Il eut un rire rauque et interrompit leur baiser pour descendre sur elle, lui embrassant les seins. Elle réprima un cri de protestation, mais il continua à rire, ne s'arrêtant que pour lécher tour à tour ses aréoles, faisant renaître ce besoin aigu et irrépressible. Elle se mit à gémir, se haussant vers lui, serrant ses épaules musclées, à peine capable de supporter qu'ils ne soient pas unis.

— Patience, chérie, murmura-t-il.

Il sema des baisers le long de son ventre. Comprenant soudain ce qu'il avait l'intention de faire, elle se figea, choquée.

Il était à mi-chemin entre son nombril et son pubis quand il leva les yeux, des yeux étincelants, les muscles de ses bras se nouant.

— Personne ne vous a jamais goûtée de cette manière ?

— Non, lâcha-t-elle dans un souffle, en frissonnant.

Il sourit, puis glissa sa langue dans les replis engorgés de sa féminité. Elle trembla sans pouvoir se contrôler, retombant sur les coussins, tandis qu'il la caressait à loisir. Un instant plus tard, il remonta sur elle et pressa la longueur de son sexe contre elle, le visage contracté.

Leurs regards se joignirent.

— Oh, Stephen ! supplia-t-elle en resserrant les doigts sur lui.

Il eut un sourire crispé et pénétra sa chair moite et palpitante. Alexandra fut saisie de le sentir en elle, c'était si bon… Puis elle le sentit se heurter à la barrière de sa virginité. Il la regarda vivement, les yeux agrandis par le choc. Elle était choquée aussi, et commençait déjà à être emportée de nouveau par le tourbillon de la volupté.

— *S'il vous plaît.*

Le visage dur et tendu, il la déflora tandis qu'elle se cramponnait à lui, pleurant d'extase. Il la prit profondément, en un rythme rapide et ensorcelant.

*
* *

Lorsque Alexandra s'éveilla, elle était allongée sur le canapé, seule, recouverte d'une courtepointe dorée. Elle étouffa un cri, brièvement déconcertée, car elle était nue et le salon était obscur. Dehors, le ciel était bleu noir.

La réalité revint à flots.

Elle avait passé l'après-midi à faire l'amour avec le duc de Clarewood.

Elle inspira, serrant les doigts sur la courtepointe. Manifestement, elle s'était endormie, nue sur son canapé. Comme elle se mettait à rougir, priant que personne ne surgisse dans le salon, elle s'avisa qu'elle devait rentrer immédiatement chez elle. Mais elle ne bougea pas, se contentant de se recouvrir plus complètement.

Dans son cœur explosa une débauche d'émotions qu'elle eut du mal à identifier.

Ils avaient fait l'amour deux fois de suite. Il était un amant magnifique.

Elle ne s'était pas doutée qu'il pouvait exister une telle ardeur entre deux personnes. Ni qu'elle pouvait être aussi passionnée, aussi désinhibée.

Ils étaient amants, maintenant. Elle était la *maîtresse* du duc de Clarewood.

Elle se mit à trembler, se mordant la lèvre, stupéfaite. Le bonheur enflait dans sa poitrine comme un ballon. *Etre avec lui paraissait si parfait, si juste.*

Elle se rappela la façon dont il l'avait regardée, avec tant de chaleur, comme s'il était attaché à elle. Mais, à d'autres moments, il lui avait donné l'impression de vouloir scruter son âme. Elle ne savait pas très bien ce que ce regard pénétrant signifiait et elle serra ses bras autour d'elle.

Oserait-elle penser à lui autrement que comme à son amant et bienfaiteur ? Oserait-elle penser à lui comme à un homme ?

Elle était impuissante à se refréner. Il avait tout pour lui, il était beau, riche et titré. Il était généreux. Il était renommé pour ses bonnes œuvres, celles qu'il soutenait et celles qu'il avait fondées. Il était intelligent et travailleur. Et il était un gentleman…

Elle n'avait nullement honte de ce qui venait de se passer. Elle était au contraire surexcitée.

Ils étaient amants, maintenant.

Elle ne mourrait pas vierge, et elle avait évité d'avoir à subir le contact du châtelain Denney. Mais il y avait tellement plus, et elle trembla à cette pensée. Ils n'avaient pas déjeuné. Ils avaient très peu parlé. La prochaine fois, peut-être partageraient-ils leurs pensées et leurs sentiments devant un verre de vin. La prochaine fois…

Elle sourit, en rêvant à cette idée.

Mentalement, elle se représenta à sa table — magnifiquement dressée, bien sûr —, portant une superbe et coûteuse robe qu'il lui aurait offerte. Il était assis à côté d'elle, lui souriant, lui prenant la main à la lueur des bougies…

Avec un grand sourire, elle tendit la main vers la petite lampe à gaz posée sur la table basse. Elle l'alluma et chercha ses vêtements du regard.

Etait-elle en train de tomber amoureuse de lui ?

Lorsqu'elle était dans ses bras tout à l'heure, alors qu'ils étaient unis, ce qu'elle avait ressenti ressemblait certainement à de l'amour.

Aurait-elle pu lui répondre si passionnément si elle ne l'avait pas aimé ?

Elle s'empourpra. Elle était une femme raisonnable. Elle ne croyait pas au coup de foudre. Pourtant, elle s'était éprise du duc dès l'instant où elle avait posé les yeux sur lui.

Cela importait-il ? Car ils avaient pris un nouveau chemin, maintenant…

Elle se mordit la lèvre, espérant contenir ce qui ressemblait si étrangement à du bonheur. Ses yeux se posèrent alors sur ses vêtements répandus sur le parquet brillant. Sa camisole était presque déchirée en deux. Elle rougit, serrant la courtepointe sur sa poitrine.

Il s'était montré impatient, même s'il lui avait demandé à elle d'être patiente. Le seul fait de se remémorer l'intimité qu'ils avaient partagée fit que son corps se contracta et s'échauffa, tandis qu'une nette tension, particulièrement agréable, naissait en elle.

Elle se leva et s'habilla lentement, songeant à chaque moment qu'ils avaient passé ensemble. Son corps fourmilla délicieusement et son cœur ne cessa pas de danser, bien qu'elle essayât de le ramener à la raison, se rappelant de procéder avec prudence.

C'était comme si Stephen était cette force de la nature qu'elle avait évoquée une fois, et à laquelle elle ne pouvait pas résister. N'avait-elle pas dit à Olivia que seul un ouragan pourrait l'empêcher d'épouser le châtelain ? Eh bien, elle avait trouvé son ouragan. Maintenant, elle était impatiente de quitter la pièce pour lui parler un moment avant de rentrer chez elle.

Son cœur battit plus fort, comme si elle ne pouvait attendre de le revoir.

Elle se débattait avec les boutons de sa robe quand on frappa légèrement à la porte. Elle se figea, alarmée, et cria :

— N'entrez pas !

— Sa Grâce m'a demandé de venir vous trouver, madame, pour voir si vous avez besoin d'aide, répondit une voix féminine.

Il lui avait envoyé une soubrette. Son plaisir augmenta. Elle dit à la domestique d'entrer et une jeune femme en robe noire apparut, refermant la porte derrière elle.

— Laissez-moi vous aider, dit-elle.

Alexandra lui sourit avec gratitude, consciente de ce qu'elle devait penser. Il n'y avait pas d'excuse plausible au fait d'être à moitié habillée dans le salon du duc, les cheveux défaits.

— Merci. Quel est votre nom ? demanda-t-elle, tandis que la soubrette la boutonnait rapidement.

— Bettie, madame. Puis-je vous aider à vous recoiffer ?

— Ce serait merveilleux, mais nous devons d'abord retrouver mes épingles.

Elle rougit en balayant le sol et le canapé du regard, en quête des épingles qui manquaient. Quand elle n'en trouva que trois, Bettie lui dit qu'elle allait en chercher d'autres. La soubrette partie, Alexandra s'assit pour attendre, et l'image du duc revint en force dans son esprit. Il était si beau… Elle se demanda ce qu'il faisait et se leva pour aller à la porte que Bettie avait laissée entrebâillée. Elle l'ouvrit un peu plus et jeta un coup d'œil dans le vestibule.

Juste en face d'elle, les portes de la bibliothèque étaient grandes ouvertes. Le duc était debout dans la pièce obscure, fixant un feu crépitant, le dos tourné.

Mais avant qu'elle ne pût bouger, il dut sentir sa présence, car il pivota. La bibliothèque n'était éclairée que par le feu et elle ne put distinguer son expression. Toutefois, elle sentait son regard sur elle.

Elle hésita — elle savait que ses cheveux étaient décoiffés et qu'elle devait avoir l'air d'une fille de joie —, mais elle finit tout de même par se glisser dans le vestibule et s'approcha vivement de lui, en souriant d'un air incertain.

Comme il ne prononçait pas un mot, elle se sentit mal à l'aise et troublée — ce n'était pas l'accueil qu'elle avait escompté.

Elle s'arrêta sur le seuil de la bibliothèque.

— Votre Grâce ? Il est tard, je dois m'en aller.

Elle se mordit la lèvre. Elle aurait voulu lui dire tellement d'autres choses… Elle aurait tant aimé pouvoir lui parler de ce qu'ils venaient de partager…

— Entrez, Alexandra, dit-il d'un ton crispé.

Elle tressaillit. Sa voix était si dure. Elle s'avança prudemment, et quand elle put distinguer ses traits, elle vit que ses yeux étincelaient et que son visage était un masque de colère.

— Qu'est-ce qui ne va pas ? demanda-t-elle, stupéfaite.

— Qu'est-ce qui ne va pas ? répéta-t-il, cinglant.

Sa colère était telle qu'il tremblait de rage.

Elle recula d'un pas, en proie à la plus totale confusion.

— Que s'est-il passé ? Ai-je fait quelque chose ?

Il franchit les quelques pas qui les séparaient, l'air franchement menaçant. Alexandra se raidit comme si elle s'attendait à un coup.

— Je n'aime pas être dupé.

Il était furieux, mais il n'avait pas haussé la voix. Bien qu'elle eût envie de reculer, elle tint bon.

— J'ignore de quoi vous parlez.

Mais elle en avait soudain une terrible intuition.

— Vous étiez vierge, miss Bolton.

Elle se crispa, trop choquée pour penser clairement. Il était revenu à une attitude formelle alors qu'elle attendait de l'intimité, et cela lui faisait mal.

Il passa devant elle et claqua les portes si fort que le plancher en trembla. Elle s'était tournée pour le regarder, toujours sous le choc de sa colère et maintenant très effrayée. Il avait supposé le pire d'elle et, certes, elle l'avait délibérément trompé. Mais elle ne se serait jamais attendu à une telle fureur.

— Est-ce pour cela que vous êtes si furieux ? Parce que je n'avais pas l'expérience que vous pensiez que j'avais ? parvint-elle à demander.

— Je suis plus que furieux, déclara-t-il platement. Vous m'avez menti.

Ses paroles étaient pires qu'un coup physique.

— Cela ne me paraissait pas important, murmura-t-elle, soudain atterrée et au bord des larmes.

Mais, en vérité, n'avait-elle pas senti combien c'était important, puisqu'elle l'avait laissé croire ce qui n'était pas ?

— Cela ne vous paraissait pas important ? répéta-t-il, incrédule.

— Je pense qu'il y a eu un terrible malentendu, dit-elle en tremblant.

Il émit un rire dur, sans gaieté, et croisa lentement ses bras.

— Une performance digne de louanges, miss Bolton.

Elle sursauta.

— Je ne vois pas ce que vous voulez dire, Stephen !

A l'instant où elle utilisa son prénom, comme il lui

avait demandé de le faire dans le feu de la passion, elle comprit qu'elle venait de commettre une erreur.

— « Votre Grâce » ! dit-il d'un ton dangereux.

Elle recula, toujours choquée, mais à présent complètement incrédule.

— Pourquoi faites-vous cela ?

— Pourquoi ?

Il s'avança au fur et à mesure qu'elle reculait, l'empêchant de garder ses distances.

— J'aurais dû savoir qu'il s'agissait d'un jeu. Vous êtes une remarquable joueuse, miss Bolton.

Elle le fixa, trop interloquée par sa déclaration pour dire quoi que ce soit.

— Après tout, aucune femme n'a jamais repoussé mes avances comme vous l'avez fait, ou ne s'est montrée aussi difficile à avoir, mais vous cherchiez à attiser mon désir, n'est-ce pas ? Et me retourner le bracelet… je dois vous complimenter pour ce stratagème ! Je ne connais aucune femme dans votre situation qui refuserait un tel bijou.

Alexandra était si incrédule et si horrifiée qu'elle se laissa choir dans le fauteuil le plus proche. Mais il la suivit et la toisa de nouveau.

— Il n'y a pas eu de stratagème ! se récria-t-elle. Je ne pouvais accepter un tel présent.

— Permettez-moi de ne pas être d'accord. Il n'y a eu *que* des stratagèmes, maline que vous êtes, et vous m'avez bien mené par le bout du nez.

Il s'arrêta, le souffle haché.

— Cela était un piège, miss Bolton, admettez-le.

Elle se contracta.

— Non, murmura-t-elle. Je ne comprends pas de quoi vous parlez.

— Je ne vous épouserai pas.

Elle le dévisagea, éprouvant un nouveau choc. Son esprit troublé en arriva enfin à la conclusion qu'il avait tirée.

— Vous pensez que j'avais l'intention de vous forcer à m'épouser ? s'exclama-t-elle à mi-voix.

— Je *sais* que vous en aviez l'intention.

Elle s'agrippa aux accoudoirs du fauteuil, se sentant si mal qu'elle avait la tête qui tournait et l'impression qu'elle allait défaillir. Mais, bien sûr, il prendrait cela pour une ruse, aussi.

— Je dois applaudir à votre manigance. De nombreuses femmes m'ont poursuivi de leurs assiduités dans l'espoir de devenir ma duchesse. Vous êtes la première à me donner sa virginité.

Alexandra s'étrangla, ravalant sa bile, luttant contre le besoin de vomir. Son cœur hurlait. Il l'avait poursuivie implacablement, en dépit de ses sensibilités et de sa moralité, et maintenant il l'accusait, *elle*, de le poursuivre — et de vouloir le piéger dans le mariage ! Elle se sentait si faible. Comment cela pouvait-il arriver ?

Quand elle leva enfin les yeux vers lui, il lui tendait un bout de papier.

— Prenez ceci et partez.

Il lui fallut un moment pour comprendre qu'il tenait un billet à ordre. Sans réfléchir, elle baissa les yeux et se mit à secouer la tête.

— Prenez-le, grommela-t-il en le lui jetant. Utilisez-le comme dot. Mon cocher vous reconduira chez vous.

Il lui avait jeté le billet à la figure et il était tombé sur ses genoux. Alexandra ne bougea pas, elle ne le pouvait pas, pas même pour affronter ses yeux emplis de haine.

Elle avait peur de remuer et même de respirer, car si

elle le faisait, elle s'évanouirait ou se mettrait à pleurer. Puis elle l'entendit sortir à grands pas de la pièce. Les portes claquèrent contre les murs quand il les ouvrit violemment. Elle ne bougea pas, attendant que le bruit de ses pas se fût éteint. Alors, elle regarda le chèque sur ses genoux.

Il lui avait donné cinq mille livres.

Elle eut un haut-le-cœur et tomba à genoux par terre, le cœur en lambeaux. Elle lutta contre les sanglots qui montaient dans sa gorge. Elle saisit le chèque et le déchira en morceaux, dévastée.

10

Le trajet de retour à Edgemont Way fut interminable. Alexandra refusait de pleurer, et luttait contre son envie de vomir. Elle était toujours en état de choc. Chaque moment de l'après-midi et de la soirée ne cessait de lui revenir à l'esprit : elle se rappelait Clarewood bougeant sur elle, lui souriant avec chaleur, puis elle se le rappelait lui jetant le billet à ordre et lui disant de s'en servir comme dot. Cela faisait si mal.

Mais quand le cocher se tourna vers elle et lui dit : « Miss ? Nous arrivons bientôt à Edgemont Way », elle s'arracha à ses douloureuses rêveries. Elle se retrouva de force dans une nouvelle réalité où elle avait sans nul doute détruit non seulement ses propres perspectives — quelles qu'elles aient été —, mais aussi celles de ses sœurs…

Personne ne devait découvrir ce qui s'était passé ce jour-là. Personne ne devait la voir rentrer si tard, seule. Par chance, son père serait sorti, comme toujours, et au moins elle ne devrait mentir qu'à ses sœurs. Elle ferma les yeux, désespérée. Evidemment, mentir serait la juste conséquence de sa terrible conduite.

A quoi avait-elle pensé ?

Elle avait pensé qu'il était un prince, son *prince*…

Une flèche de douleur lui transperça la poitrine.

Quelques minutes plus tard, le cocher reprit la route pour rentrer à Clarewood sur sa monture tandis qu'elle conduisit sa calèche le long de la petite allée cahoteuse de la maison. Le salon était éclairé et elle sut que ses sœurs y étaient assises, inquiètes. Il devait être près de 22 heures, estima-t-elle.

Lorsqu'elle descendit de la voiture, se préparant à conduire Ebène à l'écurie, la porte d'entrée s'ouvrit et ses sœurs sortirent en courant, enveloppées dans des châles.

— Où étais-tu ? demanda Corey avec de grands yeux. Nous étions malades d'inquiétude !

— Tu aurais dû envoyer un billet, lui reprocha Olivia. Père est à la maison, mais il est dans la bibliothèque avec deux amis, et ils ont bu.

Alexandra se crispa. Il fallait qu'elles rentrent immédiatement le hongre, et peut-être pourrait-elle se faufiler discrètement à l'intérieur sans que le baron sache qu'elle était rentrée si tard.

— Pouvez-vous m'aider à dételer le cheval et à le nourrir ?

— Bien sûr, répondit Olivia en la fixant.

Heureusement, il faisait noir dehors, et sa sœur ne pouvait donc pas voir sa détresse.

Corey conduisit l'attelage à l'écurie, suivie par Alexandra et Olivia. Alexandra était reconnaissante que ses sœurs ne la harcèlent pas de questions, mais elle savait que leur silence ne durerait pas.

A l'intérieur de la petite écurie à quatre stalles, Corey alluma une lanterne au kérosène. Alexandra était déjà passée de l'autre côté du cheval, afin qu'aucune de ses sœurs ne puisse voir son visage, et elle dételait Ebène, s'ordonnant de se reprendre et, si possible, de cacher ses sentiments.

Alors qu'elle conduisait le hongre dans sa stalle, Olivia demanda :

— Eh bien ?

Alexandra voulut sourire, mais elle échoua.

Et alors, à la lumière vacillante de la lanterne, Olivia prit conscience de sa mine abattue.

— Que t'a-t-il fait ? s'écria-t-elle.

Alexandra noua ses bras autour d'elle, dangereusement proche des larmes, sachant que si elle s'effondrait, ses sœurs la réconforteraient. Mais elles ne devaient jamais savoir ce qui s'était passé.

— Tu avais raison. Ses intentions étaient déshonorables, et j'ai constaté que je ne pouvais pas m'abaisser à son niveau d'immoralité.

Elle ferma les yeux, songeant combien elle avait été immorale, en réalité.

Olivia se précipita vers elle et l'enlaça.

— Quelque chose est arrivé. Je le sens.

Il n'y avait pas d'excuse possible à présenter. Alexandra s'écarta.

— Je suis harassée. Je vais dormir.

Elle sortit de l'écurie, suivie par Olivia.

— Tu ne peux pas revenir avec cet air complètement ravagé et nous tourner simplement le dos !

Alexandra s'empressa de traverser la cour pour se réfugier à l'intérieur de la maison. Au moment où elle saisit le bouton de la porte, elle entendit de bruyants rires d'hommes.

Son père se tenait dans le vestibule, enfilant son manteau, avec deux amis d'âge mûr. Il rayonna en la voyant.

— Ainsi, tu es revenue !

Elle ne put former un sourire.

— J'ignore ce que vous voulez dire, père. Bonsoir.

Elle salua poliment d'un signe de tête les deux gentlemen, qu'elle ne connaissait pas.

— Tu as manqué le dîner. J'ai vu la calèche rentrer voilà un moment.

Le baron plissa les paupières, intrigué.

— Où étais-tu jusqu'à une heure pareille ?

— J'ai pris un thé tardif avec lady Harrington.

Juste Ciel, qu'un seul acte puisse conduire à tant de mensonges était incroyable.

— Je suis désolée d'avoir manqué le dîner, mais lady Blanche sert des assiettes très copieuses pour le thé. Excusez-moi.

Consciente de ses sœurs, qui la fixaient et ne croyaient pas un mot de ce qu'elle disait, elle se hâta de monter dans sa chambre.

Elle ferma la porte à clé, puis s'affala contre le battant. Quand elle ouvrit les yeux, son regard se posa immédiatement sur les roses rouges.

Elles commençaient à faner. C'était tellement approprié.

— Je vous hais, dit-elle. Vraiment.

Elle serra ses bras autour d'elle, car haïr n'était pas dans sa nature. Mais l'image du duc la dominait, d'abord beau et aimable, le regard chaleureux, puis si haineux et si railleur. Il n'était pas un prince, pas même un gentleman, et il ne ressemblait en rien à Owen.

Owen *était* un prince et un gentleman. Il l'avait aimée, il avait voulu l'épouser, et il ne l'aurait jamais condamnée comme Clarewood l'avait fait.

Trop tard, elle s'avisa que c'était Owen qui lui manquait et qu'elle aimait, pas le maudit duc.

La journée du lendemain fut encore pire, si possible. Et elle aurait dû le savoir, car le ciel sombre le laissait présager. Il faisait un froid mordant, avec des bourrasques de vent, ce qui rendait leurs corvées dehors terriblement désagréables. Et ses sœurs ne lui adressaient pas la parole, ce qui était encore plus désagréable que d'être harcelée de questions auxquelles elle ne pouvait répondre. Elles étaient visiblement en colère contre elle, alors qu'elle avait besoin de leur affection et de leur soutien. Pour clore le tout, le châtelain vint en visite.

Il eût été grossier de le renvoyer et de toute façon le baron, qui était à la maison, l'invita à entrer et insista pour qu'Alexandra se joigne à eux. Denney se montra aimable, charmant et fidèle à sa parole — il avait l'intention de la courtiser convenablement, maintenant. Mais rien n'avait changé pour elle, et la dernière chose qu'elle ferait serait de passer du lit du duc à l'autel avec un autre homme. Elle passa une heure terrible, s'efforçant de converser poliment sans pouvoir afficher un sourire. Elle avait l'impression d'avoir le cœur brisé. Et c'était absurde, car elle ne connaissait pas Clarewood et ne l'aimait pas. Elle avait fait l'erreur de le confondre avec Owen, c'était tout.

Finalement, le châtelain se leva, indiquant qu'il était prêt à partir, bien qu'elle remarquât qu'il commençait à la regarder d'un air soucieux. Edgemont lui serra la main avec chaleur.

— Vous avez bien fait de venir. Excusez-moi, dit-il en disparaissant dans la bibliothèque pour les laisser seuls.

Alexandra se sentit aussitôt déroutée. Pour le cacher, elle prit le lourd manteau du châtelain au portemanteau.

— Merci d'être venu, dit-elle poliment, en prenant soin de ne mettre aucune chaleur dans sa voix.

Il ne prit pas son manteau, mais il lui saisit les mains. Elle se raidit sur-le-champ.

— Monsieur, objecta-t-elle.

Il la lâcha.

— Vous semblez contrariée, miss Bolton. J'espère ne pas en être la cause.

Elle humecta ses lèvres.

— Bien sûr que non, et je ne suis pas contrariée, juste fatiguée. J'ai de la couture qui m'attend, dit-elle vivement.

Il se montra consterné.

— Il ne me plaît pas que vous vous tuiez au travail. Et si vous tombiez malade ?

Il était si attentionné, pensa-t-elle, mais ses sentiments n'avaient pas changé.

— Je ne suis pas fragile à ce point.

— Ma chère, puis-je vous aider, vos sœurs et vous ? demanda-t-il gentiment.

Son amabilité lui mit les larmes aux yeux mais, soudain, l'image de Clarewood lui revint à l'esprit. Le duc, lui, n'avait rien d'aimable ; il était froid, calculateur et égoïste, aussi implacable et sans cœur que les rumeurs le prétendaient. Malheureusement, elle l'avait compris trop tard.

— Nous ne manquons de rien. Mais je vous remercie, ajouta-t-elle, et cette fois elle le pensait. Vous êtes vraiment quelqu'un de bien.

Elle avait lancé cela sur une impulsion, en pensant toujours au duc.

Les yeux du châtelain brillèrent.

— Cela veut-il dire que ma cour a une chance d'aboutir ?

Elle se crispa, ennuyée. Elle ne savait quoi répondre. Mais il méritait de l'honnêteté.

— Je pensais ce que je vous ai dit l'autre jour, monsieur. Vous méritez une femme qui vous aime.

— Et je reste convaincu qu'un jour, vous me retournerez mes sentiments, murmura-t-il.

Ils étaient dans une impasse. Elle allait le reconduire à la porte quand elle entendit un cheval arriver au galop dans l'allée. Elle courut ouvrir et vit Randolph, qui sautait à bas de son cheval bai. Elle soupira profondément. Qu'est-ce que cela signifiait ?

Clarewood avait-il eu des remords ?

Son cœur bondit et s'emballa — se pouvait-il que le duc lui ait envoyé des excuses ? C'était le moins qu'elle méritait.

— C'est le jeune Randolph de Warenne, dit Denney en fronçant les sourcils. Il était déjà là la semaine dernière, je m'en souviens. Vient-il souvent ?

Alexandra trembla tandis que Randolph remontait l'allée, les joues rouges de froid.

— Non.

Le châtelain ne fit pas mine de partir, pourtant elle ne tenait pas à recevoir le message de Randolph en sa présence.

— Il doit s'intéresser à l'une de mes sœurs, dit-elle vivement.

— Peut-être. Ou peut-être s'intéresse-t-il à la plus belle et la plus intéressante de vous trois.

Avant qu'elle ne puisse déclarer que Randolph ne lui faisait pas la cour, le jeune homme se tenait devant eux, saluant Denney d'un signe de tête mais la regardant directement.

— Bonjour, miss Bolton.

Elle était très nerveuse à présent. Il fallait que le châtelain s'en aille avant que la vérité n'affleure. Mais il semblait décidé à rester.

— C'est un très long trajet depuis Harrington Hall, observa-t-il.

Randolph le regarda d'un air impérieux.

— Je suis employé par Sa Grâce le duc de Clarewood, et c'est à moins de deux heures d'ici.

Puis il se tourna vers Alexandra, écartant visiblement Denney.

— J'aimerais vous parler en privé, miss Bolton, si cela ne vous ennuie pas.

— Le châtelain allait partir.

Elle réussit à sourire pour la première fois depuis qu'elle avait quitté le duc la veille. Denney parut sur le point de protester, regardant de l'un à l'autre et manifestement méfiant. Mais finalement il s'inclina et marcha vers sa voiture, en promettant de revenir le lendemain.

Alexandra parvint à sourire de nouveau et fit entrer Randolph, osant à peine espérer. Il lui tendit une enveloppe cachetée qu'il sortit de sa redingote.

— Qu'est-ce que c'est ? demanda-t-elle.

Son cœur tambourinait. Si Clarewood lui demandait de lui pardonner, elle ne devrait pas céder. Mais elle souhaitait ardemment une explication sur le fait qu'il ait tiré des conclusions aussi terribles à son sujet.

— Je ne sais pas tout ce qu'il y a à l'intérieur, dit le jeune homme. Mais on m'a donné un message : si vous ne déposez pas le billet à ordre, il le déposera pour vous.

Elle fut si choquée que ses genoux flageolèrent. Randolph la raffermit tandis que la consternation l'envahissait. Elle déchira l'enveloppe — et vit le chèque qu'elle contenait, chiffré cette fois à deux milles livres, la somme sur laquelle ils s'étaient mis d'accord. Il n'y avait pas de mot.

Elle se mit à respirer avec difficulté.

— Allez-vous bien ?

Elle leva lentement les yeux, s'efforçant de cacher son outrage.

— Oui, mentit-elle.

Elle savait qu'elle n'irait plus jamais bien.

Il était absolument résolu à terminer ses croquis d'architecture. Rien ne l'arrêterait — *personne* ne l'arrêterait. Il était resté debout toute la nuit, les redessinant trois fois.

— Vous avez l'air d'un bon à rien, dit Alexi de Warenne.

Stephen leva les yeux, surpris, pendant que Guillermo annonçait en fronçant les sourcils :

— Le capitaine de Warenne est arrivé, Votre Grâce, et comme d'habitude il a refusé d'attendre que vous acceptiez de le recevoir.

Alexi entra d'un pas guilleret dans le cabinet de travail. Il souriait, mais son regard bleu était acéré.

— Qu'est-ce qui ne va pas ? demanda-t-il abruptement.

— Pouvez-vous apporter du café, Guillermo ? s'enquit Stephen en ignorant sa question et en se levant.

Il s'avisa qu'il portait toujours ses habits de la veille, et ils étaient si froissés qu'il ne prit même pas la peine d'abaisser ses manches de chemise.

Il ne parvenait pas à chasser cette petite menteuse de son esprit.

Et ce qui était encore pire que de se rappeler ses larmes — qui avaient été de la comédie —, c'était que chaque fois qu'il levait les yeux de son bureau, il voyait le vieux Tom debout devant lui, se moquant de ses sentiments de rage et de trahison.

Tandis que le majordome sortait, Alexi passa devant Stephen et regarda les croquis sur le bureau. Puis il se tourna.

— Eh bien ? Avez-vous fait la fête ?

Elle avait menti, elle était exceptionnellement intelligente, et il avait été dupé, ce qui faisait de lui le dernier des sots.

Il se répétait depuis le matin ce que Tom lui aurait s'il avait encore été là : il était un Clarewood, tandis qu'elle, elle n'était rien. Elle ne *signifiait* rien. Son devoir était la seule chose qui importait.

Sa tension intérieure était insupportable, à présent. Il ne l'épouserait jamais, jamais, parce qu'il ne donnait jamais à ses adversaires la satisfaction de le vaincre.

— J'ai travaillé sur ces plans toute la nuit.

— Quel ennui ! lâcha Alexi d'un ton traînant. Pourquoi avez-vous l'air si furieux ?

Stephen croisa les bras et le fixa.

— J'ai été roulé, Alexi.

Ce dernier haussa les sourcils tandis qu'un sourire amusé se peignait sur ses lèvres.

— Oh, oh ! Je suis impatient d'entendre les détails croustillants.

— Ce n'est pas amusant.

— J'en jugerai par moi-même.

Et tandis que l'image d'Alexandra envahissait son esprit — pas quand elle était en proie à la passion, mais quand elle était sur le point de pleurer, comme s'il l'avait dévastée —, Stephen jura et décida qu'il n'était pas trop tôt pour une boisson forte. Il savait qu'il ne l'avait pas blessée. Les joueuses aussi expertes qu'Alexandra Bolton étaient sans cœur.

Il était surtout incrédule. Il l'avait désirée comme il n'avait jamais désiré une femme auparavant ; sa passion avait échappé à son contrôle — une passion qu'il n'aurait jamais crue possible. Et cela le rendait encore plus furieux.

Il se servit un cognac et but une gorgée. Sa main tremblait légèrement.

— J'ai entamé une liaison avec Alexandra Bolton, dit-il. Et il s'est avéré qu'elle est une scélérate, apte aux manigances.

Alexi haussa les sourcils.

— Vraiment ? Et elle manigance pour quoi, exactement ?

Alexi s'amusait, pensa Stephen avec colère tandis qu'il se détournait.

— Elle était vierge, Alexi, et elle n'en a pas soufflé mot !

Alexi déglutit, surpris.

Stephen était toujours aussi incrédule. Il le lui avait demandé — d'une manière détournée, il le reconnaissait — et elle avait menti. Elle s'était étendue sur la passion qu'elle avait éprouvée pour un amant précédent — sauf qu'il n'avait pas été son amant ! A ce moment-là, il sentit Alexi poser la main sur son épaule et pivota.

Son ami ouvrait de grands yeux innocents.

— Je suppose que c'était une première fois pour vous, aussi ? demanda-t-il en se mordant la joue pour ne pas rire.

Stephen le repoussa.

— Riez tant que vous voulez. Je n'ai jamais poursuivi une jeune femme innocente de mes assiduités, vous le savez fort bien. Je serais resté loin d'elle, si j'avais su.

— Vraiment ? Et maintenant, quoi ?

Alexi gardait un regard bien trop candide.

Avant que Stephen ne puisse répondre, il entendit un bruit de talons féminins résonner dans le couloir. Les pas étaient rapides — il suspecta aussitôt l'identité de ses visiteuses. Il se raidit. Quand Elysse et Ariella parurent sur le seuil de la bibliothèque, il sut qu'il n'en finirait jamais d'entendre parler de son affaire avec Alexandra Bolton, si Alexi vendait la mèche. Il lança à son cousin un regard d'avertissement.

— Si vous tenez à votre tête…, dit-il doucement.

Alexi rit et marcha jusqu'à sa femme, qui se blottit immédiatement contre lui.

— Si vous avez trouvé un parti pour la duchesse douairière, pourquoi suis-je le dernier à le savoir ? lui demanda-t-il, en jetant un coup d'œil à Stephen. Nous n'avons pas de secrets.

Stephen le regarda d'un œil noir.

— J'ai une guillotine cachée dans mon placard, dit-il d'un ton coupant.

Alexi rit de nouveau.

— De fait, nous sommes venues pour une autre raison, déclara Elysse en regardant tour à tour les deux hommes. Pourquoi Stephen vient-il de menacer de vous décapiter ? Que se passe-t-il ?

— J'ai travaillé sur des plans toute la nuit, au lieu de dormir, lâcha le duc d'un ton incisif.

Les deux femmes tressaillirent.

— Quelqu'un est de très mauvaise humeur — comme jamais auparavant, je crois, murmura Ariella.

Elle échangea un coup d'œil avec Elysse.

— Il a peut-être entendu les rumeurs.

Stephen se figea. Avait-elle répandu le bruit qu'elle avait été déflorée par lui ? Pensait-elle insister pour un mariage — et même l'y forcer —, malgré ce qu'elle avait dit ?

— Quelles rumeurs ?

— Charlotte Witte est une femme éconduite, et elle fait de son mieux pour perdre la pauvre Alexandra Bolton. Vous vous souvenez de miss Bolton, n'est-ce pas ? demanda innocemment Elysse.

— Oh ! il s'en souvient très bien, lui murmura son mari.

Aussitôt, Stephen ne put s'empêcher de se rappeler la soirée où il avait rencontré Alexandra et l'humiliation qu'elle avait endurée — la tête haute. Il refusait de l'admirer pour quoi que ce soit maintenant, mais il l'avait admirée alors. Il était perturbé, à bien des égards. Il ne s'était jamais fié à Charlotte pour être une femme de délicatesse et d'honneur, mais cela… Elle avait deviné qu'il l'avait écartée pour Alexandra, et il n'avait pas envisagé qu'elle chercherait à se venger d'une manière aussi mesquine.

— Quels mensonges lady Witte répand-elle ? demanda-t-il.

Bien sûr, il ne s'en souciait pas, se dit-il.

— Elle prétend que vous avez une liaison avec miss Bolton, Stephen, et qu'elle a été vue ici à plusieurs reprises.

Il respira fortement.

— Evidemment, vous ne poursuivriez jamais une femme aussi honorable et vous ne causeriez pas sa perte, n'est-ce pas ? demanda Ariella, le regardant assez froidement. Parce que j'ai entendu dire de première main qu'un châtelain très prospère est sur le point de demander sa main. Miss Bolton a connu des temps très durs depuis que j'ai épousé Emilian. Elle mérite une meilleure situation qu'une liaison dénuée de sentiments avec vous.

Stephen but une autre gorgée de cognac. Ses problèmes seraient résolus si elle épousait le châtelain. Hormis qu'il se sentait étrangement consterné et encore plus perturbé. Il ne comprenait pas pourquoi, mais il n'aimait pas l'image d'Alexandra dans les bras du corpulent hobereau. Non pas que cela lui importât, bien sûr.

— Denney n'a pas encore fait sa demande, s'entendit-il dire. Aucun contrat n'a été établi. Et je n'ai sûrement pas de liaison avec Alexandra Bolton. En outre, même si c'était le cas, ce n'est pas votre affaire, Ariella.

Les deux femmes retinrent une exclamation, mais Alexi se montra encore plus amusé.

— Et comment savez-vous qu'il n'a pas fait sa demande ? releva-t-il avec un large sourire.

Stephen ne put croire qu'il avait laissé filtrer autant de choses. Et il n'avait pas eu l'occasion de dire à Randolph de rappeler ses mouchards, bien qu'il en ait eu l'intention. Il avait été informé de l'état de la situation ce matin-là, raison pour laquelle il savait qu'aucune proposition n'avait été faite. Il crut sentir que ses joues étaient échauffées, comme s'il rougissait, mais c'était tout simplement impossible.

— Pour ce qui me concerne, le châtelain peut avoir Miss Bolton, dit-il. Elle lui donnera du fil à retordre.

Il faillit ajouter : « Avec ses manigances. »

— Je leur souhaite d'être heureux. Je serai le premier à leur envoyer mes félicitations et un cadeau de mariage.

Le visage d'Alexandra flotta dans son esprit. Elle était belle et fière, avec le genre de dignité que si peu de femmes montraient naturellement. Sauf que tout cela était un mensonge. Elle était un mensonge vivant.

— Est-il entiché d'elle ? entendit-il Elysse demander à son mari.

— Je me le demande moi-même, répondit Alexi en gloussant.

Avaient-ils perdu l'esprit ? pensa Stephen.

— Pourquoi feriez-vous une supposition aussi grotesque ? riposta-t-il. Parce que je l'ai brièvement admirée ?

— Oui, et parce qu'il y a beaucoup à admirer, lâcha Alexi d'un ton traînant. Vous êtes toujours impeccable, mais aujourd'hui vous avez les yeux rougis, vous n'êtes pas rasé ni soigné. Vous semblez connaître les affaires intimes de miss Bolton. Et vous vous comportez très bizarrement, Stephen. Vous pouvez sûrement le reconnaître.

— Je ne reconnaîtrai rien du tout, répondit le duc d'un ton coupant.

Il se tourna vers les deux femmes.

— Où en est la chasse au mari pour la duchesse douairière ?

Ariella hésita. Il savait qu'elle s'interrogeait sur la possibilité qu'il s'intéresse vivement à une femme pour la première fois de sa vie. Finalement, elle sourit avec lenteur.

— J'aime beaucoup miss Bolton. Elle m'a toujours plu.

— Tant mieux pour vous, répliqua-t-il d'un ton brusque.

— Nous établissons une liste, mais nous ne sommes pas encore prêtes à vous la soumettre, ajouta Ariella, son regard scrutant le sien tandis que son sourire s'élargissait.

Elle revint au sujet qui la captivait.

— Elle est si différente de toutes les femmes à qui

vous avez été lié. Elle paraît très intelligente, très déterminée, et apparemment elle a fait beaucoup pour garder sa famille à flot dans des circonstances difficiles.

Elle regarda Elysse.

— Nous devrions devenir amies avec elle.

— Cela me plairait beaucoup, répondit sa belle-sœur.

Stephen était incrédule. Elles n'oseraient pas interférer maintenant ! En outre, il n'y avait rien dans quoi interférer.

— Ce n'est guère nécessaire, dit-il.

Mais il songea alors au fait qu'elle avait déchiré son billet à ordre de cinq mille livres. Naturellement — elle visait bien plus haut. Pourtant, cela le mettait mal à l'aise. Elle avait vraiment besoin de cet argent, même lui le savait, mais il avait été si en colère qu'il avait voulu l'insulter en lui donnant une somme aussi importante. Il avait voulu indiquer qu'elle était une catin de luxe. Il le regrettait. Alors, il lui avait envoyé le montant dont ils étaient convenus.

— Pourquoi ne voulez-vous pas que nous allions la voir ? demanda Ariella.

Il en avait assez.

— Faites ce que vous voulez ! Après tout, vous n'en faites qu'à votre tête, toutes les deux. Vos époux vous laissent une totale liberté de pensée et d'action, et s'ils ne peuvent vous arrêter, comment le pourrai-je ?

Trop tard, il se rendit compte que sa surprenante explosion de mauvaise humeur en avait beaucoup trop révélé. Tandis qu'il se dirigeait à grands pas vers la porte, un silence de plomb tomba sur la pièce.

— Le manque de sommeil me rend tendu, grommela-t-il.

Personne n'osa le contredire.

Mais il savait qu'ils parleraient de lui après son départ.

*
* *

Alexandra était dans la cuisine, cousant une des camisoles de soie ivoire de Charlotte Witte, quand elle entendit son père descendre l'escalier. C'était la fin d'après-midi et il était sorti plus tôt, mais elle ne l'avait pas entendu rentrer. Il avait dû revenir quand elle était dans le cellier, se dit-elle en cherchant du fil violet pour repriser avec soin de la dentelle déchirée. Elle prenait garde de rester parfaitement détachée pendant qu'elle cousait. Elle refusait de penser à qui appartenait la camisole et à la façon dont elle avait été utilisée — ou brutalisée.

Le baron entra dans la pièce.

Alexandra ne leva pas les yeux avant de s'aviser qu'il s'était arrêté sur le seuil et la fixait en silence. Surprise, elle le regarda en souriant, mais lorsqu'elle vit son visage sévère et figé, elle frémit.

— Qu'est-ce qui ne va pas ? s'enquit-elle.

— J'ai entendu des rumeurs, hier soir, répondit-il d'un ton dur. De très vilaines rumeurs.

Alexandra posa sa couture d'un geste posé. Son cœur tambourinait, l'assourdissant. Avait-il entendu parler de sa liaison ?

— Je ne les ai pas crues. Je refuse de croire que tu es allée à des rendez-vous clandestins avec le duc de Clarewood.

Elle inspira.

— Ce sont de terribles accusations.

— Je suis allé voir lady Blanche, aujourd'hui.

Son regard ne cillait pas, il était accusateur et sombre.

Alexandra ne put pas respirer. Elle parvint à se lever. *Elle allait être découverte.*

— Elle ne t'a jamais donné le cheval. Tu n'es jamais allée prendre le thé chez elle. Qui t'a donné le hongre, Alexandra ?

Il tremblait, et elle aussi.

— Ce n'est qu'un prêt. Bonnie est vraiment blessée.

— Où as-tu eu ce cheval ? demanda-t-il d'un ton menaçant. Il est à Clarewood, n'est-ce pas ? Comme lady Witte l'a dit ? Le duc t'a donné cette bête !

— Il me l'a prêtée, dit-elle avec désespoir. Juste prêtée.

Le baron avait le souffle court quand il mit une main dans sa poche et en sortit un bout de papier. Alexandra se figea quand elle reconnut le billet à ordre.

— Et ceci est un prêt, aussi ?

Elle blêmit et se mordit la lèvre, secouant la tête, stupéfaite.

— Vous avez fouillé dans ma chambre ?

— Qu'as-tu fait pour recevoir ce chèque ? cria-t-il.

— Rien, mentit-elle en se crispant. Ce n'est pas…

Sa voix se brisa.

— Père, je vous en prie, arrêtez !

Ses sœurs arrivèrent en trombe dans la cuisine, pâles et choquées.

— Que se passe-t-il ? demanda Corey. Pourquoi père te crie-t-il dessus ?

— Allez-vous-en, les supplia Alexandra sans détacher les yeux de son père. S'il vous plaît, allez-vous-en.

Mais elles ne bougèrent pas, et le baron agita le billet à ordre.

— Qu'as-tu fait pour mériter qu'il te paye ? tonna-t-il.

Alexandra ne pouvait pas le lui dire, mais elle ne parvenait même pas à se lever pour s'enfuir. Impuissante, elle laissa ses larmes rouler sur ses joues.

— As-tu écarté les jambes pour ce scélérat ? cria Edgemont, en état de choc.

Ses joues étaient rouges.

— Alexandra ne ferait jamais une chose pareille, tenta de la défendre Olivia.

Mais elle avait de grands yeux horrifiés.

Finalement, Alexandra murmura :

— Je pensais qu'il était aimable... que c'était un prince.

Le baron étouffa une exclamation et se prit la tête à deux mains avant de se mettre à pleurer.

Olivia pâlit sous le choc, ainsi que Corey. Aucune ne fit un mouvement.

— Je pensais qu'il était notre sauveur, avoua Alexandra d'une voix brisée. J'avais tort.

— Oh ! mon Dieu..., dit Olivia dans un souffle.

— Il faut que vous déposiez ce billet à ordre, parvint à ajouter Alexandra, en se couvrant le visage de ses mains.

Elle n'avait jamais été aussi humiliée, aussi honteuse, aussi mortifiée. Ses sœurs ne l'admireraient plus jamais. Et pourquoi le feraient-elles ? Elle était une catin, après tout.

Corey pivota et sortit en courant de la cuisine. La porte d'entrée claqua quand elle quitta la maison.

Alexandra se risqua à lever les yeux, malade de honte. Olivia était toujours horrifiée. Ses yeux disaient : « Pourquoi ? Comment as-tu pu faire cela ? »

— Je suis tellement désolée, murmura-t-elle.

Son père se tourna et s'enquit d'un ton haché :

— Le vois-tu encore ?

Elle réussit à secouer la tête.

— Alors, il s'est servi de toi et t'a rejetée ? demanda durement le baron.

Oh, Ciel ! c'était de pire en pire.

— Non, il n'en a pas été ainsi… C'était une erreur — pour nous deux, répondit-elle, consciente du ridicule de défendre Stephen maintenant.

Un autre silence tomba. Olivia contourna la table et s'assit à côté d'elle, lui prenant la main. Alexandra lui en sut gré.

Un long et pénible moment s'écoula.

— Tu vas épouser Denney, maintenant, décréta le baron.

Il la dévisagea avec fermeté.

— Il pourrait y avoir un enfant. Je vais lui dire que tu as accepté qu'il te courtise.

Elle trembla. Elle avait essayé de ne pas penser à la possibilité d'une naissance, mais à présent elle n'osa pas contredire son père.

Il s'apprêta à sortir, puis se retourna.

— Tu seras mariée dans le mois.

La réaction la plus sage avait été de remonter immédiatement dans sa chambre. Alexandra ferma la porte, le souffle court, refusant de pleurer. Les roses rouges fanées la narguaient.

Elle avait tout perdu. Sa réputation, sa dignité, son honneur, son respect pour elle-même et celui de sa famille. Elle n'avait plus rien à perdre — hormis sa liberté.

Elle serra ses bras autour d'elle, songeant à l'aimable hobereau et à l'horrible duc. Elle prit les roses et les enfouit dans la petite corbeille près de sa coiffeuse. Puis elle entendit la porte s'ouvrir et leva les yeux alors qu'Olivia pénétrait dans la pièce.

— Tu vas bien ? demanda sa sœur en refermant derrière elle.

— Non.

Alexandra força sur les roses pour les faire entrer. Les épines lui piquèrent les mains.

Olivia passa un bras autour d'elle.

— Je comprends.

— Vraiment ? Parce que je ne me comprends pas moi-même.

— Il est terriblement séduisant — et, comme toujours, tu as voulu te sacrifier pour nous.

Son regard était scrutateur.

— Il *est* très séduisant, murmura Alexandra, et son cœur lui fit soudain très mal, comme s'il était brisé.

Elle sentit perler une autre larme.

— Je pensais vraiment qu'il était aimable.

— Il est méprisable, de t'avoir utilisée aussi laidement. Je le hais.

Alexandra s'éloigna en vacillant, ses larmes se mettant à couler. Elle avait réussi à se contrôler jusqu'ici, mais la tâche lui semblait impossible maintenant. Son rejet était si douloureux, et ses accusations encore plus.

— Owen me manque, Olivia, dit-elle.

Atterrée, sa sœur s'assit avec elle sur le lit et la prit dans ses bras.

— Bien sûr, qu'il te manque. Il était ton grand amour.

Elle s'écarta et fixa Alexandra.

— Mais je te connais, Alexandra. Et je sais que tu ne ferais pas ce que tu as fait juste pour nous. Est-ce que tu l'aimes ?

— Je ne sais pas… Peut-être. Mais comment cela se peut-il ? Il est si cruel !

Elle se mit à pleurer pour de bon.

Olivia l'enlaça de nouveau.

Un long moment s'écoula tandis qu'elle pleurait sur son cœur brisé et ses rêves détruits, des rêves qu'elle n'osait pas identifier. L'image du duc la hantait, comme toujours. Elle était tombée amoureuse de lui.

Quand ses larmes se tarirent enfin, quand il ne resta plus que son cœur douloureux et son âme meurtrie, elle s'écarta de sa sœur.

— Je suis désolée. Je ne pleure jamais.

— Ce n'est rien, dit Olivia, le visage tiré. Pourrait-il y avoir un enfant ? demanda-t-elle près prudemment.

Alexandra ferma les yeux. Une part d'elle-même se réjouirait si c'était le cas, mais Stephen penserait que cela faisait partie du piège, et elle devrait s'assurer qu'il n'aurait jamais vent de leur fils ou de leur fille — quelque chose que le mariage avec le châtelain réglerait sans nul doute. Puis elle regarda sa sœur.

— C'est peu probable, répondit-elle, ayant fait son calcul.

Elle pensait qu'elle était à l'abri d'une grossesse non désirée.

— Je t'en prie, refuse Denney, dit Olivia.

Alexandra pâlit.

— Comment le puis-je ? Père est dévasté. Tu l'as vu. Un mariage que j'abhorre est sûrement ma punition.

Olivia était maintenant au bord des larmes, elle aussi.

— Comment en sommes-nous arrivées à ce terrible moment ?

— C'est entièrement ma faute, répondit Alexandra, alors que tout ce que je voulais était prendre soin de toi et de Corey.

Cette fois, ce fut Olivia qui pleura dans les bras de sa sœur aînée.

Alexandra savait qu'elle ne pouvait indéfiniment se cacher dans sa chambre. C'est pourquoi elle avait décidé de préparer le dîner comme d'habitude. Tout était tenu au chaud dans le four tandis qu'elles attendaient que leur père revienne de Fox Run. Alexandra était sûre que le châtelain l'accompagnerait, d'humeur à célébrer, et elle avait mis un couvert de plus.

Son estomac chavira à cette pensée. Mais si tel devait être son châtiment, elle l'accepterait sans ciller.

Corey arrangeait un vase de fleurs séchées au centre de la table. Elle n'avait pas dit un mot depuis qu'elle avait entendu la terrible altercation entre Alexandra et leur père, quelques heures plus tôt. Elle avait le teint cendreux et était lugubre, refusant de regarder qui que ce soit, surtout sa sœur aînée. Alexandra savait que sa jeune sœur idéaliste était choquée qu'elle ait pu se conduire comme elle l'avait fait, et qu'elle se sentait profondément trahie. Elle ne l'en blâmait pas.

Lorsque la porte d'entrée claqua, elles furent étonnées de voir entrer le baron, seul.

— Voudrais-tu sortir le repas du four ? demanda-t-elle à Corey.

Puis elle s'essuya les mains à son tablier et sortit voir son père.

Il s'était rendu directement à la bibliothèque et était en train de boire un grand verre de gin. Alexandra se figea sur le seuil, Olivia derrière elle. Elle ne savait que penser, et était mentalement trop épuisée pour tirer des conclusions.

— Le châtelain n'était pas chez lui ? demanda-t-elle.

Le baron vida la moitié du verre et se tourna, les yeux étincelants.

— Si. Et il a entendu les rumeurs, lui aussi.

Alexandra se crispa, envahie d'une terrible appréhension. Elle ne pouvait en endurer beaucoup plus.

— Pouvons-nous en discuter demain ? suggéra-t-elle. Le dîner est prêt.

— Non, nous ne le pouvons pas !

Alexandra tressaillit, sachant que le ciel s'était écroulé sur sa tête. Olivia lui prit la main.

Leur père s'avança vers elles.

— Il a entendu toutes les maudites rumeurs sur toi et ton satané duc ! Il ne veut plus rien avoir à faire avec toi, et je ne l'en blâme pas !

Elle vit arriver le coup, mais elle fut incapable de l'esquiver, même si Olivia cria. Le baron la frappa violemment au visage, l'envoyant chanceler en arrière, puis contre le mur.

Elle n'avait jamais été frappée de sa vie. Sa vision s'obscurcit et des étoiles explosèrent devant ses yeux. Puis la douleur s'éveilla dans sa pommette droite.

— Père ! hurla Olivia.

Les mains sur son visage douloureux, Alexandra s'affala par terre et attendit que la pièce redevienne lentement nette.

Edgemont la toisa.

— Tu ne ressembles en rien à ta mère ! Tu es une catin !

Alexandra se roula en boule, protégeant sa tête contre un autre coup. De derrière, Olivia et Corey, qui était arrivée en courant, bondirent sur le baron et le frappèrent de leurs poings.

— Laissez-la tranquille ! cria Corey en sanglotant. Laissez ma sœur tranquille !

Alexandra réussit tant bien que mal à se lever, choquée

d'avoir été frappée si brutalement, et encore plus choquée par la vue de ses sœurs s'en prenant physiquement à leur père.

— Arrêtez ! cria-t-elle.

Le baron parvint à se libérer de ses deux filles et pointa le doigt sur Alexandra, la main tremblante, des larmes ruisselant sur ses joues.

— Je veux que tu quittes cette maison !

11

Alexandra regarda autour d'elle, consternée. Corey et Olivia étaient avec elle. Elles n'avaient pas trouvé de logement décent à proximité d'Edgemont Way et il leur avait fallu plus d'une heure pour atteindre les faubourgs au sud-est de Londres. Le quartier était plein de fabriques qui crachaient de la fumée noire, comme les bateaux à vapeur qui venaient dans le port, et les bâtiments en brique et en stuc qui bordaient l'avenue étaient noirs de suie. L'air lourd était empuanti et les travailleurs qui allaient et venaient — hommes, femmes et enfants — étaient maigres et mal nourris.

Londres avait tant changé durant la dernière décennie qu'elle était presque méconnaissable. Les chambres qu'elles avaient trouvées près de chez elles étaient incroyablement chères, du point de vue d'Alexandra, ou extrêmement sales, ou encore les logeurs avaient fait des insinuations désagréables sur ce qu'elle devrait faire pour être logée. Même si ce quartier n'était guère hospitalier, la chambre qu'elle avait louée était bon marché — et propre, comparée à celles qu'elle avait vues jusqu'ici.

A l'exception bien sûr des commodités, qu'elle devrait partager avec une douzaine d'autres locataires. Quant à se laver, elle le ferait dans sa chambre, avec de l'eau pompée dans la cour.

— Père changera d'avis, dit Corey, désespérée, les yeux rouges et gonflés d'avoir pleuré.

Penser au baron était trop douloureux.

— Je vais monter mes sacs et ma couture, déclara Alexandra, s'efforçant de sourire avec entrain. Il se fait tard et vous devriez rentrer.

— Nous ne pouvons pas te laisser ici toute seule, Alexandra, objecta Olivia d'un ton nerveux, tandis que deux marins ivres passaient près d'elles en leur faisant un clin d'œil. Je ne pense pas que cet endroit soit sûr.

— Tu as entendu M. Schumacher. Les portes de l'auberge sont fermées à 22 heures.

Mais elle doutait de la véracité de ses paroles.

— Je me moque de ce qu'il dit. Même si tu fermes ta porte à clé, j'ai peur pour toi.

— Je le hais ! s'écria Corey, et Alexandra se demanda si elle parlait de leur père ou de Clarewood.

— Je vais rester ici avec toi, annonça fermement Olivia, en prenant un sac. Corey, surveille la calèche et le cheval pendant que j'aide Alexandra.

Les yeux de Corey s'élargirent. Visiblement, elle n'avait pas envie de rester seule dans la rue animée. A cette heure de la journée, elle était encombrée de chariots et de charrettes transportant toutes sortes de chargements.

— Olivia, je peux tout monter moi-même, dit Alexandra. Et tu ne resteras pas ici ! Il faut que tu raccompagnes Corey à la maison. Il fera bientôt nuit. Je vais bien, mentit-elle, car elle se sentait si mal dans son cœur qu'elle pouvait à peine décrire ses propres sentiments.

— Tu vas vraiment aller bien ? Comment peux-tu le

prétendre ? protesta Olivia, les yeux humides. Nous ne pouvons pas te laisser ici.

— Tu ne peux pas rester ici avec moi. C'est moi qui me suis mise dans cette situation. Et c'est une auberge agréable, affirma Alexandra, comme si elle le croyait. Je vais faire de ma petite chambre un endroit douillet et gai. Vous pourrez venir me voir autant que vous voudrez. Mais demain, vous devez vous mettre en contact avec toutes les clientes de la liste que je vous ai donnée, pour qu'elles sachent où me trouver maintenant.

Olivia grimaça.

— Tu devrais avoir l'argent du duc pour ne plus être obligée de coudre. Mais père l'a pris, et il va le perdre au jeu avant la fin de la semaine !

Alexandra avait trois sacs, dont un qui contenait les vêtements sur lesquels elle travaillait, et un panier de nourriture. Elle avait aussi vingt-cinq livres sur les cinquante qu'elle avait économisées pour la dot d'Olivia. Cinq livres avaient payé sa chambre pour un mois. Les robes reprisées et repassées qui étaient prêtes à prendre étaient restées à Edgemont Way.

— Vous devez rentrer, s'il vous plaît. J'ai assez de soucis, et je ne veux pas m'inquiéter aussi que vous soyez attaquées sur la route.

Corey pleurait, maintenant. Olivia enlaça Alexandra, ravalant ses larmes, et elle l'étreignit à son tour. Puis elle embrassa sa petite sœur.

— J'irai bien. Quand n'ai-je pas réagi dans une situation difficile ? Du bien sortira sûrement de cela, Corey. Dieu a toujours des plans.

— Il n'en sortira pas de bien, à moins que le duc ne

t'épouse — ce qu'il devrait faire ! rétorqua Corey, les yeux étincelants.

Alexandra se crispa, son cœur tressautant de manière désagréable.

— Je crois qu'il est bien loin de ma portée, chérie.

En vérité, il semblait la mépriser, maintenant.

— J'ai vu la façon dont il te regardait ! insista Corey d'une voix aiguë. Qu'est-ce qui ne va pas chez lui ? Tu vaux mieux que ces stupides débutantes !

Alexandra l'enlaça, puis réussit à les faire monter toutes les deux dans la calèche. Elle tapota l'encolure du hongre noir, reconnaissante qu'elles aient au moins un bon et solide attelage.

— S'il vous plaît, prévenez mes clientes demain. Et si vous avez le temps, revenez mercredi.

Elles s'en allèrent, en larmes, mais Alexandra garda son calme tandis qu'elle leur faisait un signe de la main. Lorsqu'elles furent parties, néanmoins, des larmes lui montèrent aussitôt aux yeux. Elle les combattit. Elle n'allait pas s'apitoyer sur elle-même. Elle s'était mise elle-même dans cette situation, et elle n'essaierait jamais de le nier.

Tandis qu'elle se baissait pour prendre un sac, un homme vint se poster à côté d'elle. Elle se crispa, puis s'avisa qu'il s'agissait de son logeur allemand.

— Je vais monter vos sacs, miss Bolton.

Pour la première fois depuis qu'elle avait négocié le prix de la chambre, Alexandra le regarda avec attention. M. Schumacher était un grand homme costaud, d'une taille intimidante, mais il avait un regard direct et pas dépourvu de gentillesse. Elle sourit.

— J'apprécierais votre aide.

Quand elle fut en sûreté dans sa chambre, la porte

fermée à clé, elle alluma la seule lampe, sachant qu'elle devrait en acheter une autre ou des chandelles le lendemain. La pièce était lambrissée de bois, avec un plancher, une seule fenêtre, un lit étroit, une petite table branlante, deux chaises, un évier, une glacière et un petit poêle à bois. Des crochets fixés au mur serviraient de penderie.

Ce n'était pas si mal. Elle avait vu tellement pire. Le plancher avait besoin d'être ciré, mais il avait été lavé récemment. Les rideaux de mousseline blanche à la fenêtre étaient propres, ainsi que les draps en coton du lit — elle l'avait remarqué tout de suite. Elle avait apporté sa couverture et son oreiller. Elle n'avait pas rencontré Mme Schumacher, mais l'aubergiste lui avait dit que sa femme faisait le ménage avec ses deux filles, et la cuisine pour la salle commune. Alexandra n'avait pas l'intention d'y manger. Elle ne pouvait se le permettre.

Elle ôta son manteau et le suspendit à un crochet. Puis elle ouvrit son sac de couture, en tira cinq robes et les accrocha aussi. Elle sortit ses aiguilles, ses fils et ses épingles piquées sur des coussinets et plaça soigneusement le tout sur la table. Des sanglots montaient dans sa poitrine. Elle les ignora. Elle sortit encore son fer à repasser et l'épaisse serviette sur laquelle elle repassait les robes.

Ayant aménagé son espace de travail, elle tira d'un sac les quelques affaires personnelles qu'elle avait apportées. Ensuite, elle ouvrit le panier de nourriture. Une de ses sœurs y avait placé un bouquet de fleurs séchées. Elle se mit à pleurer.

Elle renonça à continuer. Elle jeta la couverture sur le lit, se coucha et se roula en boule. Tout était sa faute. Elle avait fait un très mauvais choix, se fiant à un homme qu'elle ne connaissait pas du tout. Elle n'avait pas à se sentir si malheureuse. Elle n'avait pas à avoir pitié d'elle-même. Elle n'avait pas à être effrayée.

Pourtant elle éprouvait tout cela.

Et, le pire de tout, l'image de Clarewood restait gravée dans son esprit, mais pas comme elle l'avait vu en dernier lieu. Elle ne cessait de le revoir au bal des Harrington, quand il l'avait secourue et avait aidé son père — le regard direct, intense et empli de sollicitude. Puis elle le vit lorsqu'il attendait qu'elle descende de voiture, les yeux clairement sensuels et charmeurs. Et la façon dont il l'avait regardée pendant qu'ils faisaient l'amour était tout simplement inoubliable…

Mais, bon sang ! elle voulait oublier. Elle *devait* oublier ! Sa vie tout entière était en jeu, maintenant, et elle devait se concentrer sur son travail ; sinon, elle mourrait probablement de faim.

Et pourtant il hanta ses rêves cette nuit-là, comme il l'avait fait depuis leur première rencontre, et elle se tourna et se retourna jusqu'à l'aube, agitée. Elle passa la journée suivante à récurer chaque pouce de sa chambre. Elle frotta le sol, les murs, l'évier, la glacière et le poêle. Puis elle fit la poussière. Le temps que ses sœurs reviennent, elle avait pris quelques tombées de tissu rouge et or, et cousu des garnitures très gaies pour les chaises, avec des motifs exubérants qui leur donnaient un petit côté exotique. Elle avait jeté son châle violet sur le bas du lit en guise de courtepointe et brodé les rideaux. Elle avait acheté un poinsettia rouge pour le mettre dans l'embrasure de la fenêtre et sorti quelques portraits de famille. Finalement, sa petite chambre commençait à avoir l'air d'un « chez elle », même si, franchement, elle ressemblait à l'intérieur d'une roulotte de bohémiens.

Corey et Olivia arrivèrent le mercredi à midi. Comme Alexandra le leur avait demandé, elles avaient donné sa nouvelle adresse à ses clientes. Lady Lewis avait repris ses robes et laissé un paiement qu'elles furent heureuses de lui remettre. Elles s'exclamèrent, trouvant que la chambre devenait très jolie, puis Alexandra décida qu'elles pouvaient se permettre de déjeuner à l'auberge.

Conformément aux dires de M. Schumacher, sa femme était une excellente cuisinière et elles mangèrent la meilleure poule au pot qu'elles avaient jamais goûtée, suivie de tartes au citron. Elles pouffèrent au cours du repas, sans doute à cause de la bière qu'on leur avait servie, parlant de toutes sortes de choses frivoles — comme le fait que leur voisin était tombé de son cheval dans une fosse à purin.

C'était si bon de rire.

Corey fit remarquer alors qu'il était bien dommage que la victime n'ait pas été le duc.

Leurs visages s'assombrirent aussitôt.

— Je n'ai pas entendu un mot à son propos, dit Olivia d'un ton hésitant.

Alexandra commanda à son cœur de cesser de s'emballer à la seule pensée du beau duc. Lady Witte avait-elle cessé ses méchants ragots ?

— Cela n'a pas d'importance, répondit-elle tout en pensant le contraire.

Elle s'avisa soudain qu'elles étaient seules dans la salle. Elle consulta sa montre de poche. Le trajet de retour à Edgemont Way était long et elle ne voulait pas que ses sœurs voyagent de nuit.

— Il est 15 heures, dit-elle doucement, le cœur serré. Vous devez vraiment partir.

— Je n'en ai pas envie, répondit Corey, son sourire évanoui.

Alexandra lui jeta un coup d'œil tandis qu'elles se levaient, ayant payé leur repas. L'aubergiste accourut.

— Vous faut-il autre chose ? demanda-t-il en souriant.

— C'était excellent, dit Alexandra. Merci.

Il la regarda, puis regarda ses sœurs.

— Vous devriez rentrer chez vous, avec votre famille.

Alexandra se détourna, incapable de lui dire qu'elle n'avait pas le choix. Elle accompagna Corey et Olivia dehors, luttant contre le chagrin qui l'envahissait. Les voir partir lui faisait mal. Remonter dans sa chambre lui apparaissait comme le moment le plus solitaire de sa vie.

Olivia l'étreignit.

— Nous reviendrons demain.

— Non ! se récria-t-elle. Le trajet est beaucoup trop long pour venir tous les jours. Attendez dimanche, Olivia, s'il vous plaît. Et n'abandonnez pas père. Vous vous occupez bien de lui, n'est-ce pas ?

— Bien sûr, répondit Corey, la bouche amère.

Puis elle étreignit sa sœur aînée, très fort.

— Tu me manques tellement. Je regrette d'avoir dit que tu ne devais pas épouser le châtelain. Tu avais raison — c'est un homme bien.

— Non, c'est toi qui avais raison, Corey. J'aurais été si malheureuse, de me marier sans aucune affection.

Alexandra essuya les larmes sur les joues de ses sœurs.

Elles montèrent avec réticence dans la calèche. Alexandra resta dans la rue, agitant la main tandis qu'elles s'éloignaient. Même lorsqu'elles furent hors de vue, elle eut du mal à se détourner pour remonter à sa chambre. Elles lui manquaient tellement que c'en était douloureux.

*
* *

Alexandra passa la semaine suivante plongée dans ses travaux de couture. Elle avait un certain nombre de clientes qui comptaient reprendre leurs affaires sous peu. Bien que lady Witte ait fait tant d'histoires pour avoir ses vêtements prêts le vendredi précédent, ses sœurs lui avaient dit qu'elle n'était pas revenue les chercher ni n'avait envoyé de domestique. C'était une chance. Alexandra redoutait leur prochaine rencontre, mais elle avait besoin de sa clientèle et termina toute sa commande pour ce vendredi-là — une semaine plus tard que ce qu'elle avait exigé.

Elle espérait que la désagréable petite blonde enverrait un domestique quand elle saurait qu'elle n'était plus à Edgemont Way. C'était le genre de femme à éviter l'East End, et Alexandra ne s'attendait certainement pas à la voir arriver en personne.

Pourtant, quand elle alla ouvrir sa porte en fin d'après-midi, le samedi, c'était Charlotte Witte qui se tenait sur le palier.

Elle souriait d'une manière très déplaisante, comme si elle jubilait. Puis Alexandra vit le collier de diamants qu'elle portait. Il comportait trois rangs et valait sans doute des milliers de livres. Etrangement, sa vue lui fit mal, car elle ne put s'empêcher de se demander si c'était le duc qui le lui avait offert.

Le sourire cruel de Charlotte s'accentua. Elle regarda Alexandra de haut en bas, avec dédain, et porta les yeux derrière elle, vers la modeste petite pièce.

— Bonjour, miss Bolton. Mes affaires sont-elles prêtes ?

Alexandra évita de la regarder dans les yeux.

— Bien sûr.

Tous les vêtements étaient suspendus dans un sac spécial, et elle se tourna pour le prendre. Elle n'appréciait pas sa visiteuse et savait que cela avait moins à voir avec sa grossièreté qu'avec sa liaison passée avec Clarewood. Elle fut embarrassée de s'aviser que c'était elle qui se montrait mesquine, à présent.

Charlotte la suivit à l'intérieur et ferma la porte — comme si elle voulait rester et faire la conversation —, les yeux brillant d'une joie mauvaise.

— Mon Dieu, vous êtes vraiment tombée bien bas. Ceci est loin d'être Edgemont Way. De fait, les domestiques de Clarewood sont mieux logés.

Alexandra se crispa, ces mots lui portant un coup, car elle était certaine que le personnel du duc était exceptionnellement bien logé. Elle tendit le sac de vêtements, luttant pour garder son sang-froid. *Elle avait besoin de travailler pour cette femme.*

— Je ne puis imaginer comment vous connaissez les quartiers des domestiques, lâcha-t-elle.

A l'instant où elle parla, elle le regretta.

Les yeux de Charlotte se plissèrent.

— Comment osez-vous me manquer de respect ? Je le sais parce que le duc est fier de ses idées progressistes, et qu'il a voulu me montrer ses dispositions exemplaires. Mais vous ne savez rien de Clarewood, n'est-ce pas ? — hormis qu'il se montre très puissant et insatiable au lit.

Elle haussa ses sourcils pâles.

Alexandra rougit. Il n'y avait rien à dire. Une terrible image lui traversa l'esprit, celle du duc au lit avec Charlotte, faisant l'amour à la petite blonde avec la même frénésie que celle qu'il lui avait montrée.

Charlotte eut un rire méprisant.

— Vous n'êtes rien, miss Bolton, ni personne, et si quelqu'un l'a établi clairement, c'est Stephen, qui vous a rejetée comme le paquet usagé que vous êtes.

Alexandra réprima un cri.

— C'est plus que grossier !

— Mais c'est ce qu'il a fait, non ? Les ragots des domestiques, miss Bolton, et je suis sûre que je pourrais vous réciter votre dernière rencontre avec lui mot pour mot, si je voulais m'en donner la peine. Pensiez-vous *réellement* le forcer au mariage ?

Alexandra était atterrée. Elle était également blessée et ébranlée par la cruauté de cette femme.

— Pourquoi faites-vous cela ? demanda-t-elle. Qu'ai-je bien pu vous faire ?

— Je ne fais rien du tout, dit lady Witte d'un ton coupant, en prenant le sac. Et maintenant, j'espère que les choses sont claires. Votre place est à l'étage des domestiques, miss Bolton, ne vous y trompez pas de nouveau !

Elle abattit le sac sur la table, dérangeant le matériel de couture d'Alexandra et une robe qu'elle venait de terminer. Ce faisant, elle renversa une tasse de thé froid. Alexandra poussa un cri et plongea vers la tasse, craignant que le liquide n'endommage la robe. La tasse se brisa, mais elle fut soulagée de voir le thé se répandre par terre. Elle attrapa la robe, la serrant avec précaution sur sa poitrine.

Pendant ce temps, Charlotte ouvrit le sac et se mit à en sortir les articles avec brusquerie.

— Tout est repassé ! protesta Alexandra dans un souffle. Et tout y est, je vous assure. Je ne suis pas une voleuse. J'ai très bonne réputation.

— Vraiment ? Parce que tout me semble horriblement froissé.

Charlotte jeta une robe parfaitement repassée sur le plancher.

— Regardez-moi ça !

Le regard fixe, elle tira une camisole.

— Vous avez abîmé ceci, aussi.

Alexandra était pantoise.

— Je n'ai rien abîmé. Pourquoi faites-vous cela ?

— Elle est déchirée et ne me sert plus à rien, maintenant !

Elle fit craquer les coutures.

Alexandra, pétrifiée, en fut réduite au silence.

— Oh, et qu'est-ce que ceci ? Vous avez brûlé ma robe favorite ?

Alexandra se mit à trembler.

— Vous savez que je n'ai rien fait de tel.

Charlotte lui jeta un regard haineux.

— Vous avez déchiré ma camisole, brûlé ma meilleure robe, vous n'avez rien repassé correctement — et vous étiez en retard ! Vous ne valez rien, miss Bolton, vraiment rien, et je dirai à tout le monde combien vous êtes une incapable.

Les genoux d'Alexandra flageolèrent.

— Pourquoi agissez-vous ainsi ? Pourquoi me haïssez-vous tellement ?

— Parce que vous avez essayé de vous hisser à mon niveau, osé tenter le duc, mon amant — vous, une sale petite domestique ! C'est inacceptable !

Charlotte fourra les vêtements dans le sac et se dirigea vers la porte.

Alexandra s'avisa de ce qui se passait et parvint à dire :

— Vous ne m'avez pas payée.

L'autre femme la regarda avec mépris.

— Je ne vous paierai jamais pour du travail aussi bâclé.

— Vous me devez douze livres, lady Witte. J'ai consacré plusieurs journées à vos vêtements !

Charlotte sourit férocement.

— Je ne vous dois rien.

Et elle s'en alla.

La première impulsion d'Alexandra fut de lui courir après. Mais que ferait-elle ? Lui prendre sa bourse ? La forcer à payer ? Elle allait déjà dire à tout le monde qu'elle avait abîmé ses habits. Si elle lui prenait l'argent de force, elle l'accuserait de vol, en plus. Elle alla en chancelant à son lit et s'assit.

En respirant fortement, elle se dit qu'elle s'en remettrait. Ce n'était pas la fin du monde, même si elle en avait l'impression. Lady Henredon, par exemple, avait toujours été aimable. Jamais elle n'avait été traitée aussi rudement.

L'image du duc s'imposa à elle. Si, elle l'avait été. Clarewood l'avait traitée encore plus cruellement que son affreuse petite maîtresse. Juste Ciel, ils se méritaient l'un l'autre. Ses larmes coulèrent. Elle souhaita que son cœur cesse de lui faire aussi mal.

— Est-ce que nous vous dérangeons, ma chère ?

Alexandra se figea au son de la voix aimable de Blanche Harrington. Elle s'essuya les yeux, atterrée d'être surprise dans un tel état, et leva la tête. Lady Blanche se tenait sur le seuil, belle, élégante et si incongrue dans ce décor, son époux, sir Rex, derrière elle. Elle souriait gentiment, mais son regard empli de compassion était soucieux.

Alexandra se releva.

— Non, pas du tout, parvint-elle à dire en essayant de sourire.

Lady Harrington ne figurait pas sur sa liste de clientes, même si elle envoyait de temps en temps des vêtements à réparer. D'ordinaire, c'était son personnel qui nettoyait et repassait sa garde-robe.

— Pouvons-nous entrer ?

Son expression restait aimable.

Elle avait été une bonne amie de sa mère, et s'était montrée une voisine agréable après son décès et dans les années qui avaient suivi. Elle avait également été très aimable au bal.

— Bien sûr.

Alexandra se mit à rougir.

— Je suis tellement désolée.

Elle jeta un coup d'œil à l'époux de lady Blanche, beau et assez intimidant. Comme la plupart des hommes Warenne, il avait un air d'autorité, et ne pouvait entrer dans une pièce sans être remarqué ou commander le respect.

— Je n'ai rien à vous offrir, dit Alexandra, impuissante.

— Je vais faire monter du thé, déclara sir Rex.

Blanche se tourna vers lui en souriant, et lorsqu'il s'éloigna en boitant, elle entra.

— Comment allez-vous, ma chère enfant ? Je crains que la nouvelle que vous vous êtes installée dans une auberge ne fasse s'agiter les langues. Je l'ai appris par lady Lewis, hier soir.

Alexandra se mordit la lèvre.

— Voulez-vous vous asseoir, lady Blanche ?

La grande dame sourit en prenant une des chaises qu'elle lui indiquait.

— Charlotte Witte est une honte, déclara lady Harrington. Elle est la personne la moins agréable que je connaisse. Je l'ai vue quitter l'auberge quand nous sommes arrivés. Vous a-t-elle contrariée ?

Alexandra inspira.

— Nous avons pris un mauvais départ, malheureusement.

Elle se sentait déjà mieux. Elle inspira de nouveau.

— Elle a décidé de me haïr activement, et de me faire du mal autant qu'elle le peut.

— Et comment peut-elle vous blesser, ma chère ? A part ses méchants mensonges ?

Alexandra regarda Blanche, qui lui rendit son regard.

— Elle a menacé de ruiner mon activité de couturière. Je fais du très bon travail, comme vous le savez. Mais elle a l'intention de dire à tout le monde que j'ai abîmé ses vêtements.

Blanche tendit le bras et lui prit la main.

— Je vais arranger les choses.

— Merci.

Elle craignait de se remettre à pleurer.

— Alexandra, reprit doucement sa visiteuse, quand j'ai appris que vous étiez partie de chez vous, j'ai senti que je devais venir voir comment vous alliez. Votre mère serait tellement affligée. Y a-t-il une chance que vous rentriez dans votre famille, où est votre place ?

Alexandra regarda la table. Que savait lady Blanche ? Puis elle leva les yeux. Il était temps de cesser de mentir.

— Mon père ne me laissera pas revenir. Je ne peux pas vraiment l'en blâmer.

Les yeux de lady Harrington s'élargirent.

— J'ai commis une terrible erreur, reconnut Alexandra.

Blanche resserra les doigts sur sa main.

— Alors, c'est votre seule faute ?

Alexandra rougit et décida qu'elle ferait mieux de ne pas répondre.

On frappa à la porte. Blanche se leva avant qu'elle ne puisse bouger et fit entrer une fille de M. Schumacher avec le plateau du thé. Elle ne put entendre ce que Blanche dit à son mari, qui se tenait derrière la jeune fille, mais il se tourna et s'en alla. Blanche sourit à la servante et revint à la table. Lorsqu'elles furent de nouveau seules, elle servit deux tasses de thé et lui en tendit une.

— Je ne vais pas me montrer indiscrète. J'ai entendu toutes sortes d'histoires, mais je méprise les ragots. Avec de bonnes raisons, de fait.

Elle sourit et but une gorgée.

— Il y a longtemps, la haute société me tenait pour folle. Et je pense que j'avais vraiment perdu l'esprit. Je savais que tout le monde chuchotait dans mon dos — jusqu'à ce que sir Rex vienne me sauver.

Elle sourit de nouveau.

Alexandra était stupéfaite.

— Je suis sûre que vous exagérez.

— Non, ma chère, on m'appelait « la Folle » et la majeure partie de Londres était tout excitée par ma chute. Mais cela remonte à longtemps — une autre vie, en vérité.

Son thé oublié, Alexandra demanda :

— Pourquoi me dites-vous cela ?

— Parce que, ayant souffert de la cruauté de la haute société, je refuse de tenir compte des ragots. Par ailleurs, il a été très noble de la part de Clarewood de vous porter secours à la soirée de Sara, et encore plus noble de s'occuper de faire reconduire votre père chez lui.

Alexandra serra ses bras autour d'elle.

— C'était un geste aimable.

Elle eut aussitôt envie de reprendre ses paroles. Les larmes lui montèrent aux yeux. Il n'était pas aimable, il était cruel, mais elle ne le dirait jamais à lady Blanche.

Le regard doux de cette dernière se durcit soudain lorsqu'elle poursuivit.

— Je crois que je suis furieuse contre lui.

Elle était au courant de leur liaison, cela ne faisait plus aucun doute.

— J'aimerais vous aider, ma chère.

Blanche sourit.

— Voudriez-vous venir à Harrington Hall ? J'avais l'intention depuis quelque temps d'engager ma propre couturière. Avec Marion sur le point de se marier, Sara, moi-même et Randolph, il y a tant à nettoyer, arranger et raccommoder. Je vous donnerai une belle chambre au premier. Je suis sûre que vous y serez mieux qu'ici.

Alexandra fut si surprise qu'elle sursauta, faisant basculer la table branlante. Il ne lui fallut qu'un moment pour comprendre que lady Blanche n'avait pas besoin d'une couturière à plein temps, et que cette proposition était en fait un geste charitable.

— J'apprécie beaucoup votre offre, lady Blanche, mais je ne puis accepter.

— Pourquoi ?

— Nous savons toutes les deux que vous n'avez pas besoin de moi à Harrington Hall pour entretenir vos vêtements. Je suis très touchée de votre sollicitude, mais je ne peux accepter une telle charité. Je peux prendre soin de moi, et je le ferai.

Blanche soupira.

— Je pensais que vous refuseriez. Vous êtes aussi forte, indépendante et fière que votre mère.

Alexandra se rappela les mots cruels de son père : « Tu ne ressembles en rien à ta mère. »

Lady Harrington sourit et lui caressa la joue.

— Elle serait si fière de vous, maintenant.

Troublée, Alexandra se mordit la lèvre en secouant la tête. Elle aurait tant aimé que cela fût vrai…

— Vous pouvez vous tourner vers moi à tout moment, déclara fermement Blanche. Si vous avez besoin de quoi que ce soit, ou si vous changez d'avis, faites-le-moi savoir, tout simplement.

Alexandra en fut très émue.

— Vous êtes si aimable.

— J'aimais beaucoup votre mère et je vous aime beaucoup aussi, Alexandra.

Elle se leva.

— Clarewood sait-il que vous êtes partie de chez vous — et que vous vous êtes installée dans une auberge ?

Alexandra se leva à son tour, si vivement que sa chaise se renversa en arrière.

— Il ne s'en souciera pas.

Blanche l'étudia un long moment avec attention.

— De fait, je pense que vous vous trompez.

Julia Mowbray se courba sur l'encolure de sa jument, la laissant allonger sa foulée. La campagne vallonnée se brouilla devant ses yeux tandis que la monture de chasse se mettait au galop, les grands dogues danois courant à côté d'elles. Adoptant presque la posture d'un jockey, Julia laissa son cheval galoper un moment. L'animal et la cavalière ne faisaient qu'un.

Un peu plus tard, elle revenait au trot vers les belles

écuries en pierre d'un étage qui se dressaient derrière la maison, les chiens courant maintenant devant. Elle était hors d'haleine, mais n'était plus emplie de l'excitation de la course échevelée. A la place, elle était pensive.

Tyne Jefferson hantait son esprit. Elle ne pouvait chasser son image de ses pensées — un grand homme musclé et léonin, hâlé par le soleil, ses cheveux châtains émaillés de gris et de mèches dorées. Quand sa bouche s'incurvait, une fossette se formait dans sa joue gauche. Son menton était fendu, ses pommettes hautes. Son nez était fort et busqué — elle devinait qu'il avait dû être cassé plus d'une fois —, mais cela n'ôtait rien à sa belle apparence puissante et virile. Il ne ressemblait à aucun de ses pairs.

Il était manifestement américain, et ce n'était pas parce qu'il portait des costumes de confection ou qu'il avait les mains calleuses, ni à cause de la cicatrice qui lui barrait un sourcil. Il avait quelque chose de fort et de sûr, tel un vieux chêne qui avait survécu à d'innombrables cycles de la nature. Il avait les épaules si larges que, de l'avis de Julia, il devait pouvoir encaisser tout ce que la vie lui réservait.

Il était si clairement l'antithèse de son défunt mari, le duc précédent…

Elle l'avait rencontré une semaine plus tôt lors d'un dîner. Elle l'avait remarqué dans le salon dès qu'elle était entrée. Il se tenait avec Cliff de Warenne, l'un des armateurs les plus riches du pays, et sir Reginald Reed, qui contrôlait beaucoup de lignes de chemin de fer d'Angleterre. Ils étaient plongés dans leur conversation et Julia avait eu l'étrange impression qu'elle l'avait déjà vu quelque part, à une époque quelconque du passé.

Cela avait été une sensation de reconnaissance intense et brève qui avait fait bondir son cœur. Puis, un moment plus tard, elle avait su qu'elle s'était trompée. Elle ne connaissait pas cet homme. Et elle était certaine qu'il était américain. Il était trop grand et massif, trop carré et trop rude pour être anglais.

Il lui avait jeté un coup d'œil ou deux avant qu'ils ne passent dans la salle à manger, pas grossièrement, juste en passant, comme quelqu'un parcourrait une pièce du regard pour voir qui s'y trouvait. A table, il était assis en face d'elle et ils avaient été présentés. Julia avait essayé de ne pas le regarder, mais plusieurs fois leurs yeux s'étaient rencontrés. Son sourire l'avait conquise immédiatement. Elle ne parvenait pas à croire qu'elle se conduisait aussi sottement. Depuis longtemps maintenant, elle ne s'intéressait plus aux hommes, et jamais aux étrangers.

Ce soir-là, elle avait appris qu'il était un rancher californien et, même si elle ignorait ce qui l'avait amené en Grande-Bretagne, il essayait apparemment de convaincre Cliff de Warenne de prolonger une ligne de navigation jusqu'à la petite ville de Sacramento. Il était enthousiasmé par le chemin de fer qui pourrait bientôt transporter son bétail de son hacienda jusqu'en ville et au-delà, vers les marchés du Midwest de l'Est.

Après dîner, tandis que les gentlemen sortaient fumer un cigare et boire un whisky, il l'avait heurtée, intentionnellement à ce qu'il semblait. Julia lui avait souri comme elle l'aurait fait à n'importe quel invité, déterminée à ne pas révéler qu'il l'intriguait terriblement.

— Excusez-moi, je suis maladroit, avait-il dit, même s'il ne lui avait qu'effleuré le bras. Je suis trop grand pour votre pays.

Le commentaire était inhabituel et elle avait sursauté, plongeant les yeux dans son regard ambré.

— Oui, avait-elle répondu lentement. J'ai le sentiment que vous pourriez bien être trop grand pour ce petit pays.

Il avait battu des cils et l'avait regardée avec attention, puis avait souri d'un air réticent.

— Venez-vous de m'insulter ?

— Au contraire, c'était un compliment.

Et soudain une tension était apparue entre eux, l'atmosphère devenant très vite électrique.

Elle avait toussé, s'apprêtant à faire une remarque banale, quand le regard de Tyne avait glissé vers son collier de diamants et de saphirs. Il avait vivement levé les yeux et dit :

— Vous êtes la première duchesse que je rencontre.

Une intense chaleur l'avait envahie.

— J'imagine que vous ne rencontrez pas beaucoup de duchesses en Amérique.

— Aucune.

Rien qu'en se remémorant leur première rencontre, elle se sentait échauffée. C'était un homme qui parlait peu, mais cela lui était égal. Quand il parlait, cela valait la peine d'écouter ce qu'il avait à dire. Il était tellement différent de ses semblables.

Elle en avait appris davantage sur lui au bal. Il ne s'était jamais marié, n'avait pas d'enfants et vivait seul. Julia ne comprenait pas ce choix de vie, mais elle refusait de se monter indiscrète.

Elle avait atteint les écuries et deux valets sortirent en courant. Tandis qu'elle descendait de sa monture, ses pensées s'attardèrent sur Jefferson. Bien qu'elle pensât lui avoir fait une excellente impression la semaine passée, elle avait été troublée par sa visite. Elle avait été embarrassée qu'il la surprenne au retour de sa chevauchée matinale, si peu soignée, mais il n'avait pas paru s'en soucier. Il avait semblé admiratif, au contraire.

Son cœur tressauta comme celui d'une jeune fille alors qu'elle remerciait les valets et retournait à la maison, ses chiens la précédant. Elle lui avait proposé de venir la voir quand il voudrait, et ils avaient projeté de monter ensemble. Mais une semaine s'était écoulée et il n'était pas venu. Ils ne s'étaient pas croisés non plus dans une seule soirée.

Cette fois, elle se sentit déroutée. S'il s'intéressait quelque peu à elle, il serait sûrement venu, maintenant.

Etait-elle stupide ? Elle avait cinquante ans. Elle savait qu'elle restait très séduisante et qu'elle n'en paraissait que quarante, tout au plus. Elle supposait que sa jeunesse était due à son style de vie très actif. Elle était une cavalière émérite et l'avait été toute sa vie — elle passait deux ou trois heures en selle chaque jour, ce qui gardait ses jambes fortes et son ventre dur et plat. Et elle était toujours occupée. Elle avait eu beaucoup de responsabilités en tant que duchesse de Clarewood et en avait encore en tant que duchesse douairière, mais elle s'était aussi engagée dans les bonnes œuvres de son fils. Elle n'avait pas le temps de rester assise à boire du chocolat.

Et bien qu'elle fût d'âge mûr, Jefferson avait éveillé en elle quelque chose qu'elle avait cru enterré depuis longtemps. Des aspirations bouillonnaient en elle, y compris le désir d'être dans ses bras forts. Elle était une femme puissante, mais il lui donnait l'impression d'être petite, vulnérable et féminine. Avec lui, elle se sentait de nouveau désirable.

Elle ignorait combien de temps il resterait en Angleterre, mais elle avait clairement un choix à faire — rester seule et mélancolique, ou se montrer hardie et prendre les choses en main.

Elle allongea le pas. Ses deux chiens couraient devant elle, agitant la queue. Elle se rendit directement dans une petite bibliothèque décorée dans des tons crème et or et s'assit à un secrétaire. Elle hésita, puis décida d'être directe. Elle écrivit à Jefferson un bref billet, l'invitant à la chevauchée dont ils avaient parlé. Quand elle cacheta l'enveloppe, elle craignit qu'il ne refuse.

Si elle s'était trompée à son propos ? S'il n'avait fait qu'être poli ? Après tout, tout le monde la flattait.

Avant qu'elle ne pût changer d'avis, elle agita une clochette en argent.

— Godfrey, veuillez faire porter cette lettre à M. Jefferson, à l'hôtel Saint-Lucien.

Le majordome parti, elle appela ses chiens et les caressa en songeant à son Américain. Il recevrait son billet ce soir-ci. L'étiquette voulait qu'il y réponde tout de suite. Elle devrait être fixée d'ici à demain, à la même heure.

Elle pensa à la façon dont Ariella et Elysse le lui avaient amené. Elle connaissait bien les deux jeunes femmes, qui étaient très proches de Stephen.

Elle avait immédiatement suspecté que la visite cachait un subterfuge. Elles étaient si transparentes. Elle était toutefois étonnée qu'elles tentent de la rapprocher de Jefferson, mais elle ne leur en voulait pas. Toutefois, si Stephen apprenait ce qu'elles concoctaient, il serait furieux contre elles.

A cette pensée, elle se rembrunit. Elle songeait maintenant à son fils et aux vilaines rumeurs qui faisaient rage en ville. D'après les ragots, Stephen avait une affaire avec la fille d'Edgemont, et ces bruits étaient soigneusement entretenus. Julia ne connaissait pas Alexandra Bolton, mais elle l'avait aperçue à la soirée Harrington, et il lui avait paru évident qu'elle était une honorable jeune dame, fût-elle pauvre, avec beaucoup de dignité et de caractère. Elle n'était pas le genre de femme que son fils essaierait de séduire. Pour dire les choses carrément, miss Bolton n'avait pas l'étoffe d'une maîtresse.

Elle était certaine qu'il n'y avait rien entre eux, mais elle avait vu combien Stephen se montrait attentif à elle. Elle ne pouvait s'empêcher de se demander si le duc s'intéressait enfin pour de bon à une femme — même s'il ne le savait peut-être pas encore lui-même.

Julia décida qu'elle devrait rendre visite à miss Bolton. Si Stephen avait un penchant pour une femme convenable, elle en serait ravie, peu importaient ces maudits ragots. Et si la jeune femme avait commis une erreur, elle serait la première à le lui pardonner. Il était si facile de se tromper quand on était jeune, naïve et pleine de rêves stupides.

Godfrey revint.

— Votre Grâce ? M. Jefferson est ici.

Son cœur se mit à battre la chamade. Il lui fallut un moment pour comprendre que l'Américain était venu de son propre gré.

— Introduisez-le dans le salon Turquoise, je vous prie, et dites-lui que je vais descendre tout de suite.

Bien trop consciente de la mine ahurie de son majordome, elle bondit de son fauteuil pour appeler ses soubrettes avant de se précipiter vers l'escalier.

*
* *

Stephen était assis avec son intendant dans son cabinet de travail, rédigeant des chèques. Clarewood avait beau être florissant, il y avait toujours des dépenses mensuelles, y compris des dépenses personnelles. Il fixa une écriture, les sourcils haussés, s'interrogeant sur ce qu'elle signifiait.

— Qui est George Lavoisier ?

L'intendant se pencha pour regarder la facture au moment où Randolph entra, sa veste en tweed, ses culottes et ses bottes mouillées par la bruine.

— C'est le fleuriste que vous avez utilisé le mois dernier, Votre Grâce.

Le cœur de Stephen se contracta. Ah, oui ! il n'avait pas encore payé les roses spectaculaires qu'il avait envoyées à Alexandra.

Tout son corps se crispa. La tension demeurait, même s'il faisait de son mieux pour l'oublier et oublier ses manigances, et c'était très déplaisant. Le problème était qu'il ne parvenait pas à la chasser de son esprit. Il semblait incapable d'effacer de ses pensées leur dernière rencontre — et les heures de passion qu'ils avaient partagées.

Il restait en colère et incrédule. Pourtant, il ne se mettait jamais en colère — il avait passé sa vie à apprendre à être calme et à se contrôler. Tout comme elle lui avait montré le genre de passion qu'il croyait impossible, elle avait d'une manière quelconque entamé sa réserve de sang-froid — non qu'il laisserait quiconque s'en apercevoir.

Il griffonna un billet à ordre et le tendit à son intendant.

— Veuillez nous excuser, dit-il.

Randolph ôta sa veste trempée et se rapprocha du feu. Stephen se leva, sans se soucier d'abaisser les manches de son gilet bleu foncé.

C'était une journée atroce, froide et pluvieuse. Il rejoignit son demi-frère, réticent à découvrir ce que le jeune homme avait appris de leurs mouchards. Mais comme les rumeurs faisaient rage en ville à propos de « l'affaire », il était assez certain de ce qu'il allait lui annoncer.

Il servit un verre de cognac à Randolph.

— Ils ont rompu, Votre Grâce, dit ce dernier. Denney a mis fin à sa cour.

Stephen n'en fut pas surpris. Evidemment qu'ils avaient rompu. Aucun homme ne voulait d'une femme légère pour épouse. Et elle avait eu l'ambition de faire un bien meilleur mariage. Il tendit le verre à son frère.

Randolph but avec plaisir et ajouta, le regard direct :

— Apparemment, il était furieux. Il a entendu toutes les rumeurs. Et il y a autre chose, dit-il après une hésitation.

Stephen enfonça les mains dans ses poches et fixa les flammes qui dansaient dans l'âtre, le dos tourné au jeune homme.

Il n'avait aucune raison de se sentir coupable. Après tout, elle avait comploté pour le piéger. Toutefois, il devait reconnaître qu'il avait été amusé d'avoir le châtelain Denney pour rival. Il savait qu'il l'éliminerait très facilement. Et si elle n'avait pas été une telle manipulatrice, il serait désolé pour elle. Après tout, elle aurait eu grand besoin de la sécurité procurée par un mariage avec Denney.

Par chance, il se savait incapable de ressentir de la compassion pour ce genre de personne. Même si l'étrange sentiment qui l'habitait depuis leur dernière rencontre y ressemblait étrangement.

Elle trouverait un autre homme pour nourrir ses plans de mariage.

Certes, il y avait un petit détail qui le tourmentait. Elle avait plus de vingt-cinq ans. Pourquoi n'avait-elle pas utilisé sa virginité depuis longtemps afin de capturer un riche époux, si tel était son projet ?

Cette question agaçante ne lui plaisait pas. Il se retourna.

— Que peut-il y avoir d'autre ?

Randolph tressaillit.

— Edgemont l'a chassée. A ce qu'il semble, il a entendu les rumeurs, lui aussi.

Stephen vacilla. Il n'était pas sûr d'avoir déjà été aussi surpris, aussi déconcerté.

— Il l'a jetée dehors ?

Curieusement, son premier instinct fut de se confronter au baron.

— Où est-elle allée ?

— Elle a loué une chambre dans une auberge d'un quartier peu reluisant de Londres. Apparemment, elle continue à coudre pour diverses dames.

Le cœur de Stephen se serra. Cette femme provoquait chez lui des réactions imprévisibles. *Elle avait été chassée de chez elle. Elle cousait dans une chambre d'auberge.*

Il se rappela que ce n'était pas son affaire et qu'il ne s'en souciait pas, revenant aussitôt à son bureau.

— J'aimerais examiner quelques livres de comptes avec vous, Randolph, dit-il, refusant de penser davantage à Alexandra.

Son frère s'approcha.

— Il paraît que le quartier est très pauvre. J'ai l'adresse, à propos.

Stephen le fixa d'un air sombre. Il ne pouvait croire qu'il avait entendu de la réprobation dans la voix de Randolph.

— Me blâmez-vous de ce qui lui est arrivé ?

Le jeune homme lui rendit son regard.

— Je crois que oui.

Stephen fut stupéfait.

— Alors, vous prenez son parti ?

— Nous sommes frères. Je vous admire énormément — et je vous suis infiniment reconnaissant d'être mon mentor. Mais je ne pense pas qu'elle mérite cette déchéance. Je sais que normalement vous ne la rejetteriez jamais aussi brutalement que vous l'avez fait. Je ne peux imaginer ce qu'elle a fait pour susciter votre courroux. Mais peut-être vous êtes-vous trompé, ou peut-être pourriez-vous lui pardonner. Votre Grâce, ajouta-t-il.

Aussi troublé qu'il fût, Stephen se sentit brièvement fier de Randolph.

— Peu d'hommes oseraient me parler comme vous venez de le faire. Mais je suis content que vous soyez franc avec moi.

Le jeune homme sourit.

— Je ne veux pas vous critiquer. Mais je me fais du souci.

— Ne perdez pas votre temps. Miss Bolton est du genre à survivre. Et je suis sûr que sa brouille avec son père est temporaire. Après tout, c'est elle qui a permis à cette famille de rester soudée après toutes ces épreuves.

Randolph parut incrédule.

— Vous n'allez pas tenter d'arranger la situation ?

Stephen se leva.

— Je ne pardonne jamais la trahison, Randolph, et vous ne le devriez pas non plus. Elle m'a trahi — elle s'est *jouée* de moi —, et elle peut trouver un autre bienfaiteur pour la sauver de sa situation actuelle.

Randolph secoua la tête.

— Et si personne ne le fait ? Alors quoi ?

— Ne me poussez pas, l'avertit Stephen.

— Puis-je aller la voir ?

Stephen marqua une pause. Il lui fallut un moment pour considérer cette hypothèse.

— Si vous le faites, faites-le pour vous. Je ne veux pas en entendre parler — pas une seule fois.

Et tandis que son frère le regardait d'un air réprobateur, il acheva :

— Ce n'est pas ma faute. C'est elle qui a provoqué tout cela.

— Bien sûr…, Votre Grâce.

12

Tyne Jefferson fut reçu par un domestique qui l'introduisit dans un salon élégamment décoré. Il entra d'un pas aussi détaché que le lui permettait son excitation. Il était très nerveux car sa visite, elle, n'avait rien de détachée. Il avait eu l'intention de garder ses distances, malgré l'invitation de la duchesse, la semaine passée. Il avait décidé que, étant donné son intérêt croissant pour elle, il valait mieux qu'il se tienne à distance de Julia.

Mais à présent qu'elle se tenait devant lui, son cœur s'emballait. Elle était encore plus menue et plus jolie que dans son souvenir.

Elle lui sourit.

— Une autre surprise agréable, dit-elle doucement.

Il parvint à lui rendre son sourire, même si son cœur faisait d'étranges pirouettes et s'il était déconcerté par le rythme de son pouls. Mais il n'hésita pas à saisir l'occasion.

— J'espère que vous le pensez.

Elle s'avança, les yeux rivés sur les siens. Ils étaient chauds et brillants. Ses joues étaient encore avivées par sa sortie au grand air.

— Je le pense. Je suis si contente que vous soyez venu. Je pensais justement à vous.

Les Anglais étaient probablement le peuple le plus

poli et le plus formel qu'il avait jamais rencontré, mais son commentaire n'était pas poli, il était familier. Il en fut stupéfait.

D'une part, il s'était dit que sa précédente invitation avait été lancée en raison de cette infâme politesse anglaise, rien de plus, alors qu'il voulait un peu plus qu'une conversation de salon. Mais elle était une grande dame et une duchesse ; vouloir davantage n'était pas correct de sa part, alors il avait décidé de se tenir à l'écart. D'autre part, il avait essayé de ne pas penser à elle, ce qui s'était avéré impossible. Chaque jour, il s'était demandé s'ils se croiseraient ce soir-là dans une soirée ou à l'opéra. Et une partie de lui l'avait espéré. Mais il ne l'avait vue dans aucune des réceptions où il était allé. Il ne l'avait pas vue au parc, non plus, ou lorsqu'il avait fait des emplettes dans Oxford Street. Et il en avait été déçu.

Pire encore, il avait même rêvé d'elle. Et cela le mettait mal à l'aise, car il ne pouvait contrôler l'intensité de ses rêves.

La duchesse douairière de Clarewood hantait son esprit, cela ne faisait aucun doute. Il n'en était pas très heureux, parce qu'il n'y avait pas d'avenir pour eux. Même si elle était une femme passionnée, il savait qu'il n'était pas son type d'homme. Il lui fallait quelqu'un de cultivé et de titré, quelqu'un qui portait des gants blancs, aimait vraiment l'opéra et n'avait jamais fendu une bûche de sa vie, encore moins tué un homme.

Mais il avait craqué. Le temps passait ; dans quelques semaines, il rentrerait en Californie, alors il avait décidé de la revoir une dernière fois. Il avait à moitié espéré que, lorsqu'il le ferait, il se rendrait compte qu'il ne ressentait rien pour elle — que, d'une façon quelconque, il s'était fait des idées.

Or, il s'était trompé. Il était bel et bien épris de la duchesse. Pire encore, elle lui coupait le souffle.

Elle se tourna pour demander au majordome d'apporter un en-cas, lui donnant la chance d'admirer chaque détail de sa silhouette. Elle était si menue qu'il pensait pouvoir lui entourer la taille de ses mains. Et lorsque le domestique s'en alla et qu'elle lui refit face, il se sentit rougir, car il l'avait imaginée nue.

— Il va pleuvoir, dit-elle. Sinon, je vous aurais emmené chevaucher.

Il se ressaisit un peu.

— En Californie, la pluie est une bénédiction. Nous avons de longs étés secs.

— Et des hivers terriblement froids en altitude, compléta-t-elle.

Il haussa les sourcils.

— J'étais curieuse, alors j'ai fait des lectures sur l'histoire de l'Amérique — et de la Californie.

Elle sourit.

Le cœur de Tyne bondit de nouveau. Pourquoi était-elle curieuse ? Il souhaita presque pouvoir lui parler de tout ce qu'il avait enduré — la plupart de ses amis le trouvaient héroïque. Mais il n'était pas sûr qu'elle l'admirerait pour avoir erré dans le blizzard avec des engelures, et finalement creusé un trou dans la neige pour attendre de pouvoir se diriger.

— Je ne prétends pas être un historien, mais vous pouvez me demander tout ce qu'il vous plaira de savoir.

Elle soutint son regard, son sourire s'évanouissant.

— C'est une vie difficile, n'est-ce pas, à la frontière des terres colonisées ?

Elle était très difficile, en effet, et il avait envie qu'elle sache qu'aucun de ses pairs ne pourrait survivre à ce qu'il avait vécu — comme si cela l'impressionnerait.

— Nos étés sont torrides. Parfois, il ne pleut pas pendant des mois. Le bétail et les animaux sauvages meurent. Nos hivers sont encore pires. La neige peut dépasser le toit de nos maisons.

Il haussa les épaules.

— Mais nous faisons ce que nous avons à faire.

Elle ouvrait de grands yeux.

— J'ai commencé à lire sur les difficultés qu'il y a à traverser le pays et à s'installer dans les contrées de l'Ouest. Cela semble si dangereux, monsieur Jefferson !

On aurait presque dit qu'elle s'inquiétait pour lui.

— *C'est* dangereux, en effet.

Il lui sourit.

— Il faut à un homme de l'ambition et du cran. S'il a cela, tout ira bien pour lui.

Ses yeux étaient scrutateurs.

— Vous savez, reprit-elle, vous avez dit que vous n'aviez jamais rencontré de duchesse auparavant. Je n'avais jamais rencontré d'homme de la frontière — si c'est ainsi que vous les appelez.

— Je me dis californien.

Elle lui sourit.

— Cela me plaît, dit-elle doucement. Cela en dit tant en si peu de mots.

Il la regarda, les traits soudain figés. Il sentait une telle tension dans son corps et se demandait si elle éprouvait la même chose. Quel homme ne voudrait pas la prendre dans ses bras et goûter cette jolie petite bouche ? se demanda-t-il. Que dirait-elle si elle savait qu'il avait bâti son ranch de ses propres mains ? Qu'il avait tué une poignée d'hommes, surtout des hors-la-loi et des Indiens ? Qu'il était presque mort de faim un hiver, perdu dans les contrées sauvages du Nevada ? Qu'il avait même mangé de la viande crue, après avoir tué un renard de ses mains nues, afin de survivre ?

Soudain, il se détourna d'elle. Il savait ce qu'elle dirait. Elle serait horrifiée. Comme elle serait probablement horrifiée par ses cicatrices. Il en avait plus que sa part. En revanche, il pouvait imaginer la perfection de son corps menu, qu'il rêvait de caresser.

Elle se montrait polie, tout simplement. C'était sûrement la seule raison pour laquelle elle lui avait dit qu'il pouvait venir quand il voulait et qu'elle lui avait offert de monter à cheval avec elle.

— J'ai une question, reprit-elle. Vous avez dit être venu en Angleterre pour des raisons personnelles. Je ne veux pas me montrer indiscrète, mais cela semble être un long voyage, s'il s'agit simplement de négocier avec Cliff de Warenne.

Il croisa les bras, tendu, et soudain il eut envie de lui parler de sa vie — pas seulement des bons côtés, mais des mauvais, aussi.

— Ma fille est enterrée ici.

Elle eut un haut-le-corps.

— Pardonnez-moi !

— Ce n'est pas grave. Donna est morte il y a vingt-huit ans. Et j'aurais dû venir sur sa tombe voilà longtemps, mais je ne l'ai jamais fait.

Elle lui toucha le bras et fit glisser sa main dessus. Il sursauta, surpris.

— Je l'ignorais. Je ne puis imaginer ce que vous avez traversé. Ainsi, vous étiez marié ?

— Non. Sa mère m'a quitté, alors que je pensais l'épouser, pour retourner à Boston, d'où elle était. Je ne savais pas qu'elle portait notre enfant.

Il éprouvait encore de la tristesse en en parlant, mais elle était lointaine et amortie, maintenant.

— La vie peut être si cruelle, si dure, dit-elle avec émotion.

L'intensité de sa voix le choqua, mais il avait entendu les rumeurs — son mari avait apparemment été un véritable scélérat.

— Oui, elle le peut. De mauvaises choses arrivent tout le temps aux gens bien, et il n'y a pas de justice.

Un moment, elle resta silencieuse, le regardant dans les yeux. Puis elle déclara :

— Vous méritez de bonnes choses, monsieur Jefferson. J'en suis certaine.

Elle posa sa petite main douce sur son bras et son cœur fit une embardée. Pendant un instant, alors que son sang s'embrasait, il eut du mal à parler.

— C'est aimable à vous, dit-il d'une voix bourrue, et il se sentit bel et bien rougir.

Alexandra remontait lentement la rue encombrée, zigzaguant entre les piétons tout en essayant d'éviter des tas de détritus, des égouts et des ornières. Elle aurait voulu presser un mouchoir sur son nez. La puanteur était si infecte qu'elle avait envie de vomir, mais elle n'avait pas de main libre, car elle transportait deux sacs bien trop lourds pour elle. L'un contenait des provisions. L'autre, des fournitures de couture.

Elle était au-delà du désarroi. Douze jours avaient passé depuis qu'elle s'était installée à l'auberge de M. Schumacher, qu'elle en était venue à considérer comme un véritable paradis dans ce creuset humide et fétide d'humanité appauvrie et sans espoir.

Elle avait toujours eu conscience des terribles conditions des classes laborieuses d'Angleterre. Elle s'était toujours sentie désolée pour les pauvres qui travaillaient, en particulier les enfants. Mais lire sur les conditions de travail dans les manufactures et les fabriques — et débattre des divers moyens par lesquels on pourrait instituer des réformes économiques et sociales — était bien différent que de vivre soi-même parmi les miséreux. Elle n'avait pas mesuré quelles terribles souffrances endurait la majeure partie du pays, ni combien même les membres déchus des classes supérieures étaient privilégiés.

Tout le monde ici était en haillons, fatigué et affamé. Même les enfants avaient des expressions lugubres et des yeux éteints. C'était à vous briser le cœur.

Et le pire de tout peut-être était que ces hommes, ces femmes et ces enfants ne comprenaient pas qu'elle était comme eux. Ils la considéraient avec respect, soulevaient leur bonnet pour la saluer, l'appelaient « milady » et parfois même « Votre Grâce ». Ils devinaient qu'elle était noble et ignoraient qu'elle faisait maintenant partie des leurs.

Comment pourrait-elle passer le reste de sa vie dans ces conditions. Cette pensée était lugubre et déprimante. Elle pouvait supporter le joug de la pauvreté, mais ses sœurs lui manquaient terriblement, et elle était accablée de fatigue.

Elle se crispa, une image du duc lui venant à l'esprit. Elle continuait à penser à lui tout le temps, blessée et en colère, avec un sentiment de trahison, même si près de trois semaines avaient passé depuis que leur malencontreuse affaire avait commencé et s'était terminée de façon si brutale. Mais elle ne le blâmait pas de ce qui était arrivé. Trop tard, elle savait qu'elle avait été faible ; si elle s'était montrée plus forte, si elle avait résisté à ses avances, elle serait chez elle, maintenant.

A ce moment, elle aperçut un beau coupé au bout de la rue, attelé de deux superbes chevaux bais. Elle s'arrêta, les nerfs à vif. Seuls un noble ou un marchand très fortuné possèderaient une telle voiture, mais elle ne la reconnaissait pas. Au moins n'appartenait-elle pas au duc, non qu'elle s'attendît à le revoir un jour, et ce n'était pas non plus celle de lady Blanche. Elle se détendit un peu et se dit que l'attelage n'avait rien à voir avec elle.

Elle poussa la porte de l'auberge de l'épaule, les bras encombrés de ses emplettes. Randolph était venu la voir quelques jours plus tôt pour prendre de ses nouvelles. Elle avait dû faire appel à toute sa résolution pour rester calme et indifférente en sa présence. Elle lui avait parlé dans la salle commune, affirmant qu'elle allait bien, et avait refusé quand il lui avait demandé si elle voulait être son invitée à Harrington Hall. Elle n'avait pas mentionné la visite de sa mère. Randolph était un jeune homme admirable, plein de compassion.

Alors qu'elle pénétrait dans l'auberge, elle aperçut une très belle dame assise à une table, devisant avec

M. Schumacher. Aussitôt, l'aubergiste lui fit signe et, à sa vue, la dame blonde se leva.

Alexandra se sentit faiblir. Même si elles n'avaient jamais été présentées, elle reconnut immédiatement la duchesse douairière de Clarewood. Elle l'avait vue à Harrington Hall.

Julia Mowbray vint vers elle en souriant.

— Bonjour, miss Bolton. Je crois que je me montre terriblement hardie, mais j'ai décidé que nous devions nous rencontrer.

Alexandra serra ses sacs contre elle, craignant de les laisser tomber. Que pouvait lui vouloir la mère de Stephen ? Son estomac chavira.

— Votre Grâce, parvint-elle à dire.

— Pouvons-nous monter ? M. Schumacher m'a promis de nous faire apporter du thé.

La duchesse sourit.

Alexandra croisa son regard gris et s'avisa que ses yeux étaient chaleureux et amicaux. Mais c'était impossible. En même temps, la duchesse semblait intriguée. Que pouvait-elle vouloir ?

Elle essaya de trouver une excuse pour renvoyer la grande dame, mais aucune ne lui vint à l'esprit. Elle esquissa un sourire en retour.

— Je crains que mes accommodations ne puissent vous suffire, Votre Grâce. Je ne pense pas que vous y serez à l'aise.

— Avez-vous deux chaises, dans votre chambre ?

Julia n'attendit pas de réponse.

— C'est ce que je pensais. Venez, montons. Vous ne pouvez guère me refuser cet entretien, d'autant qu'il m'a fallu une heure pour trouver votre logement.

Alexandra inspira, au bord de la nausée. Elle monta la première et posa ses sacs par terre pour ouvrir sa porte. Alors qu'elles entraient, elle jeta un coup d'œil à Julia Mowbray.

Le visage de sa visiteuse était sombre tandis qu'elle parcourait du regard la petite pièce, bien rangée mais sordide. Toutefois, lorsqu'elle surprit Alexandra à la regarder, elle sourit.

— Vous êtes très courageuse, ma chère. Et vous ne pouvez rester ici.

Alexandra posa ses sacs sur le comptoir et se tourna vers elle.

— Je crains de n'avoir nulle part où aller, dit-elle d'une voix altérée.

— Sornettes. Vous allez venir à Constance Hall.

— Vous m'invitez chez vous ?

— Mon fils n'est-il pas responsable de votre situation ?

Alexandra frémit, inspirant fortement pour se calmer. Que voulait cette femme ? Que signifiait sa proposition ? Etait-elle aussi aimable que son fils était cruel ? Mais elle n'accuserait jamais Stephen de quoi que ce soit, en particulier devant sa mère.

— Le duc n'est pas responsable, murmura-t-elle, mal à l'aise.

— Vraiment ?

Julia s'approcha et lui toucha le bras.

— Ma chère, j'ai entendu toutes les rumeurs. Je tiens rarement compte des ragots, mais manifestement quelque chose s'est passé pour vous mettre dans cette situation très difficile. Je connais aussi très bien mon fils, et je l'ai vu agir chez Blanche, alors je suspecte que l'intérêt de

Stephen pour vous a joué un rôle dans votre déchéance. Ai-je raison ?

Alexandra se tourna.

— Non.

Elle se tint fièrement. Elle ne révélerait jamais ce qui était arrivé — le faire ne serait pas bien. Et elle ne ferait jamais porter tout le blâme au duc, pas quand elle aurait dû refuser ses avances. Comme la duchesse douairière paraissait surprise, elle ajouta :

— Les choix sont rarement simples. J'ai toujours pensé que l'on est responsable de ceux que l'on fait. Les miens m'ont conduite à cette situation, Votre Grâce.

Les yeux de Julia s'élargirent.

— Vous êtes une femme remarquable. Vous n'accuserez pas Stephen, n'est-ce pas ?

— Non, je m'accuse moi-même.

— Néanmoins, vous ne pouvez pas vivre dans ces conditions.

Le regard de la duchesse s'acéra.

— Mais votre retenue et votre absence de méchanceté sont louables. Haïssez-vous Stephen ?

Alexandra inspira vivement.

— Nous avons eu un malentendu, dit-elle lentement.

Ciel, c'était bien peu dire — et la douleur était encore si vive.

— Mais je ne pourrais jamais le haïr.

— L'aimez-vous, alors ?

Alexandra rougit avant de se détourner, tremblante. Elle avait peur de considérer cette question, et plus encore d'y répondre.

Pendant un moment, Julia resta silencieuse, mais Alexandra savait qu'elle continuait de la fixer.

— Bien. Mon fils est un homme exceptionnel, mais aussi quelqu'un de difficile.

Alexandra lui refit lentement face tandis qu'elle poursuivait.

— Il a été élevé pour être un homme difficile, miss Bolton. Son père était cruel, froid et critique. Stephen n'a jamais été aimé et jamais complimenté. Lorsqu'il échouait dans une tâche, il était puni, souvent à coups de poing ou de fouet. Il a appris à être dur depuis son enfance. Il a appris à être intolérant avec ceux qu'il emploie, dans sa maison, dans sa vie. Mais il est plein de compassion. J'en suis certaine. S'il a tort, il finit par le reconnaître. Et vous devez savoir qu'il soutient ceux qui ont subi des torts, ou qui souffrent inutilement et sans espoir.

Alexandra la fixa. Elle n'avait rien su de l'enfance de Clarewood et elle tressaillit, songeant à n'importe quel enfant traité si durement. Elle voulait croire qu'il était un homme de compassion. A ce moment-là, elle se rappela la chaleur de ses yeux quand il lui avait fait l'amour — ses promesses d'être généreux. Et elle se remémora soudain combien elle s'était sentie en sécurité en sa présence, dans ses bras. Elle frémit.

— Il n'y a pas de torts ni de droits ici, Votre Grâce, murmura-t-elle. Et si vous suggérez que Stephen — je veux dire le duc — me soutiendra ou soutiendra ma cause, il n'y a rien à soutenir. Tôt ou tard, j'arrangerai les choses avec mon père et retournerai à Edgemont Way.

— Vraiment ? Vous refusez donc mon invitation ?

Comment pourrait-elle accepter ? Et son refus n'était pas uniquement dicté par sa fierté. Elle ne vivrait pas chez la mère de Stephen. En aucune circonstance, particulièrement celle-ci.

— Je ne peux pas accepter.

Julia Mowbray eut un haut-le-corps.

— Vous êtes trop fière pour accepter mon offre ? Vous préférez rester ici, à travailler ?

— Oui.

— Vous êtes une femme peu ordinaire, miss Bolton.

La duchesse prit ses gants, qu'elle avait posés sur la table.

— Je suis contente de vous avoir rencontrée, et en définitive... je ne suis pas fâchée que vous m'ayez repoussée.

Alexandra ne comprit pas cette dernière remarque.

— Et je dois le dire, ajouta Julia, je suis également contente que vous soyez celle qui est entrée dans la vie de Stephen.

Un long frisson lui parcourut le corps.

— Je ne comprends pas.

— Oh ! je ne m'attends pas à ce que vous compreniez, pas encore. Mais cela viendra.

Et la duchesse sourit, comme si elle savait quelque chose qu'Alexandra ignorait.

— Ce n'est pas la peine de m'annoncer, Guillermo, dit Julia en passant d'un pas vif devant le majordome.

Il ouvrit de grands yeux.

— Sa Grâce a donné de strictes instructions, Votre Grâce. Il ne souhaite pas être dérangé. Vous n'avez pas prévenu de votre visite.

La duchesse prit un air ironique.

— Oui, il sera surpris — je n'ai pas pris rendez-vous et je vais interrompre quelque grand projet pour une nouvelle œuvre de charité. Mais la charité commence chez soi, Guillermo.

Elle ne s'arrêta pas et traversa le vestibule, le majordome sur les talons.

— Je vous demande pardon ?

Bien qu'elle ne pût guère l'expliquer, elle s'était référée à la dernière maîtresse de son fils, Alexandra Bolton, bien sûr. Une jeune femme étonnante.

— Est-il dans son cabinet de travail ?

— Oui. Votre Grâce, je vous en prie ! Laissez-moi au moins vous annoncer !

Julia l'ignora et poussa la porte de la pièce où Stephen était assis à son bureau, flanqué de deux avoués qui s'occupaient également de ses affaires à l'occasion.

Il leva les yeux, stupéfait.

— Mère ? C'est une surprise.

— J'en suis sûre. Je crains d'avoir à parler d'une affaire urgente avec vous — et de devoir vous interrompre.

Elle s'arrêta, souriante.

Stephen se leva d'un air méfiant et contourna son bureau.

— Quelqu'un est-il à l'article de la mort ? demanda-t-il, tandis que les deux hommes adressaient un signe de tête à sa mère et quittaient la pièce.

— J'espère bien que non.

Elle l'embrassa sur la joue.

— Je viens de voir miss Bolton.

Le visage du duc s'assombrit. Ignorant ses mots, il déclara :

— Je pensais à vous. De fait, j'ai décidé de commencer à vous chercher un époux.

Julia sut qu'il voulait la surprendre — et changer de sujet. Et il y parvint. Elle songea aussitôt à Tyne Jefferson. Cela faisait presque deux semaines qu'il lui avait rendu visite au beau milieu de l'après-midi. Il était revenu une autre fois, mais le temps avait de nouveau été trop mauvais pour monter à cheval, alors ils avaient bavardé en visitant ses écuries. Et lorsqu'elle lui avait montré ses chevaux, la tension entre eux avait été si forte qu'elle avait compris qu'elle ne s'était pas trompée sur son intérêt pour elle. Elle ne s'était pas trompée non plus sur ses regards directs, si virils.

Son cœur tambourina. Elle s'était attendue qu'il vienne la voir en tant que soupirant, après cela. Mais il ne l'avait pas fait, et comment l'aurait-il pu ? Elle était duchesse, et lui un rancher américain. De nouveau, elle devrait prendre les choses en main.

Et maintenant Stephen pensait venir à son secours ! Si seulement il savait que, en pensant l'aider, il faisait tout le contraire !

— Je ne me remarierai pas, dit-elle. Et je suis sérieuse, Stephen.

Il la fixa.

— Ne me dites pas que vous êtes toujours entichée de cet Américain.

— Il se dit Californien, précisa-t-elle sans réfléchir. Je ne pense pas que je me confierai de nouveau à vous.

— C'est une confession en soi.

Stephen la regarda avec attention.

— Vous semblez contrariée. Ne vous retourne-t-il pas votre intérêt ?

— Je ne discuterai pas de Jefferson avec vous. Savez-vous que miss Bolton a été chassée de chez elle et qu'elle vit maintenant dans une petite pièce humide, sans commodités, qui ne conviendrait même pas à un vagabond ?

Il la dévisagea.

— On ne peut pas vous arrêter, n'est-ce pas ? Je sais qu'elle a pris une chambre à l'auberge Schumacher.

Il croisa les bras, les sourcils froncés.

— Je ne peux croire que vous ayez songé à vous mêler de cela.

— Elle vit dans une pauvreté abjecte, Stephen. Et je pense que vous êtes la cause de sa déchéance.

Il s'empourpra.

— C'est injuste. Si j'en étais la cause, je rectifierais les choses. Mais elle a essayé de me duper. C'est une femme très intelligente et je suis sûr qu'elle se sortira plutôt bien de sa situation actuelle.

— Je suis déçue, dit Julia, sérieuse. Et je pense que vous feriez mieux d'aller la voir avant de décider comment elle s'arrange de ses circonstances.

— Randolph est déjà allé la voir ! Lady Blanche et sir Rex aussi. Et maintenant vous — je crois qu'elle a assez de soutiens. Bonté divine, avant que je le sache, Elysse et Ariella vont également lui rendre visite et me blâmer de tout !

— Alors, vous allez la laisser mourir de faim ? Coudre à la lueur de bougies ? Partager des toilettes et des bains communs ?

Il abattit soudain son poing sur la table, la surprenant.

— Et que voudriez-vous que je fasse ? Que je l'épouse ?

Son fils ne se mettait jamais en colère. Elle le contempla fixement.

— Avez-vous à l'esprit un mariage avec miss Bolton ?

— Bien sûr que non ! répondit-il d'un ton coupant.

Il lui retourna son regard.

— Vous exagérez sa situation, n'est-ce pas ?

Elle était sombre.

— Non, Stephen, je ne l'exagère pas. Elle est misérable — et inacceptable. Je compte que vous y remédiiez.

La seule réponse du duc fut d'arpenter la pièce, l'expression lugubre, résignée et pensive.

Alexandra commençait à se demander si elle était malade. Elle était toujours fatiguée, mais après tout, elle ne dormait pas très bien.

Plusieurs jours avaient passé depuis la visite inattendue — et incompréhensible — de la duchesse douairière. Elle restait ébranlée par leur entretien et s'efforçait de l'oublier — tout comme elle continuait à s'efforcer d'oublier ce qui était arrivé avec Stephen. Mais c'était impossible.

Elle souhaitait que Julia Mowbray ait été méchante, et même cruelle. A la place, elle était presque certaine que la duchesse douairière avait été sincère et qu'elle lui ouvrirait les portes de sa demeure si elle le lui demandait. Cela n'avait aucun sens.

Elle marchait lentement vers l'auberge. Il ne lui restait plus d'argent — elle venait de dépenser ses derniers shillings à acheter du fil et assez de provisions pour tenir quelques jours. Plusieurs clientes lui devaient un paiement et elle devrait trouver un moyen d'aller les trouver et de réclamer son dû.

Deux chiens passèrent près d'elle en courant et la firent trébucher. Elle ne voulut pas lâcher ses fournitures de couture, alors elle tomba, lâchant à la place ses provisions. Elle atterrit rudement sur ses genoux et son coude, serrant le précieux sac. L'autre échoua dans une flaque d'eau sale et trois pommes de terre, un chou et un oignon roulèrent dans la rue dégoûtante. S'asseyant sur ses mollets, Alexandra cria en voyant deux petits enfants plonger sur ses provisions. L'un des chiens vint à elle et lui lécha le visage en remuant la queue.

Elle regarda sa joyeuse tête blanc et noir, ses yeux marron pétillants, et elle sentit les larmes lui monter aux yeux.

— Tenez, dit une voix enfantine.

Elle vit une petite main sale qui lui mettait une pomme de terre tout aussi sale sous le nez. Elle leva les yeux et découvrit une petite fille à l'air grave, ses nattes brunes attachées par des bouts de chiffon. Elle était d'une extrême minceur.

— Tu peux la garder, dit Alexandra.

Les yeux de la petite fille s'élargirent. Puis elle tourna les talons et s'enfuit avec son précieux cadeau.

Alexandra s'aperçut que le reste de ses emplettes avait disparu. Elle retint les larmes qui menaçaient de couler sur ses joues. Elle n'avait plus d'argent pour acheter d'autres provisions. Elle tourna la tête vers le chien assis à côté d'elle.

— Si tu penses avoir des restes à ma table, tu te trompes.

Elle allait se relever, quand elle découvrit une très belle jupe de soie bleu roi à quelques pouces d'elle. L'étoffe était coûteuse, seule une dame de la haute société pouvait se permettre de porter une telle robe. Aussitôt, elle pria qu'une de ses clientes soit venue la payer, mais elle savait à quoi s'en tenir : elles payaient leurs factures en envoyant un domestique. Elle leva les yeux.

Deux dames très riches se tenaient là, à la regarder de haut. L'une était une matrone qui portait trop de bijoux et l'autre une jeune fille blonde extrêmement jolie. La matrone la contemplait avec mépris, la jeune fille avec horreur.

Certaine qu'elles la connaissaient et étaient peut-être de nouvelles clientes, Alexandra se releva péniblement. La jeune fille tendit la main pour l'aider.

— Ne la touchez pas, Anne, dit sa mère.

La jeune fille laissa retomber sa main.

Alexandra regarda la matrone.

— J'ai trébuché et je suis tombée.

— Manifestement, fit la femme en inspirant rudement. Vous devez être l'infâme miss Bolton.

Ainsi, elle était infâme, maintenant. Alexandra serra son sac de fournitures sur sa poitrine.

— Je suis Alexandra Bolton. Me cherchiez-vous ?

Elle espérait ardemment qu'elles étaient de nouvelles clientes.

— Oui, répondit la matrone avec condescendance. Je me demandais simplement si les rumeurs selon lesquelles il vous a jetée à la rue étaient vraies. Je voulais voir par moi-même la femme de mauvaise vie qu'il a choisie et rejetée — alors que ma fille ferait une parfaite duchesse. Venez, Anne.

Mais la jolie blonde ne bougea pas.

— Mère, murmura-t-elle nerveusement.

Alexandra suivit son regard, et ses genoux flanchèrent. Son cœur tambourina tandis que le choc la traversait. Un grand carrosse noir tiré par six magnifiques chevaux noirs tournait le coin — le blason rouge et or du duc de Clarewood peint sur les portières. *Que faisait-il ici ?*

Pendant un moment, elle ne put penser, les yeux désespérément fixés sur la voiture. Puis elle retrouva ses esprits. Elle ignorait ce qu'il voulait, mais elle savait qu'elle devait fuir. Néanmoins, elle ne pouvait toujours pas bouger. Les battements de son cœur étaient assourdissants.

— Je ne puis le croire, dit la matrone d'un ton crispé.

Du coin de l'œil, Alexandra vit que les deux femmes étaient aussi captivées qu'elle par l'approche du splendide carrosse. Et maintenant un attroupement s'était formé — tout aussi impressionné — et elle se mit à penser plus clairement.

Clarewood n'était pas venu, bien sûr que non. C'était un domestique, ou Randolph. Il ne la poursuivrait jamais, maintenant qu'il pensait le pire d'elle.

Mais alors la portière s'ouvrit et le duc descendit. Elle retint une exclamation, choquée.

La foule recula tandis qu'il se contentait de rester là, à la regarder. Alexandra sentit ses joues s'enflammer tandis que leurs regards se joignaient. Elle ne voulait pas qu'il la voie dans une telle misère, une telle pauvreté. Son humiliation la dernière fois qu'elle l'avait vu n'était rien, comparée à celle qu'elle éprouvait maintenant.

Les deux dames firent une révérence.

Elle les avait oubliées. Elle se crispa lorsqu'il s'avança, les gens s'écartant devant lui. Sa bouche était pincée de déplaisir et il ne la quittait pas des yeux.

Son cœur continuait à l'assourdir. Que voulait-il ? N'en avait-il pas fait assez ?

— Votre Grâce.

La matrone lui sourit obséquieusement.

— C'est une si agréable surprise.

— Votre Grâce, murmura Anne en rougissant.

Il ne les regarda même pas — et Alexandra non plus. Tandis qu'ils se dévisageaient, la tension entre eux la rendait faible. Il était en colère, elle le voyait.

Soudain, le duc tourna les yeux vers les deux femmes.

— C'est assurément une surprise, dit-il d'un ton frais. Miss Bolton coud-elle pour vous, lady Sinclair ?

Le sourire de la matrone disparut.

— J'ai entendu dire que miss Bolton est une couturière très habile. Je voulais lui dire un mot.

— Vraiment ? fit-il d'une voix railleuse.

Il jeta un coup d'œil à Anne.

— Cette rue n'est pas convenable pour des dames, et je suis choqué que vous ayez amené votre fille ici.

L'estomac d'Alexandra se retournait d'une façon qui ne lui était maintenant que trop familière. Elle pria de ne pas être malade.

— Nous partions, Votre Grâce. Et bien sûr, vous avez raison — je n'aurais pas dû amener Anne. Nous allons prendre congé, donc.

Elle sourit.

Il ne parla pas et son expression resta dure tandis que les deux femmes s'en allaient vivement. Alexandra remarqua pour la première fois leur voiture, attelée de deux chevaux gris pommelés. Puis le duc attira son attention en se tournant lentement vers elle.

Elle trembla. Ayant la nausée, maintenant, elle détourna les yeux de son regard intense, se demandant si elle pourrait disparaître dans la foule. Pourquoi était-il venu ? Que voulait-il ? Elle voulait qu'il la laisse tranquille ! Parce que, maintenant, tout ce à quoi elle pouvait penser était la passion qu'ils avaient partagée — et comment il l'avait accusée ensuite d'avoir manigancé pour le contraindre au mariage. Ses accusations étaient encore très douloureuses. Mais le pire de tout était qu'une partie d'elle avait envie de se jeter dans ses bras, où elle serait en sécurité — où elle se sentirait aimée.

Il lui toucha le bras et elle dut le regarder. Il la fixait d'un air sombre.

— Que s'est-il passé ?

— Je suis tombée.

Son cœur chavira.

— Pourquoi êtes-vous ici ? parvint-elle à demander.

— Montrez-moi où vous vivez.

Elle recula, saisie.

— Quoi ?

— Vous m'avez entendu. Vous avez pris une chambre dans cette auberge.

Il désigna le bâtiment, un peu plus loin.

— Je ne vous montrerai rien du tout.

Elle inspira.

— De fait, je dois y aller. Bonne journée.

Alors qu'elle pivotait, il lui saisit le bras.

— Edgemont vous a chassée à cause de notre aventure.

Elle inspira de nouveau, vivement.

— Je ne veux pas en discuter.

Il resserra son emprise.

— Moi, si.

Elle essaya en vain de se dégager. Au désespoir, elle dit :

— Il a entendu les rumeurs. Je crains de ne pas bien jouer la comédie — contrairement à ce que vous croyez. Comme ce n'est pas vous qui avez fait courir les ragots et que vous ne jouez pas vraiment un rôle dans cette histoire, vous pouvez partir vous occuper de vos affaires sans vous sentir coupable. Je suis sûre que lady Witte sera ravie, ne put-elle s'empêcher d'ajouter.

Le visage du duc se contracta.

— Je veux voir votre chambre.

— Je vous en prie, lâchez mon bras, murmura-t-elle vivement. Allez-vous-en, s'il vous plaît.

Tandis qu'il la regardait comme s'il voulait découvrir la vérité, une violente douleur envahit son cœur. Si seulement il la croyait, pensa-t-elle. Et quand elle s'avisa de ce qu'elle souhaitait — qu'il lui fît confiance et prît soin d'elle —, elle fut consternée et essaya encore de se libérer. Ce faisant, la bile lui monta dans la gorge. Elle grogna, paniquée, mais il était trop tard. Elle lâcha son sac pour courir au caniveau.

Son humiliation était complète à présent.

Les pavés sous ses pieds cessèrent de tourner à toute vitesse et elle se redressa, honteuse et prête à pleurer. Il était sûrement parti.

— Laissez-moi vous aider à monter chez vous, dit-il derrière elle, en lui touchant l'épaule.

— Pourquoi êtes-vous encore ici ?

— Cela fait environ un mois que nous étions ensemble, dit-il d'un ton plat. Attendez-vous un enfant ?

Elle se raidit. Elle craignait que ce fût le cas, mais elle était déterminée à ne pas le révéler, si c'était vrai.

— Non.

Elle essaya de respirer et s'aperçut qu'elle se sentait bien, enfin, pour la première fois de la journée.

Il resta silencieux.

Comme elle se penchait pour ramasser son sac, heureuse que les articles n'en soient pas sortis, il tendit la main et le lui prit, son bras et son épaule la frôlant. Lentement, elle le regarda. Il lui rendit son regard.

— Depuis combien de temps êtes-vous malade, Alexandra ?

Son esprit s'emballa.

— J'ai dû manger quelque chose d'avarié hier soir.

Il pinça les lèvres.

— Je vois.

Quand le silence tomba, qu'il resta sans bouger et sans parler, elle demanda :

— Que voulez-vous ? Pourquoi êtes-vous ici ? Ne m'avez-vous pas suffisamment punie ? Pourquoi souhaitez-vous me voir si humiliée ?

— Je ne le souhaite pas. Je vais monter votre sac.

Le duc de Clarewood ne portait pas de sacs.

— Je peux le faire moi-même.

— Vraiment ?

— Puis-je avoir mon sac, je vous prie, Votre Grâce ?

Il eut un sourire froid.

— J'ai demandé à voir votre chambre, Alexandra. De fait, je crois que je vous l'ai demandé quatre fois.

— Il n'y a rien à discuter et rien à voir. Je ne vous invite pas chez moi.

— Je pense qu'il y a beaucoup de choses à discuter. Vous ne pouvez pas rester ici.

Il était ferme. Et l'expression de ses yeux indiquait qu'il était déterminé.

Elle recula.

— Et où irai-je, je vous prie ? Je ne suis pas la bienvenue à la maison. Il ne me reste plus d'argent. Devrais-je accepter l'offre charitable de lady Harrington ? De Randolph ? De votre mère ? Comme si j'étais sans abri ?

— Vous *êtes* sans abri.

Elle trembla et tendit la main pour prendre son sac. Il le lui laissa, mais son regard était si dur qu'elle ne bougea pas, même quand elle tint le sac dans ses bras.

— J'ai un toit. Mon loyer est payé pour un mois.

Il souffla avec agacement.

— Vous pouvez accepter *mon* offre, dit-il. De fait, j'insiste.

Elle ignorait ce que pouvait être cette offre, mais elle n'oublierait jamais ce qu'ils avaient partagé — ni ce qu'il lui avait fait ensuite.

— Non. Quelle qu'elle soit, je ne suis pas intéressée.

— Vous ne savez même pas ce que je veux vous proposer.

— Je n'ai pas besoin de l'entendre. La charité ne m'intéresse pas, d'aucune sorte, et surtout pas venant de vous.

L'exaspération brilla dans ses yeux bleus.

— Vous êtes entêtée. Et je suis agacé. L'hôtel Mayfair est le meilleur de la ville. Je vous y prendrai une suite.

— En échange de quoi ? s'enquit-elle, surprise.

Il ne s'intéressait sûrement plus à elle maintenant.

— Je ne demande rien en retour.

Elle secoua la tête.

— J'ai refusé la charité de lady Blanche, de Randolph et de la duchesse douairière. Je n'accepterai jamais la vôtre. Je peux très bien continuer avec mes travaux de couture. De fait, j'ai plusieurs nouvelles clientes.

Le visage de Stephen se durcit.

— Vraiment ? Vous venez de me dire que vous n'avez plus d'argent.

Il la regarda dans les yeux.

— Mon chèque a été débité. Est-ce Edgemont qui l'a pris ?

Elle s'avisa qu'elle pleurait.

— Oui. Allez-vous-en, Votre Grâce. Je me débrouillerai, comme je l'ai toujours fait.

Il détourna les yeux.

— Je crains de ne le pouvoir.

Et soudain il l'attira à lui, passant un bras puissant autour d'elle comme un étau. Puis il partit vers son carrosse, l'entraînant avec lui.

— Arrêtez ! Que faites-vous ?

Elle essaya de résister, choquée.

Le valet ouvrit la portière, et le duc la souleva dans ses bras.

— En vérité, je pense que si je vous déposais à un hôtel, vous êtes si fière que vous en partiriez — et reviendriez dans cet horrible endroit.

Elle était dans ses bras. Elle n'avait pas envie d'y être, et ne voulait pas s'accrocher à lui, mais elle devait se tenir à ses épaules pour garder son équilibre. Elle fixa son intense regard bleu, consciente que leurs visages étaient bien trop proches. Son cœur tambourinait et lui criait des choses incohérentes. Elle se rappela le goût de ses lèvres, et ce qu'elle avait ressenti en étant unie à lui. Surtout, elle ne cessait de penser à ce qu'il lui avait fait éprouver — l'impression d'être joyeuse et aimée.

Mais cela avait été faux.

Il avait les lèvres pincées et la couvrait d'un regard étrange.

Son ventre se noua et une vive sensation de chaleur l'envahit soudain. Rien n'avait changé entre eux — cette terrible et fatale attirance subsistait. Aucun bien ne pouvait sortir de cette relation.

— Reposez-moi, murmura-t-elle.

Il monta dans le carrosse et le valet ferma la portière derrière eux. Il la regarda dans les yeux avant de la déposer sur la banquette. Elle se coula dans le coin le plus éloigné, l'observant, le souffle court.

— Vous allez passer la nuit à Clarewood, dit-il. Et demain, nous discuterons de votre situation.

Stephen pénétra dans la bibliothèque, fermant les portes derrière lui. Puis il crispa les doigts sur le bouton en laiton, fixant le bois ciré et ses articulations qui blanchissaient. Il était horrifié.

Comment avait-elle pu vivre ainsi ?

Il n'avait pas vu sa chambre. Il n'en avait pas eu besoin. Il savait à quoi elle devait ressembler — il avait déjà vu des taudis.

Et c'était sa faute.

Il voulait le nier, penser qu'il n'avait rien à voir dans sa déchéance. Il se tourna, alla à son cabinet et se servit un scotch. Il aspira une gorgée, la main tremblante. Il était un homme très moral. Pour lui, il y avait ce qui était bien et ce qui était mal. C'était presque toujours blanc ou noir. Alexandra Bolton était une femme bien née, quoi qu'elle eût l'intention de faire. Elle ne méritait pas de vivre parmi les gens les plus pauvres de la ville, comme l'une d'eux. Il était horrifié, mais surtout il se sentait coupable.

C'est ma faute, se répéta-t-il.

Il but de nouveau, mais l'alcool ne parvenait pas à le détendre. Le trajet de retour à Clarewood avait duré près de trois heures. Elle n'avait pas parlé et lui non plus — il avait simplement regardé par la fenêtre, essayant de cacher sa consternation et son horreur. Il avait espéré qu'elle s'endormirait — il voyait qu'elle était épuisée —, mais chaque fois qu'il lui jetait un coup d'œil, elle était tout à fait réveillée et le fixait comme s'il pouvait posséder une hache cachée, avec laquelle il comptait l'abattre.

Maintenant, elle était en haut dans une chambre d'hôtes, avec une soubrette qui lui préparait un bain chaud. Il avait ordonné à Guillermo de lui faire monter à dîner, et à la soubrette de pourvoir à tous ses besoins. Comme si cela pouvait compenser ce qu'elle avait subi depuis presque un mois.

Il serra son verre si fort que du cristal plus fin se serait brisé. Il aurait dû se rendre à Londres plus tôt, pour voir comment elle vivait. Mais il avait été trop furieux contre elle, convaincu qu'elle avait manigancé tout cela pour se faire épouser.

Manifestement, il l'avait mal jugée. Elle était très intelligente, et si elle était une chasseuse de fortunes, elle aurait trouvé un autre bienfaiteur dès qu'Edgemont l'avait jetée dehors. Et même si elle n'y était pas parvenue, en bonne opportuniste elle serait allée vivre chez lady Blanche et sir Rex à Harrington Hall. Sans parler de sa détermination à repousser ses avances Il avait supposé que c'était un jeu destiné à attiser son désir. Mais il s'était trompé.

Elle lui avait résisté parce qu'elle était vierge, et que ses intentions étaient déshonorables.

Il jura et lança son verre à travers la pièce. Ce geste ne lui prodigua aucune satisfaction. Elle avait vingt-six ans ! Si elle avait voulu faire un riche mariage, elle l'aurait fait des années plus tôt.

Comment avait-elle survécu pendant près d'un mois dans cet enfer infesté de rats et de maladies ?

L'admiration s'immisça dans sa fureur. Il ne voulait pas admirer son courage, sa fierté ou sa force. D'une certaine manière, il savait que cette admiration était dangereuse pour lui. Mais par tous les diables, comment pouvait-il ne pas l'admirer ? Il ne connaissait aucune femme, de bonne naissance ou non, qui se serait installée dans un tel taudis après avoir mené une existence aussi différente. Mais après tout, quand il l'avait rencontrée, il l'avait admirée pour son courage, pour le travail de couture qu'elle acceptait de faire pour sauver sa famille de la ruine. Elle n'était pas comme les autres, pensa-t-il en se remémorant leur conversation.

Je n'aime pas être dupé.

Je ne pensais pas que c'était important.

Vous ne pensiez pas que c'était important ?

Il jura de nouveau. Toutes les femmes jugeaient leur virginité importante. Comment pouvait-elle faire exception ? Il s'avisa que, de lui-même, il ne comprendrait jamais pourquoi elle ne lui avait pas dit la vérité sur son innocence. Peut-être pourrait-il la convaincre de s'expliquer.

Il se trompait rarement sur quoi que ce soit, ou sur quiconque. Mais il s'était trompé sur elle.

Et il l'avait poursuivie de ses assiduités, séduite et traitée abominablement.

Il fixait sombrement le mur, quand ses cheveux se hérissèrent sur sa nuque. Lentement, il se tourna et regarda à l'autre bout de la pièce.

Tom Mowbray se tenait là, le visage contracté, furieux. Stephen savait ce que son père penserait, s'il était vivant.

Ne songez même pas à épouser cette traînée. Manigance ou pas, votre devoir est envers Clarewood et vous épouserez une femme de votre rang, qui vous apportera des terres, des titres et une fortune. Si elle est enceinte, payez-la pour disparaître.

Immédiatement, il se sentit mal.

Portait-elle son enfant ?

Elle avait dit que non, mais il n'était pas prêt à lui

laisser le bénéfice du doute, même s'il espérait qu'elle ne lui avait pas menti en prétendant être malade.

Il prenait toujours d'extrêmes précautions avec ses amantes, pour s'assurer qu'aucune ne conçoive son bâtard. Il ne permettrait jamais qu'un enfant de lui soit élevé par quelqu'un d'autre — pas parce que son enfance avait été difficile, solitaire et dénuée d'affection, mais par principe. Il doutait qu'il serait un très bon père, mais il avait l'intention d'essayer et il serait meilleur que le vieux Tom — il récompenserait l'excellence et ne se moquerait jamais d'un effort. Tous ses enfants — légitimes et illégitimes — seraient élevés à Clarewood.

Il n'avait pris aucune précaution avec Alexandra. Il ne pouvait imaginer pourquoi il avait oublié, à part qu'il avait été égaré par la passion.

Si elle portait son enfant, il élèverait son fils ou sa fille.

Et si elle était enceinte, elle resterait à Clarewood au moins jusqu'à la naissance. De fait, il mesurait à présent l'intérêt de la garder avec lui. Dans quelques mois, il saurait la vérité sur son état. En outre, sous son toit, elle recevrait les meilleurs soins.

Sa décision était prise.

Tom le fusilla du regard. Stephen fit une grimace.

— Ne vous inquiétez pas, dit-il doucement. Je connais mon devoir. J'ai juré de le faire et je ne romps jamais mes serments.

Il chassa la sinistre apparition. Il n'avait pas l'intention d'épouser Alexandra. Son devoir était envers le duché — le mariage devrait lui servir à accroître son héritage. Mais si elle était la mère de son enfant, il prendrait soin d'elle pour le restant de ses jours. Elle ne manquerait de rien.

Un coup fut frappé à la porte de la bibliothèque.

— Miss Bolton s'est-elle installée ? demanda-t-il à Guillermo, qui venait d'entrer.

Le majordome était grave.

— Elle a refusé de laisser entrer les soubrettes pour l'aider et elle a renvoyé son dîner, Votre Grâce. Je crois qu'elle a fermé les portes à clé.

— Elle est sans doute fatiguée. Il se peut même qu'elle dorme si profondément qu'elle n'a pas entendu les soubrettes.

Il ne l'en blâmerait pas. De fait, il espérait qu'elle s'était endormie.

— Laissez un plateau devant sa porte, Guillermo, pour le cas où elle se réveillerait au milieu de la nuit.

Mais Stephen se demanda si elle se comportait ainsi pour le défier, pour lui exprimer sa protestation. Il y avait de fortes chances pour cela. Sa première impulsion fut de monter à sa chambre et de lui ordonner d'obéir à ses souhaits — elle avait besoin de se nourrir, surtout s'il existait une possibilité qu'elle fût enceinte. Mais il changea immédiatement d'avis. Elle le méprisait et il ne le lui reprochait pas.

13

Alexandra fixa son reflet pâle dans le miroir au cadre doré. Elle s'était attendue à voir une femme hagarde dans la glace, mais au contraire, elle avait les traits reposés ce matin. Dès qu'elle s'était mise au lit la veille et avait remonté les chaudes couvertures sur elle, elle s'était endormie. Pour la première fois depuis un mois — pour la première fois depuis leur liaison avortée —, elle avait dormi profondément et sans rêves.

Elle était encore un peu pâle, mais elle avait bien meilleure apparence qu'à son arrivée le soir précédent. Elle se sentait presque bien, pensa-t-elle avec précaution. Mais comment pouvait-elle se sentir bien quand Clarewood l'avait arrachée de force à sa chambre d'auberge et l'avait amenée chez lui de la même façon ?

Elle trembla, son pouls s'emballant. Dans le miroir, elle pouvait voir la superbe pièce derrière elle. Les murs étaient peints en vert menthe, les moulures en rose et or. Le grand lit qu'elle avait tant apprécié la nuit dernière était à baldaquin, avec des tentures vert mousse et dorées. La cheminée était en plâtre crème, avec un canapé fleuri devant. Une petite table et deux chaises étaient placées près d'une fenêtre, et une autre table se trouvait sur le balcon. A l'autre bout de la chambre, un petit secrétaire très ancien supportait un vase de fleurs, du papier, un encrier et une plume.

Son cœur se serra. Cette chambre était la plus ravissante qu'elle avait jamais eue, et offrait un terrible contraste avec celle qu'elle avait louée chez M. Schumacher, mais elle ne pouvait accepter l'hospitalité du duc. Toutefois, comment pouvait-elle le lui dire ? Il était une force de la nature, et il ne plierait pas. D'ailleurs, elle ne comprenait toujours pas pourquoi il avait agi comme cela.

Se sentait-il coupable, finalement ?

Soudain, elle fut prise d'une nausée et se précipita dans le cabinet de toilette. A genoux, les yeux fermés pour tenter de chasser la douleur, elle ne put que se rendre à l'évidence : elle était victime de nausées matinales depuis plusieurs jours. Et l'évidence s'imposa à elle… *Elle portait l'enfant de Clarewood.* Un enfant devrait être un événement merveilleux, joyeux. Elle s'efforça de ne pas pleurer. La crainte de sa fureur la fit se crisper. Elle aimerait très fort son bébé, bien sûr, mais à présent elle serait liée au duc pour toujours.

Elle essuya ses yeux humides et se releva. Il ne devait jamais l'apprendre. Elle n'avait pas besoin d'y réfléchir pour savoir qu'il serait furieux et penserait que cela faisait partie de son stratagème pour l'obliger au mariage. Pire, il insisterait pour la garder avec l'enfant, et elle ne voulait pas de sa charité. Elle n'avait pas l'intention d'être une femme entretenue.

Même si, à présent, l'avenir était encore plus effrayant qu'auparavant. Comme elle aurait aimé pouvoir retourner à Edgemont Way.

Elle ouvrit la porte, surprise de voir ses sacs dans le couloir, et descendit lentement l'escalier. Elle ne pouvait rester enfermée plus longtemps, malgré la tension qui habitait tout son corps. Comme elle ne connaissait pas la maison, elle se dirigea vers la porte d'entrée, priant de pouvoir s'échapper sans qu'on la voie. Mais alors qu'elle approchait du vestibule, Clarewood sortit dans le couloir, lui barrant le chemin.

Il portait une redingote sombre, un beau gilet émeraude et des pantalons fauves. Il y avait de légers cernes sous ses yeux.

— Bonjour. J'espère que vous avez bien dormi.

Il ne semblait pas avoir bien dormi, lui. Avec son corps imposant et son aura de puissance, il semblait occuper tout le couloir. Alexandra était consternée de s'être fait surprendre aussi vite — comme s'il l'avait attendue.

— J'ai très bien dormi.

Sa nervosité augmenta.

— Vous me fixez, Votre Grâce.

— Vous êtes très pâle. Etes-vous malade ? demanda-t-il abruptement.

— Non, je vais bien, répondit-elle, essayant de ne pas penser à l'enfant qu'elle portait probablement.

Il parut y réfléchir.

— Vous avez refusé de dîner hier soir.

— Je me suis endormie.

Sa bouche parut s'adoucir.

— C'est ce que j'ai pensé. Je vais prendre mon petit déjeuner. Je vous en prie…

Il posa une main sur son coude.

Elle s'écarta d'un bond.

— Que faites-vous ?

Elle avait conscience de paraître frénétique. Il plissa les paupières.

— Je voulais vous escorter dans la salle à manger du matin, miss Bolton.

Elle était affamée, mais elle secoua la tête.

— Je pense que je vais marcher dehors.

Il la saisit par le bras quand elle se retourna, et elle n'eut d'autre choix que de lui faire face.

— Vous êtes mon invitée, dit-il doucement. Je n'ai pas l'habitude d'exclure mes invités de ma salle à manger.

Elle trembla, le cœur battant, souhaitant qu'il la lâche, que son ton ne soit pas aussi doux et enjôleur, qu'il soit loin d'être aussi beau — et que son toucher ne la fasse pas aspirer à tomber dans ses bras. Mais en cet instant il lui donnait une impression de sécurité, comme un port profond et abrité après une terrible tempête. Pourtant, il *n'était pas* sûr. Il était bel et bien dangereux — en particulier maintenant.

— Je ne suis pas exactement votre invitée.

Il haussa les sourcils.

— Bien sûr que si.

Elle inspira et parvint à dire :

— Enlevez-vous tous vos invités, Votre Grâce ? Parce que je me rappelle avoir été malmenée hier, et forcée à monter dans votre voiture contre mon gré.

— Si je vous ai malmenée, je vous prie de m'en excuser. Mais je n'avais pas l'intention de vous permettre de rester dans cette auberge.

— Ce n'est pas une excuse.

Sa bouche s'incurva.

— Apparemment pas. De fait, vous avez raison. J'aurais dû vous convaincre de me suivre volontairement. Mais cela n'importe pas maintenant. Vous êtes bel et bien mon invitée.

Elle frémit.

— Je suppose que cela vaut mieux que d'être votre otage.

— Vous devez avoir grand faim, et je ne présente pas une requête.

Il sourit.

— J'essaie de me racheter, miss Bolton. Et les ducs ne prennent pas d'otages. Pas à notre époque, en tout cas.

Elle se libéra de sa main, essayant de ne pas se radoucir et de rester impassible à son amabilité.

— Je suppose que j'ai assez faim.

— Bien.

Il hocha la tête, l'air satisfait, et la laissa le précéder. Sa présence derrière elle la mettait mal à l'aise et elle entra donc d'un pas tendu dans la petite pièce gaie, d'un jaune jonquille. Ils avaient finalement trouvé un terrain d'entente formel et poli. C'était un soulagement.

Dès lors, elle oublia le duc. Un plantureux buffet était disposé sur une console, avec un valet à chaque bout. L'arôme d'œufs, de pommes de terre, de saucisses, de jambon et de bacon était si appétissant que des larmes lui montèrent aux yeux et que son estomac gargouilla. Elle ne pensait pas avoir jamais été aussi affamée, mais après tout, rien de plus normal à son état : elle avait vécu de pommes de terre et de choux la semaine précédente.

S'il entendit son estomac, il n'en montra rien. Comme les valets se précipitaient en avant, il secoua la tête et ils reprirent leur place. Tandis qu'il tirait une chaise d'un geste nonchalant, Alexandra vit que deux couverts étaient mis ; il avait escompté qu'elle mange avec lui. Non qu'elle s'en soucie, ni que cela signifie quoi que ce soit, en vérité.

Mais ses mains étaient grandes sur le dossier de la

chaise et elle eut un bref souvenir de ces mêmes mains posées sur son corps — partout. Elle rougit, oubliant presque la nourriture. Son estomac chavira, mais pas parce qu'elle était malade. Pourquoi la mettait-il encore dans cet état après ce qu'il lui avait infligé ?

Lorsqu'elle fut assise, il prit l'autre chaise, jetant un bref coup d'œil aux serviteurs.

— Du temps de mon père, la maison était souvent pleine. Il y avait quatre ou cinq tables dans cette pièce, toutes occupées. Je ne reçois presque jamais ainsi, maintenant.

Elle ignorait pourquoi il lui disait cela, et pourquoi il avait décidé de se montrer convivial.

— C'est une très belle pièce.

— Elle était sombre et morne, autrefois. Ma mère l'a fait redécorer dès que mon père est mort.

Les valets placèrent des assiettes garnies d'œufs, de saucisses, de jambon et de pommes de terre devant eux. Alexandra déglutit, mais se rappela les révélations de la duchesse douairière sur l'enfance de son fils.

— Vous étiez très jeune quand le précédent duc est mort, n'est-ce pas ?

Elle leva les yeux de son assiette, essayant de paraître détachée du repas, et vit qu'il l'observait avec attention. Elle s'empourpra. Manifestement, il savait qu'elle avait une faim de loup.

— J'avais seize ans lorsqu'il est mort et que je suis devenu le huitième duc. Je vous en prie…

Il prit sa fourchette et lui sourit d'un air aimable.

Il n'était jamais aimable gratuitement — il voulait sans doute obtenir quelque chose. Mais peu lui importait, en cet instant. Elle leva sa propre fourchette et vit que sa main tremblait. Pire, quand elle la planta dans les œufs brouillés, son estomac gargouilla de nouveau, très fort cette fois.

Elle posa son couvert.

— Je suis désolée !

— Alexandra.

Elle porta les yeux vers les siens. Elle avait si faim qu'elle se sentait faible.

— Vous avez été dans ce taudis pendant des semaines. Vous avez donné les deux mille livres à Edgemont et à vos sœurs. En échange, vous vous êtes laissée mourir de faim.

Elle essuya une larme inattendue.

— Je suis simplement fatiguée.

Sans mentionner qu'elle était trop affamée pour discuter maintenant.

— Ils avaient plus besoin de cet argent que moi.

— Nous parlerons après le repas, dit-il d'un ton ferme, le visage dur. Mangez.

C'était un ordre — bien entendu —, mais elle ne se souciait plus qu'il la bouscule. A la place, elle se mit à manger, s'efforçant d'aller lentement, alors qu'elle avait envie d'engloutir les œufs et le jambon en même temps. Les œufs étaient les plus délicieux qu'elle avait jamais goûtés, mais le jambon et les saucisses étaient encore meilleurs — et le pain était beurré ! Quand elle eut vidé son assiette, on en posa une autre devant elle, aussi pleine que la première. Elle ne protesta pas et ne leva pas les yeux, sachant qu'elle devait avoir l'air d'une femme de fermier. Elle s'en moquait, comme du fait qu'il avait fini de manger et l'observait maintenant par-dessus son journal.

Lorsqu'elle eut fini — la seconde assiette vide, sans une miette —, un valet la desservit. Elle s'essuya délicatement la bouche de sa serviette dorée et regarda à travers la table, par la fenêtre. Elle était complètement rassasiée, et c'était merveilleux. Elle souhaita que ses sœurs puissent profiter d'un repas aussi copieux.

— Voudriez-vous une autre assiette ?

Alexandra se crispa, rechignant à le regarder. Mais elle finit toutefois par se tourner vers lui. Il était si beau qu'elle en eut le souffle coupé.

— Je crois que je ne pourrai pas avaler une bouchée de plus.

Il sourit.

— Je suis d'accord avec vous.

Elle se figea. Il souriait si rarement, et il était encore plus rare que ses yeux se teintent de chaleur ou d'humour. Son cœur bondit et s'emballa. Pourquoi ne souriait-il pas plus souvent ?

— Merci pour cet agréable repas, dit-elle lentement.

— Le plaisir était pour moi, répondit-il tout aussi prudemment.

Mais il garda les yeux rivés sur les siens.

— Je suis content que vous ayez passé une nuit reposante dans un cadre approprié et que vous ayez apprécié votre petit déjeuner.

Il n'y avait aucun moyen d'éviter une confrontation, pensa-t-elle. Mais elle ne savait pas par quoi commencer. Elle dit avec précaution :

— Je vous remercie de votre hospitalité. Toutefois, elle ne peut se prolonger. Votre Grâce, je retournerai dans ma chambre ce matin.

Son sourire s'évanouit.

— Je ne puis le permettre.

— Vous savez aussi bien que moi que je ne peux rester ici, dit-elle en se raidissant.

— Vous ne pouvez certainement pas retourner dans ce taudis, alors que vous pouvez assurément rester ici comme mon invitée.

Elle inspira tandis que son regard se durcissait.

— Pourquoi faites-vous cela ?

Il s'adossa à sa chaise.

— Je veux réparer mes erreurs.

Elle hésita avant de demander.

— Pourquoi ?

— Je suis très affligé de vous avoir fait souffrir ainsi.

Elle le regarda fixement en s'avisant qu'il le pensait. Il avait été furieux contre elle pour ce qu'il croyait être une duperie de sa part, et cependant il ne voulait pas la voir souffrir dans un faubourg pauvre de Londres.

— Je ne vous comprends pas.

— Pourquoi ? Je suis un philanthrope. J'ai construit des asiles pour des orphelins et des hôpitaux pour des filles-mères. Néanmoins, à cause de moi, une dame bien née a perdu sa position dans la vie et été réduite à la pauvreté. Il y a une terrible ironie là-dedans. Je ne peux permettre que vous restiez dans cette situation.

Elle le dévisagea, essayant de le percer à jour. Elle était au courant des causes qu'il soutenait et de ses bonnes œuvres, comme tout le monde. Alors, était-elle simplement l'une de ses bonnes actions, maintenant ? C'était ce qu'il semblait. Et *c'était* ironique — elle se demanda si elle finirait dans l'un de ses hôpitaux, avec son enfant.

— Vous n'avez pas à vous sentir coupable, déclara-t-elle. Peut-être devrions-nous admettre tous les deux que nous avons fait des erreurs, et nous séparer à l'amiable.

Il plissa les paupières.

— Je me considère comme un homme d'honneur.

Quand j'ai mis fin à notre relation, je ne m'attendais absolument pas à ce qu'Edgemont vous mette dehors.

Elle se crispa.

— Je ne veux pas en parler.

— Pourquoi ? Et quel sujet exactement voulez-vous éviter ? Votre père, ou notre liaison ?

Alexandra se leva.

— J'aurai besoin d'une voiture pour me ramener à ma chambre.

Il s'était levé en même temps qu'elle et lui saisit le poignet.

— J'aimerais une réponse, Alexandra.

Si elle parlait du baron, elle s'effondrerait, et pourrait révéler combien elle avait le cœur brisé. Quant à ce qui était arrivé entre eux, c'était un territoire qu'elle refusait d'explorer, surtout maintenant, et surtout pas avec lui, pour la même raison.

— Il est futile de s'appesantir sur le passé.

— En général, oui, mais pas cette fois.

Il ne l'avait pas lâchée.

— Je ne peux pas rester ici. Je dois préserver le peu de réputation qui me reste.

Le regard du duc était pénétrant, si pénétrant qu'elle avait l'impression qu'il essayait de lire dans son esprit et de découvrir ses pensées, ses sentiments et ses secrets les plus intimes.

— J'aimerais vous parler en privé, Alexandra.

Son ton la mit immédiatement sur ses gardes. Prise de panique, elle réussit enfin à se dégager.

— Je dois m'en aller.

— Vous ne le pouvez pas — vous n'avez aucun moyen de partir, tant que je ne le permettrai pas.

— Vous disiez que les ducs ne prenaient pas d'otages !

— Vous êtes mon invitée, Alexandra.

Il se tourna vers les valets.

— Laissez-nous et fermez les portes. Qu'on ne nous dérange pas.

— Oh, mon Dieu ! dit-elle dans un souffle, en s'avisant que les domestiques avaient été témoins de leur discussion échauffée.

Ils étaient si immobiles qu'elle avait oublié leur présence. Elle se tordit les mains tandis qu'ils sortaient, refermant derrière eux.

— Que voulez-vous de moi, maintenant ?

— J'ai dit et répété que je voulais me racheter. Mais vous avez raison, il y a autre chose.

Il la fixa tandis qu'elle reculait.

— Expliquez-moi pourquoi vous m'avez égaré au sujet de votre innocence.

— Quoi ? se récria-t-elle, abasourdie.

— Vous avez insinué que vous aviez partagé une grande passion avec votre prétendant voilà quelques années.

Alexandra heurta le buffet.

— En effet.

Elle se sentait si impuissante. Tout cela avait commencé à cause de ce qu'elle avait eu avec Owen, pensa-t-elle, mais Clarewood ne comprendrait jamais ses rêves et ses aspirations. Tandis qu'ils se dévisageaient et qu'il attendait sa réponse, elle se rendit compte qu'elle tremblait.

— J'allais me marier avec Owen St. James. Nous nous aimions, murmura-t-elle, attristée.

Mais, étrangement, elle n'aurait su dire si son chagrin concernait encore Owen, ou sa vie en ruines, ou *lui*.

Son regard bleu se fit plus intense, mais il resta silencieux.

Elle sentit des larmes lui monter aux yeux.

— Je l'aimais tant. Il m'aimait aussi. Nous riions, parlions et bavardions, nous nous tenions la main au clair de lune. Et nous rêvions de notre avenir.

Elle serra ses bras autour d'elle.

— Il me manque toujours, s'entendit-elle dire.

Un moment passa avant que le duc demande :

— C'était à quelle époque ?

Elle croisa son regard sombre.

— Il y a neuf ans — une vie entière.

— Et que s'est-il passé ?

— Ma mère est morte.

Elle haussa les épaules.

— Comment pouvais-je l'épouser ? Je l'aimais énormément — je l'aime encore et l'aimerai toujours, mais ma famille avait besoin de moi. Père buvait déjà — mais moins que maintenant. Mes sœurs étaient si jeunes, Olivia avait neuf ans et Corey seulement sept. J'ai rompu avec Owen.

Elle essuya une larme.

— Je lui ai brisé le cœur. Il a dit qu'il attendrait, je l'ai supplié de ne pas le faire. Nous avons échangé quelques lettres. Et puis il a abandonné, comme je souhaitais qu'il le fasse. Trois ans plus tard, j'ai appris qu'il avait épousé quelqu'un d'autre, et bien sûr j'en ai été heureuse pour lui.

— Bien sûr, appuya-t-il d'un ton plat.

— Etes-vous toujours en relation ?

— Non. Les dernières nouvelles que j'ai eues de lui, c'est lorsqu'il m'a écrit pour m'annoncer son mariage avec Jane Godson.

Elle haussa les épaules, en sachant que son geste n'avait rien de nonchalant.

— Il devait être le parfait gentleman, pour avoir capturé votre cœur à ce point.

Sa voix était toujours neutre.

— Owen était beau, spirituel et charmant. Et gentil. Il venait d'une bonne famille. Son père était baron, comme le mien. Mais surtout, il était mon meilleur ami.

Elle parvint à sourire.

Le visage du duc était plus dur, maintenant, ses traits plus ciselés que jamais. Il lui tendit un mouchoir, les cils baissés, et elle ne put voir son expression.

— Je suis désolée. Il me manque encore. Quand vous êtes venu à mon secours au bal…

Elle s'interrompit, s'avisant qu'elle ne devrait pas lui expliquer ce qu'il lui avait fait éprouver ce soir-là, la joie qu'elle avait ressentie dans ses bras, l'émotion qu'il avait suscitée en elle en la regardant avec de l'intérêt et de la chaleur.

— Je vous en prie, continuez.

Elle hésita.

— Vous êtes beau et charmant. J'avais oublié ce que c'était que d'être dans les bras d'un homme.

Il la regarda, les yeux indéchiffrables.

— Ainsi, je vous ai rappelé votre grand amour perdu. Ou peut-être le remplaçais-je.

— Vous ne ressemblez en rien à Owen. Vous ne pouvez le remplacer.

Il émit un son et ses lèvres s'incurvèrent, mais il n'y avait aucune chaleur dans son sourire. Se mettait-il en colère ?

— Je n'ai pas l'intention de vous insulter.

— Bien sûr que non, dit-il platement. Et si nous nous

tenions la main au clair de lune, si je vous chuchotais des mots doux à l'oreille, serais-je comme le jeune Owen ?

Alexandra ne sut que dire, et elle n'aimait pas son expression et son ton, à présent.

— Et aspiriez-vous à ses baisers, aussi ? Au clair de lune ? Le désiriez-vous ? demanda-t-il doucement.

Elle sentit qu'elle rougissait.

— *J'aimais* Owen. Naturellement, j'éprouvais du désir.

Il la fixa et elle lui rendit son regard.

— Mais vous ne m'aimez pas, ajouta-t-il sur le même ton, alors il n'y a pas d'explication à la volupté que vous avez expérimentée dans mes bras.

Le choix de ses mots lui embrasa encore plus les joues. Pourquoi faisait-il cela ? Et tandis qu'il semblait en colère, il était surtout moqueur.

— Je ne veux pas discuter de notre liaison !

— Pourquoi ? Parce que je ne vous ai pas tenu la main ?

Il était irrité, pensa-t-elle, paniquée. Mais pourquoi ?

— Je refuse d'en parler davantage.

Il la saisit par le bras avant qu'elle pût s'enfuir.

— Je peux voir que votre désir vous tourmente.

— Il n'y a pas d'explication rationnelle à la passion que nous avons partagée, insista-t-elle.

Il se pencha plus près.

— Le désir n'est pas rationnel, ma chère. Il est physique, charnel.

Le cœur d'Alexandra battait à en éclater, maintenant. Chaque fibre de son corps était contractée, échauffée.

— Je ne vois pas pourquoi nous parlons de cela.

— Nous en parlons parce que je veux comprendre pourquoi vous m'avez délibérément trompé.

Elle serra ses bras autour d'elle.

— Je suis une femme éhontée… J'ai essayé de vous résister… mais j'avais envie d'être avec vous, murmura-t-elle.

Il sourit, toujours sans gaieté.

— Et maintenant ?

Elle se figea. Ses yeux étaient sombres et coléreux, mais brûlants, aussi.

— S'il vous plaît, non. Aucun bien ne sortira de cela.

— De quoi ?

Il glissa une main sous sa mâchoire.

— Vous voulez sûrement oublier votre ancienne flamme ? Vous voulez sûrement encore être avec moi ?

Il se pencha un peu plus.

— Arrêtez ! Mon histoire avec Owen remonte à longtemps. Il est oublié.

Il rit.

— Vous parliez de lui tout à l'heure comme s'il était votre amant voilà quelques jours. Vous ne l'avez pas oublié, pas du tout.

— Je dois m'en aller.

— Mais vous n'avez nulle part où aller, dit-il, le regard dur. Et vous le savez aussi bien que moi.

Alexandra se représenta sa chambre minable. Elle songea à celle qu'il lui avait donnée, si belle.

— Je ne peux rester ici !

— Pourquoi ?

Il eut un sourire carnassier.

— J'ai toujours envie de vous. Vous avez toujours envie de moi. Et surtout, vous avez besoin d'un protecteur, maintenant.

Alexandra pâlit.

— En outre, ajouta-t-il, souriant toujours, je crois que je peux vous faire oublier votre Owen St. James bien-aimé.

Alexandra était assise dans l'embrasure de la fenêtre de sa superbe chambre, les jambes ramenées sous elle, une broderie sur les genoux. Mais elle ne cousait pas ; elle regardait le grand carrosse noir de Clarewood qui approchait de la maison, remontant l'allée de coquillages immaculée, tiré par un splendide attelage de chevaux noirs. Son cœur tambourina dans sa poitrine.

Il était tard dans l'après-midi. Elle s'était réfugiée dans sa chambre après leur petit déjeuner, déterminée à l'éviter et à éviter les souvenirs de leur passion, qu'il avait si facilement réveillés. Mais c'était impossible. Il *était* Clarewood, et partout où elle se tournait elle sentait sa présence et son pouvoir.

Elle restait incrédule qu'il veuille encore lui faire des avances. A cette incrédulité se mêlaient de la consternation — et de la panique. Le plus tôt elle lui échapperait, le mieux ce serait, pensa-t-elle.

La voiture dépassait la fontaine de pierre blanche.

Elle ne retomberait plus jamais dans ses bras. Il n'y avait rien à considérer. Il avait eu sa chance, elle avait eu la sienne, et ils avaient commis tous les deux une erreur monumentale. Ils n'avaient plus rien à faire l'un avec l'autre. Elle n'avait pas besoin d'un protecteur. Et même si c'était le cas, elle n'accepterait jamais Stephen pour tel, pas après tout ce qui s'était passé, pas même si une part perdue et solitaire d'elle-même avait besoin de quelqu'un maintenant.

Elle essaya de penser à Owen, mais c'était impossible, à présent.

A la place, la passion choquante qu'elle avait partagée avec le duc ne cessait de lui revenir à l'esprit, mais cela n'avait pas d'importance. Elle n'oublierait jamais sa cruauté, ensuite. Elle se força à se rappeler chaque détail, chaque horrible parole. Après qu'ils avaient fait l'amour, elle avait été emplie de joie et d'attente, et il l'avait terriblement blessée par ses fausses accusations.

Il était détestable !

Mais elle devait reconnaître qu'elle lui avait bel et bien menti.

Alexandra serra ses bras autour d'elle. Elle souhaitait qu'il ne soit pas venu la chercher dans sa chambre de Londres. Elle souhaitait qu'il soit devenu un souvenir lointain et brouillé. Elle souhaitait qu'il ne lui ait pas offert ce délicieux petit déjeuner dont elle avait eu tant besoin. Mais il avait fait tout cela.

Elle se dit qu'il était un tyran, habitué à ce que ses domestiques et ses pairs se plient à ses désirs, et qu'il n'avait aucune idée de ce que c'était que d'essuyer un refus. Mais elle le comprenait un peu mieux, maintenant, et elle voyait comment une enfance aussi difficile, couplée avec le pouvoir qu'il avait à présent, avait pu faire de lui un homme dur et implacable.

Elle était si nerveuse qu'elle se sentait malade. Et c'était une autre raison de partir — la plus contraignante de toutes — qu'il ne découvre pas son état. Elle ne voulait plus jamais être accusée d'être une manipulatrice à l'affût d'une fortune.

Elle pouvait se débrouiller seule. Elle le ferait. Elle n'avait pas d'autre choix.

Elle était au bord des larmes, emplie de confusion et d'incertitude. Elle songea à son père et, parce que c'était trop douloureux, elle écarta aussitôt de son esprit l'image du baron lui criant après et la chassant de chez lui. Malgré sa cruauté envers elle, elle espérait qu'Olivia s'occupait de lui et de Corey. Elle souhaitait tellement être à la maison avec ses sœurs — et n'avoir jamais posé les yeux sur le duc de Clarewood.

Des images pleines d'une chaleur intense et de frénésie passèrent dans sa tête, des images d'elle allongée sous lui, dans ses bras puissants. Ses yeux bleus étaient brillants, aveuglants ; son sourire était chaud...

Elle se redressa et regarda fixement dehors. Elle ne devait pas se remémorer la passion qu'ils avaient partagée. Les ormes qui bordaient la longue allée étaient maintenant rouges et or. Le ciel était d'un bleu pâle, mais le soleil brillait. Elle ne voyait plus son carrosse. Dans un moment, il entrerait dans la maison.

Alexandra se leva. Il allait devoir la laisser partir. Il n'y avait pas d'autre choix. Il était temps qu'elle retourne à sa petite chambre. Elle menait une vie de pauvreté, et rester ici trop longtemps rendrait seulement le retour à la réalité plus difficile.

En se mordant les lèvres, elle posa sa broderie et fit quelques pas. Elle s'arrêta devant le miroir. Ses joues étaient avivées, ses yeux brillaient. Elle avait relevé ses cheveux, refusant l'aide d'une soubrette, mais son simple chignon n'était pas assez serré.

L'appréhension lui nouait le ventre lorsqu'elle descendit. Quand elle atteignit le rez-de-chaussée, elle entendit des voix masculines et sut qu'il avait de la visite. Elle se crispa. Elle devrait remettre leur face-à-face à plus tard.

Elle n'avait pas l'intention d'écouter, mais elle perçut de l'exaspération dans le ton du duc.

— Vous avez besoin de refréner votre épouse, Alexi, et votre sœur.

Ses bonnes intentions oubliées, Alexandra se rapprocha des portes de la bibliothèque, qui étaient ouvertes.

— Contrairement à vous, je trouve l'indépendance d'une femme admirable, rétorqua son interlocuteur. Et si Elysse a décidé de s'opposer à vous, je pourrais même applaudir. Il faut que quelqu'un vous rabaisse un peu, Stephen.

Alexandra pouvait à peine croire ce qu'elle entendait — l'épouse d'Alexi s'opposait au duc ? Et Alexi de Warenne osait lui parler comme un égal ? Elle se rapprocha encore de la porte et jeta un coup d'œil dans la pièce.

Alexi paraissait amusé. C'était un bel homme, vêtu d'une tenue d'équitation et souriant largement. Mais Clarewood avait l'air dangereusement agacé.

— J'ignore pourquoi je vous supporte, tous.

— Vous nous supportez parce que nous ne voulons pas être écartés, même si Dieu seul sait pourquoi *nous* vous supportons, vos humeurs et vous, dit Alexi d'un ton amical.

Il alla au buffet et emplit des verres.

— Avez-vous déjà pensé au fait que vous étiez un garçon austère et que vous êtes maintenant un homme austère — même si, heureusement, vous ne l'êtes pas autant que le vieux Tom ?

— Etes-vous venu ici pour m'insulter ? Mes plaintes sont justifiées. J'ai spécifiquement demandé à ces deux dames de trouver un prétendant convenable à ma mère — pas de la jeter dans les bras de ce maudit Américain.

Alexi rit.

— Comme je le disais, elles sont indépendantes d'esprit.

Il tendit un verre à Stephen et, à l'étonnement d'Alexandra, ils trinquèrent, Clarewood paraissant s'adoucir.

— Je ne pense pas que votre mère vous obéisse dans cette affaire, reprit Alexi. En outre, ils forment un très beau couple, vous ne trouvez pas ?

Le duc s'étrangla.

— Ne me provoquez pas.

— Pourquoi pas ? Vous êtes facile à provoquer et il est bon pour vous d'être contredit et désobéi.

Stephen lui jeta un regard noir.

— Je leur ai donné une chance de m'aider à trouver un bon parti pour la duchesse douairière. Maintenant, je leur retire cette tâche.

Alexi le salua de son verre.

— Si elles sont sur une piste, elles se montreront aussi tenaces que des chiens de chasse. Elles ne s'arrêteront pas, mon ami.

— C'est moi qui fais la loi, dit le duc.

Alexi lui lança un coup d'œil incrédule, puis redevint sérieux.

— A propos, Charlotte Witte était à Harmon House, hier soir. J'espère que vous en avez fini avec elle. Elle a dépassé toutes les bornes.

Clarewood inspira vivement.

— Qu'a-t-elle fait ?

— Elle a dit à Lizzie qu'Alexandra Bolton avait abîmé ses robes, puis elle a ajouté que miss Bolton avait été chassée par son père et qu'elle vivait maintenant dans les bas-fonds de Londres. Elle jubilait. Et elle semble déterminée à s'assurer que plus personne ne confie de couture à miss Bolton.

Alexi fixa Stephen.

— Elle n'a rien de plaisant à dire au sujet de votre dernière conquête.

Alexandra se sentit soudain si mal qu'elle eut le tournis et dut s'accrocher au cadre de la porte pour se soutenir.

— Charlotte est allée trop loin.

Le duc abattit son verre sur la table.

— J'ai fait l'erreur de la reprendre dans mon lit une nuit ou deux. Mais je suis fatigué de ses ragots. Miss Bolton ne les mérite pas.

Alexi se tourna et aperçut alors Alexandra.

— Elle ne mérite certainement rien de cela.

La jeune femme se figea d'appréhension.

Clarewood tournoya et demanda aussitôt :

— Etes-vous de nouveau souffrante ?

— Non.

Elle se redressa.

— Je suis désolée, je ne voulais pas écouter, mais je comptais conclure notre précédente conversation.

Elle savait qu'elle rougissait. *Avait-il l'intention de la défendre contre Charlotte Witte et ses mensonges ?*

Le duc la rejoignit, la soutenant fermement par le bras. Elle croisa son regard et crut y voir de l'inquiétude, puis elle se dit qu'elle devait se tromper.

Il la regarda avec attention.

— Connaissez-vous mon ami Alexi de Warenne ? Alexi, venez, que je vous présente à miss Bolton, mon invitée.

Le cœur d'Alexandra s'emballa tandis qu'elle détachait les yeux de Clarewood, s'attendant à voir de la moquerie, du dédain ou du mépris sur le beau visage d'Alexi. Mais il lui sourit avec chaleur.

— Bonjour, miss Bolton. Je crois que vous avez récemment rencontré ma femme. Elle a parlé de vous en très bons termes.

Elle fut si surprise que ses genoux flanchèrent. Le duc la soutint de nouveau.

— Vous devez vous asseoir, dit-il avec fermeté.

Elle se tourna pour le regarder, puis dit à Alexi :

— J'ai été heureuse de rencontrer votre épouse et votre sœur, monsieur. C'est également un plaisir de vous connaître.

Alexi continua à sourire tandis que son regard passait de l'un à l'autre.

— Eh bien, je m'en vais. Elysse m'a dit de rentrer à 18 heures, et comme vous le savez, c'est elle qui commande.

Clarewood le regarda en secouant la tête.

Alexi sourit largement et s'inclina devant Alexandra.

— Ne faites pas attention à ce monstre. Les monstres peuvent être domptés.

Il sortit.

Alexandra eut la sensation d'avoir été frappée par un tourbillon. Le duc était si différent quand il était avec Alexi de Warenne ; visiblement, ils étaient proches et s'appréciaient beaucoup. Il était proche d'Elysse et d'Ariella, aussi, et le plus surprenant de tout, il était furieux contre Charlotte pour ses mensonges et ses attaques.

— Vous me fixez, dit-il doucement.

Cela le rendait-il humain, après tout ?

Comme elle ne répondait pas, il reprit :

— Avez-vous de nouveau été malade, Alexandra ? J'attends la vérité, cette fois.

Elle s'avisa qu'il la tenait toujours par le bras et elle s'écarta.

— Je n'ai pas été malade. J'étais en train de broder et j'ai vu arriver votre voiture.

Elle inspira.

— M. de Warenne est aussi charmant que sa femme.

— Oui, il peut être un charmant vaurien — quand il veut.

Le duc s'éloigna. Elle le vit servir un xérès, puis il revint le lui offrir. Elle refusa d'un signe de tête.

— J'insiste, dit-il.

Elle but une petite gorgée.

— Avez-vous réfléchi ? demanda-t-il doucement.

Son cœur tambourina. Il avait eu l'intention de la défendre. Il n'était pas complètement dénué d'amabilité. Et il était aimé par certains — les Warenne semblaient attachés à lui, au moins, alors peut-être n'était-il pas un tel monstre.

— Je ne peux pas, répondit-elle, mais son cœur s'emballa de plus belle.

— Pourquoi ? Vous ne pouvez nier qu'il existe une puissante attirance entre nous, et je souhaite prendre soin de vous.

— Qu'allez-vous faire au sujet de Charlotte ? demanda-t-elle d'une voix altérée.

— Elle ne prononcera plus un mot à votre propos, malveillant ou non.

Son regard se fit scrutateur.

— Quand j'ai dit que je serais votre protecteur, je voulais dire de toutes les façons possibles.

Et elle le crut. Son cœur tressauta et battit la chamade. Elle n'avait plus qu'une envie : se rapprocher de lui. Si elle le faisait, il la prendrait dans ses bras — et elle se sentirait en sécurité comme jamais auparavant.

— Je déteste l'injustice, murmura-t-il. Et il y a eu de l'injustice, n'est-ce pas ? J'ai eu terriblement tort de vous accuser de vouloir me forcer au mariage.

Des larmes lui montèrent aux yeux.

— Je ne pensais pas que mon innocence était importante, dit-elle à voix basse. Je craignais en vous l'avouant que vous ne vous détourniez de moi.

Il regarda tomber une larme.

— Pourquoi pleurez-vous ?

Que pouvait-elle dire ? Qu'elle était tombée amoureuse de lui au premier regard ? Qu'il lui avait fait terriblement mal ? Que ses sœurs, sa maison et même son père lui manquaient ? Qu'elle redoutait de retourner dans sa misérable chambre ? Qu'elle détestait qu'on jase sur elle, qu'on la méprise ?

L'expression du duc s'adoucit. Il fit glisser une main le long de son cou, puis saisit le côté de son visage. Tenant sa tête immobile, il se pencha.

— Vous ne pouvez me repousser maintenant. Je veux arranger les choses, Alexandra.

Et il l'embrassa.

14

Alexandra se retrouva dans l'étreinte puissante du duc. Elle se raidit tandis que sa bouche planait au-dessus de la sienne, que son souffle caressait ses lèvres. Elle n'avait jamais rien souhaité aussi ardemment que son baiser — et, si elle était honnête, sa protection.

Comme s'il le savait, il lui sourit tout en murmurant son nom. Sans pouvoir s'en empêcher, elle posa les mains sur ses épaules. Le regard qu'il posait sur elle était d'une intensité troublante, ses yeux bleus semblaient étinceler.

Elle percevait le désir qu'il ressentait. Son ventre se noua. Elle ne pouvait pas lui céder.

Alors qu'il la tenait serrée contre lui, couvrant sa bouche de la sienne, la réclamant farouchement, d'une façon possessive, elle essayait désespérément de lui résister. Mais il continua à l'embrasser et elle finit par pousser un cri, resserrant son emprise sur ses épaules, l'embrassant à son tour.

Il grogna.

Leurs bouches étaient rivées l'une à l'autre, et maintenant leurs langues se mêlaient. Le désir l'étourdissait, la rendait fiévreuse. Elle avait besoin de lui. Il enfouit les mains dans ses cheveux tout en la faisant reculer pour la presser contre le mur. Il la plaqua contre lui, chaque pouce de son corps dur et échauffé empli d'urgence et d'exigence.

Elle n'avait jamais désiré quelqu'un à ce point. A cet instant, tous ses doutes s'étaient dissipés. Elle l'aimait, follement, stupidement et d'une certaine manière irrévocablement. Et c'était pourquoi cela ne pouvait pas continuer.

— Arrêtez, parvint-elle à dire en lui arrachant sa bouche.

Il s'arrêta, les yeux s'élargissant de surprise.

— Je ne veux pas reprendre notre liaison, dit-elle dans un souffle, en le repoussant. Je vous en prie, lâchez-moi.

Il fut si stupéfait qu'il en resta muet. Puis, avec réticence, il desserra son étreinte.

Elle passa sous son bras pour s'éloigner de lui. Elle tremblait, et son corps lui paraissait en flammes. Mais c'était son cœur qui lui faisait le plus mal maintenant.

— Je jure de prendre soin de vous, dit-il.

Elle se tourna et vit qu'il l'observait tel un prédateur. Elle n'avait pas envie de lui résister, en vérité, mais elle le devait. Il ne pouvait lui offrir qu'une aventure, et quand cela se terminerait, elle aurait le cœur brisé. Elle le savait, à présent.

— Je ne vous blâme pas de vous méfier de moi.

— Je ne peux pas accepter votre charité ni votre protection, dit-elle avec difficulté.

Son regard était grave.

— Je vois que vous êtes déterminée, déclara-t-il finalement. Vous êtes une femme obstinée. Mais je suis, moi aussi, un homme obstiné.

Elle trembla de nouveau. Que voulait-il dire ?

— Je suis aussi volontaire, déterminé et patient. Très bien. Je respecterai vos souhaits, pour le moment.

Elle réprima une exclamation.

— Ne songez pas à me refaire des avances !

Elle savait déjà qu'elle n'était pas assez forte pour y résister, s'il avait vraiment l'intention de les reprendre.

— Vous semblez désorientée, dit-il doucement, les yeux brillants. Et je pense que nous savons tous les deux pourquoi.

Elle se mit à secouer la tête.

— Vous devez *complètement* respecter mes souhaits.

Il croisa les bras.

— Je vous laisserai tranquille pour l'instant. Mais je redresserai les choses.

— Que voulez-vous dire ? demanda-t-elle avec méfiance.

— Vous resterez ici — comme mon invitée respectée. J'insiste.

Et il sourit.

Le cœur d'Alexandra bondit. Elle savait qu'elle n'avait pas envie de quitter Clarewood, surtout pour retourner dans sa misérable chambre ; personne de sensé ne le voudrait.

— Je ne peux pas accepter, dit-elle pourtant.

— Vous le pouvez et vous le ferez.

Son sourire se réchauffa.

— J'ai des invités de temps à autre. Ce n'est guère inhabituel.

— Tout le monde sait ce qui s'est passé entre nous ! protesta-t-elle. Ma réputation est déjà en lambeaux. On jase à mon sujet.

Le sourire du duc s'évanouit.

— Ne vous ai-je pas dit à l'instant que je vous protègerai, de toutes les façons possibles ? Il n'y aura plus de ragots. Je vous le promets. De fait, je vais même mettre les choses au point et faire en sorte que l'on croie que rien ne s'est passé entre nous.

Elle était incrédule. Il allait dire à quelques relations qu'elle était son invitée, sous sa protection. Or, elle n'avait aucune raison d'être son invitée, Edgemont Way se trouvait à deux heures de là. Et même s'il leur disait qu'il n'y avait pas eu séduction… Elle trembla.

— Personne ne vous croira.

— Probablement pas. Mais cela n'importe pas.

Il prit un air ironique.

— Nul ne me désobéit, Alexandra, excepté vous, bien sûr. Si je fais connaître ma colère, le chapitre sera clos.

Elle inspira. Juste Ciel, elle ne souhaitait rien tant que retrouver sa bonne réputation et que les rumeurs se taisent ! Mais même s'il pouvait probablement mettre fin aux ragots, elle doutait de pouvoir blanchir son nom. Elle serait toujours méprisée. Peut-être pas par tout le monde, mais des dames comme Charlotte Witte continueraient à tirer leurs couteaux en la voyant. Néanmoins, ce serait une nette amélioration. La haute société était habituée à toutes sortes d'affaires.

— Pourquoi vous montrez-vous aimable ?

— Je ne suis pas un homme dénué d'amabilité, Alexandra, ni aussi sans cœur qu'on le dit.

Il l'étudia un moment.

— J'ai un engagement ce soir. Pourquoi ne dites-vous pas à Guillermo ce que vous souhaitez pour dîner ? Maintenant, si vous voulez bien m'excuser, comme j'ai été momentanément repoussé, j'ai certains documents à étudier.

Elle le regarda fixement.

Il lui indiqua la porte.

Elle comprit qu'il avait l'intention de lire dans la bibliothèque, et qu'il venait de la congédier. Encore abasourdie par leur entretien, elle s'empressa de sortir. Quand elle s'arrêta sur le seuil pour le regarder une dernière fois, il était déjà à son bureau, plongé dans ses papiers. Absorbé, il ne prit même pas la peine de lever les yeux vers elle.

Son cœur chavira. Si seulement elle avait pu accepter son offre… Si seulement elle avait eu le courage de le faire…

Bouleversée, elle sortit.

Le lendemain matin, Stephen se leva très tôt. Alexandra ignorait à quelle heure il était rentré la veille car, lorsqu'elle s'était endormie, à minuit, il n'était toujours pas rentré. Elle ne l'avait pas précisément attendu — elle s'était couchée avec un roman —, mais elle n'avait pu s'empêcher de remarquer son absence. Et elle n'était pas parvenue à lire, son image s'imposant à son esprit. Elle ne cessait de penser à leur conversation, à ce baiser renversant et à ce qu'il voulait d'elle maintenant.

Elle s'inquiétait de savoir comment elle édifierait des défenses contre lui alors qu'elle ne le souhaitait pas vraiment, alors qu'elle lui vouait des sentiments aussi inappropriés. Cela lui avait paru étrange de se coucher dans cette luxueuse chambre d'hôtes, mais cela avait été merveilleux, aussi. Elle s'était presque sentie choyée.

Elle devait cependant se rappeler que le duc ne l'aimait pas, il la désirait, ce qui était très différent.

Comment avait-elle pu s'éprendre de lui ?

Car il n'y avait pas d'autre explication à ses émotions sauvages et turbulentes, aux souvenirs auxquels elle ne pouvait échapper et à la façon intense et incessante dont elle pensait à lui. En tout, ils avaient partagé quelques heures ensemble. En fait, elle le connaissait à peine. Et à l'opposé des bons moments qu'ils avaient passés, il y avait eu tant de choses mauvaises et douloureuses.

D'un autre côté, l'amour était inexplicable. On ne le choisissait pas, il choisissait ses victimes. Et n'avait-elle pas entendu dire qu'il avait laissé une traînée de cœurs brisés dans tout le pays ? Sans le moindre doute, elle n'était pas la première femme à lui jeter un regard et à tomber aussitôt amoureuse.

Si seulement ses sentiments pouvaient se dissiper…

Elle décida finalement de descendre, tremblant d'incertitude et d'anticipation. Il était 8 heures du matin. Elle ne l'avait pas revu depuis leur dernière conversation, lorsqu'il avait dit qu'il respecterait momentanément ses souhaits, et qu'elle resterait à Clarewood comme son invitée. S'il la considérait ainsi, il était normal qu'elle le rejoigne pour le petit déjeuner. Les invités se joignaient toujours à leur hôte pour le petit déjeuner et discutaient poliment de sujets anodins. Elle espéra donc qu'il ne serait pas étonné par son initiative. Elle était impatiente de le retrouver, tout en se mettant en garde : il ne devait jamais apprendre ce qu'elle ressentait pour lui. Pour rien au monde.

Lorsqu'elle entra dans la salle à manger du matin, elle fut déçue de la trouver vide. Sur la table, il n'y avait qu'un couvert.

Elle tenta de réprimer sa contrariété tandis qu'on lui servait un somptueux petit déjeuner. Stephen n'était peut-être pas rentré la nuit dernière. L'image de Charlotte Witte s'imposa douloureusement à elle, l'emplissant d'un profond désarroi. Malgré le bon appétit dont elle faisait habituellement preuve le matin, elle ne put plus rien avaler, l'estomac noué à la pensée que le duc avait pu passer la nuit en compagnie de son ancienne maîtresse.

Elle se força cependant à manger en tentant de se raisonner. Quoi que fasse le duc, ce n'était pas son affaire. Elle avait maintes choses à faire ce jour-là : elle devait terminer de coudre deux robes que ses clientes attendaient en ville pour le lendemain. Il faudrait donc qu'elle les livre aujourd'hui. Et puis, elle devait écrire à ses sœurs. Il y avait tant de choses à leur expliquer.

Elle n'osait pas penser à son père. Ce serait trop douloureux.

Elle quitta la salle à manger avec l'intention d'installer une table de repassage et de couture dans sa chambre, si elle en trouvait une. Mais alors qu'elle s'apprêtait à monter à l'étage, elle entendit des voix et crut reconnaître celle de Randolph, ainsi que celle du duc.

Il était à la maison, finalement.

Après sa mésaventure de la veille, elle s'était dit qu'elle n'écouterait plus jamais aux portes, mais elle ne put résister à la curiosité qui l'assaillait. Elle changea aussitôt de direction pour se retrouver sur le seuil d'un petit cabinet de travail au milieu duquel trônaient deux tables surchargées de papiers. Les deux hommes se tenaient là, penchés sur les documents. Le duc avait roulé les manches de sa chemise, son col était dégrafé et sa cravate dénouée. Deux employés se tenaient sur les côtés. Tout le monde parlait à la fois — sauf Stephen, qui se tenait un peu à l'écart, écoutant les autres avec attention.

Même dans une tenue aussi négligée, il avait l'air du pair puissant et fortuné qu'il était. Il dominait la pièce. Il était beau, viril, sensuel. Frémissant à sa vue, Alexandra s'avisa qu'ils discutaient de fenêtres et d'éclairage. Juste comme elle tirait cette conclusion, il se redressa et se tourna vers elle. Son regard se réchauffa lorsqu'il l'aperçut.

Elle sut qu'elle rougissait. Elle avait envie de courir le saluer. Mais elle ne bougea pas.

— Je vous demande pardon. J'espère que je ne vous dérange pas, dit-elle vivement.

Elle était troublée, non seulement par le désir qu'il éveillait en elle chaque fois qu'elle l'apercevait, mais aussi par l'intensité de l'amour qu'elle ressentait pour cet homme.

Il sourit en s'approchant d'elle.

— Vous ne pourriez jamais me déranger.

Son cœur battait follement, à présent. Il pouvait être si charmant, quand il voulait.

— Ne soyez pas flatteur, vous êtes très occupé, je le vois.

— Je suis toujours occupé, répondit-il aimablement, son regard parcourant lentement ses traits. Avez-vous bien dormi ?

— Très bien.

— Et avez-vous apprécié votre petit déjeuner ?

— Oui, merci.

Elle ne savait pas pourquoi elle était si nerveuse. Et personne dans la pièce ne semblait se soucier de sa présence. Les deux employés argumentaient sur l'emplacement et la taille des fenêtres, Randolph les écoutant avec attention avant de murmurer quelque chose à propos du coût.

Stephen jeta un coup d'œil aux trois hommes, puis reporta son attention sur elle. Elle eut la sensation qu'il n'avait pas perdu un mot de la discussion.

— Je mets au point des logements progressistes pour la classe ouvrière, dit-il.

Elle sursauta.

— Nul ne devrait vivre sans éclairage, sans ventilation, sans plomberie et égouts corrects, ajouta-t-il.

Elle le regarda avec intensité.

— Je possède des parts d'une manufacture textile à Manchester. J'y construis des logements modèles. Si c'est un succès, j'espère pouvoir convaincre d'autres propriétaires de fabriques de financer des projets similaires.

Il sourit.

— Des travailleurs en bonne santé seront plus productifs, tout le monde aura à y gagner.

— Cela paraît magnifique, dit-elle.

C'était une chose d'avoir entendu parler de ses bonnes œuvres et une autre de le voir en manches de chemise, avec ses architectes, les yeux brillants d'enthousiasme pour sa cause.

— Pourquoi vous souciez-vous des ouvriers pauvres ?

Même s'il était devenu à la mode d'épouser de telles causes dans les classes supérieures, la plupart des nobles ne se souciaient que de leur propre bourse.

— Parce que j'ai tant reçu — sans lever un doigt. Il serait insouciant de ma part de ne pas utiliser ce qui m'a été donné pour aider ceux qui sont moins fortunés que moi.

Son cœur se serra. Ainsi, il n'était pas aussi froid et insensible qu'on le prétendait.

— Votre père était-il un philanthrope, lui aussi ?

— Non.

Son sourire se modifia, toute chaleur désertant ses yeux.

— Je dois beaucoup au précédent duc, mais il ne s'intéressait qu'à la prospérité de Clarewood, et à ce que celle-ci pouvait lui apporter à lui-même et à sa descendance. Je crois bien qu'il se retournerait dans sa tombe s'il savait les sommes que j'ai dépensées pour ceux qui vivent dans la misère.

Elle étudia son beau visage. S'il disait la vérité, comment un fils pouvait-il être si différent de son père ? C'était un homme bien, pensa-t-elle, le cœur serré. Elle hésita.

— J'ai entendu dire que votre père était très exigeant.

Il haussa les sourcils.

— C'est exact. Il était impossible à satisfaire. Il ne serait pas content de moi maintenant.

— Je suis sûre qu'il serait très fier de vous, affirma-t-elle.

— Vraiment ? J'en doute, dit-il avec une froide ironie.

— Je suis certaine que votre fils sera aussi généreux que vous, et que vous serez fier de lui.

Le regard de Stephen s'acéra.

Elle se crispa, songeant à l'enfant qu'elle portait sûrement, et regrettant d'avoir dit cela.

— Je l'espère, dit-il enfin, en se détournant d'elle.

Puis il la regarda de nouveau, les cils baissés.

— Et que ferez-vous aujourd'hui ?

Il releva les paupières, mais ses yeux étaient indéchiffrables.

— J'ai une réunion en ville cet après-midi, et un dîner ensuite.

Il serait parti la majeure partie de la journée et de la soirée, pensa-t-elle, se rappelant qu'elle n'avait aucun droit de se sentir abandonnée ou déçue.

— J'ai de la couture à faire.

Il plissa les paupières.

— Je trouve votre capacité à pourvoir à vos besoins dans ces circonstances admirable, mais tant que vous serez ici, vous ne manquerez de rien.

— J'ai deux clientes qui attendent des robes réparées, rafraîchies et repassées demain.

Il croisa les bras et l'étudia.

— Donnez le nettoyage et le repassage à mes soubrettes.

— Je ne ferais jamais une chose pareille ! De fait, j'espérais trouver une table où je puisse coudre et repasser dans ma chambre.

— C'est absurde, Alexandra. J'ai plusieurs blanchisseuses sous la main.

— J'ai travaillé avec diligence pour acquérir une clientèle fidèle, rétorqua-t-elle. Je ne peux pas m'arrêter de travailler maintenant.

Il était évident qu'il la désapprouvait.

— Je pensais que vous aimeriez peut-être prendre une voiture et vous rendre en ville pour faire des emplettes, ou bien en profiter pour monter. J'ai quelques chevaux dociles dans mes écuries. Mais apparemment, vous avez l'intention de passer la journée à coudre.

— En effet, répondit-elle d'un ton crispé.

Et, manifestement, il avait oublié qu'elle n'avait pas les moyens de faire des achats.

— Et demain ? Vous plongerez-vous aussi dans votre labeur ?

— Je l'espère.

Il secoua la tête.

— Je ne comprends pas pourquoi vous ne tireriez pas parti d'être mon invitée. J'ai une suggestion à vous faire. Faites savoir à vos clientes que vous êtes en congé. Profitez de votre temps ici. Vous pourriez même envisager d'inviter des amies à déjeuner. Vos sœurs pourraient peut-être se joindre à vous ! Mes chefs prépareront tous les repas que vous voudrez.

Alexandra laissa presque échapper une exclamation. Elle adorerait avoir ses sœurs à déjeuner. Et elle se rappela comment elle s'était imaginée étant l'épouse du châtelain Denney, déjeunant avec ses sœurs et lui. Mais l'image avait complètement changé. Elle se voyait maintenant à la table du duc avec ses sœurs, et c'était lui qui venait les rejoindre à la salle à manger, avec un grand et chaud sourire qu'il ne réservait qu'à elle.

Ebranlée par cette image, elle recula.

Elle ne devait plus jamais imaginer une telle scène !

— Qu'est-ce qui ne va pas ? demanda-t-il gentiment.

— Je dois écrire à mes sœurs, comme elles ignorent que je suis ici. J'aimerais que la lettre parte au courrier d'aujourd'hui, parvint-elle à dire.

— Je la ferai porter par quelqu'un, dit-il. Mais si vous les invitiez à déjeuner, au lieu de passer votre temps à coudre, vous pourriez leur expliquer les raisons de votre présence ici en personne.

C'était si tentant.

— Et quand je devrai retourner à mon humble logis en ville ? s'enquit-elle doucement. Alors quoi, Votre Grâce ? Comment me nourrirai-je et m'habillerai-je — et paierai-je ma chambre — si j'ai perdu toutes mes clientes ?

Il lui lança un regard sombre.

— Peut-être que, d'ici là, vous aurez un bienfaiteur en plus d'un protecteur.

Elle savait exactement ce qu'il voulait dire et sa remarque la fit rougir. Son désir s'intensifia.

Il sourit d'un air assez satisfait de lui.

— Je pense que nous le savons tous les deux, vous ne me résisterez que quelque temps.

— Je pense, parvint-elle à répliquer, que ma détermination pourrait surpasser la vôtre, en fin de compte.

Il plissa les paupières tandis qu'une vive tension s'installait entre eux.

— Nous verrons, dit-il en haussant les épaules.

Mais ses yeux étincelaient et elle eut le sentiment que ce défi lui plaisait.

— J'ai beaucoup à faire aujourd'hui, reprit-il. Je crains de devoir m'excuser, même si j'apprécie notre débat.

— Je suis désolée. J'aurais dû monter directement.

Il tendit la main et la prit par le bras pour la retenir.

— Alexandra, vous êtes mon invitée, et vous n'avez pas à vous cacher dans votre chambre. Mes domestiques ont reçu l'ordre de répondre à tous vos désirs. Je serais consterné si un de mes invités n'était pas totalement à l'aise. Si vous avez besoin de quelque chose, vous n'avez qu'à demander à Guillermo — ou à moi.

Il semblait sincère. Toutefois, dans ses yeux brillait une lueur qu'elle ne connaissait que trop bien désormais.

— Merci, Votre Grâce.

Elle s'écarta et il la laissa partir. Tandis qu'elle s'éloignait, il ajouta :

— Pour le cas où vous n'en auriez pas conscience, je suis rarement contrecarré dans mes ambitions, Alexandra.

Sa tension était à son comble.

— Je dois m'occuper de ma couture. Passez une bonne journée, Votre Grâce.

Et elle s'en alla, presque soulagée d'avoir pu lui résister.

*
* *

Les jours qui suivirent passèrent lentement. Alexandra avait l'impression de vivre un rêve.

Lorsqu'elle s'éveillait le matin dans son grand lit à baldaquin recouvert de duvet, entourée par les plus beaux meubles, elle était toujours surprise de se trouver là. Un plateau avec du chocolat bien chaud servi dans la porcelaine la plus fine était toujours posé devant sa porte. Et le petit déjeuner l'attendait toujours dans la salle à manger, avec son copieux buffet.

Elle savait maintenant qu'elle ne le verrait pas au petit déjeuner ou même dans la journée — il était soit enfermé dans son cabinet de travail ou sa bibliothèque avec ses architectes, ses employés ou ses associés, soit en ville pour des réunions. Elle avait pris l'habitude de lire en mangeant seule, parcourant les journaux qu'il avait déjà lus. Elle passait le reste de la journée à coudre, prenant juste un sandwich dans sa chambre à midi ou livrant les robes qu'elle avait terminées.

Si le duc était sorti, son regard ne cessait d'aller vers les pelouses et la longue allée — elle guettait son retour.

S'il était à la maison, elle dressait l'oreille pour entendre les portes qui s'ouvraient ou se refermaient en bas, et sa riche voix de baryton.

Et elle le croisait lorsqu'elle s'y attendait le moins — au détour d'un couloir, dans l'escalier quand elle montait ou rentrait de ses livraisons. Il ne manquait jamais de prendre poliment de ses nouvelles, tandis que son regard se réchauffait. Il ne lui demandait plus ce qu'elle comptait faire de sa journée, mais elle le surprenait à regarder ses mains. Elle utilisait généralement un dé à coudre, et le bout de ses doigts avait des cals. Il restait impassible, mais elle savait qu'il désapprouvait.

Et chacune de ces rencontres lui coupait le souffle.

Chacune de ces rencontres, même brèves, la faisait aspirer à davantage.

Chaque fois qu'ils étaient proches, son corps viril l'attirait comme un aimant. L'envie de se jeter dans ses bras s'accroissait de jour en jour. Elle était presque certaine qu'il ressentait la même tension.

Mais il n'avait pas encore entrepris de la séduire de nouveau.

Elle tira son aiguille et son fil. Il était tard dans l'après-midi, et il était parti pour la journée avant qu'elle soit descendue pour le petit déjeuner. D'après Guillermo, il s'était rendu à Manchester et pourrait y passer la nuit. Elle n'aurait pas dû être déçue, et pourtant elle l'était.

Un moment plus tard, le majordome l'informa qu'elle avait de la visite. Qui pouvait bien venir la voir ? Elle avait écrit à ses sœurs cinq jours plus tôt, mais n'avait pas reçu de réponse. Elle se leva avec entrain, espérant qu'il s'agissait d'Olivia et de Corey.

— Qui est-ce ? s'enquit-elle.

— Votre père, le baron d'Edgemont.

Elle se crispa aussitôt. Elle avait écrit à ses sœurs, mais pas à son père, car elle ne savait pas quoi lui dire. Elle souhaitait désespérément qu'il lui pardonne — aussi désespérément qu'elle désirait qu'il l'aime et soit de nouveau fier d'elle, comme s'il était possible de gommer le passé.

Les jambes tremblantes, elle quitta la pièce après avoir jeté un bref coup d'œil dans le miroir. Elle suivit Guillermo au rez-de-chaussée, priant pour que tout se passe bien. Il avait été introduit dans son salon préféré. Lorsqu'elle s'arrêta sur le seuil, il se retourna.

Elle était incapable de faire un mouvement. Elle

aurait tant aimé qu'ils n'aient jamais eu leur dernière conversation, qu'il ne l'ait jamais chassée de la maison.

— Bonjour, père.

Elle inspira profondément avant de poursuivre.

— Je suis si contente que vous soyez venu.

Il était lugubre.

— Tes sœurs ont fini par me dire que tu étais l'invitée du duc.

Elle se crispa.

— Je *suis* son invitée, et *seulement* son invitée. Je n'avais nulle part où aller.

Il regarda ses mains.

— Pourquoi continues-tu à coudre ?

Elle ôta son dé et s'avisa qu'elle tenait une aiguille et du fil.

— J'ai besoin de ce revenu.

Le baron en resta bouche bée.

— Sûrement pas, puisque tu vis ici comme *l'invitée* de Clarewood.

A la façon dont il insista sur le mot, elle comprit qu'il ne la croyait pas. Elle serra ses bras autour d'elle.

— Je ne suis pas la maîtresse du duc, père.

— Alors, que fais-tu ici ?

— Je vous l'ai dit. Je n'avais nulle part où aller, et il s'est montré aimable avec moi.

— Aimable ? releva-t-il en secouant la tête d'un air dégoûté.

Ce n'était pas ainsi qu'elle avait voulu que leur entretien se déroule.

— Vous me manquez, père. Olivia et Corey me manquent.

Elle voulait le supplier qu'il la laisse rentrer à la maison. Mais elle ne le fit pas. Elle s'avança, désespérée.

— Je suis tellement désolée de vous avoir déçu. Je ne vous blâme pas de m'avoir chassée. Ce que j'ai fait était honteux, regrettable. J'ai tant besoin de votre pardon.

Edgemont trembla.

— Tu es ma fille aînée, Alexandra. Evidemment, que je te pardonne.

Elle le regarda avec méfiance. Il n'avait pas l'air de le penser. Son visage était dur et contracté. Même ainsi, elle avait envie de se jeter dans ses bras, bien qu'elle eût le sentiment que ce serait embarrassant au mieux, un désastre au pire.

— Tu es mon aînée, la meilleure du lot, répéta-t-il. Tu es la raisonnable — la sainte. Et tu ressembles tant à ta mère.

Alexandra pensa qu'il avait l'intention de se montrer affectueux, mais ses mots lui firent l'effet d'un coup. *Tu ne ressembles en rien à ta mère*. Ces paroles résonnaient dans son esprit.

— J'ai commis une erreur. Mère n'aurait jamais fait ce que j'ai fait.

Elizabeth serait restée forte, elle n'aurait jamais cédé à la tentation.

— Me pardonnez-vous vraiment ?

— Bien sûr, répondit-il sombrement. Sinon, je ne serais pas là.

Mais il ne l'enlaçait pas, et il ne semblait pas content. Alexandra s'assit, ébranlée. Rien n'était plus pareil. Elle avait ouvert une brèche entre eux, et elle était toujours là.

— Comment allez-vous ? Comment vont Olivia et Corey ?

— Corey s'endort en pleurant presque chaque soir. Tu lui manques — tu leur manques à toutes les deux.

Il était brutal, et ses mots la poignardaient.

— Olivia a des trous dans ses chaussures, le cordonnier a dit qu'il ne pouvait plus les réparer. Et les garçons du village sont si grossiers avec Corey qu'elle ne veut plus y aller.

Alexandra se raidit. Avait-il déjà dépensé les deux mille livres ? Elle ne doutait pas que sa déchéance avait fait empirer les choses pour sa jeune sœur. Elle ne pouvait le supporter.

Le baron la regarda d'un œil torve.

— Je crois que Denney va courtiser Olivia, maintenant. Tu lui as fendu le cœur, mais cela fait plus d'un mois, et il est venu deux fois la semaine dernière.

Elle bondit.

— Non !

— Il est trop tard pour décider que tu veux reprendre le brave châtelain.

Il désigna la pièce d'un geste.

— Et tu as tout ceci, de toute façon.

— Je ne suis qu'une invitée. Et Olivia doit faire un mariage d'amour, avec quelqu'un de son âge.

— Elle a besoin d'une dot et tu le sais.

Alexandra se figea.

— Les deux mille livres… c'était pour mes sœurs !

— Mais cet argent n'est plus là, et je suis si inquiet pour elles. Chaque soir, je bois pour oublier.

Elle avait du mal à respirer. Elle était tellement en colère, maintenant, car elle commençait à deviner où ils allaient en venir.

— Vous devez vous contrôler, dit-elle.

— Comment le puis-je ? Mes créanciers viennent à la maison chaque jour, maintenant.

Alexandra trembla, malade de consternation.

— Combien vous faut-il, père ?

Il s'éloigna d'elle, les mains dans les poches. A l'autre bout de la pièce, il se tourna enfin pour lui faire face.

— Mille livres calmeraient les plus insupportables. Et cinq cents de plus achèteraient des chaussures et des robes pour les filles.

Il avait gaspillé l'argent au jeu, pensa-t-elle amèrement, et maintenant il en voulait encore.

— Tu ne portes pas de bijoux, observa-t-il.

Elle toucha sa gorge nue.

— Vous n'êtes pas venu ici pour voir comment j'allais ou pour me pardonner — ni pour me dire que vous m'aimez toujours.

La douleur montait dans sa poitrine.

— Tu es ma fille. Bien sûr, que je suis venu te voir, et je t'ai dit que je te pardonnais.

Il était venu pour de l'argent. Elle humecta ses lèvres.

— Je ne suis pas sa maîtresse. Je suis son invitée.

— Alors, il en a déjà fini avec toi ?

— C'est injuste.

— Il ne te laisserait pas vivre ici, autrement. Vas-tu aider tes sœurs ?

Il ne pouvait pas vouloir dire cela, pensa-t-elle en tremblant.

Comme elle ne répondait pas, il la fixa.

— Tu restes une belle femme, Alexandra, et je suis sûr qu'il te récompensera généreusement.

Elle ne voulait pas être malade maintenant, mais elle avait du mal à respirer, et son estomac se retournait.

— Eh bien ? Vas-tu nous aider ? Ou abandonneras-tu ta famille ?

Il était si difficile de parler.

— J'essaierai d'aider, dit-elle d'une voix sèche.

Ils s'affrontèrent du regard un instant. Sa vision était brouillée par ses larmes qu'elle n'avait pas senties couler.

— Je me demande pourquoi tu pleures. Tu vis comme une reine.

Elle pleurait parce que son cœur était brisé. Son père lui avait demandé de se vendre. Et elle avait accepté.

— Oui… Je ne me sens pas bien, père. Je pense que je dois m'allonger.

— Tu n'as pas l'air bien, en effet, et c'est un long trajet de retour, alors je vais m'en aller.

Alexandra ne sut pas comment elle réussit à le raccompagner à la porte, puis à rester sur le perron à agiter la main, un sourire plaqué sur le visage, jusqu'à ce qu'il soit parti. Elle entendit vaguement Guillermo lui demander si elle était souffrante et s'il pouvait faire quelque chose. Elle ne sut pas ce qu'elle répondit. D'une manière quelconque, elle parvint à monter dans sa chambre et se réfugia dans son lit. La colère avait disparu. Il n'y avait plus que du chagrin. Elle pleura longuement.

— Qu'est-ce qui ne va pas ? demanda Clarewood d'un ton calme.

Elle ne l'avait pas entendu entrer. Elle n'aurait laissé entrer personne, pas quand elle était aussi défaite, aussi ravagée par le chagrin. Elle s'assit, s'essuyant les yeux, le dos tourné à la porte.

— Alexandra ? Guillermo m'a dit que vous étiez

souffrante. J'ai frappé, mais vous ne m'avez pas entendu, et la porte était ouverte.

Elle lutta pour contrôler son cœur, pour en recoller les morceaux d'une manière ou d'une autre, rapidement, afin qu'il ne sache jamais ce qui s'était produit. Elle se servit de sa manche pour essuyer d'autres larmes en l'entendant approcher. Elle carra les épaules et se tourna face à lui.

Il était impassible, mais son regard était fixé sur son visage strié de larmes.

— Qu'est-ce qui ne va pas ? Pourquoi pleurez-vous ? Guillermo m'a dit qu'Edgemont était venu.

Elle déglutit fortement.

— Je vais bien, dit-elle dans un souffle. J'ai besoin d'un moment, c'est tout.

— Vous n'allez pas bien. Et je devine que la visite de votre père n'a pas été agréable.

Elle s'avisa que son regard était devenu très dur — à lui faire peur.

— Si vous me dites ce qui ne va pas, ajouta-t-il plus doucement, je peux peut-être l'arranger.

Alexandra s'entendit lâcher un rire hystérique, mêlé à un sanglot.

Il s'assit à côté d'elle sur le lit et la prit par les épaules, plongeant les yeux dans les siens.

— Il veut que je vous vende mon corps, avoua-t-elle, aveuglée par les larmes. Il a besoin de mille cinq cents livres.

L'expression de Stephen se contracta.

— Je vois.

Elle essaya de se détourner de lui, mais il resserra son emprise. Elle le regarda, surprise par l'intensité de la colère qui couvait dans ses yeux.

— Je ne suis pas en colère contre vous, dit-il doucement. Mais Edgemont me dégoûte — et ce n'est pas la première fois.

— Il est mon père ! Je… En dépit de tout, je l'aime.

Le visage du duc se contracta plus encore.

— Naturellement. C'est votre devoir de l'aimer. Comme c'était votre devoir de lui obéir et de vous occuper de lui. Je vous donnerai l'argent, Alexandra.

— Non, dit-elle d'un ton insistant. Je ne peux pas le prendre.

Il saisit son visage entre ses mains.

— Alors, je le donnerai moi-même à Edgemont, déclara-t-il, les yeux brûlants.

Et il l'embrassa.

Elle s'immobilisa. Tandis que sa bouche se plaquait contre la sienne, un peu de son terrible chagrin s'estompa. Le besoin d'être dans ses bras fut plus fort que jamais. Il était son port le plus sûr. Elle le savait, maintenant. Puis il s'écarta pour la regarder — et ses yeux semblaient emplis d'anxiété, comme s'il était désolé pour elle, comme s'il comprenait.

Le désir explosa alors en elle.

— Stephen.

Il la contemplait et ses yeux étincelaient, brillant d'un désir pareil au sien. Il tenait toujours son visage et il l'embrassa lentement, profondément.

Elle ferma les yeux et se remit à pleurer, alors même que le plaisir la balayait.

— Ne pleurez pas, chuchota-t-il.

Elle lui ouvrit sa bouche, l'encourageant, à présent, ses mains cherchant ses épaules.

Il grogna, approfondissant encore son baiser. Elle

jeta les bras autour de lui, s'accrochant à lui, espérant ne jamais le lâcher. « Je vous aime, pensa-t-elle. Je vous aime tant. »

— Vous m'avez manqué, dit-il d'une voix rauque.

Elle pensa qu'elle avait mal entendu, mais elle ne s'en souciait pas. Elle toucha sa pommette haute, sa mâchoire forte.

— Faites-moi l'amour, demanda-t-elle.

Ses yeux s'enflammèrent tandis qu'il s'allongeait sur elle.

15

Lorsque Alexandra ouvrit les yeux, quelques heures plus tard, il faisait nuit. Elle se rappela aussitôt qu'ils avaient fait l'amour plusieurs fois, avec une passion choquante et frénétique. *Elle était de nouveau la maîtresse de Stephen.*

Elle s'assit, remontant l'édredon de duvet jusqu'à son menton. A la lumière tamisée des lampes de chevet, Stephen était en train de boutonner sa chemise.. Son cœur se serra. Elle était si profondément amoureuse de lui. C'était un homme bon, il s'était montré si généreux au sujet de son père. Elle inspira, ne voulant pas penser à cet entretien catastrophique. Stephen était face au miroir, et il se tourna aussitôt pour la regarder.

Elle l'observait avec appréhension, redoutant de le voir changer de comportement à son égard. Le faible éclairage ne lui permettait pas de voir l'expression de son visage. Elle se rappelait trop bien ce qui s'était passé la seule et dernière fois où ils avaient été ensemble.

Il enfila son gilet de brocart argenté et s'approcha. Bien qu'elle fût anxieuse, l'observer lui procurait tant de plaisir qu'une joie bourgeonnait en elle. Elle s'efforça de la contrôler.

Il s'arrêta près de sa hanche. Sa bouche était douce, ses yeux chauds, et son regard intense.

Elle ne savait pas que dire et n'avait pas l'habitude d'être nue dans un lit, encore moins après avoir fait l'amour, alors elle essaya de sourire. Aussitôt, il lui rendit son sourire. Et à sa surprise, il dit doucement :

— Voulez-vous rester au lit ? Cela ne me fait rien si vous voulez dormir..

Elle hésita, en proie à un sentiment d'allégresse incontrôlable.

— Quelle heure est-il ?

— Presque 21 heures.

Son regard balaya lentement ses traits, la faisant s'échauffer et rougir.

— Vous êtes magnifique, Alexandra.

Elle se sentit transportée. Peut-être avait-il été sincère lorsqu'il lui avait dit qu'elle lui manquait…

— Je suis une vieille fille, et vous le savez.

— Vraiment ? Vous êtes plus jeune que moi, et je ne me juge pas vieux.

Elle lui sourit.

— Avez-vous des regrets ? lui demanda-t-il, le visage grave.

— Va-t-il y avoir de douloureuses et haineuses accusations ?

— Non.

Elle se redressa, tenant les couvertures contre elle aussi pudiquement que possible.

— Alors, comment puis-je avoir des regrets, Votre Grâce ?

Elle avait envie d'utiliser son prénom, mais elle n'osait pas, même si elle l'avait prononcé une ou deux fois dans les transports de la passion. Elle rougit.

— Pas « Votre Grâce », juste Stephen, dit-il doucement, en s'asseyant à côté d'elle. Et je crois que nous avons scellé notre accord, n'est-ce pas ?

Alexandra se raidit. S'il lui offrait un chèque maintenant, elle serait consternée — non, horrifiée — d'être payée pour ce qu'ils avaient partagé. Parce que cela ne ressemblait pas à un accord ou à un arrangement, pas du tout. Pourtant, son père avait besoin d'argent et Olivia ne devait pas épouser Denney.

— Je ne pense pas pouvoir revenir en arrière, dit-elle à mi-voix.

— Bien.

Il parcourut son visage du regard.

— Et vous vous sentez mieux… j'espère ?

Elle se crispa, craignant qu'il ne se réfère à son père.

— Bien sûr.

Il eut un bref sourire.

— Je ne veux pas que vous vous inquiétiez de quoi que ce soit.

Son regard se fit plus intense.

— C'est moi qui vais m'occuper d'Edgemont.

Alexandra éprouva du soulagement, mais se sentit en même temps alarmée.

— Il est mon problème, pas le vôtre.

— Vous croyez ?

Il ne cessait de promener les yeux sur son visage.

— Parce que, lorsque j'accorde ma protection, je le fais sans conditions ni limites.

Il glissa une main sur sa hanche et se pencha plus près.

— Vous le savez sûrement, murmura-t-il.

Le désir resurgit, soudain, intense et choquant. Elle ne pouvait rien accepter de lui maintenant. Si elle le faisait, il penserait qu'elle ne s'était donnée à lui que pour obtenir quelque chose. Il ne comprendrait pas qu'elle en était venue à l'aimer…

— Vous restez triste, constata-t-il.

Elle ne pouvait éviter le sujet plus longtemps.

— Quoi qu'il ait dit, quoi qu'il ait fait, il est mon père.

Il pressa sa bouche sur son cou.

— Je le sais.

Elle voulait lui demander ce qu'il avait l'intention de faire, mais il frottait ses lèvres sur sa gorge, et ses pensées se brouillèrent.

— Je vous veux, dit-il doucement.

Le carrosse de Clarewood s'engagea dans une allée mal entretenue et pleine d'ornières. Se cramponnant à une lanière de sécurité, fortement secoué, Stephen regarda par la fenêtre la petite maison à un étage où Alexandra avait vécu. Le terrain alentour était nu et négligé, les pelouses étaient surtout composées de boue et la grange derrière la maison était délabrée, risquant de s'effondrer à tout moment. Il était certain que l'intérieur de la demeure était aussi chichement entretenu.

Il avait vu bien pire — des pièces uniques sans lumière ni fenêtre, hébergeant des familles nombreuses, à la fois si encombrées que l'on ne pouvait pas bouger et si sales que l'on ne pouvait respirer. Mais sa tension s'accrut malgré tout.

Alexandra méritait de vivre dans un cadre luxueux, et il était content de pouvoir le lui fournir.

Il eut l'impression que son cœur se contractait. Il faisait étrangement chaud dans l'habitacle tout à coup. Il refusait d'écouter ce que son cœur avait à lui dire.

Comment pouvait-il en être arrivé à tenir à elle ? C'était improbable, cela ne lui ressemblait pas. Il était un homme froid et dur. Il n'était pas capable d'aimer. Pas parce que la société l'en accusait, mais parce qu'il avait été façonné à l'image du vieux Tom.

Pourtant, son cœur s'emballait et, depuis ces derniers jours, il se sentait inexplicablement heureux. Il ne pouvait se souvenir d'avoir jamais éprouvé ce genre de chose, de s'être senti à la fois si satisfait et si content. Etait-il épris d'Alexandra ? Se pourrait-il qu'il devienne aussi sot et amouraché qu'Alexi l'était avec Elysse ?

Un Warenne aime une fois et pour toujours. Il se crispa. Il connaissait très bien ce vieil adage de la famille, mais il avait toujours été certain d'être l'exception à la règle.

Il n'avait pas envie d'analyser ses curieux sentiments. Il était simplement content d'avoir repris ses esprits au sujet d'Alexandra et de l'avoir tirée de cet horrible taudis londonien. Il se sentirait toujours coupable d'avoir provoqué les événements malheureux qui l'avaient placée dans des circonstances aussi affreuses, mais au moins il redressait les choses.

Sa seule pensée éveilla en lui une tendresse dont il ne se serait jamais cru capable. Elle était une femme si fière et si responsable, et il savait sans qu'elle ait besoin de le lui dire que vivre ainsi, dans la pauvreté, avec un père ivrogne et deux sœurs célibataires dépendant d'elle, lui avait terriblement pesé. N'avait-elle pas mentionné qu'elle avait renoncé à un mariage d'amour afin de s'occuper de ses sœurs ? Sa tension augmenta encore. Cela remontait à longtemps, mais même ainsi, il n'avait pas eu envie de lui demander combien elle avait aimé un autre homme autrefois.

Il était certain qu'elle n'avait pas donné son cœur à la légère. Elle pouvait même être le genre de femme à aimer une fois et pour toujours, comme ses propres oncles et cousins. D'un autre côté, il était sûr qu'elle éprouvait quelque chose pour lui.

Son cœur se contracta de nouveau. Il aurait tellement voulu qu'elle soit farouchement attachée à lui, et farouchement loyale. Peut-être, après quelques nuits de plus de cette passion débridée, serait-elle complètement entichée de lui. Il avait bien l'intention de tout faire pour que cela soit le cas.

Il ne voulait pas qu'elle garde des souvenirs précieux et secrets de quelqu'un d'autre.

Il se cramponna plus fort tandis que sa voiture avait presque atteint la maison. Il n'aurait su dire quand il avait commencé à l'admirer. Peut-être ce premier soir à Harrington Hall, lorsqu'elle avait gardé la tête haute en dépit des méchants ragots. Et depuis, son admiration pour elle grandissait à toute allure, s'accroissant chaque jour. De fait, il n'était pas certain d'avoir jamais rencontré quelqu'un d'aussi fort et déterminé. Malgré les apparences, ils avaient beaucoup en commun.

Il n'était pas homme à avoir des regrets pourtant, il regrettait de l'avoir si mal jugée, et de l'avoir fait souffrir. Ce chapitre était clos désormais. C'était un nouveau commencement pour eux. S'il pouvait lui rendre justice, il le ferait. En commençant par s'occuper d'Edgemont et de ses sœurs. C'était le moins qu'il puisse faire.

Le carrosse s'était arrêté devant la maison. Maintenant qu'elle était sa maîtresse, il lui donnerait tout ce qu'elle méritait. Il envisageait avec plaisir de lui procurer des gâteries auxquelles il n'avait jamais songé : des repas somptueux, de bons vins, des draps de soie et des bains chauds, une nouvelle garde-robe, des courses en ville, des vacances en France et en Italie. Et il était impatient de la couvrir de bijoux.

Son valet ouvrit sa portière, interrompant ses pensées, et lui rappela de faire attention aux flaques de boue. Stephen le remercia et descendit de la voiture.

Déjà, la porte d'entrée de la maison s'ouvrait sur deux jeunes filles qui le dévisagèrent, sous le choc.

Il s'avança tandis que la plus jeune, Corey, s'écriait :

— Quelque chose ne va pas ? Est-ce qu'Alexandra va bien ?

— Elle va bien, répondit-il en allongeant le pas.

Il l'avait traitée cruellement et injustement, mais il allait se racheter. D'un autre côté, la façon dont il l'avait traitée n'avait rien à voir avec celle de son père. Il *méprisait* cet homme. Ayant atteint le perron, il s'inclina devant les deux jeunes filles.

— Bonjour. Votre sœur va bien, mais j'ai certaines affaires à discuter avec votre père.

Olivia le dévisageait intensément, les joues échauffées.

— Je vous en prie, entrez. Je suis désolée, je ne sais pas ce qui m'a pris.

Elle s'écarta pour le laisser passer, visiblement troublée. Il lui sourit.

— J'aurais pu vous prévenir de ma visite, mais je crains d'avoir décidé que cette affaire était urgente.

Les yeux verts d'Olivia étaient scrutateurs. Il était bon juge des caractères et il sut qu'elle était une jeune fille sensée et intelligente, comme sa sœur aînée. Il devinait en elle une grande force morale et du tempérament. La plus jeune, cependant, paraissait beaucoup trop innocente pour une personne aussi belle, et très impulsive. Il fallait un mari à ces jeunes femmes.

Il fut introduit dans un petit salon propre et bien rangé, mais en piteux état. Les garnitures des sièges étaient fatiguées, usées et déchirées, comme les tentures. Le tapis était râpé. Le parquet était éraflé et quelques planches étaient abîmées. Les murs avaient besoin d'être replâtrés et repeints. Une chaise avait un pied cassé.

— Corey, va chercher père et prépare du thé, dit Olivia, le regardant d'un air incertain tandis que sa sœur montait précipitamment à l'étage. Pourquoi Alexandra n'est-elle pas venue avec vous ?

— Je crois qu'elle avait beaucoup de couture à faire aujourd'hui.

La jeune fille parut incrédule, mais il ne pouvait guère lui dire que sa sœur était endormie dans son lit.

— Pourquoi votre sœur et vous ne viendriez pas bientôt en visite ? demanda-t-il. Je suis sûr que mon cuisinier serait ravi de vous servir un excellent déjeuner, et je sais que vous manquez beaucoup à Alexandra, elle serait enchantée de vous voir.

Olivia hésita, humectant ses lèvres en un geste si familier. Il comprit alors qu'elle adorerait venir et suspecta que leur père avait refusé de les laisser rendre visite à leur sœur. Sa mauvaise humeur s'accrut, comme chaque fois qu'il pensait à Edgemont. Il la refréna avec une certaine difficulté.

A cet instant, l'objet de ses pensées descendit lourdement l'escalier derrière sa benjamine, ayant visiblement enfilé sa veste à la hâte. Il avait tout l'air de l'ivrogne qu'il était et semblait avoir passé une mauvaise nuit — il était négligé et pas rasé.

Stephen regarda Olivia.

— Je ne veux pas être interrompu.

Elle fit une courbette, prit Corey par la main et s'empressa de rejoindre le vestibule. Stephen ferma la porte derrière elles et regarda Edgemont avec un profond mépris. Néanmoins, le baron s'inclina avec un sourire obséquieux.

— Votre Grâce ! Je ne vous attendais pas, sinon je me serais levé à l'aube pour préparer votre visite.

— Ne prenez pas la peine de m'amadouer, dit Stephen, rigide de colère. Je vais aller droit au but : vous ne reviendrez plus jamais voir Alexandra. Vous ne lui parlerez plus jamais méchamment, vous ne suggérerez plus jamais qu'elle accomplisse un service quelconque afin de vous renflouer et vous ne lui demanderez plus jamais d'argent. Suis-je clair ?

Edgemont pâlit.

— Vous vous trompez, Votre Grâce, commença-t-il.

Stephen avait serré les poings sans s'en rendre compte. Lui qui ne frappait jamais personne, hormis Alexi de temps en temps, il était prêt à employer la violence contre le vieil ivrogne. Tremblant, il lutta pour garder son sang-froid.

— Alexandra est ma fille. Je ne serais jamais méchant ou…

— Taisez-vous, coupa durement le duc.

Le baron se tut immédiatement.

— Elle est sous ma protection, et personne ne maltraite quelqu'un que je protège. C'est compris ?

Edgemont hocha la tête, le teint cendreux.

— Combien devez-vous ?

— Quoi ?

— Je pense que vous m'avez entendu, Edgemont.

En rougissant, ce dernier marmonna :

— Environ mille livres, à quelques guinées près.

— Vous me remettrez toutes vos factures. Je les paierai pour vous.

Edgemont en resta bouche bée.

— Elles sont dans la bibliothèque, Votre Grâce.

— Restez ici. Il y a autre chose. Je fournirai un revenu pour vous et vos deux filles. L'argent devra être exclusivement utilisé pour de la nourriture, des vêtements et des dépenses quotidiennes — pas pour des parties de poker ou de roulette, des courses de chevaux ou de l'alcool. Je vous préviens, monsieur : si je découvre que vous faites mauvais usage de cette allocation mensuelle, je vous ferai arrêter et jeter en prison pour dettes. Me comprenez-vous ?

— Oui, Votre Grâce, oui, et je suis ravi, vraiment ravi. Mais j'aurai sûrement une petite somme pour sortir le soir ?

Le dégoût de Stephen était sans bornes. Cet homme était malade. Il ne serait jamais capable de se contrôler, mais il n'avait pas l'intention de financer sa passion du jeu ou son penchant pour la boisson. Et même s'il savait qu'il ne pourrait jamais jeter le baron en prison, il pourrait ôter les sœurs à sa garde. Si son naturel reprenait le dessus, ce serait probablement le mieux. Néanmoins, il ne coûtait rien de répéter une bonne menace.

— Si vous abusez de ma bonne volonté, vous vous retrouverez derrière des barreaux.

— Je comprends, dit Edgemont.

Et comme Stephen savait que les jeunes filles étaient derrière la porte, cherchant sans aucun doute à entendre ce qu'ils disaient, il lança :

— Mesdemoiselles, entrez, s'il vous plaît.

La porte s'ouvrit et les deux sœurs stupéfaites s'avancèrent, les yeux braqués sur lui.

Il sourit et tendit un gros chèque à Olivia.

— Voici pour de nouvelles garde-robes et tout ce dont votre sœur et vous pouvez avoir besoin.

Elle ne regarda même pas le chèque. Les larmes lui montèrent aux yeux.

— Nous ne pouvons accepter ceci, c'est impossible, murmura-t-elle, lui rappelant tellement sa sœur.

Corey lui donna un coup de coude et dit vivement :

— Merci beaucoup, Votre Grâce.

Alexandra sourit. Elle était une femme entretenue, maintenant, et elle n'en avait pas honte. De fait, elle ne s'était jamais sentie aussi heureuse de son existence. La belle image de Stephen était gravée dans son esprit. Et il souriait, le regard chaleureux. Ils étaient amants, maintenant, et elle était profondément et irrévocablement amoureuse de lui.

Il était midi et elle travaillait à une robe de lady Henredon, une ravissante création parisienne de dentelle et de mousseline. Elle avait du mal à se concentrer. Plusieurs jours avaient passé, des jours qui avaient ressemblé à un rêve devenu réalité. Elle se promenait dans la maison comme si elle en était la maîtresse, tandis qu'elle était parfaitement aimée la nuit. Elle n'avait pas l'impression d'être une courtisane ou, pire, une femme déchue. Oh, non ! Elle avait l'impression d'être une jeune mariée.

Elle devait se pincer, car elle savait que ce n'était pas un conte de fées, qu'elle n'était pas une jeune épouse, et qu'il n'y aurait pas de fin où ils seraient heureux pour toujours. Mais le savoir ne pouvait changer ses sentiments, des sentiments qui grandissaient à toute vitesse.

Elle était tombée amoureuse de lui avant de reprendre sa place dans son lit, mais son amour paraissait s'intensifier à chaque moment qu'ils passaient ensemble. Et comment ne le pourrait-il pas, quand il la traitait comme une épouse, et quand tout son personnel la traitait avec égards et déférence ? Le chef avait commencé à lui demander d'établir les menus. La gouvernante s'était mise à l'interroger sur le linge qu'elle préférait. Sa propre femme de chambre lui demandait laquelle des nouvelles robes qu'elle avait achetées sur l'insistance de Stephen elle voulait mettre pour le dîner, et pour le lendemain. Comment pourrait-elle ne pas se sentir comme une jeune mariée chérie et choyée ? Et surtout, il lui semblait que cette période durerait toujours — comme s'il l'aimait, juste un peu, en retour.

Il était si difficile de se morigéner d'avoir ce genre de pensées. Et une onde de chaleur l'envahit en songeant comment il l'avait réveillée à l'aube pour lui faire de nouveau l'amour, cette fois lentement et tendrement, avant de partir pour une réunion à Manchester. Il l'avait même embrassée pour lui dire au revoir.

Alexandra s'interrompit dans son travail, souriant. *C'était un homme si extraordinaire.*

Elle vivait dans un conte de fées avec son propre prince charmant.

Comment avait-elle pu le prendre pour un homme cruel et dur ? Il avait voué sa vie à alléger la misère des autres. Elle s'était vite rendu compte qu'il avait beau révérer son devoir envers Clarewood, qui était lié à son sens de ses obligations envers son père défunt, le succès de ses œuvres philanthropiques était encore plus important pour lui.

Ils avaient adopté une routine, chacun d'eux vaquant à ses affaires durant la journée, puis s'asseyant ensemble pour un dîner merveilleusement intime dans la soirée. Il avait cessé de sortir pour assister à des événements mondains — même si elle savait que ces engagements existaient —, après tout, il était un pair de haut rang et avait de nombreuses obligations sociales. Pourtant, depuis que leur relation avait changé, il était resté chaque soir avec elle.

Elle savait que bientôt il se remettrait à sortir, souvent, sans doute, et elle se dit que cela ne lui faisait rien. Elle refusait de penser aux soirées qu'elle passerait seule à Clarewood en son absence, ou au fait que si elle *était* une jeune épouse, elle l'accompagnerait.

Et il était aussi généreux qu'il l'avait dit. Alexandra baissa les yeux sur sa robe de soie framboise. C'était la plus belle toilette qu'elle avait jamais portée.

Une semaine plus tôt, une couturière très renommée était venue avec deux assistantes, l'informant que le duc avait insisté pour lui faire faire une garde-robe entière. Elle avait essayé de refuser. Elles avaient déployé les étoffes les plus ravissantes et les plus coûteuses qu'elle avait jamais vues dans le salon et elle avait eu du mal à respirer, choquée par cet étalage somptueux. Elle avait brûlé de toucher les superbes coupons de soie et de mousseline, de satin et de velours. Mais elle s'était retenue. Puis elles avaient sorti des échantillons tout aussi splendides de ganses et de galons hors de prix.

Pourquoi dépenserait-il une telle fortune pour elle ? Elle avait passé la journée à tenter de repousser chaque suggestion, mais la couturière n'écoutait aucune de ses protestations. Dès qu'Alexandra touchait un tissu, elle décidait aussitôt d'en faire une robe de jour ou du soir. Cinq robes et une toilette plus habillée avaient déjà été livrées. Manifestement, toute une équipe de couturières avait dû coudre pour elle depuis le jour de l'essayage.

Mais un terrible problème subsistait : elle ne lui avait pas parlé du bébé.

Instantanément, Alexandra se sentit malade. Il n'avait pas semblé remarquer ses nausées. Dans le cas contraire, il aurait sûrement dit quelque chose. Il ne se passait pas un matin sans qu'elle se précipite vers le pot de chambre, mais alors Stephen était déjà en bas, ou en route pour la ville. Elle nettoyait le pot elle-même, néanmoins elle pensait que sa femme de chambre savait ce qui se passait. Le duc l'avait accusée de duperie une fois, mais celle dans laquelle elle était engagée maintenant était bien pire que de le tromper sur sa virginité. La vie et l'avenir d'un enfant étaient en jeu.

Elle ne savait que faire. Elle pensait tous les jours à l'enfant qu'elle portait et au droit de Stephen d'être au courant. Mais même si cela lui semblait un lointain souvenir, elle n'avait pas oublié sa fureur quand il l'avait prise pour une manipulatrice avide de faire un beau mariage. Elle ne voulait plus jamais être accusée ou blessée de cette façon. Elle avait été si certaine qu'il penserait que l'enfant était une manigance pour le forcer à l'épouser, si elle lui révélait son état. Maintenant, elle n'en était plus aussi sûre. Elle se demandait même s'il pourrait comprendre que cela avait été un accident. Mettrait-il un terme à leur liaison en apprenant sa grossesse ?

Elle ne voulait pas le perdre encore une fois.

Il avait tous les droits de savoir qu'il allait être père. Et il ferait un père merveilleux, elle n'en doutait pas. De même, son fils ou sa fille aurait le droit de profiter des avantages d'avoir le duc de Clarewood pour père. Elle le croyait de tout son cœur et de tout son être. Elle était si profondément amoureuse qu'elle pouvait à peine imaginer le perdre une nouvelle fois. Toutefois, il finirait bien par apprendre la vérité dans quelques mois, quand sa condition serait visible.

Et comme il saurait tôt ou tard qu'elle était enceinte, il devenait clair qu'elle devrait le lui dire maintenant. Cela soulagerait sa conscience. C'était la chose à faire. Néanmoins, elle redoutait sa réaction. S'il *pouvait* accepter la nouvelle, elle se raccrocherait à leur liaison jusqu'à ce qu'il perde tout intérêt pour elle.

Ce qui les liait pouvait ressembler à de l'amour, et pour elle c'en était certainement, mais en vérité ce n'était qu'un arrangement, même si Stephen faisait tout pour qu'elle l'oublie.

Elle se leva et s'étira. Elle avait transformé un petit boudoir du rez-de-chaussée en atelier de couture. Elle massa son dos douloureux et alla à la fenêtre. En regardant dehors, elle vit un attelage étrangement familier arrêté devant la maison. La tension lui noua aussitôt l'estomac.

Stephen était parti pour la journée et elle ne pouvait décemment recevoir ses visiteurs. Elle fixa la voiture, l'air sombre. Elle devrait se cacher jusqu'à ce que Guillermo renvoie l'arrivant. Et elle qui avait l'impression d'être une jeune épouse bien-aimée.

Elle fut surprise quand le majordome frappa à sa porte. Elle se précipita pour lui ouvrir, pensant qu'il devait y avoir un problème.

— Qu'y a-t-il ?

— Vous avez des visites. Lady St. Xavier et Mme de Warenne.

Alexandra blêmit.

— Non, c'est impossible, elles doivent venir voir le duc.

— Ces dames ont déclaré explicitement qu'elles venaient vous voir.

Elle se sentit aussitôt alarmée.

— Renvoyez-les !

— Puis-je suggérer que vous les receviez dans le salon Doré, miss Bolton ?

Elle fut choquée par l'initiative du domestique. Au cours de la semaine et demie qu'elle avait passée à Clarewood, Guillermo n'avait jamais émis une opinion, et encore moins un ordre.

— Il n'en sortira rien de bon.

— Au contraire, Sa Grâce aime beaucoup ces deux jeunes dames, et je crois qu'il insisterait pour que vous les receviez.

Il s'en alla, la laissant anéantie.

Si Guillermo s'était permis de lui donner un conseil, c'était qu'il pensait sincèrement qu'elle devait recevoir ces dames. Elle tenta donc de reprendre son calme, malgré son appréhension. Que pouvaient bien lui vouloir les deux jeunes femmes ? Même si elles lui avaient fait bonne impression, Alexandra ne parvenait pas à comprendre la raison de leur visite. Toute la ville devait savoir qu'elle vivait à Clarewood, maintenant, et les plus méchantes colporteuses de ragots comme lady Witte l'accusaient sûrement d'être la maîtresse de Stephen. Il avait peut-être fait taire certaines rumeurs, mais leur liaison ne pouvait être un secret, désormais.

Quand elle arriva dans le salon Doré, Ariella et Elysse bavardaient de quelqu'un qu'elle ne connaissait pas, une cousine nommée Margery. Aussitôt, elles se tournèrent vers elle en souriant comme si elles étaient enchantées de la voir.

Elle en fut soulagée, mais elle resta sur ses gardes, se demandant si les dagues allaient bientôt être sorties.

— Bonjour, dit-elle prudemment. C'est un tel plaisir de vous revoir, toutes les deux. Mais je crains que le duc ne soit pas là pour le moment.

— Nous le savons, dit Elysse en souriant. Mais nous sommes ici pour vous voir, et aurions dû venir depuis longtemps. Nous voulions nous assurer que Stephen vous traite bien. Vous semblez être en un seul morceau — et un morceau fort ravissant, en vérité.

Alexandra se raidit. Que voulait-elle dire ?

— De fait, nous allons faire des emplettes, dit Ariella en s'avançant.

Elle jeta un coup d'œil incisif à sa belle-sœur.

— Et nous avons décidé que vous devez vous joindre à nous.

— Voulez-vous venir ? Stephen n'y verra pas d'inconvénient, même s'il peut être si difficile, et il est parti pour la journée, de toute façon, déclara Elysse. A ce propos, nous pensons que vous êtes très courageuse de le supporter. Il est renommé pour être un hôte exécrable.

Alexandra sursauta.

— Il reçoit rarement ici, et quand il le fait, ses invités ne restent pas très longtemps, expliqua Ariella. Ce n'est pas qu'il se montre grossier ou de mauvaise volonté, mais il est trop préoccupé pour être attentionné. Et il *est* intolérant quand certains restent plus qu'il ne le souhaite.

Elles essayaient de définir l'étendue de leur relation, se dit Alexandra.

— Il a été un hôte parfait, indiqua-t-elle avec prudence.

Les deux femmes parurent ravies de sa réponse. Lorsqu'elles se contentèrent de sourire, sans parler, Alexandra ajouta :

— Je suis sûre que vous avez entendu parler de ma brouille avec mon père. Le duc a été assez aimable pour suggérer que je séjourne ici jusqu'à ce que je puisse prendre d'autres dispositions.

Elysse se rembrunit.

— Que vous ayez dû partir de chez vous est horrible. Nous sommes toutes les deux tellement désolées. Toutefois, nous sommes contentes que vous ne vous ne vous soyez pas jointe à la condamnation universelle de Stephen comme hôte.

— Je ne dirais jamais de mal de lui, dit Alexandra d'un ton crispé.

— Apparemment, il est capable de bien recevoir — lorsqu'il le veut, déclara Elysse en souriant.

— Il doit être épris, glissa doucement Ariella.

Alexandra se crispa et se mordit la lèvre. Elle ne savait que dire. Elles savaient sûrement qu'il était son amant, et pas vraiment son hôte. Pourtant, elles agissaient comme s'il n'y avait rien de mal à ce qu'elle soit la maîtresse de Stephen.

— C'est un gentleman, dit-elle doucement. Il est aimable... un hôte agréable et attentionné. Si je suis restée plus longtemps que souhaité, je ne l'ai pas remarqué.

Les deux femmes échangèrent un coup d'œil, restant visiblement enchantées. Puis Ariella rit.

— Vous êtes manifestement la bienvenue ici. Très peu

de personnes savent combien il est aimable, miss Bolton. Sa réputation est d'être froid, exigeant, difficile et sans cœur. Et j'admettrai qu'avec la plupart des gens il *est* autoritaire et dur. Visiblement, il a changé.

— Et vous n'avez pas perdu patience avec lui, renchérit Elysse.

Les joues d'Alexandra étaient en feu et elle respirait difficilement. S'attendaient-elles à une confession ?

— Je doute que quelqu'un soit assez imprudent pour perdre patience avec Sa Grâce.

— Je perds patience avec lui tout le temps, confia Ariella. Stephen peut être un butor. Il peut aussi être très ennuyeux.

Alexandra sentit ses yeux s'élargir.

— Il est bien trop intelligent pour être ennuyeux, et il est véritablement charmant, commença-t-elle, avant de s'interrompre brusquement.

— Eh bien, je suis très contente de vous voir dans de si bonnes dispositions, et si loyale, déclara Elysse avec un grand sourire. Vous devez lui faire beaucoup de bien.

Alexandra en perdit la voix et Ariella en profita pour lui saisir le bras.

— Miss Bolton, je connais Stephen depuis mes neuf ans, et il est le meilleur ami de mon frère. Nous sommes enchantées qu'il ait enfin trouvé quelqu'un d'aussi sincère que vous pour illuminer sa sombre et morne existence.

— Je ne vois pas ce que vous voulez dire ! dit-elle en dégageant son bras.

— Nous avons su qu'il s'intéressait à vous d'une manière peu commune quand il a aidé votre père à rentrer chez lui lors de l'anniversaire de Sara, dit Elysse. Parce que nous le connaissons très bien, et qu'il n'aurait pas pris cette peine autrement.

Elle se sentit impuissante — comme poussée par une formidable bourrasque à une confession qu'elle ne voulait pas faire.

— Comme je l'ai dit, je n'avais nulle part où aller. Il a été assez aimable pour m'offrir de me loger, c'est tout.

— Bien, approuva Ariella. Puisque c'était sa faute si vous avez été chassée de chez vous, n'est-ce pas ? C'est un homme honorable. Il a fait ce qu'il devait.

Alexandra s'assit, puis se rendit compte qu'elle se montrait impolie, car elle n'avait pas laissé ses visiteuses s'asseoir les premières. Si elle leur confessait ses sentiments, riraient-elles d'elle ? Se moqueraient-elles ? La mépriseraient-elles ? Elle commençait à penser qu'elles étaient sincèrement heureuses qu'elle s'entende bien avec Stephen.

Ariella prit place à côté d'elle sur le canapé et s'empara de sa main.

— L'amour est un si étrange compagnon. Quand j'ai posé les yeux pour la première fois sur Emilian, c'en a été fait de moi — même si je l'ai pris pour un *vaida,* un chef romanichel ! J'ai été mordue, je me suis entichée de lui, il m'a obsédée, bien qu'il fût en partie rom et que mon père désapprouvât. Et cela a été une aventure difficile, qui paraissait parfois impossible. Mais il est l'amour de ma vie, conclut-elle gaiement, en pressant la main d'Alexandra.

— J'avais huit ans quand j'ai rencontré Alexi, dit Elysse d'un ton enjoué, en s'asseyant de l'autre côté d'Alexandra. J'ai pensé que c'était le plus beau garçon que j'avais jamais vu — et le plus horripilant ! Nous avons passé notre enfance à essayer de nous impressionner ou de nous ignorer l'un l'autre, jusqu'à ce qu'il me sauve du scandale et m'abandonne à l'autel. Mais nous avons retrouvé le chemin l'un vers l'autre et je ne pourrais pas vivre sans lui, ajouta-t-elle en souriant.

Alexandra fut forcée de sourire. Son cœur s'emballait. C'étaient de très belles histoires d'amour — si différentes de la sienne. Mais elles savaient visiblement qu'elle était l'amante de Stephen et semblaient même deviner qu'elle l'aimait — et l'approuver.

— Mais cela n'est pas bien ! s'écria-t-elle. Pourquoi ne me condamnez-vous pas ?

— Parce que nous vous aimons bien, répondit fermement Elysse. Vous m'avez plu dès que nous nous sommes rencontrées. Et nous aimons Stephen — assez pour nous inquiéter pour lui. Et parfois, le destin veille au grain.

Elle eut un grand sourire.

Alexandra n'eut aucune idée de ce qu'elle voulait dire.

— En outre, l'amour peut être si impatient, renchérit Ariella, malicieuse. Bon, à présent c'est réglé.

Elle se leva.

— Venez. Nous allons en ville, il me faut des gants et Elysse a besoin de vêtements pour son bébé. Vous pouvez nous accompagner, je suis sûre que vous aurez envie d'acheter quelque chose. Et ne vous inquiétez pas, si nous croisons des commères, nous les écarterons pour vous.

Alexandra se mordit fortement la lèvre. Il semblait que, d'une certaine manière, elle se soit fait deux nouvelles amies merveilleuses.

*
* *

Alexandra s'empressa de descendre, espérant voir Stephen avant qu'il ne se plonge dans ses affaires de la journée. Les deux jeunes femmes l'avaient retenue bien après l'heure du dîner, la veille ; elle était rentrée à 21 h 30. Il était dans la bibliothèque, lisant des contrats, ayant retardé le dîner jusqu'à son retour. Il avait paru satisfait qu'elle ait passé l'après-midi avec Elysse et Ariella, et avait repoussé ses excuses. Puis ils avaient oublié le repas. Il l'avait attirée à lui, et ils avaient fait l'amour sur le tapis, devant la cheminée.

Finalement, ils étaient allés se coucher et ce matin elle avait dormi plus longtemps que d'habitude. Il était 10 heures et demie. Elle longea le couloir d'un pas vif alors que Stephen sortait d'une pièce. Ils se heurtèrent presque et il la saisit par le bras pour l'empêcher de tomber.

Elle le laissa la prendre contre lui.

— Nous n'avons parlé qu'un moment hier soir, dit-elle, et je craignais que vous ne soyez parti avant que je descende.

Il glissa une main sur sa nuque et dans ses cheveux relevés.

— Je n'étais pas d'humeur à discuter, comme vous le savez.

Elle s'empourpra. Il s'était montré si ardent.

— Je voulais vous envoyer un billet pour vous prévenir que je serais en retard. Je n'ai jamais compté que vous m'attendiez — et manquiez le dîner. Je suis désolée, Stephen.

Il sourit d'un air indolent.

— J'ai dit que cela m'était égal, et je ne dis jamais ce que je ne pense pas. De fait, je suis content qu'Elysse et Ariella vous aient fait sortir de cette maison. Vous ne me l'avez pas dit : avez-vous passé une journée agréable ?

Elle hocha la tête.

— Je n'ai rien acheté, mais j'ai aidé Elysse à choisir des affaires pour son bébé.

Elle s'interrompit. Il la dévisageait fixement.

Elle se sentit mal à l'aise. Lorsqu'elle laissait échapper ce genre de chose, elle avait la nette impression qu'il savait qu'elle était enceinte. Mais s'il savait, il se confronterait à elle, elle en était certaine.

Il brisa la tension.

— Avez-vous été bien traitée ?

La question la soulagea.

— Les boutiquiers m'ont traitée comme si je faisais partie de la famille royale, Stephen.

Il sourit, satisfait.

— Alors, peut-être commencerez-vous à sortir plus souvent. Et pourquoi n'avez-vous pas fait d'emplettes ? N'avez-vous rien vu qui vous plaisait ?

Elle se mordit la lèvre. Comment lui dire qu'elle ne se sentirait jamais à l'aise pour utiliser son crédit ?

Il la serra plus fort.

— C'est bien ce que je pensais. Je serais content, Alexandra, que vous fassiez des emplettes. De fait, je serais très heureux si vous dépensiez des sommes folles pour vous.

Elle lui rendit son sourire.

— Je pense que vous êtes sérieux.

— Je le suis, murmura-t-il. Venez dans la bibliothèque avec moi.

Ses yeux bleus étaient si chauds qu'elle pensa un moment qu'il voulait lui faire l'amour en plein jour. Mais, peu après, il ouvrit un tiroir de son bureau fermé à clé. Il se redressa pour lui faire face et elle ne put voir ce qu'il tenait.

— J'ai plaisir à vous offrir ceci, Alexandra.

Il tendit un écrin de velours. Quand il l'ouvrit, elle aperçut un bracelet de diamants et pensa un instant que c'était celui qu'il avait essayé de lui donner après leur première rencontre.

Mais, lorsqu'il le leva, elle vit qu'il était très différent — encore plus magnifique et plus coûteux.

— Je veux que vous ayez ce bijou, dit-il d'une voix rauque.

Il s'approcha et le lui mit au poignet.

Elle émergea de son état de choc. Elle n'avait jamais vu autant de diamants de cette taille.

— Stephen… comment puis-je l'accepter ?

— Vous le pouvez et le ferez, déclara-t-il fermement, en ajustant le fermoir.

Il la regarda dans les yeux.

— C'est une marque de mon affection, de mon admiration et de mon respect.

Elle inspira et les larmes lui montèrent aux yeux.

Il lui releva le menton.

— Rappelez-vous, je ne dis jamais ce que je ne pense pas.

Elle se mit alors à pleurer. Ce n'était pas un paiement pour services rendus, c'était un gage de son affection. Et il l'admirait. La respectait.

— Je l'adore, murmura-t-elle, en pensant : « Je vous adore. »

Il sourit avec lenteur, gardant son visage levé vers le sien, et sa bouche effleura la sienne.

— Je crois que vous faites de moi un homme satisfait d'une manière éhontée.

Elle fut si émue qu'elle en resta sans voix.

Puis il regarda au-delà d'elle, vers la fenêtre. Elle suivit son regard et vit sa vieille calèche fatiguée dehors, attelée d'Ebène.

— Mes sœurs sont enfin venues me voir !

Stephen passa un bras autour d'elle et l'embrassa.

— Assurez-vous qu'elles restent pour le déjeuner. Je vous verrai plus tard.

— Non, attendez.

Elle prit son beau visage entre ses mains et l'embrassa à son tour, farouchement.

— Je ne mérite pas de tels bijoux. Mais je suis enchantée !

Il sourit.

— Allez accueillir vos sœurs. Et, Alexandra ? Amusez-vous bien.

Alexandra l'entendit à peine. Elle se dégagea, relevant ses jupes pour pouvoir courir. Elle se précipita à travers la maison aussi vite qu'elle l'osa, et lorsqu'elle atteignit le vestibule, Olivia et Corey remettaient leur manteau à un valet. Elles poussèrent un cri de joie en la voyant et elles s'étreignirent sauvagement. Des larmes de joie brillaient dans les yeux d'Alexandra.

— Vous m'avez tellement manqué !

— Tu m'as manqué aussi, dit Corey en l'enlaçant encore, très fort. Tu es si élégante ! Regarde cette robe !

Puis elle aperçut le bracelet.

— Oh, Alexandra !

— Il vient de me le donner, en gage de son affection et de son respect, parvint-elle à dire.

Olivia lui prit les mains, ouvrant de grands yeux.

— Il est splendide — et tu es si belle ! Tu es radieuse — comme jamais auparavant.

Son regard soutint celui de sa sœur aînée, scrutateur.

— Je n'ai guère changé, affirma Alexandra, mais elle rougit, les yeux encore humides.

Elle était une femme tout à fait différente, maintenant, et elles le savaient toutes les deux.

— Il est bon avec toi, n'est-ce pas ? Tu es si heureuse, je le vois dans tes yeux, dit doucement Olivia.

Alexandra lui posa la main sur la joue.

— Il est venu à Edgemont Way, déclara Corey. Il a remis père à sa place et lui a dressé une liste des choses qu'il ne doit plus jamais faire — y compris être grossier avec toi.

Alexandra retint une exclamation, stupéfaite.

Olivia lui reprit la main.

— Il nous a donné une allocation mensuelle très généreuse. Le cellier est plein, comme le grenier à foin, et nous avons commandé trois robes chacune.

Alexandra eut le tournis. *Tout ce que Stephen avait fait pour sa famille !*

— C'est un homme bien, n'est-ce pas ? demanda Corey, le regard intense et interrogateur. Il doit beaucoup t'aimer, pour prendre si bon soin de nous, pour sermonner père comme il l'a fait et pour t'offrir ce splendide bracelet.

Alexandra se figea. Si Stephen l'aimait ? Etait-ce possible ? « Ceci est une marque de mon affection, de mon admiration, de mon respect. » Elle fut transportée.

— Il est généreux de nature, répondit-elle.

Elle déglutit.

— Et je crois qu'il est attaché à moi.

— Qu'il est attaché à toi ? répéta Corey.

Elle jeta un coup d'œil à Olivia, qui lui rendit son regard. Aussitôt, Alexandra sut qu'elles avaient un secret.

— Es-tu amoureuse de lui, maintenant ? demanda doucement Olivia.

Alexandra soutint le regard insistant de sa sœur et eut la certitude que quelque chose n'allait pas.

— Qu'y a-t-il ? Que s'est-il passé ? Quelque chose est arrivé, j'en suis sûre.

Ses sœurs se regardèrent de nouveau, mais pour une fois Corey se tut.

Olivia rompit le silence.

— Owen est en ville, Alexandra. Il est venu hier — il te cherchait.

16

Alexandra fut si surprise que pendant un moment elle crut avoir mal entendu. Mais ses sœurs la regardaient comme si elles attendaient une réaction de sa part. *Owen était en ville ?* Son cœur se mit à battre très fort.

Elle ne savait que penser. Il était probablement venu en ville maintes fois au cours des neuf dernières années — mais il n'avait jamais essayé de venir la voir auparavant. Voilà un mois, elle aurait été folle de joie, mais à présent elle était simplement anéantie.

Pourquoi était-il réapparu dans sa vie ?

Qu'est-ce que cela pouvait signifier ?

Son cœur se contracta de nouveau tandis qu'elle luttait pour garder son sang-froid. Des souvenirs commencèrent à la submerger, et dans chacun d'eux Owen était aussi brillant que le soleil. Il souriait, et il était son meilleur ami. Mais il était aussi son soupirant, et elle se rappela soudain avoir été dans ses bras, partageant un baiser passionné. Elle se crispa.

Alors même qu'elle se souvenait de son image dorée, de ses yeux pétillants qui s'assombrissaient de passion, l'image de Stephen la domina. Sa tension s'accrut de façon impossible, elle regarda le bracelet étincelant à son poignet et se rappela comment il lui avait fait l'amour ce matin-là. Elle aimait Stephen, à présent — Owen avait épousé quelqu'un d'autre voilà longtemps.

— Pourquoi est-il venu me voir, après toutes ces années ? parvint-elle à demander.

Olivia lui prit le bras.

— Nous devrions peut-être nous asseoir, Alexandra.

Elle tressaillit, l'appréhension lui nouant l'estomac. Olivia avait d'autres nouvelles et elles n'allaient pas être bonnes, décida-t-elle aussitôt.

— Va-t-il bien ?

Olivia eut un sourire sombre, en la tirant vers les portes ouvertes les plus proches.

— Il va assez bien, étant donné les circonstances.

Qu'est-ce que cela signifiait ? Alexandra suivit sa sœur dans le salon Doré.

— Tu es bouleversée, dit Corey d'un drôle de ton, en regardant de nouveau Olivia.

— Qu'est-ce que vous ne me dites pas ? C'est visiblement une mauvaise nouvelle. Et bien sûr, que je suis bouleversée.

Owen avait été le grand amour de sa vie. Elle l'aimait toujours. Naturellement. Elle l'aimerait toujours — et le considérerait toujours comme un cher ami —, mais cela ne changerait pas ses sentiments pour Stephen.

Olivia la prit par l'épaule.

— Il est veuf, Alexandra. Il a enterré sa femme il y a six mois.

Alexandra s'entendit pousser une exclamation. Ses genoux faiblirent et Olivia lui saisit le coude.

— Tu vas t'évanouir ?

Son choc ne connaissait pas de bornes. *Sa femme était morte. Et il était venu la voir…*

Elle alla à une chaise et s'assit, hors d'haleine. Il lui semblait que ses tempes allaient exploser, et parce qu'elle connaissait si bien Owen, elle savait qu'il devait avoir beaucoup de chagrin. Elle était très inquiète pour lui. Mais tandis qu'elle pensait cela, l'image de Stephen était dans son esprit, sombre, puissante et accusatrice.

Elle inspira.

Elle était avec Stephen, maintenant. Elle portait son enfant. Elle n'avait aucune raison de se sentir soudain prise entre deux forces contraires qui menaçaient de la tirer dans des directions opposées. Elle aimait Stephen, même si elle n'osait pas le lui dire — même si elle était seulement sa maîtresse et ne serait jamais plus.

— Est-il ravagé ?

— Je ne sais pas s'il est ravagé, mais il n'est pas heureux, dit sombrement Olivia. Avais-je tort de me le rappeler comme séduisant et gai, toujours prêt à sourire ou à rire ? Il était grave, Alexandra, et triste.

— Très triste, renchérit Corey. Mais il était avide de te voir.

La tension d'Alexandra augmenta.

— Il est en deuil.

Elle se sentait si concernée pour lui, et cela la plaça sur un terrain plus ferme, dans une certaine mesure.

— Il doit avoir besoin d'une épaule, dit-elle. Et il a certainement besoin d'amitié. Pas étonnant qu'il soit venu me voir.

Il ne s'agissait pas de reprendre leur romance, s'avisa-t-elle. En était-elle soulagée ? Déçue ? Tout ce qu'elle savait était qu'elle devait voir Owen et le réconforter, si elle pouvait. Et Stephen comprendrait.

Olivia s'assit à côté d'elle, la fixant.

— Il était très déçu que tu ne sois pas à la maison.

Alexandra la regarda attentivement. Sa voix était lourde de sous-entendus. Que pensait sa sœur ? Qu'ils allaient renouer leur grande histoire d'amour ?

— Il n'est pas venu en ville avec des intentions romantiques.

Olivia et Corey échangèrent de nouveau un regard.

— Comment le sais-tu ? demanda prudemment sa cadette.

— Parce que cela fait neuf ans, et qu'il pleure sa femme en ce moment.

Son ton avait été bien plus incisif qu'elle ne l'aurait voulu. Et elle n'en était pas sûre, alors même que les souvenirs des années qu'ils avaient partagées la submergeaient. N'avait-il pas dit qu'il ne cesserait jamais de l'aimer — qu'il ne l'oublierait jamais ? Elle trembla, pensant à Stephen, troublée. Elle avait idée qu'il n'apprécierait pas beaucoup Owen. Et Owen n'approuverait certainement pas sa façon de vivre. Il pourrait même escompter que Stephen l'épouse.

— Que lui avez-vous dit ? Comment avez-vous expliqué que je ne vis plus à la maison ?

— Je lui ai dit que tu étais actuellement l'invitée de Clarewood. Je ne pense pas qu'il ait compris, déclara Olivia avec un regard significatif.

— Il a dit qu'il viendrait te voir ici, ajouta Corey. Il découvrira vite la vérité.

Alexandra inspira.

— Je n'ai jamais eu de secrets pour Owen, je n'ai pas l'intention d'en avoir maintenant. Et de toute façon, il comprendra rapidement que je suis la maîtresse de Stephen.

Elle était fixée. Il avait certainement besoin d'elle

comme amie, mais il n'était *pas* venu en ville avec des intentions romanesques. Et même si c'était le cas, cela n'importait pas.

— S'il ne vient pas demain, j'irai le voir. J'ai l'intention de renouer notre amitié. Où réside-t-il ?

— Chez lord et lady Bludgeon, à Greenwich, répondit Olivia.

Alexandra ne les connaissait pas. Elle massa ses tempes, qui la lançaient. Elle mesura qu'elle était impatiente de revoir Owen, maintenant, de le réconforter et de le consoler, si besoin était.

Olivia lui prit la main.

— Vas-tu bien, vraiment ? Tu es blanche comme un linge.

— C'est un choc, admit Alexandra. Et je suis inquiète pour Owen.

— Bien sûr, dit sa sœur, en la scrutant du regard.

Alexandra croisa ses yeux aimables et soucieux. Olivia voulait savoir si elle avait des sentiments amoureux pour Owen.

— Alors, que vas-tu faire ? demanda Corey. Quand tu reverras Owen ?

Alexandra se crispa.

— Je lui offrirai du réconfort, Corey.

Ses sœurs se regardèrent de nouveau.

— Ce n'est pas ce qu'elle voulait dire, déclara Olivia.

Alexandra bondit et se mit à arpenter le salon. Ses sœurs ignoraient qu'elle était enceinte. Elles cesseraient sûrement d'insinuer qu'il puisse y avoir quelque chose de romantique entre elle et Owen, si elles le savaient. Et elles appréciaient Stephen — elles avaient montré clairement combien elles étaient impressionnées par sa générosité.

— Tu l'as tellement aimé autrefois, reprit Corey. Je me souviens comme tu pleurais, le soir.

Alexandra s'immobilisa.

— C'est du passé !

Olivia était l'une des femmes les plus sensées qu'elle connaissait, elle avait toujours été sa confidente et maintenant elle avait besoin de lui parler en privé.

— Corey, pourrais-tu aller trouver le majordome, Guillermo, et lui dire que nous serons trois au déjeuner ?

Corey sourit.

— Le duc a dit que nous devrions venir déjeuner avec toi.

Quand sa sœur fut partie, Alexandra regarda avec attention Olivia, qui dit :

— Tu sembles remarquablement posée, considérant que tu viens d'apprendre que l'amour de ta vie te cherche et qu'il est de nouveau disponible.

— Je suis avec Stephen, maintenant, tu le sais aussi bien que moi.

Un moment s'écoula avant qu'Olivia ne reprenne la parole.

— Est-ce que Stephen va t'offrir le mariage ?

Alexandra se raidit, ennuyée.

— Voyons, Olivia. Tu sais comme moi qu'il ne me considérerait jamais comme convenable pour être sa duchesse.

La bouche d'Olivia se pinça.

— Il y a des ducs — et des princes et des rois — qui épousent des roturières, ce que tu n'es pas, pour l'amour du Ciel. Tu ferais une merveilleuse duchesse.

Le cœur d'Alexandra manqua un battement.

— S'il te plaît, ne dis pas cela.

Elle prit la main de sa sœur et relâcha son souffle.

— Olivia, j'ai éloigné Corey parce que je dois te dire quelque chose, désespérément.

Olivia sursauta.

— Qu'est-ce qui ne va pas ?

— J'attends un enfant. Tu es la première à le savoir, je ne l'ai encore dit à personne.

Sa sœur réprima une exclamation.

— Alexandra ! Tu ne l'as pas dit au duc ? demanda-t-elle avec de grands yeux.

— Non. J'ai peur qu'il pense que ma grossesse soit une manigance pour le contraindre au mariage.

Elle fixa Olivia, nerveuse.

— La première fois où nous avons été ensemble, il a pensé que je voulais le forcer à m'épouser parce que j'étais vierge.

Sa sœur avait pâli.

— Il était tellement furieux. Je ne puis supporter de nouveau une telle colère.

Olivia inspira et se leva.

— Il devrait t'épouser, Alexandra. C'est la seule chose honorable à faire. Pas étonnant que tu insistes sur le fait que tu es avec Clarewood.

— C'est injuste, et tu l'apprécies. Tu le sais.

— Oui, mais maintenant que je sais que tu portes son enfant, il *doit* t'épouser. Cela change tout ! Tu es enceinte — c'est un événement joyeux ! Et il t'épousera sûrement, maintenant. Je ne peux croire que tu aies eu peur de le lui dire.

Olivia s'était mise à sourire, pensant sans doute au neveu ou à la nièce qu'elle allait avoir.

Alexandra trembla.

— Je… je l'aime, mais il est effrayant quand il est en colère.

— T'a-t-il fait du mal ? demanda sa sœur.

— Non, bien sûr que non, pas comme ce que tu veux dire. Olivia, je pense qu'il tient à moi, maintenant, et que cette nouvelle pourrait même lui faire plaisir. Mais… j'ai si peur de me tromper et qu'il m'accuse de nouveau de comploter. Alors, tout sera fini.

Olivia lui prit le bras, l'air sombre et fâché.

— Alexandra, il devrait t'adorer. Il devrait être amoureux de toi à en perdre la tête.

— Arrête !

— Comme Owen l'était jadis.

Alexandra s'écarta.

— Ce n'est pas juste. Owen n'a rien à voir avec cela.

— Vraiment ? Je suis sûre d'une chose — Owen t'aime toujours, et si Clarewood t'abandonne, je suis certaine qu'il ne te laisserait jamais porter un enfant seule.

— Tais-toi ! Tu n'en sais rien.

Elle serra ses bras autour d'elle.

— S'il te plaît, tu es absurde. Je tiens à Stephen, et c'est déjà assez difficile comme cela.

Olivia fronça les sourcils en secouant la tête.

— Tu dois lui parler de l'enfant — immédiatement. Alors, nous verrons ce qui arrivera.

Alexandra ne pouvait croire que sa sœur s'attende à ce que Stephen envisage de l'épouser — ou qu'elle voie Owen comme un chevalier en armure étincelante qui viendrait à son secours si Stephen refusait le mariage. Mais Owen était bel et bien un chevalier de ce genre, pensa-t-elle avec désespoir. Il avait toujours été gentil, aimant et homme d'honneur. Il ne se soucierait pas des ragots — ni de sa réputation.

Elle s'efforça de ne pas prêter attention à la douleur qui envahissait son cœur.

— J'ai toujours su que cette liaison ne durerait pas toujours.

— Pourquoi ? Parce que tu n'es pas assez bonne pour lui ? demanda Olivia. Clarewood a été très généreux avec nous tous. Mais s'il ne t'épouse pas, tu devrais reconsidérer tes projets.

Alexandra se tut. L'avenir d'un enfant était en jeu, sa sœur avait peut-être raison.

Olivia insista.

— Je sais que tu crois aimer le duc, mais l'aimes-tu vraiment ? Parce que je sais combien tu aimais Owen. Et je ne pense pas qu'un amour comme celui-là meure jamais.

Jefferson n'avait pas répondu immédiatement à son invitation écrite. Quand plusieurs jours avaient passé sans réponse, Julia avait commencé à penser qu'il avait l'intention de repousser sa proposition — ce qui était un rejet évident de ses prudentes avances. Et puis sa réponse était arrivée, avec ses excuses — il était dans le sud de l'Ecosse. Et lorsqu'elle s'était avisée qu'il acceptait son invitation à venir monter avec elle dans la campagne, son soulagement avait été sans bornes. Elle en avait été transportée.

Elle lui jeta un coup d'œil à la dérobée. Elle avait la bouche sèche et le souffle court. Ils étaient tous deux en selle et sortaient leurs montures au pas des écuries ; il n'avait pas dit grand-chose depuis son arrivée, à part pour la saluer et lui demander poliment de ses nouvelles. Elle avait tenté de répondre avec sa grâce habituelle et une nonchalance qu'elle n'éprouvait pas, mais cela avait été presque impossible. Il paraissait plus grand, plus viril et encore plus séduisant que dans son imagination. Il semblait dominer l'espace entre eux. Elle le désirait plus que jamais. La tension qu'elle avait ressentie la dernière fois qu'il était venu s'était intensifiée, devenant presque insupportable.

Elle le regarda prudemment et le surprit à la fixer, le regard suggestif. Son cœur bondit.

— Avez-vous apprécié l'Ecosse ?

— Oui. Ma mère venait de Glasgow.

Julia l'ignorait.

— Je crois que j'ai un ancêtre du côté de mon père qui était né dans les îles occidentales, dit-elle.

— Alors, je suppose que nous avons quelque chose en commun.

Pendant un moment leurs regards se joignirent, avant qu'il ne détourne les yeux.

Elle se demanda si quelque chose n'allait pas. Il était tellement silencieux.

— Avez-vous apprécié votre séjour là-bas ? s'enquit-elle.

— Oui.

Il finit par lui jeter un coup d'œil, et son sourire parut forcé.

— J'aurais dû venir voir la tombe de ma fille depuis des décennies.

Il lui avait confié quelque chose de terriblement personnel. Julia souhaita pouvoir lui parler davantage de sa vie, de Tom. Elle hésita.

— Je suis heureuse que vous l'ayez fait. J'espère que cela vous a aidé.

Il se tut un moment.

— Cela m'a aidé.

Elle s'entendit dire :

— J'ai décidé voilà des années de ne plus aller sur la tombe de mon mari.

Il la regardait intensément, maintenant.

— Pourquoi, si je peux me permettre de vous le demander ?

Elle haussa les épaules.

— Cela fait quinze ans, et j'étais lasse d'aller présenter mes respects. Ou de feindre de le faire.

— J'ai entendu dire qu'il était un scélérat.

Elle se mordit la lèvre.

— C'était un homme froid, difficile... et souvent cruel.

— Vous méritiez mieux. Alors pourquoi être allée sur sa tombe, au début ?

Elle fut surprise par sa véhémence.

— C'était mon devoir, monsieur Jefferson.

— Oui, bien sûr. Tout est devoir, par ici.

Il regarda droit devant lui.

Elle se raidit, consternée. Quelque chose n'allait pas, elle le sentait.

— Vous croyez certainement aux vertus du devoir ?

— Je ne sais pas, duchesse. Là d'où je viens, un homme a besoin de fierté, de courage et d'ambition, pas de devoir.

Julia eut l'impression d'avoir pris une claque. Elle se détourna, ébranlée.

— Alors, nous n'avons rien en commun, en vérité, n'est-ce pas ? demanda-t-il doucement.

Elle battit des cils pour chasser ses larmes. Quelque chose *n'allait pas* et elle n'arrivait pas à comprendre quoi.

— Galopons-nous ? demanda-t-elle en affichant un sourire forcé.

— Pouvez-vous contrôler cette jument ? Elle semble avoir le sang chaud.

— Oui, je le peux, répondit-elle d'un ton crispé, sans le regarder.

Sans attendre son accord, elle mit la jument au trot. Elle l'entendit la suivre et le sentit juste derrière elle. L'humiliation la frappa, mêlée à du chagrin.

Elle était une sotte. Elle avait seulement imaginé une attirance entre eux.

Puis elle vit le muret de pierres devant eux.

— Vous pouvez éviter de sauter en passant sur la droite, monsieur Jefferson, lança-t-elle.

Le large muret haut d'un mètre leur barrait le passage. Julia ne regarda pas en arrière tandis qu'elle ramassait sa monture pour le saut. Elle se rendit compte qu'il arrêtait brusquement son hongre, mais elle alla de l'avant et s'éleva aisément par-dessus l'obstacle. De l'autre côté, elle arrêta sa jument et, pour la première fois de sa vie, elle ne se sentit pas exulter. Elle était trop décontenancée.

Elle tapota l'encolure de sa monture et fit volte-face. Jefferson restait de l'autre côté du mur, et elle lui fit signe d'aller sur sa droite.

Mais il l'ignora. Et tandis qu'il trottait vers l'obstacle elle se raidit, surprise — il avait l'intention de sauter ! Elle vit immédiatement qu'il ne savait pas franchir une barrière. Il ne tenait pas bien son cheval en main, ce qui rendait un bon saut difficile, pour le moins. Comme s'il percevait le problème, il poussa le hongre à aller plus vite — ce qui pouvait donner lieu à un désastre.

— Ramassez-le ! cria-t-elle. Dressez-le !

C'était trop tard. Le cheval et le cavalier s'envolèrent — mal —, le hongre sautant maladroitement sans le bon élan et heurtant le muret de ses jambes postérieures. Jefferson fut déséquilibré et elle le vit perdre un étrier. Quand le cheval atterrit, il faillit tomber, mais il empoigna sa crinière et réussit à se redresser sur sa selle.

Lorsqu'il revint au trot, puis au pas, Julia se mordit la lèvre, soulagée qu'il s'en soit bien tiré. Puis elle essaya de feindre l'indifférence devant la pire démonstration d'équitation qu'elle avait jamais vue. Elle garda une expression impassible quand il s'arrêta devant elle, le visage empourpré.

— Allez-vous bien ?

— Comment faites-vous cela ? s'exclama-t-il.

— Oh, mon Dieu !

Elle sourit.

— Vous n'aviez jamais sauté un mur, n'est-ce pas ?

— Nous essayons d'éviter de sauter des troncs tombés à terre, dit-il, encore rouge. Nos chevaux ont juste besoin de savoir tourner sur place, de s'arrêter quand on leur crie « Ho ! » et de diriger les troupeaux de vaches.

Julia se retrouva sincèrement intéressée, un peu de sa consternation s'évanouissant.

— Il y a une technique, dit-elle. Allez-vous bien ?

— Autant que je le peux après avoir subi une telle humiliation.

Il lui jeta un coup d'œil avant de descendre de sa monture et de s'agenouiller pour examiner les jambes de son hongre.

Julia glissa à terre et s'accroupit à côté de lui.

— Il n'a même pas une écorchure, il ira bien.

Ils se redressèrent.

— Heureusement. Je ne voudrais pas blesser un de vos chevaux.

C'est alors qu'elle s'avisa qu'ils étaient tout près l'un de l'autre. Elle se figea, le cœur battant. Ils n'étaient séparés que par quelques pouces et il était difficile de penser à autre chose qu'aux lèvres viriles de l'homme qui la faisait rêver depuis des semaines.

Comme s'il le sentait aussi, il la fixa d'un regard sombre.

Julia savait qu'elle devait dire quelque chose pour rompre ce moment, mais elle ne pouvait détourner les yeux de ses prunelles ambrées, aussi brûlantes que des braises, à présent.

— Vous êtes pleine de surprises, duchesse, dit-il d'une voix rauque.

Elle voulait parler. Vraiment. Mais aucun mot ne lui venait alors qu'elle fixait ses beaux yeux.

— Bon sang, marmonna-t-il.

Et il se pencha sur elle. Elle en fut stupéfaite, mais son sang grondait. Il posa les mains sur ses épaules, faisant naître un long frisson le long de son dos.

— Julia, dit-il d'un ton enroué.

Elle inspira.

— Tyne.

— Je vais partir bientôt, murmura-t-il en l'attirant à lui.

Elle était dans ses bras, les cuisses pressées contre ses jambes, la poitrine écrasée sur son torse. Elle regarda sa bouche, désirant ardemment qu'il l'embrasse.

Ses yeux dorés étincelèrent et il la serra contre lui,

passant ses grands bras autour d'elle tandis que sa bouche couvrait la sienne.

Julia poussa un petit cri, stupéfaite en sentant ses lèvres réclamer les siennes tandis qu'il approfondissait son baiser. Leurs bouches se fondirent l'une dans l'autre. Il plongea sa langue dans la sienne. Et elle percevait chaque pouce de son corps dur et excité. Elle se cramponna à ses épaules, sur le point de lui rendre son baiser. Mais il lui arracha sa bouche et recula, le souffle court.

— Je suppose que c'était un adieu, dit-il.

Alexandra venait de faire faire le tour de la maison à ses sœurs. Et durant cette heure-là, alors que ses tourments disparaissaient presque, reculant à la lisière de son esprit, ce fut merveilleux d'être avec elles. Elle savait qu'elle se sentirait seule lorsqu'elles repartiraient pour Edgemont Way.

Elles descendaient, quand Guillermo apparut au bas de l'escalier.

— Miss Bolton, vous avez de la visite.

Elle fut si surprise qu'elle trébucha, se demandant aussitôt si Ariella et Elysse étaient revenues. Mais elle ne le pensait pas — c'était un long trajet de chez elles à Clarewood, et elle les avait vues la veille.

— Qui est-ce ?

Soudain, elle sut de qui il s'agissait, sans même avoir besoin de baisser les yeux sur le plateau où était posée la carte de son visiteur. Owen…

Le domestique confirma ses soupçons.

— Lord St. James est là, il vous attend dans le salon Doré.

Sur le palier intermédiaire, elle s'arrêta, la main sur la rampe.

— Veuillez dire au cuisinier que nous serons peut-être quatre au déjeuner, dit-elle avec soin.

Guillermo hocha la tête et s'éclipsa. Alexandra traversa le vestibule, ses sœurs derrière elle. Aucune ne dit mot.

Il se tenait debout près d'un canapé, non loin de la porte ouverte, grande silhouette élégante.

Lorsqu'il se tourna pour leur faire face, Alexandra vacilla. Neuf ans avaient passé. Jadis, Owen était un très beau jeune homme. Il avait trente ans, maintenant, et était encore plus beau et plus séduisant — le temps avait été clément avec lui. Elle tremblait, mais son cœur se réchauffa. Elle se mit à sourire.

Lui ne souriait pas tandis qu'il la fixait, la jaugeant de la tête aux pieds.

— Alexandra, dit-il enfin. Mon Dieu, c'est si bon de vous voir.

Elle s'avança — et lui aussi. Ils se rejoignirent et se prirent aussitôt les mains. Les siennes étaient si familières — grandes, chaudes, fortes. Alors, elle vit l'éclat sombre dans ses yeux.

— C'est si bon de vous voir aussi, Owen, murmura-t-elle, en le pensant.

— Vous n'avez pas changé, dit-il d'une voix altérée, ses yeux parcourant lentement ses traits, et pourtant vous êtes plus belle que jamais.

Elle sourit de nouveau.

— Je ne suis pas une beauté étourdissante, nous le savons tous les deux — et maintenant je suis une vieille fille, en plus.

Il sourit pour la première fois. Ses sourires étaient

éblouissants, autrefois, et celui-ci n'en était qu'une ombre, mais il venait de perdre sa femme.

— Si vous êtes une vieille fille, je suis un vieil homme, dit-il. Et vous êtes si belle — et cela fait si longtemps —, que mon cœur bat comme un fou.

Alexandra se rendit compte que son cœur avait accéléré, aussi. Elle s'avisa également qu'ils se tenaient toujours les mains. Elle retira doucement les siennes et dit :

— Je suis tellement désolée pour lady St. James.

Le sourire d'Owen disparut et il la regarda dans les yeux.

— Merci. C'était une femme aimable et gracieuse, et c'est arrivé si vite qu'il m'a fallu longtemps pour me remettre du choc.

Elle lui toucha le coude.

— Voulez-vous vous asseoir ? Et voulez-vous vous joindre à mes sœurs et à moi pour le déjeuner ?

Elle se tourna. Olivia et Corey se tenaient sur le seuil, l'air incertain. Mais elles sourirent aussitôt à Owen.

Il leur rendit leur sourire.

— Je serai ravi de rester pour déjeuner. Bonjour, miss Olivia. Bonjour, miss Corey.

Il refit face à Alexandra.

— Je n'en reviens pas. Quand je les ai vues pour la dernière fois, vos sœurs étaient de petites filles. Elles sont toutes deux adorables — vous les avez bien élevées.

Mais ses yeux changèrent pendant qu'il parlait, devenant scrutateurs tandis qu'il jetait un coup d'œil à sa coûteuse robe de soie framboise et au bracelet qu'elle portait.

Elle rougit. Elle était habillée comme une femme du monde, alors que ses sœurs étaient vêtues de leurs vieilles robes reprisées.

— J'ai fait de mon mieux.

— Je suppose que le duc est sorti, s'enquit-il.

— Il est à Manchester, aujourd'hui, répondit-elle, mal à l'aise.

Owen l'examina.

— Nous avons beaucoup de temps à rattraper.

— Oui.

Elle sourit avec fermeté.

— Pourquoi ne déjeunons-nous pas, puisqu'il est déjà si tard ? Ensuite, nous pourrons nous promener dans les jardins en évoquant des souvenirs.

— Cela me plairait… beaucoup.

Ils avaient fini de déjeuner, un superbe repas composé de pintades rôties avec des tartes au citron et un excellent sauternes. Owen venait de tirer la chaise d'Alexandra et elle lui sourit. Etre avec lui était aussi naturel que d'être avec ses sœurs. C'était comme si des jours s'étaient écoulés, et non des années. La gêne du début avait disparu. Ils étaient de très bons amis et le seraient toujours, pensa-t-elle.

Mais il restait plus que cela, naturellement. Il y avait le passé.

Ils avaient parlé des fêtes, pique-niques et parties de croquet qu'ils avaient partagés, et des moments dans la cuisine d'Elizabeth, à attendre que ses biscuits au sucre soient cuits. Ils s'étaient rappelé trop de petits souvenirs pour les compter — des souvenirs qu'Alexandra avait oubliés. Il y avait eu la fois où Corey avait disparu lors d'un après-midi de pêche et où tout le monde avait cru qu'elle était tombée dans le lac — avant de la trouver endormie à l'arrière de la calèche, enfouie sous des couvertures. Il y avait eu le Noël où le baron d'Edgemont était rentré de Paris avec des cadeaux attentionnés pour chacun. Et la fois où Owen s'était méchamment foulé la cheville et où Elizabeth avait insisté pour qu'il reste chez eux afin de se remettre. On l'avait installé dans la chambre d'amis et Alexandra l'avait distrait avec des parties de dames, de baccarat ou de cartes. Elle lui avait fait la lecture, aussi, pour découvrir assez vite que sa cheville allait bien et qu'il avait feint d'être blessé afin de pouvoir rester auprès d'elle. Elle lui avait jeté son oreiller à la tête. Il le lui avait renvoyé et ils avaient hurlé de rire, se lançant tous les oreillers du lit et finissant par s'embrasser. Elizabeth était entrée, les sourcils froncés, mais elle n'avait pas été vraiment fâchée.

Il y avait eu tant de bons moments…

Il avait la main sur le dossier de sa chaise. Sa présence la troublait de plus en plus. Il restait aussi séduisant que toujours. Elle n'avait cessé de tenir à lui, malgré le passage du temps, malgré son mariage avec une autre femme. Mais quand il lui touchait la main, c'était un sentiment familier qu'elle ressentait, non pas une exaltation des sens. C'était réconfortant, pas troublant. Et durant tout le repas, elle avait eu Stephen à l'esprit.

Elle se sentait presque fautive d'être avec Owen.

— Je suppose que nous devrions rentrer, dit Olivia d'un air abattu.

— Je ne veux pas rentrer, déclara Corey.

Alexandra échangea un regard avec Owen, qui lui sourit. Elle savait qu'il pensait la même chose qu'elle.

— Pourquoi ne passez-vous pas la nuit ici ? proposa-t-elle à ses sœurs. Nous avons de nombreuses chambres d'hôtes, et cela faisait si longtemps — nous avons tant de choses à rattraper.

Corey glapit de joie.

— J'adorerais rester !

Le regard d'Olivia passa d'Alexandra à Owen.

— Qui va s'occuper de père ?

Alexandra se rembrunit aussitôt, mais Owen lui toucha le coude.

— Il peut se passer de vous une nuit ou deux, je présume.

Elle le regarda avec gratitude. Il avait raison.

— Nous le choyons trop, dit-elle.

— Evidemment, acquiesça-t-il en la regardant intensément.

Il sourit avec lenteur.

— Vous m'avez promis une promenade dans les jardins.

Elle eut un grand sourire.

— Je n'ai pas oublié.

Lorsqu'ils quittèrent la salle à manger, elle donna des instructions au personnel pour préparer deux chambres. On conduisit ses sœurs à l'étage et elle se retrouva finalement seule avec Owen. Soudain nerveuse, elle posa la main sur la balustrade de bois lisse. Peut-être qu'évoquer des souvenirs en tête à tête n'était pas la meilleure idée.

— Je suis content que vos sœurs restent pour la nuit, dit-il. Visiblement, vous avez beaucoup manqué les unes aux autres.

Alexandra croisa son regard et sut qu'elle ne pouvait éviter une confession complète, maintenant.

— Elles me manquent énormément. Edgemont Way me manque… et même mon père.

— Même ?

Il la prit par les épaules, la tenant face à lui.

— Que se passe-t-il, Alexandra ? Nous n'avons jamais

eu de secrets, et je dois être direct. Edgemont Way est en si piteux état ! Qu'est-il arrivé ?

Elle trembla, consciente qu'il glissait prudemment vers le sujet de son séjour à Clarewood.

— Père boit trop et joue de manière compulsive.

Owen écarquilla les yeux.

— J'ai entendu dire quelque chose comme cela, mais je pensais qu'il s'agissait de méchants commérages, dénués de fondement. Je suis tellement désolé.

Elle inspira pour se donner du courage.

— J'ai fait du mieux que j'ai pu. Ce n'a pas été facile. Je couds pour gagner ma vie, maintenant.

Il se montra choqué.

— Vous êtes sérieuse ?

— Oui. Je couds pour des dames qui étaient autrefois les amies de ma mère. A présent, elles me regardent de haut, ouvertement, et jasent dans mon dos.

Elle s'arrêta, regrettant d'avoir glissé sur cette pente.

Il rougit.

Alexandra regarda le sol, puis leva les yeux vers lui.

— Nous n'avons pas de secrets, mais vous ne poseriez jamais la question directement, n'est-ce pas ? Pourquoi je vis ici ?

— Cela semble évident, dit-il d'un ton sec, mais j'espère que mes soupçons sont faux.

Elle sentit des larmes lui monter aux yeux et lui toucha le bras.

— Owen, il y a eu un soupirant, après toutes ces années, un aimable châtelain d'âge mûr. Mais je n'ai pu me résigner à l'épouser. Après ce que vous et moi avions partagé, le fait que je ne ressentais rien pour lui était aveuglant. Et sa cour a réveillé tant de souvenirs de notre amour.

Il la dévisagea et ne parla qu'au bout d'un moment, la bouche amère.

— Vous devez éprouver quelque chose pour Clarewood. Je vous connais trop bien. Vous n'accepteriez jamais un tel… arrangement si vous n'étiez pas amoureuse.

Elle trembla.

— Il s'est mis à me poursuivre de ses avances dès que nous nous sommes rencontrés. J'ai résisté, bien sûr. Mais il a refusé de prendre mon « non » pour une réponse.

Elle hésita.

— Père l'a découvert et il… il m'a chassée.

— Je ne puis le croire ! s'exclama Owen, le teint se colorant rapidement. Quant à Clarewood… quel genre d'homme assaille et séduit une jeune fille de bonne famille ?

— Owen, je vous en prie ! J'aime Stephen, et il a été bon pour moi.

— Vraiment ?

Il haussa ses sourcils cendrés.

— Il est très riche, Alexandra, alors ne soyez pas dupe. Pour lui, ce bracelet vaut un penny. Il ne signifie rien, parce qu'il possède une grande fortune.

Elle eut un mouvement de recul.

— De grâce, ne l'attaquez pas.

— Pourquoi pas ? A moins qu'il ne vous épouse — ce qu'il doit faire —, il est l'écume de l'humanité, et je ne me soucie pas de son titre.

Alexandra avait oublié combien Owen était noble et honorable. Elle lui caressa la mâchoire. Aussitôt, il lui pressa la main contre sa joue. Leurs regards se croisèrent.

— Vous ne méritez pas cette vie, dit-il. Vous méritez mieux.

— On ne choisit pas son sort.

— Alors, vous allez accepter ceci comme le vôtre ?

Elle ne sut pas que dire. Owen serait furieux quand il apprendrait qu'elle attendait un enfant.

— Je suis si heureuse que nous soyons toujours amis, dit-elle lentement. Mais je suis désolée que vous soyez revenu en ville dans des circonstances aussi tragiques.

Elle lui caressa la joue et laissa retomber sa main. Il restait trop de choses entre eux, se dit-elle.

Owen déclara d'une voix rauque :

— Je serai toujours là pour vous.

Elle essuya une larme.

— Je le sais.

C'est alors qu'Alexandra prit conscience d'une présence dans la pièce. Elle jeta un coup d'œil vers la porte.

— Je vois que nous avons un hôte, dit Stephen d'un ton railleur.

Il s'avança à grands pas.

— Faites les présentations, Alexandra.

17

Les joues d'Alexandra s'enflammèrent. Elle se sentait terriblement coupable, bien qu'elle n'ait rien fait de mal. Elle recevait simplement un vieil ami très cher. Mais même à ses oreilles, ses propres pensées sonnaient faux. Owen était plus que cela, et elle était coupable d'éprouver une profonde affection pour un autre homme. Son regard se riva sur celui de Stephen.

Son expression était devenue indéchiffrable. Il porta son regard sur Owen, qui se tenait rigide.

— Je suis Stephen Mowbray, duc de Clarewood. Bienvenue chez moi.

Owen ne sourit pas, aussi, pour couvrir l'embarras de la situation, Alexandra dit vivement :

— Votre Grâce, voici lord St. James, un vieil ami de la famille.

Stephen ne la regarda pas. Sa bouche s'incurva d'une manière déplaisante.

— Comme c'est merveilleux pour vous. St. James ? Etes-vous parent avec le vicomte Reginald St. James ?

Son ton était dangereusement suave.

— C'est mon oncle, répondit Owen d'un ton crispé. C'est un plaisir de vous rencontrer, Votre Grâce.

Il ne souriait toujours pas, et ses yeux étaient sombres

et coléreux. Visiblement, il ne pensait pas un mot de ce qu'il disait. Mais il gardait une intonation neutre et polie.

C'était impossible, se dit Alexandra, alarmée.

— Owen allait partir, glissa-t-elle en hâte.

Stephen tourna son regard brûlant vers elle.

Elle rougit. Elle avait appelé Owen par son prénom, devant Stephen.

— Je connais Owen depuis mes quinze ans, dit-elle d'une voix altérée.

Stephen la fixa, un étrange sourire lui déformant les traits.

— Nous allions nous fiancer, déclara Owen d'un ton belliqueux. Ma demande en mariage était acceptée, mais la baronne est morte. Alexandra a décidé qu'elle devait prendre soin de ses sœurs et de son père au lieu de se marier avec moi. J'en ai été ravagé, ajouta-t-il platement.

L'expression contractée de Stephen ne changea pas.

— Elle m'a tout dit, St. James.

Alexandra trembla, consternée. Elle n'avait presque rien dit.

— Lord St. James vient d'arriver en ville. Il réside chez lord Bludgeon à Greenwich. Je suis ravie qu'il soit venu me rendre visite. Je l'ai invité à rester à déjeuner, ce qu'il a accepté.

Elle se rendit compte qu'elle parlait d'un trait, sans respirer.

— Et mes sœurs sont ici. Elles ont déjeuné avec nous. C'était délicieux, n'est-ce pas ?

Elle sourit d'un air faux à Owen. Il la regarda avec attention et elle sut ce qu'il pensait : « Pourquoi avez-vous peur de votre amant ? »

Elle reprit vivement :

— Nous avons eu des pintades fourrées aux abricots. Et j'ai invité mes sœurs à rester cette nuit — elles sont en train de s'installer dans leurs chambres. J'ai pensé que cela ne vous ferait rien. Nous devons planifier un dîner spécial, ce soir.

Owen continuait à la fixer et maintenant Stephen la dévisageait aussi.

— Vous êtes si nerveuse, Alexandra.

Elle se raidit, son appréhension se changeant en panique. Il était devenu tel un lion indolent et dangereux, et elle se trouvait dans son antre.

L'expression d'Owen s'assombrit encore.

— Alexandra voulait nous mettre à l'aise, ses sœurs et moi, Votre Grâce. Elle y est parvenue — c'est une hôtesse hors pair mais, après tout, elle l'a toujours été. Toutefois, elle m'a promis une promenade dans vos jardins, ajouta-t-il avec un sourire sec.

Alexandra se sentit alarmée de plus belle quand le sourire fixe de Stephen se durcit.

— Il fait beaucoup trop froid pour aller marcher dehors maintenant, dit-elle aussitôt. En outre, vous avez dit que vous aviez un thé en ville. N'est-ce pas ?

Elle mentait, et entendait la supplication dans sa voix. Il fallait qu'il s'en aille. Stephen paraissait en colère. Elle savait qu'il ne pouvait être jaloux, mais elle se rappelait les termes de leur entente : il escomptait qu'elle lui soit fidèle. Lorsque Owen serait parti, elle pourrait s'expliquer et tout rentrerait dans l'ordre. C'était du moins ce qu'elle espérait.

Owen parut prêt à refuser, mais il déclara avec une réticence évidente :

— Je n'ai jamais eu l'intention de m'attarder et vous avez raison, j'ai d'autres obligations.

Soudain, il lui prit la main et la serra.

— Je suis si heureux que nous ayons eu cette chance de nous revoir, après tant de temps. Merci pour cet agréable déjeuner et cette compagnie encore plus agréable.

Elle lui retira sa main.

— J'en suis heureuse aussi.

Elle jeta un coup d'œil gêné à Stephen. Il avait toujours ce curieux sourire, mais ses yeux étaient noirs de colère.

— Je vais vous raccompagner, dit-elle.

Stephen croisa les bras.

— Bon voyage, St. James. Revenez quand vous voudrez.

— Merci pour le déjeuner, Votre Grâce, répondit Owen d'un ton tout aussi caustique. Et il se peut que je repasse par ici, en effet.

Ils se haïssaient. Alexandra savait que ses joues étaient cramoisies, maintenant, tandis qu'elle traversait le vestibule avec Owen, vivement consciente de sa présence à côté d'elle et de celle de Stephen, qui les regardait s'éloigner. Une fois à la porte d'entrée, Owen baissa la voix.

— Est-ce que tout ira bien pour vous ?

— Oui, répondit-elle d'une voix altérée. Vraiment.

Son sourire lui parut horriblement fragile.

Owen lança un regard à Stephen.

— Il semble être un scélérat sans cœur. Faites-moi prévenir si vous avez besoin de moi.

Il s'inclina et franchit la porte, que le portier referma derrière lui.

Alexandra tremblait fortement, à présent, ses genoux fléchissaient, et elle serra ses bras autour d'elle. Elle se sentait malade, mais pas à cause du bébé. *Ils se haïssaient !*

pensa-t-elle encore, et elle ferma brièvement les yeux. Qu'allait-elle faire ? Seules deux choses étaient claires : elle devait expliquer sa relation avec Owen à Stephen, et ce n'était pas le moment de mentionner son état. Alors, lentement, avec réticence, elle leva les yeux.

Le regard de Stephen était tranchant. Puis il tournoya et partit à grands pas dans le couloir, disparaissant de sa vue.

Elle humecta nerveusement ses lèvres et s'avisa qu'elle avait peur de lui, maintenant. Elle avait vu sa fureur une fois et avait espéré ne plus jamais la revoir. Mais elle ne pouvait éviter une confrontation. Elle se hâta derrière lui.

Lorsqu'elle entra après lui dans la bibliothèque, il jetait son manteau sur le canapé.

— Alors, comment se porte votre amour perdu depuis longtemps, Alexandra ?

Elle vacilla.

— Owen est mon ami, Stephen. Je suis votre maîtresse, maintenant.

Il pirouetta vers elle.

— Vous l'aimiez de tout votre cœur. Vous me l'avez dit. Vous projetiez de l'épouser. A la place, vous vous êtes sacrifiée pour vos sœurs et votre père. Corrigez-moi si je me trompe.

Il était terriblement sarcastique.

— Non, vous avez raison, murmura-t-elle. Mais c'était il y a longtemps.

Il émit un son âpre — comme un rire sans gaieté.

— Que veut-il ? demanda-t-il.

Elle frémit, incapable de lui dire ce qu'Owen avait dit.

— Que veut-il ? répéta-t-il plus fort, les yeux étincelants.

— Je ne sais pas, répondit-elle en tremblant. Sa femme

est morte il y a six mois, et il a décidé de venir me voir pour que nous puissions évoquer des souvenirs.

Les yeux de Stephen s'élargirent. Il était incrédule.

Elle se détourna, les tempes douloureuses. Tout était si clair, maintenant. Owen l'aimait toujours, elle le savait, à présent. Et elle savait pourquoi il était venu en ville — ce n'était pas pour se remémorer le passé.

Olivia avait raison. Owen serait son preux chevalier, si elle en avait besoin.

Et elle tenait encore si fort à lui.

De derrière, Stephen la saisit rudement par les épaules et la fit tourner face à lui.

— Je vois, dit-il d'un ton amer.

— Non.

Elle secoua la tête avec frénésie.

— Non, vous ne voyez rien du tout ! Je ne violerais jamais les termes de notre arrangement.

— Et quels sont ces termes ? s'enquit-il, le regard scrutateur. L'aimez-vous, Alexandra ? Ou ai-je seulement besoin de le demander ?

— Je ne vous serais jamais infidèle ! s'écria-t-elle, désespérée.

— Vraiment ?

Son emprise se resserra. Une terrible pause s'ensuivit. Elle ne pouvait détourner les yeux — et maintenant elle pouvait à peine respirer.

— Vous ne m'avez pas répondu. *L'aimez-vous toujours, Alexandra ?*

Elle réprima un cri. Elle voulait répondre, vraiment. Mais les mots ne se formaient pas. A la place, son cœur tambourinait, de panique.

— Il y a maintes façons pour une femme de trahir un homme, dit-il durement.

Il la lâcha et elle chancela.

— Et ne vous donnez pas la peine de me répondre, lança-t-il en se dirigeant d'un pas raide vers la cheminée, car je connais la réponse !

Elle se mit à pleurer.

— Non, vous ne la connaissez pas.

Il tournoya.

— Vous l'aimez ! Vous l'aimiez il y a neuf ans, et vous l'aimez toujours ! Je ne suis pas aveugle. C'est plus qu'évident ! cria-t-il. N'importe quel sot peut voir que vous êtes amoureux !

Les larmes d'Alexandra ruisselaient.

— Je *vous* aime, murmura-t-elle.

— Vous me mentiriez, maintenant ? Vous nieriez que vous aimez St. James ?

Elle commença à secouer la tête.

— Bien sûr, que je tiens à lui, mais…

Il vint vers elle, livide. Elle se crispa et tressaillit, pensant qu'il voulait la frapper. Mais il ne leva pas la main.

— Et m'auriez-vous parlé de cette visite, si je ne vous avais pas surpris si tendrement enlacés ?

Il tremblait.

— J'ai vu la façon dont vous le touchiez, Alexandra, alors ne me dites pas que vous ne m'avez pas trahi.

Elle essaya de lui dire qu'elle lui en aurait parlé, mais tout ce qu'elle put faire fut de murmurer, les joues mouillées de larmes :

— Oui.

— Combien de fois me trahirez-vous ? Combien de fois ? demanda-t-il.

Elle ne savait pas de quoi il parlait.

— Je ne vous ai pas trahi !

— Vraiment ?

Il avait le souffle court, comme s'il avait couru.

— Et qu'en est-il de l'enfant ? Mon enfant ? Pendant combien de temps pensiez-vous me tromper ? Me mentir ? Comptiez-vous me quitter avant qu'il soit visible — et le faire passer pour celui de quelqu'un d'autre ?

Elle se contracta, horrifiée. Il savait. *Stephen savait pour le bébé.*

— Depuis quand le savez-vous ? parvint-elle à demander.

— Depuis que je vous ai ramassée dans les caniveaux de Londres, répondit-il d'un ton véhément.

Elle recula, et pas seulement à cause des mots qu'il avait choisis, mais devant son regard haineux.

— Je vous en prie, Stephen… J'ai détesté vous le cacher !

— Alors pourquoi ? cria-t-il.

Elle secoua la tête d'un geste d'impuissance. Comment pouvait-elle lui dire que sa colère la terrifiait — qu'il la terrifiait maintenant ?

— J'avais tous les droits de savoir que vous portez un enfant — *mon* enfant !

Il détendit le bras et une lampe alla s'écraser par terre. Alexandra bondit de côté, mais il lui saisit le bras et la ramena brutalement contre son corps dur et tremblant.

— Vous m'avez menti dès le début. Je suis d'ordinaire un bon juge des caractères. Mais les mensonges ne cesseront jamais, n'est-ce pas ?

— Non !

Elle pleura.

— Stephen, j'allais vous parler de l'enfant !

Il la lâcha, secouant la tête et reculant.

— Sortez, dit-il.

Comme elle ne bougeait pas, il tonna :

— Sortez d'ici !

Elle partit en courant.

Il était trop tard, à présent. Stephen regarda par la vitre de sa voiture, empli de ce qui ressemblait à de la haine pour un homme qu'il ne connaissait pas, alors qu'il n'avait jamais ressenti une telle fureur auparavant. Il s'était mis à éprouver une profonde affection pour Alexandra. Il le savait, maintenant, mais il était trop tard, parce qu'il l'avait perdue.

Je l'aimais de tout mon cœur… Ma mère est morte, je n'avais pas le choix…

Bien sûr, que je tiens à lui.

Il jura.

Il avait perdu une femme à laquelle il tenait profondément au profit d'un autre homme. Et cela faisait fichtrement mal.

Il se mit à rire sans gaieté, et but une gorgée de whisky dans son verre. Il était le célibataire le plus recherché du royaume, le pair le plus fortuné et le plus puissant, et il avait perdu sa maîtresse au bénéfice d'un autre. Un jour, il trouverait drôle cette terrible ironie.

Mais il n'avait jamais tenu à une femme auparavant. Il n'avait jamais passé des heures à parler avec une autre femme, même au lit, et il n'avait jamais souri autant que récemment. Alexandra avait apporté tant de lumière dans sa vie, et il n'avait même pas mesuré combien elle était sombre et lugubre avant qu'elle n'y entre.

Avant de la rencontrer, il avait été content, mais pas heureux. Alexandra lui avait montré la différence.

Etait-il amoureux ?

Cela importait-il ?

Elle aimait quelqu'un d'autre. Cela avait été si clair. Et même si elle n'avait jamais couché avec St. James, ils se regardaient l'un l'autre, échangeant leurs pensées en silence, comme s'ils étaient amants depuis des années.

Il n'était pas juste un soupirant, il était mon meilleur ami.

Lui, il n'était jamais devenu son meilleur ami. Cela ne lui était pas venu à l'idée. Il avait voulu la protéger, la défendre, prendre soin d'elle et lui faire l'amour. Il avait toujours considéré Alexi comme son meilleur ami et maintenant, par tous les diables, il voulait savoir pourquoi il n'était pas le meilleur ami d'Alexandra !

La jalousie bouillait en lui, aussi brûlante et furieuse que la colère. *St. James était son meilleur ami.* Il écarta le verre et but directement à la bouteille.

Il était jaloux — une autre première. Quant à la douleur dans sa poitrine, signifiait-elle qu'il avait le cœur brisé ? Mais c'était impossible, n'est-ce pas ? Il était froid et sans cœur, tout le monde le disait. Il était comme le vieux Tom.

Il ferma les yeux d'angoisse, certain que son père était non loin de là, se moquant de lui. *Les ducs n'ont pas le cœur brisé. Allez de l'avant.* Il pouvait l'entendre très clairement.

Sauf que, alors que Tom avait fait de son mieux pour le former sur son modèle, pour faire de lui un homme froid, rationnel et déterminé, ne pensant qu'au devoir, il n'était pas son fils naturel ; il était un Warenne.

Un Warenne aime une fois et pour toujours.

Il jura, alors qu'il avait envie de pleurer. Il avait perdu une femme, la seule femme qu'il avait jamais aimée… Car, bien sûr, il aimait Alexandra Bolton. Il n'y avait pas d'autre explication à ses sentiments maintenant ou à la lumière qu'elle avait apportée dans sa vie. Il n'avait jamais rencontré quelqu'un comme elle. Il l'avait su immédiatement. Elle était si farouchement courageuse, si forte et si déterminée, si capable et si indépendante. Et elle était passionnée. De façon surprenante, elle lui avait appris la passion. Il n'avait jamais voulu être avec une autre femme comme avec elle. Il ne s'était même pas rendu compte qu'il était un homme passionné avant de lui faire l'amour.

Combien de fois l'avait-il regardée pendant qu'il lui faisait l'amour, voulant lui dire ce qu'il ressentait ? Et chaque fois, le vieux Tom avait été assis à son côté, se moquant de sa faiblesse.

Il ne lui avait jamais dit qu'il tenait à elle. Mais cela valait peut-être mieux…

Il se raidit, ses entrailles se contractant si fort que cela lui fit mal. Aucun homme sain d'esprit ne déclarerait sa flamme à une femme qui ne lui retournait pas ses sentiments.

Il ne put s'empêcher de se rappeler le petit garçon qu'il avait été, désirant si ardemment entendre ces mots de l'homme qui se disait son père.

Mais il n'avait rien avoué à Alexandra. Pourtant, il avait pensé qu'elle tenait à lui en retour. Elle l'avait touché comme si elle l'aimait, ses yeux avaient brillé comme si elle l'aimait, mais elle ne l'aimait pas — cela avait été de la comédie, un jeu.

Elle aimait St. James.

Il jeta violemment la bouteille sur l'autre banquette, où elle se brisa. Puis il se couvrit le visage de ses mains. Il était empli d'angoisse, et c'était intolérable ! Il ne s'était jamais senti ainsi auparavant. On ne lui avait jamais refusé quelque chose qu'il désirait aussi ardemment !

Et qu'en était-il de leur enfant ? Lui en aurait-elle jamais parlé ?

Il n'en était pas sûr, et il était si furieux qu'il ne voulait pas lui laisser le bénéfice du doute. Il y avait eu tant de moments où elle aurait pu le lui dire — il lui avait fourni intentionnellement des ouvertures. Mais elle ne l'avait jamais fait. Elle était si experte pour lui mentir. Elle lui avait menti sur sa virginité et lui avait menti sur sa grossesse. Son cœur se fendit. Il était certain qu'elle avait eu l'intention de le tromper aussi longtemps que possible.

Mais si elle disait la vérité quand elle affirmait qu'elle avait compté lui parler de l'enfant ? Son cœur lui criait de le croire.

Il ne pouvait se fier à lui, manifestement. Il était un homme rationnel ! Et ce qu'elle avait compté faire n'importait pas, à cause de St. James.

Il ne laisserait jamais un autre homme élever son enfant.

Son cœur se contracta à cette idée. Il s'avisa que la voiture s'était arrêtée. Il se tourna pour regarder sombrement dehors et vit la superbe résidence d'Alexi, brillamment illuminée au milieu de la nuit nuageuse. Il l'avait achetée quand Elysse et lui étaient séparés, et le magnifique manoir de campagne s'étendait sur dix hectares, entouré de jardins et d'un parc à gibier. Stephen descendit, le valet feignant soigneusement de ne pas savoir que le duc était ivre et avait cassé une coûteuse bouteille de vieux whisky dans l'habitacle impeccable.

Alexi n'avait pas de portiers et Stephen tira sur la cloche et abattit le heurtoir en même temps, grossièrement et bruyamment. Son ami l'accueillit un moment plus tard, pieds et torse nus, vêtu d'un seul pantalon — et tenant un pistolet à la main. Ses yeux s'élargirent.

— Entrez, dit-il vivement. Quelqu'un est mort ?

Stephen passa devant lui à grandes enjambées.

— Il me faudrait un verre.

Il traversa le vestibule pour se rendre dans la bibliothèque où il avait passé tant de temps avec Alexi et ses autres cousins.

Ayant refermé la porte d'entrée, Alexi le suivit à l'intérieur. Stephen fixait le petit feu qui brûlait dans la cheminée, souhaitant que la douleur qui lui vrillait la poitrine disparaisse.

Alexi éclaira plusieurs lampes.

— Vous avez fait un long chemin pour un verre. Mais vous avez certainement l'air d'en avoir besoin — même si vous empestez déjà l'alcool. Et vous n'avez pas de manteau, alors qu'il gèle.

— J'ai cassé une bouteille de whisky dans ma voiture.

Stephen se tourna pour regarder son ami. Les yeux d'Alexi s'élargirent de nouveau.

— Vous ne cassez jamais rien — hormis mon nez.

Il alla au cabinet et se mit à les servir.

— Il est 1 heure du matin, à propos.

— J'ai quelque chose à vous dire.

— Je m'en doutais.

Alexi lui tendit un verre sans se servir.

— Alexandra porte mon enfant.

Alexi haussa les sourcils et commença à sourire. Puis il redevint grave.

— Stephen, si vous ne pensez pas que c'est une bonne nouvelle, je vais vous mettre du bon sens dans la tête à coups de poing. C'est une femme bien, vous n'avez pas d'enfant et il vous faut des fils.

Stephen souffla.

— Je suis un bâtard, et j'ai juré de ne jamais imposer cette tare à un enfant.

Alexi sourit.

— Alors épousez-la, sot que vous êtes !

Les doigts de Stephen se resserrèrent sur son verre. Sa mâchoire était si rigide qu'il se demanda s'il ne risquait pas de se casser des dents. Bien sûr, qu'il devrait l'épouser. Elle portait son enfant. Et soudain il imagina l'avenir avec elle pour épouse — un avenir éclatant et gai, empli de joie et de lumière. Sauf qu'il ne pensait pas qu'elle le choisirait par-dessus son grand amour. Il était certain qu'elle le repousserait.

— Elle aime quelqu'un d'autre.

Alexi s'étrangla.

— Pas possible !

Il posa son verre pour saisir l'épaule de Stephen.

— Vous en êtes sûr ?

— Oui, j'en suis sûr. Elle m'a tout dit au sujet de l'unique grand amour de sa vie — qu'elle pensait épouser voilà neuf ans.

Stephen fixa son ami, souhaitant que St. James fût présent, pour qu'il pût l'étrangler et le chasser de leur vie.

— Il la courtisait. Elle l'a écarté quand sa mère est morte, afin de se sacrifier et de sacrifier son bonheur pour sa famille.

Il inspira.

— C'est tout à fait la personnalité d'Alexandra.

— Que voulez-vous dire, vous les avez surpris ensemble ? demanda prudemment Alexi.

— Je ne les ai pas surpris au lit, si c'est ce que vous pensez. Je les ai surpris têtes rapprochées, s'enlaçant avec affection.

— Et à cause de cela, vous croyez qu'elle aime toujours son ancien soupirant ?

Stephen hocha la tête. Alexi haussa les épaules.

— Comme je l'ai dit, c'est une femme bien. Et vous obtenez toujours ce que vous voulez, alors si vous la voulez, prenez-la. Vous êtes au mieux de votre forme quand vous avez un rival. Et à propos, nous approuvons tous — beaucoup.

Stephen parut incrédule.

— Vous n'avez pas entendu ce que j'ai dit ? Elle est amoureuse de St. James !

Et le vieux Tom le nargua de nouveau. Il ne la supplierait jamais de lui donner son amour. Personne ne devrait supplier pour être aimé. Soit l'amour était donné librement, soit il était sans valeur.

— Oh, j'ai oublié de vous dire le reste : il est veuf, maintenant, alors ils peuvent partir ensemble à cheval, leurs alliances étincelant au soleil couchant.

Il s'étrangla sur ces derniers mots.

Comment la perdre pouvait-il être aussi douloureux ?

Soudain, Elysse apparut en chemise de nuit et robe de chambre.

— Stephen ? Tout va bien ?

Il se sentit de nouveau un enfant, vivant dans la splendeur solitaire de Clarewood, faisant de son mieux pour satisfaire le duc et échouant toujours. Il vit le vieux Tom dans un coin de la pièce, riant cruellement de lui. Cet homme n'avait pas dit une seule fois qu'il se souciait du jeune garçon dont il avait fait son fils, qu'il en était fier ou qu'il l'aimait.

Il tourna le dos à Elysse, tentant de se ressaisir.

— Nous allons bien, mon cœur, dit Alexi à sa femme. Retournez vous coucher. Je ne monterai pas avant un moment — si je monte.

Stephen l'entendit partir. Il inspira et dit d'un ton âpre :

— Je suis désolé. Je ne voulais pas être grossier avec Elysse.

— Vous avez finalement trouvé l'amour. Donc vous êtes pardonné.

Stephen lui fit face.

— Vous avez peut-être raison, mais ne commencez pas avec tous ces mythes et traditions Warenne. Je ne suis pas un Warenne, je suis Clarewood — je suis plus le fils de Tom Mowbray que de sir Rex. Et tandis que nous parlons, Alexandra fait des plans pour épouser son Owen bien-aimé.

— En êtes-vous certain ?

— Bien sûr, que j'en suis certain, répondit Stephen avec soin, en pesant ses mots. Je connais Alexandra. Elle est le genre de femme à donner son cœur une fois dans sa vie.

Mais étrangement, et alors que son cœur se récriait, il eut des doutes. Néanmoins, il les avait vus ensemble. Ils avaient paru aussi intimes que des amants. Il *haïssait* St. James !

Alexi se mit à secouer la tête.

— Que signifie ce geste ? demanda Stephen.

— Il signifie qu'un homme aveuglé par l'amour est exactement cela — aveugle. Vous êtes incapable de voir ou de penser clairement en ce moment. Et il se trouve qu'Elysse pense qu'Alexandra est parfaite pour vous. Elle pense aussi qu'elle vous aime. De fait, elle m'a dit qu'Alexandra n'est pas le genre de femme à avoir une liaison, à moins qu'il ne s'agisse d'amour.

Stephen le fixa, le souffle court. Il désirait le croire et durant un moment, en se rappelant la façon dont elle lui avait caressé la joue et l'avait regardé avec des yeux doux et brillants, il le crut presque. N'avait-il pas été le premier pour elle ? N'avait-elle pas essayé de le repousser pour des raisons de morale ? Mais alors il se rappela comment il l'avait trouvée avec St. James dans le vestibule, et comment elle caressait la joue de son rival comme elle l'avait fait avec lui. Il pouvait à peine respirer.

— Vous ne les avez pas vus ensemble.

— Non, mais ainsi que je l'ai dit, pour l'instant vous êtes aveugle. Lui avez-vous parlé ? Vraiment parlé ?

Stephen se raidit et se mit à faire les cent pas.

— C'est ce que je pensais. Vous vous êtes disputés violemment et vous êtes parti. Pourquoi ne rentrez-vous pas dormir ? Quand vous vous réveillerez — et serez remis de vos abus de whisky —, vous pourrez avoir une discussion calme et rationnelle avec elle.

Le duc se tourna.

— Je doute d'être de nouveau rationnel un jour.

Alexi sourit.

— Ce n'est pas amusant.

— En vérité, Stephen, vous voir le cœur brisé et rabaissé d'un cran ou deux par une femme bien est très amusant — et cela aurait dû se produire voilà longtemps.

Une part de lui désirait rentrer chez lui, réveiller Alexandra et exiger de savoir si elle tenait à lui — si elle l'aimait ne fût-ce qu'un peu. Et s'il lui faisait d'abord l'amour, il pourrait probablement la pousser à une telle déclaration.

Aimez-vous St. James ?

Je vous *aime.*

Aimez-vous St. James ?

Bien sûr, que je tiens à lui…

— Merci d'être aussi compréhensif, marmonna-t-il.

Mais si elle l'aimait un peu ? Après tout, elle portait *son* enfant, pas celui d'Owen.

Alexi le rejoignit et le prit par l'épaule.

— Si vous lui dites ce que vous ressentez, ou même si vous ne le faites pas et lui offrez simplement le mariage, je suis sûr qu'elle acceptera.

Stephen n'en était pas sûr, pas du tout. Et alors il se rendit compte que cela n'importait pas non plus. Ce qui comptait était leur enfant. Ils devaient se marier pour le bien de l'enfant.

Il fixa son ami, le cœur tambourinant.

— Je ne lui dirai pas que je l'aime, vu la probabilité qu'elle ne m'aime pas en retour.

— Pourquoi pas ? Qu'avez-vous à perdre ?

— Il me reste un peu de fierté, dit-il avec brusquerie.

Il savait d'une manière quelconque qu'il ne pourrait supporter de faire ce genre de confession, pas si elle ne lui disait pas à son tour qu'elle l'aimait.

— Et c'est peut-être tout ce qui vous restera, si vous ne lui dites pas ce que vous éprouvez, insista Alexi. Alors, qu'allez-vous faire ? La laisser s'enfuir avec St. James ?

Son regard était perçant. Stephen sentit monter sa colère.

— Vous savez fichtrement bien que je ne laisserai jamais élever mon enfant par quelqu'un d'autre !

— Mais vous m'avez dit des centaines de fois que vous feriez un terrible père — comme le vieux Tom, dit Alexi en ouvrant de grands yeux innocents.

Stephen se dit qu'il ne rentrerait pas chez lui pour dire à Alexandra qu'il s'était épris d'elle, et il ne la supplierait pas non plus de le choisir plutôt que St. James. Les ducs ne suppliaient pas.

Les ducs donnaient des ordres — et des ultimatums.

Tom se moquait ouvertement de lui, à présent.

— Je n'ai jamais dit que Tom Mowbray était un terrible père. Il était dur et partisan de la discipline — mais il a fait de moi l'homme que je suis.

— Non, vous êtes qui vous êtes parce que vous êtes un Warenne, Stephen, et vous aviez Julia pour atténuer la cruauté de Tom.

— Je dois partir, dit abruptement Stephen, en pivotant.

Alexi le suivit hors de la pièce.

— Qu'allez-vous faire ? demanda-t-il.

Stephen s'arrêta dans le vestibule.

— Nous allons nous marier pour le bien de l'enfant.

Les yeux d'Alexi s'élargirent.

— Je suggère que vous le demandiez *plaisamment*.

Stephen eut un sourire froid.

— Je ne me sens pas très plaisant, Alexi.

Son ami grogna.

A l'aube, Alexandra était assise dans l'embrasure de la fenêtre de sa chambre, Olivia à côté d'elle, Corey endormie dans un fauteuil voisin. Un plateau chargé d'un en-cas était posé sur la petite table à leur gauche. Ses sœurs avaient apparemment entendu leur dispute et étaient aussitôt venues la rejoindre dans sa chambre. Elles ne l'avaient pas quittée tout au long de cette nuit interminable.

Elle avait les yeux rouges et gonflés d'avoir pleuré. Son cœur lui faisait si mal. Elle n'avait pas dormi du tout, comment l'aurait-elle pu ? Elle avait été choquée et blessée par la colère de Stephen et ses accusations. Son rêve s'était transformé en un véritable cauchemar. Pour aggraver encore les choses, il était parti à minuit, pour revenir trois heures plus tard. Elle ne voulait pas imaginer où il était allé, mais il ne semblait y avoir qu'une explication possible : il était allé chercher du réconfort auprès d'une autre femme, elle en était sûre.

Elle appuya sa joue sur son genou relevé. Elle avait le cœur brisé.

Olivia caressa son épaule tendue.

— Que vas-tu faire ?

Elle leva la tête.

— Je vais me rendre présentable, descendre et essayer de poursuivre la discussion que j'ai entamée avec Stephen.

— Ce n'était pas une discussion.

— Non.

Alexandra remonta ses genoux contre elle.

— Comment a-t-il pu devenir si haineux envers toi, alors qu'il était si aimable et généreux auparavant ?

— Je le redoutais. Je n'ai jamais connu quelqu'un avec ce tempérament. C'est rare. Mais, apparemment, il ne peut supporter ce qu'il prend pour de la malhonnêteté.

Elle se sentait de nouveau au bord des larmes.

— J'allais lui parler de l'enfant hier soir. Peux-tu le croire ? Et je lui aurais dit qu'Owen était en ville, aussi !

Olivia lui prit la main.

— Tu avais raison et j'avais tort — au moins à propos de Clarewood.

Corey les surprit en disant :

— Je pense qu'il aime Alexandra.

Celle-ci sursauta, étonnée que sa sœur soit réveillée.

— J'aimerais que tu aies raison, mais je crains que ce ne soit pas le cas.

— Si. Deux hommes t'aiment — et il est furieux à cause d'Owen.

Alexandra ne partageait pas l'avis de sa sœur. Stephen était furieux à cause de l'enfant, comme elle s'y était attendue au fond de son cœur. Elle posa les pieds sur le parquet, qui était glacé.

— Je devrais me préparer. Il se lève tôt habituellement.

Elle trembla, déjà malade de peur.

Mais alors qu'elle se levait, elle sursauta. On venait de frapper à la porte.

— Entrez.

La porte s'ouvrit et Stephen apparut sur le seuil, l'air si ravagé, les yeux si sombres et déterminés, qu'elle retint une exclamation choquée. Elle sut immédiatement qu'il ne s'était pas couché. Elle se demanda s'il avait bu, mais c'était impossible à dire.

— Je veux vous parler maintenant, dit-il.

Alarmée, elle regarda ses sœurs, qui se levaient déjà, leur expression indiquant la même inquiétude et la même surprise que celle qu'elle éprouvait. Olivia croisa son regard.

— Tout ira bien, assura-t-elle, même si elle savait que c'était un mensonge.

Elles traversèrent vivement la chambre et passèrent devant Stephen, qui ne les regarda pas et les salua encore moins. Lorsqu'elles furent parties, il mit les mains sur ses hanches, en une posture agressive.

Alexandra serra ses bras autour d'elle.

— Je déteste me disputer avec vous.

— Alors, ne mentez pas.

La croirait-il, si elle tentait de lui donner des explications ? Sûrement pas.

— Je ne veux pas me quereller avec vous.

— Bien. Je n'ai pas l'intention de le faire, non plus — pas maintenant. Pas quand vous portez mon enfant.

Il s'arrêta, la regardant d'un air plein de sous-entendus.

Elle se crispa.

— Oui, je le porte, dit-elle, ne sachant où il voulait en venir.

— Nous allons nous marier, Alexandra, dans l'intérêt de l'enfant.

Le choc la paralysa.

— Vous ne mettrez pas au monde mon bâtard, ajouta-t-il. Et si c'était votre plan, vous avez gagné.

Elle se mit à trembler. Cela n'avait jamais été son plan. Elle l'aimait et l'épouser était au-delà de ses rêves les plus fous, même si, pour lui, ce mariage ne représentait qu'une obligation. Il était en colère contre elle, froid et distant. Dans ces conditions, comment pouvait-elle accepter ?

Mais elle l'aimait tant... Comment pouvait-elle refuser ?

Elle pensa aussitôt à Owen, qui lui demanderait de l'épouser parce qu'il l'aimait.

— Vous êtes étrangement silencieuse, observa-t-il.

Elle inspira.

— Je suis en état de choc.

— Vraiment ?

Son ton était railleur.

— Je suis le meilleur parti du royaume, et cependant je ne vous ai pas entendue accepter ma proposition.

Que devait-elle dire ? Qu'elle l'aimait trop pour l'épouser de cette façon ? Ou devait-elle l'épouser quand même parce qu'elle l'aimait ?

— Il va falloir que j'y réfléchisse.

Il élargit brièvement les yeux, puis il eut un sourire dangereux.

— Je ne m'attendais pas à cette réponse, je dois l'admettre.

Son regard se durcit et son sourire disparut.

— Je m'attendais à ce que vous refusiez.

Il n'était plus furieux, pensa-t-elle, malade de consternation, il était simplement haineux.

— Je dois y réfléchir, Stephen, répéta-t-elle.

— Vraiment ?

Il rit froidement.

— Laissez-moi être clair, Alexandra. J'ai redouté le mariage aussi longtemps que je m'en souvienne — j'ai cherché une épouse convenable pendant une décennie, au moins. Cela sera un autre arrangement entre nous — pour le bien de l'enfant. Vous ne mettrez pas au monde mon bâtard.

— Me haïssez-vous ? demanda-t-elle la voix tremblante.

— Non.

C'était déjà cela. Elle ferma brièvement les yeux.

— J'ai quand même besoin d'y réfléchir.

— Pourquoi ? Parce que vous voulez attendre et voir si St. James se met sur les rangs ?

Avant qu'elle pût le nier, il ajouta :

— Laissez-moi m'exprimer autrement. Ce n'était pas une demande en mariage, c'était un choix. Vous pouvez choisir de m'épouser, ou vous pouvez partir avec votre St. James bien-aimé.

Elle protesta, mais il continua.

— Toutefois, si vous décidez de partir avec votre amoureux, l'enfant restera ici, avec moi, et nous nous marierons d'abord.

Elle poussa une exclamation incrédule.

Le sourire du duc était froid.

— L'enfant est mien. Vous avez un choix à faire.

Il tourna les talons pour quitter la pièce. Alexandra lui courut après.

— Je ne peux accepter aucun de ces choix !

Il pirouetta et ils se heurtèrent. Il la saisit avec rudesse.

— Oh, si ! vous ferez un choix — c'est moi ou St. James, et l'enfant reste ici.

Elle fut trop abasourdie pour dire un mot.

Il la repoussa brutalement et s'en alla à grands pas.

18

Quand Julia pénétra dans l'hôtel Saint-Lucien, les têtes se tournèrent. Elle traversa vivement le spacieux vestibule, ignorant les regards. Même ceux qui ne la connaissaient pas pouvaient deviner que c'était une dame de haut rang et très fortunée — sa position ressortait clairement de sa toilette, de ses bijoux et de son attitude. Mais certains savaient qui elle était, car des murmures la suivaient : « Bonjour, Votre Grâce. » Elle ne regardait personne, ne répondait pas. Elle ne pouvait penser à autre chose ou à quelqu'un d'autre que Tyne.

Il l'avait embrassée brièvement, mais avec une telle passion — et elle lui avait rendu son baiser. Puis il lui avait dit qu'il allait partir et s'était écarté. Ils s'étaient remis en selle, la laissant étourdie de désir et de choc. Et lorsqu'elle avait essayé de converser avec lui tandis qu'ils retournaient à la maison, il était resté silencieux et s'était retiré en lui-même. Il était parti avant qu'elle puisse lui demander s'il voulait revenir pour une autre sortie à cheval.

Il repartait pour l'Amérique le lendemain. Elle s'était renseignée.

Elle était malade de désarroi et d'appréhension. Elle n'avait pas dormi depuis des jours — depuis leur promenade et son baiser. Elle avait le béguin d'un étranger, un Américain, et elle ne le reverrait jamais plus, à moins de faire quelque chose à ce sujet.

Elle avait passé la majeure partie de sa vie dans l'isolement. Du vivant de Tom, elle avait noué et entretenu les relations qui convenaient, mais jamais de proche amitié. Pour quiconque se penchait sur la question, son existence était centrée sur ses devoirs de mère et de duchesse. Secrètement, elle avait consisté à protéger Stephen des critiques, de la cruauté et des fureurs de son père.

Après la mort de Tom, elle avait conservé quelques-unes de ces relations, en laissant d'autres se déliter et disparaître. Elle était restée proche de Stephen, qui n'avait que seize ans, afin de l'aider dans ses nouvelles responsabilités. Il était vite devenu clair qu'il gérerait Clarewood beaucoup plus intelligemment et efficacement que Tom l'avait jamais fait. Il n'avait pas eu besoin de son aide, seulement de son soutien.

Savourant sa liberté, elle avait commencé à se bâtir une nouvelle vie, fondée sur son amour des chevaux et des chiens. Elle avait noué de nouvelles amitiés avec des cavaliers et des cavalières émérites. Mais elle était de nature réservée, et aucune de ces relations n'était devenue proche.

En conséquence, elle n'avait personne à qui se confier.

Quand Tyne était parti, elle s'était assise avec ses dogues, seule, pour analyser la situation. Elle s'était rendu compte que ses choix étaient minces. Elle pouvait ne rien faire et espérer qu'il reviendrait la voir, ou aller le trouver et prendre les choses en main.

La vérité était qu'elle se sentait seule et avait envie d'être avec Tyne. Elle voulait marcher avec lui, parler avec lui, monter à cheval avec lui — et elle voulait partager sa passion. Elle ne voulait pas qu'il disparaisse de sa vie. Elle pensait même qu'elle pourrait souhaiter partager son existence avec lui.

Elle savait qu'il pourrait ne pas partager ses sentiments — mais il n'y avait qu'un moyen de le découvrir.

Elle s'arrêta à la réception de l'hôtel. Comme il était très tôt, elle était la seule cliente. Un employé se précipita pour la servir. Elle n'essaya même pas de sourire.

— M. Jefferson est-il dans sa chambre ?

— Je ne l'ai pas encore vu descendre, madame, répondit l'employé.

— Quel est le numéro de sa chambre ?

L'homme ne cilla pas, se tourna vers un registre et lui donna le renseignement. Julia le remercia avant de se diriger vers le large escalier de bois.

Elle savait qu'on la regardait tandis qu'elle montait. Elle ne s'en soucia pas. Il n'était pas dans les codes moraux qu'une femme aille ouvertement trouver un homme dans sa chambre. Les ragots auraient du blé à moudre, se dit-elle. Qu'ils le fassent. Il était si tôt qu'on ne pouvait l'accuser d'intentions luxurieuses. Les langues s'emballeraient, essayant de décider qui elle était venue voir et pourquoi.

Elle sourit presque, mais elle était aussi nerveuse qu'une jeune fille de seize ans. Serait-il heureux de la voir, ou serait-il déconcerté ?

S'il était visiblement consterné, elle n'essaierait même pas de lui faire du charme, pensa-t-elle, son anxiété augmentant. Elle se hâta dans le couloir, serrant son réticule, ayant déjà le souffle court. A la porte de sa chambre, elle inspira pour se donner du courage et frappa légèrement contre le panneau de bois.

— Un moment, répondit-il.

Soudain, elle s'empourpra. Et s'il était avec une femme ? Elle en mourrait d'embarras.

Puis la porte s'ouvrit. Il se tenait là, en pantalon, sa chemise à moitié rentrée, comme s'il était en train de s'habiller. Ses yeux s'élargirent quand il la vit.

Julia savait qu'elle gardait un teint échauffé et elle ne put détacher les yeux de son regard ambré, mais au lieu de réciter les mots qu'elle avait répétés, elle dit d'une voix altérée :

— Vous partez demain.

Il hocha lentement la tête, soutenant son regard. Elle était troublée par son corps puissant, sa chaleur, son odeur. La tension sembla emplir le faible espace qui les séparait. Il gardait une main sur la porte. Soudain, sans la quitter des yeux, il recula, ouvrant tout grand.

Aucune invitation n'aurait pu être plus claire.

En respirant avec difficulté et en tremblant, Julia passa devant lui, entra dans sa suite et s'arrêta. Il y avait un secrétaire et un canapé, mais elle ne vit que le lit. Et maintenant il se tenait juste derrière elle, si près que ses jupes touchaient son pantalon.

Il ferma la porte.

— J'ai pensé à vous, dit-il.

Elle se tourna vers lui ; il lui était impossible de réfléchir. Elle ne pouvait que sentir, que désirer.

— Tyne, murmura-t-elle.

Soudain, il la prit par les épaules, fortement. Pendant un moment il la regarda, les yeux enflammés. Puis il l'attira contre lui, passant les bras autour d'elle, et elle se sentit toute petite dans son étreinte. Elle percevait chaque pouce de son corps dur tandis qu'elle inhalait son odeur virile, la joue pressée contre son torse.

Le cœur de Tyne battait très fort.

Il lui releva le menton et leurs regards se joignirent. Julia s'avisa que son cœur battait aussi fort que le sien, plus fort que jamais auparavant. Il comprit — et couvrit sa bouche de la sienne.

Son baiser fut dur et exigeant. Elle saisit ses épaules, follement excitée, lorsqu'il força ses lèvres de sa langue et la posséda profondément. Elle se mit à gémir et à frétiller. Rien ne lui avait jamais paru aussi juste que ce baiser, son contact ou son corps massif, qui enveloppait le sien.

Ils s'embrassèrent passionnément, avec frénésie, en se déplaçant dans la pièce. L'arrière de ses cuisses heurta le lit. Elle saisit sa chemise tandis qu'il interrompait le baiser, bataillant avec les boutons. Lorsque son torse apparut, elle en eut le souffle coupé.

Il lui prit les mains.

— Etes-vous sûre ? demanda-t-il.

Elle fit glisser ses paumes sur les aplats durs et musclés de son buste. Elle inspira vivement et il grogna.

— Je n'ai jamais été aussi sûre de moi. Faites-moi l'amour, Tyne.

Il ôta sa chemise et la jeta de côté. Julia lança un regard à son torse puissant marqué de cicatrices et défaillit presque sous une intense vague de désir. Il la souleva dans ses bras et la déposa sur le lit, la bouche sur la courbe de ses seins au-dessus de son corselet. Il sema une traînée de petits baisers tandis qu'elle caressait sa peau brûlante, ses aréoles et ses bras durs aux muscles puissants. Elle ne pouvait supporter d'être séparée de lui, ni de se sentir si lourde et si chaude.

— Faites vite, chuchota-t-elle.

Il releva la tête et la regarda, les yeux étincelants, et elle y vit de la surprise. Puis il tendit la main vers les boutons dans le dos de sa robe.

Elle s'assit, haletante, et soudain elle fut la femme qu'elle avait été autrefois, celle qu'elle avait complètement oubliée. Tandis qu'il déboutonnait sa robe, elle leva les mains et ôta ses épingles à cheveux et son petit bonnet, puis glissa les doigts dans sa chevelure platine en le regardant. Sa robe était déboutonnée, mais il ne l'avait pas fait glisser, et il s'immobilisa. Le désirant terriblement, elle souleva ses cheveux, les laissant se répandre sur ses épaules, tandis que le corselet de sa robe tombait, la révélant à lui. Elle portait un corset parisien et une camisole de soie transparente. La pointe de ses seins était si sensible que même la soie délicate les irritait.

— Vous êtes si belle, murmura-t-il d'une voix rauque, en tendant les mains vers elle.

Mais elle se leva, lui échappant, pour se débarrasser de sa robe, révélant ses pantalons et ses bas de soie.

Aussitôt, Tyne la prit par les hanches.

— Vous êtes tellement menue.

Il paraissait presque effrayé.

Elle ne s'était jamais sentie si désirable. Alors qu'ils s'embrassaient éperdument, ils tombèrent sur le lit. Tyne défit sa ceinture et son pantalon, puis ses mains furent partout sur elle. Julia n'aurait su dire comment elle se libéra de ses dessous, mais la bouche et les mains de Tyne la parcouraient avidement, la touchant en des endroits qui n'avaient pas été vus ni caressés depuis des décennies, et elle pleura de plaisir.

Il la saisit par les hanches et dit quelque chose, puis

glissa sa langue dans les replis secrets de sa féminité. Julia explosa. Eclatant en une gerbe de lumière aveuglante, elle pleura de volupté, ne cessant de le remercier.

Il s'allongea sur elle, le souffle court. Elle parvint à ouvrir les yeux, à le regarder. « Je l'aime », pensa-t-elle. Et elle voulait le satisfaire, aussi. Elle savait ce qu'il avait l'intention de faire, mais elle se redressa, le surprenant, pour l'embrasser, désirant qu'il comprenne l'importance de ce qu'il venait de lui donner, la profondeur de sa gratitude. A genoux, son sexe dur palpitant contre elle, il se figea pendant qu'elle l'embrassait.

Elle se pencha et goûta sa virilité.

Il frémit et grogna, et elle comprit qu'il voulait protester, mais elle ne comptait pas s'arrêter et elle bougea sa bouche sur lui, un nouveau désir lui donnant le tournis. Il s'étrangla, respirant avec difficulté, puis il la prit dans ses bras. Pendant un moment, ils se regardèrent avec l'impression de s'être toujours connus.

Tyne sourit d'un air farouche et ils s'unirent. Julia pleura encore tandis qu'un autre orgasme la secouait, mais c'étaient des larmes de pure joie. Finalement, il poussa un cri et elle pensa qu'il pleurait aussi.

Quand elle revint en flottant à la réalité, elle était dans ses bras, leurs jambes mêlées, et il caressait sa mâchoire de son pouce dans la lumière crue d'un matin de semaine. Elle rougit de bonheur. Le besoin de faire l'amour avec lui était toujours présent. Elle remua ses orteils en souriant et le regarda, sa petite main posée sur son torse.

Il lui rendit son sourire, les yeux pleins de chaleur.

— Je ne m'en serais jamais douté, dit-il doucement, en l'embrassant sur le front.

Puis il glissa une main dans ses longs cheveux ondulés.

— Cela faisait si longtemps, et j'étais si nerveuse à l'idée de vous laisser voir ce que je ressens.

Son sourire se dissipa.

— Combien de temps, Julia ?

— Quinze ans, répondit-elle simplement.

Il la fixa un long moment.

— Vous êtes si passionnée. Comment avez-vous pu faire ?

— Il n'y avait personne que je voulais, répondit-elle à mi-voix.

Il se figea. Puis il resserra son étreinte et s'allongea sur elle, en la regardant dans les yeux.

Elle se rappela qu'il partait le lendemain. Le désarroi enfla en elle, accompagné par du chagrin.

— Vous allez me manquer, Tyne.

Ses yeux s'élargirent et elle espéra ne pas avoir fait un faux pas.

Mais il demanda simplement :

— Devez-vous vous en aller ?

Elle le regarda, prise de confusion.

— Nous pouvons prendre un petit déjeuner au champagne dans mon lit.

Si c'était tout ce qu'il était décidé à offrir, elle accepterait. Elle saisit sa forte mâchoire, le cœur ivre d'amour, refusant de penser au lendemain. Puis elle leva son visage vers lui. Il s'immobilisa et elle l'embrassa lentement, jusqu'à ce qu'il l'allonge sur le lit.

Il ne parvenait pas à se concentrer sur les plans étalés sur son bureau ; les lignes et les annotations se brouillaient sous ses yeux, comme tordues et illisibles, le fuyant. A la place, l'image d'Alexandra était inscrite dans son esprit, les yeux rouges et gonflés — elle avait manifestement pleuré la nuit dernière. Pourquoi ?

Pourquoi était-elle affligée ? Son grand amour perdu était revenu !

Puis il se rappela son choc quand il lui avait dit qu'ils allaient se marier.

Elle avait été si surprise ; visiblement, elle ne s'attendait pas à cette réaction de sa part. Mais, après tout, il n'avait jamais pensé que sa grossesse était une manigance pour l'obliger au mariage ; de toute évidence, il s'agissait d'une conception accidentelle.

Après toutes ces années, après avoir cherché l'épouse parfaite pendant plus de dix ans, il était prêt à épouser la femme qu'il avait poursuivie de ses avances, séduite et sauvée, la femme dont il avait fait de force sa maîtresse. Elle ne jouissait pas d'une bonne réputation, de moyens ou d'un rang — elle cousait pour gagner sa vie. Par Dieu, c'était un tour ironique du destin. Ils se marieraient à cause de l'enfant, mais il voulait l'épouser parce qu'il était amoureux. Il voulait lui offrir son nom et sa protection, et toutes les meilleures choses de la vie.

Il jura.

Plusieurs heures après, il avait près de lui une tasse de thé fumant et un verre de whisky à moitié vide. Il avait essayé de travailler depuis l'aube, depuis qu'il avait dit à Alexandra qu'ils allaient se marier, et que si elle le quittait, elle laisserait leur enfant derrière elle. Ses architectes, Randolph et son intendant étaient partis, se rendant visiblement compte qu'il n'était pas d'humeur à travailler avec eux.

Seul Guillermo s'attardait. Il lui avait apporté des

sandwichs qu'il avait refusés, puis des œufs et du jambon qu'il avait ignorés. La dernière tentative du majordome pour l'inciter à manger avait consisté en un steak et des rognons. Il avait renvoyé le plateau.

Il se couvrit le visage de ses mains. Il était si fatigué. Il ne se serait jamais attendu à ce qu'Alexandra lui demande du temps. Mais il aurait dû s'en douter. Elle était intelligente, et elle avait visiblement l'intention de soupeser ses options. Il ne connaissait pas une seule femme qui n'aurait pas sauté sur l'occasion de devenir sa duchesse, quelles que soient les circonstances. Mais sa réaction confirmait ce qu'il pensait : elle ne l'aimait pas. Elle aimait St. James.

Il leva les yeux et regarda le fond de la grande bibliothèque sombre. Le vieux Tom se tenait dans un coin, avec une expression méprisante et condescendante. Il battit des cils et son père disparut.

On frappa doucement à la porte, qui était entrouverte. C'était Guillermo, et même si le majordome restait impassible, Stephen lui jeta un coup d'œil et se leva, alarmé.

— Qu'y a-t-il ?

— Je crois que miss Bolton s'en va avec ses sœurs.

Il fallut un moment à Stephen pour comprendre ses paroles. Puis il passa à grands pas devant lui, traversa la maison et pénétra dans le vestibule.

Alexandra s'y trouvait avec ses sœurs, portant l'une de ses vieilles robes fatiguées et démodées, et elles enfilaient leur manteau. Il vit aussitôt que son sac de couture était par terre, à ses pieds — et que son poignet était nu. Et il comprit qu'elle le quittait.

Elle se tourna, la tête haute, les yeux très gonflés. Elle marcha lentement vers lui, son regard rivé sur le sien.

Il était empli de ce qui semblait être du chagrin, de la douleur ou les deux.

— Je retourne à Edgemont Way.

Ses mots le lacérèrent, lui causant une souffrance physique.

— Je vois.

Il inspira et parla si calmement que cela les surprit tous les deux.

— Ainsi, vous avez fait votre choix.

Elle secoua la tête. Des larmes roulèrent sur ses joues.

— Non. Il n'y avait pas de choix à faire.

Il ne comprit pas ce qu'elle voulait dire, mais il était clair qu'elle avait choisi St. James plutôt que lui et leur enfant. Il écarta la douleur.

— Je préférerais que vous restiez ici jusqu'à la naissance, pour que vous puissiez bénéficier de bons soins.

— Je ne peux pas rester, Stephen, dit-elle en tremblant. Pas maintenant, pas comme ça.

Il inspira, luttant pour rester calme et combattre sa souffrance.

— Que voulez-vous dire ?

— Rester ici après ce qui s'est passé serait insupportable.

Il se raidit. Il la voulait à Clarewood, où on lui donnerait les meilleurs soins — et où elle serait à proximité, où il pourrait la voir chaque jour. Il parla avec précaution.

— Ne pouvez-vous attendre quelques mois avant de vous enfuir avec votre amant ?

Elle trembla.

— Je ne m'enfuis avec personne. Mais je ne resterai pas ici. Vous n'essaierez sûrement pas de me retenir de force ?

Il la regarda avec attention, ayant mal dans toutes les fibres de son être.

— Non, je ne vous forcerai pas à rester.

Il parvint à garder une voix neutre. Elle parut soulagée. Elle était visiblement au désespoir de le fuir. Il ignorait comment ils en étaient arrivés à cette impasse.

— J'enverrai des domestiques s'occuper de vous à Edgemont Way, mais vous reviendrez mettre mon enfant au monde à Clarewood. Et nous nous marierons d'abord.

C'était un avertissement. Son fils ou sa fille serait légitime et naîtrait ici. Il n'accepterait rien d'autre.

Il fut choqué lorsqu'elle secoua de nouveau la tête.

— C'est aussi mon enfant et je crains de ne pouvoir l'abandonner, pas même à vous, le père. Notre enfant restera avec moi, Stephen.

— Je ne laisserai jamais un autre homme élever mon fils, l'informa-t-il froidement, en le pensant.

La douleur le transperça.

Elle recula.

— Peut-être pourrons-nous parler plus calmement de l'enfant quand un peu de temps aura passé — et que nous serons tous les deux de meilleure humeur.

— Il n'y a rien à discuter, dit-il, le souffle court. Je vous combattrai comme vous n'avez jamais été combattue, mais l'enfant sera élevé ici, avec moi.

D'autres larmes coulèrent et elle tressaillit.

— Je rentre chez moi.

Elle se détourna.

Il la retint, par réflexe. Elle lui fit face, ouvrant de grands yeux. Un moment terrible s'ensuivit.

— Je ne veux pas me disputer avec vous, sur aucun sujet.

— Alors, restez et épousez-moi maintenant.

Elle frémit.

— Je ne peux pas.

Il la lâcha. Il avait du mal à respirer.

— Je suis désolée, murmura-t-elle. Tellement désolée.

Comme il ne répondait pas, elle s'éloigna, prit son sac, puis pivota à demi.

— Le bracelet est sur ma coiffeuse, dit-elle.

Il ne lui restait plus de larmes. Alexandra se cramponnait à la lanière de la calèche tandis qu'elle tressautait dans les ornières de leur allée, la petite maison délabrée devant elles. Rien n'avait changé, pensa-t-elle sombrement. Le terrain était boueux et mal entretenu, les flaques s'étaient changées en mares, une des marches du perron était de travers et il manquait des morceaux au mur de brique. Au-delà, la grange était en piteux état, comme si elle allait s'effondrer à tout moment.

Elle trembla. Elle avait cru avoir épuisé toutes ses larmes la nuit dernière, mais elle s'était trompée. Elle avait passé les trois dernières heures à pleurer, et même ses sœurs n'avaient pu la consoler.

Quand leur voiture s'arrêta devant la maison, attelée de Bonnie, la porte d'entrée s'ouvrit. Le baron sortit sous le porche.

Alexandra se crispa. Elle ne pourrait supporter une autre confrontation pénible et douloureuse maintenant.

Olivia, qui avait conduit, serra le frein et descendit de la calèche.

— Bonjour, père. Alexandra est revenue à la maison et vous allez l'accueillir à bras ouverts.

Alexandra regarda sa sœur cadette. Elle était devenue adulte, pensa-t-elle. Mais elle ne pouvait s'en réjouir, car c'était la tragédie qui l'avait mûrie.

Edgemont tremblait. Il avait le regard trouble, mais il était habillé de frais, et il ne dit pas un mot.

Corey descendit à son tour et Alexandra l'imita. Quand sa petite sœur conduisit la jument à l'écurie, elle suivit Olivia sous le porche, les marches craquant sous leur poids. Son cœur se contracta.

— Bonjour, père, dit-elle, en priant qu'ils ne se querellent pas.

Le regard du baron était scrutateur. Elle savait qu'elle ne pouvait déguiser sa détresse, qu'il pouvait voir qu'elle avait pleuré.

— Bonjour, Alexandra.

Ses bajoues tremblèrent.

— Que s'est-il passé ?

Elle décida de prendre les choses à la légère — autant qu'elle le pouvait.

— Il semble que j'aie pris l'habitude d'être mise à la porte, dit-elle en essayant de sourire.

Il ne sourit pas.

Elle ramassa son sac de couture.

— Je dois revenir à la maison, et je vous supplie de me reprendre, déclara-t-elle avec toute la dignité qu'elle possédait.

Il s'étrangla.

— Je regrette tellement de t'avoir jetée dehors ! J'étais simplement chaviré de voir ce que tu avais fait.

Alexandra n'avait jamais été aussi soulagée.

— Père, je suis honteuse. Et je suis désolée de vous avoir blessé et d'avoir jeté le déshonneur sur tout le monde.

Puis elle pensa à son enfant et comprit qu'elle ne pouvait avoir de regrets. Elle adorerait son bébé, quoi qu'il advienne ensuite — et elle craignait que ce ne soit une terrible bataille avec Stephen. Elle trouverait un meilleur moment pour dire à son père qu'elle était enceinte.

Les yeux du baron s'embuèrent et il cligna rapidement les paupières.

— Je suis désolé aussi. Par Dieu, Alexandra, tu es la lumière de cette famille, et tu ressembles tant à ta mère. J'ai eu tort, grand tort, de dire autre chose. Clarewood est un débauché, tout le monde le sait. Il t'a séduite, n'est-ce pas ? Le scélérat ! J'ai entendu dire qu'il a laissé derrière lui une traînée de cœurs brisés à travers tout le pays. Mais je t'ai blâmée, alors que j'aurais dû le blâmer, lui. Eh bien, je blâme ce maudit duc maintenant !

Même à présent, Alexandra avait envie de défendre Stephen, mais c'était impossible. Il avait l'intention de garder son enfant. Il la prenait pour une menteuse — à dessein. Il avait sauté sur la conclusion qu'elle aimait Owen et avait l'intention de s'enfuir avec lui. Il voulait la contraindre au mariage ! Il ne se fiait pas à elle, ne la comprenait pas du tout et ne la connaissait pas. Comment était-ce possible ? Il pensait le pire d'elle !

Elle ne pouvait l'épouser s'il ne l'appréciait pas, s'il la méprisait ou, pire encore, s'il était indifférent à elle. Et elle ne l'épouserait pas, l'aimant comme elle l'aimait, alors qu'il était si clair qu'il ne l'aimait pas en retour. Il paraissait incroyable qu'il veuille l'épouser et la laisse partir ensuite avec Owen — en gardant leur enfant.

— Je suis tombée amoureuse de lui, père, parvint-elle à dire. Sinon, j'aurais été capable de repousser ses avances.

Elle fut stupéfaite quand il lui toucha gentiment la joue.

— Bien sûr. Tu ne te serais jamais conduite ainsi autrement, et je le savais, même quand je t'ai accusée aussi horriblement. Je suis tellement désolé, Alexandra. C'était le gin — tu le sais, n'est-ce pas ? implora-t-il.

Elle le prit dans ses bras comme elle aurait enlacé un grand enfant faible d'esprit ou estropié. Tandis qu'elle le serrait, il se mit à pleurer et elle comprit qu'il souffrait des effets de ce qu'il avait bu la veille au soir autant qu'il souffrait d'angoisse et de chagrin. Il lui traversa l'esprit que son père était faible et était devenu inutile depuis longtemps. L'homme que sa mère avait épousé était mort avec elle. Mais cela n'avait pas d'importance. Il avait besoin qu'elle prenne soin de lui et elle le ferait volontiers. Elle le ferait jusqu'à la fin de ses jours.

Il renifla et s'arracha à son étreinte.

— Pourrais-tu me préparer des œufs ? Personne ne réussit une omelette aussi bien que toi.

Elle sourit, se sentant faible, fatiguée et triste. Rien n'avait changé. Elle regarda son père à l'expression défaite, puis sa sœur, qui incarnait la grâce dans la pauvreté, puis le salon usé à l'intérieur. Non, rien n'avait changé — hormis qu'elle était une femme expérimentée, à présent, avec un enfant en route. Elle était revenue à Edgemont Way pour s'occuper de ses sœurs, de son père et maintenant de son enfant à naître.

De nouveau, elle était celle qui soutiendrait sa famille... Triste retour en arrière.

— Il paraît que vous êtes resté enfermé dans cette bibliothèque la majeure partie de cette semaine. J'ai remarqué que vous n'avez pas répondu à mes billets. Je n'ai pu décider si les choses allaient bien avec Alexandra ou si vous restiez embourbés dans une querelle d'amoureux.

Stephen était plongé dans la proposition de financement d'une entreprise minière du nord de l'Europe, dans laquelle il comptait investir. Il leva les yeux et découvrit Alexi sur le seuil de la bibliothèque, Guillermo derrière lui. Comme tous les rideaux étaient fermés, il ne savait si c'était le jour ou la nuit.

Il n'était pas d'humeur à recevoir des visites, et il l'avait abondamment fait savoir à son personnel. Même Alexi n'avait pas le privilège de venir le voir sans être annoncé.

— Elysse a insisté pour que je vienne, déclara son ami, en le fixant avec attention.

— J'ai dit au capitaine de Warenne que vous ne receviez pas, Votre Grâce, dit le majordome. Mais il a refusé de m'écouter.

— J'ai décidé de m'introduire, comme je le fais toujours, lança Alexi d'un ton enjoué. Je dois dire que j'ai été assez surpris de voir que Guillermo avait bel et bien l'intention de m'empêcher de vous voir, moi, votre meilleur et peut-être seul ami.

Stephen referma le dossier, agacé.

— Je suis très occupé, Alexi.

— Vraiment ? Elysse a entendu une rumeur qui disait qu'Alexandra Bolton est rentrée chez elle et est courtisée par un gentleman que je ne connais pas, un certain Owen St. James. Je présume donc que vous aviez raison et que je me trompais… Vous a-t-elle repoussé ?

Il avança d'un pas guilleret.

— Ou avez-vous perdu courage et n'avez-vous pas réussi à lui demander sa main ?

Stephen se leva, parvenant sans savoir comment à

sourire calmement. Cinq jours s'étaient passés depuis qu'Alexandra avait quitté Clarewood. Et dès l'instant où elle avait franchi sa porte d'entrée, ses intentions claires — elle comptait garder leur enfant et s'enfuir avec St. James, quoi qu'elle en dise —, il l'avait chassée de son esprit et de son cœur. Il ne pensait pas à elle. Il ne ressentait plus rien, maintenant. Et il ne songerait pas à l'enfant avant le printemps, ayant calculé qu'il devait naître début août. De fait, il se sentait redevenu lui-même — sa vie était l'héritage Clarewood, comme il se devait. Il se levait tôt pour s'occuper de ses nombreuses affaires, pour le duché et la fondation, et il se couchait tard, satisfait de ce qu'il avait accompli dans la journée. En outre, il ne se couchait pas seul. Une coûteuse tenancière de lupanar de Londres lui avait fourni une courtisane différente chaque nuit. Ses seules exigences étaient qu'elles soient étrangères, en bonne santé et qu'elles ne parlent pas un mot d'anglais.

Mais même s'il souriait d'un air clément en cet instant, son cœur se contractait désagréablement en réponse aux commentaires de son cousin. Toutefois, il ne ferait pas attention à ses paroles, car il savait qu'Alexi ne cherchait qu'à l'asticoter.

— Entrez, puisque vous ne prenez pas un « non » pour une réponse. Comment allez-vous ? Comment va Elysse ?

Il contourna son bureau et alla au cabinet à alcools. Comme Alexi ne répondait pas, il demanda :

— Du vin ou du whisky ?

— De fait, c'est un peu tôt pour boire, et je préfère donc décliner votre offre.

Stephen se servit un verre de scotch tandis que son ami venait se placer derrière lui.

— Guillermo, ouvrez les rideaux, je vous prie.

Le soleil envahit la pièce.

— Qu'est-ce qui ne va pas, et que s'est-il passé ? Pourquoi Alexandra a-t-elle quitté Clarewood ? demanda Alexi.

— Tout va bien pour moi, Alexi. J'ai repris mes esprits, c'est tout.

Stephen sourit.

Alexi le fixait avec attention.

— Elle a refusé de vous épouser, sans nul doute parce que vous avez exigé un mariage, au lieu de lui faire une proposition romantique.

Stephen se crispa. C'était ce qu'il avait fait, il le savait. Mais il n'allait pas discuter d'Alexandra Bolton, et il ne penserait pas à elle. Tom n'était pas loin et il était satisfait de son choix.

— Je ne suis pas romantique, donc je ne ferai jamais de proposition romantique. L'affaire est close — je ne souhaite pas en discuter.

Il se leva et s'éloigna de son cousin, tentant d'ignorer la légère douleur qui lui comprimait la poitrine.

Alexi le suivit et le prit par l'épaule.

— Elle porte votre enfant ! Ou est-ce le bâtard de St. James ?

Stephen tournoya, furieux de cette allégation. Il serrait le poing, prêt à écraser le nez d'Alexi pour oser insinuer qu'Alexandra lui avait été infidèle. Sa colère fusa. Elle était sans bornes. Et à l'instant où il croisa le regard satisfait de son ami, il comprit qu'il avait mordu à l'hameçon.

Comme si une digue s'était rompue, la douleur le traversa brutalement. Il ne cessait de revoir Alexandra quittant le vestibule avec son sac à couture, les yeux rouges et gonflés, la tête haute.

— Maudit soyez-vous ! s'exclama-t-il. L'enfant est de moi, et il naîtra à Clarewood ! *J'élèverai* mon fils ou ma fille, quoi qu'elle ait l'intention de faire. Maudite soit-elle !

— Stephen, qu'avez-vous ?

Alexi le prit par les deux épaules.

— Pourquoi ne vous battez-vous pas pour elle ?

Il se dégagea brusquement.

— Nous en avons déjà parlé.

Il ne pouvait plus respirer, il haletait même.

— Par le Ciel, vous êtes quelqu'un qui a remué des montagnes pour construire des hôpitaux, des asiles et des logements sociaux, et maintenant un homme se tient entre vous et la femme que vous aimez, et vous vous comportez comme un lâche !

Stephen se figea. Etait-il lâche ? Non, Alexandra ne voulait pas de lui. Elle voulait St. James.

— Vous ne savez pas de quoi vous parlez, lâcha-t-il d'un ton coupant, en s'éloignant.

Alexi le suivit.

— Si. Elysse et moi n'avons guère eu un bon début — l'orgueil et la colère nous ont séparés des années. Je pense que je sais en quoi réside le problème. Et il ne s'agit pas d'orgueil — pas pour vous. Il s'agit d'amour.

Il fit face à son cousin avec dédain.

— Etes-vous fou ?

— Non. Je pense que vous ne croyez pas réellement à l'amour. Et c'est à cause de la façon dont vous avez été élevé — vos parents se détestaient et, franchement, je crois que le vieux Tom vous haïssait, bien qu'il ait décidé que vous seriez son héritier.

Stephen s'étrangla de surprise. Combien de fois s'était-il demandé, jeune, si son père le haïssait ? Cela avait trop souvent semblé être le cas. En particulier quand il était puni.

— Je pense que Tom vous en voulait parce que vous lui rappeliez, quotidiennement, qu'il ne pouvait engendrer d'enfant. Chaque fois qu'il vous voyait, il voyait Julia et sir Rex. Mais il n'aurait jamais laissé savoir au monde entier qu'il était impuissant, alors il a fait de vous son fils parfait, le futur duc. Il était si haineux, si cruel ! Je ne puis vous blâmer de votre méfiance envers Alexandra — ou de vos propres sentiments. Mais vous n'êtes pas Tom et elle n'est pas Julia. Tom a essayé de vous façonner à son image, mais bon sang, vous êtes un Warenne. Et bien que nous soyons fiers et arrogants, nous ne pouvons pas nous passer de l'amour d'une femme de qualité. Regardez Elysse et moi. Pensez à votre vrai père, sir Rex, et à lady Blanche. Je crois qu'ils se sont secrètement admirés pendant des années avant de trouver leur voie l'un vers l'autre. Et Ariella et Emilian ? Elle a défié la société pour être avec St. Xavier. Ou mon père et Amanda ? Il l'a sauvée lors de la pendaison de son père !

Il inspira et conclut :

— Vous êtes un Warenne, Stephen, et vous êtes capable d'un amour profond et éternel. Que vous le sachiez ou non, c'est dans votre sang et c'est votre droit.

Stephen jura en s'asseyant rudement sur le canapé. Son cœur criait de désespoir. Il ne cessait de se remémorer ses parents en proie à des disputes échauffées et amères, et lui s'enfuyant pour ne pas les voir ou les entendre tandis qu'ils s'opposaient dans ce qui semblait être une lutte à mort. Il revoyait le vieux Tom, livide, qui levait la main pour le frapper au visage. Il ne se rappelait pas ce qu'il avait fait de mal, mais la haine étincelait dans les yeux du duc.

Il se couvrit le visage de ses mains. Alexi avait-il raison ? Il n'avait jamais cru à l'amour avant que St. James ne resurgisse du passé et l'oblige à regarder en face ses sentiments pour Alexandra. Bonté divine. Il l'aimait bel et bien. Mais il restait terriblement blessé. Non, dévasté même. *Elle l'avait quitté. Elle avait choisi quelqu'un d'autre. Comme son père, elle ne lui rendait pas son amour.*

Il se sentait vulnérable, impuissant. Il était de nouveau l'enfant de dix ans et non plus l'homme de trente et un ans qui régnait sur son empire.

Alexi s'assit à côté de lui.

— Si vous allez la chercher, vous vivrez peut-être dans une maison pleine de chaleur et de rires. Vous ne subirez plus ce froid silence, et sapristi, je ne partirai pas avant de vous avoir convaincu de gravir ce sommet-là.

Il soupira, essayant de chasser la douleur qu'Alexandra lui avait infligée. Dans son esprit, le vieux Tom ricanait, heureux de le voir vaincu. C'était naturel, il avait méprisé l'amour et choisi la haine et l'amertume. Il ne voulait pas que Stephen soit autre chose que le froid et calculateur huitième duc de Clarewood. Il voulait qu'il arpente seul les couloirs silencieux et glacés de la maison.

Il leva les yeux vers Alexi.

— J'ai une confession à vous faire, déclara-t-il avant de s'interrompre.

Alexi attendit qu'il poursuive.

— Mon père n'a même pas pu exprimer son affection pour moi sur son lit de mort. Je l'attendais ardemment, même à seize ans. Juste une fois, je voulais qu'il dise qu'il était fier de moi, et qu'il tenait à moi.

Alexi posa brièvement une main sur son épaule.

— Je suis sûr que Tom ne pouvait pas dire ces mots, ni ne pouvait tenir à quiconque ou à quoi que ce soit — hormis le duché. C'était un scélérat froid et sans cœur. Mais qu'en est-il de sir Rex ? Il est entré dans votre vie quand nous avions neuf ans. Je l'ai entendu vous complimenter maintes fois — il était toujours aimable et attentif. Vous êtes autant, sinon plus, le fils de sir Rex que celui de Tom.

Et soudain Stephen se rappela comment Julia avait été déterminée à enterrer le passé — comment elle ne voulait plus se rendre au mausolée. Alors, brusquement, il comprit ce qu'elle ressentait.

Il était malade et fatigué d'avoir ces serres plantées dans le dos. Il était malade et fatigué de lever les yeux et de voir son père dans le coin de la pièce, se moquant de lui, le ridiculisant.

Il se massa la nuque. La voix du sang était la plus forte, il était un Warenne et il était tombé amoureux. Voilà, il l'avait admis. Cela faisait terriblement mal. Alors maintenant, que devait-il faire ? Alexi avait-il raison ? Devrait-il se battre pour elle ?

Pourquoi ne se battrait-il pas pour Alexandra ? Il la voulait, il avait *besoin* d'elle, et il ne voulait pas lutter contre elle pour la garde de leur enfant — parce qu'il gagnerait et qu'elle en serait détruite.

Il ne pourrait jamais lui faire cela, s'avisa-t-il en se redressant.

— Eh bien ? demanda Alexi.

Stephen sourit, la douleur avait disparu maintenant.

Que lui était-il arrivé ? Il avait toujours ce qu'il voulait — il était Clarewood. Il l'avait poursuivie une fois et avait gagné. Bien sûr, qu'il allait la poursuivre maintenant. Mais, cette fois, il ne commettrait pas d'erreur. Il y avait trop en jeu.

Il se tourna vers Alexi.

— C'est vrai ? St. James la courtise ?

— Je crois qu'il passe la voir tous les jours.

Son ami le regarda d'un air beaucoup trop neutre, essayant visiblement de réprimer un sourire satisfait.

Stephen n'était pas sûr qu'Alexi dise la vérité, mais cela n'importait plus. Il se leva, profondément déterminé. S'il ne faisait rien, il risquait de la perdre.

— Je suis las de St. James, dit-il doucement. C'en est trop.

Alexi se leva à son tour, souriant largement.

— Et quand tout cela sera terminé, vous me remercierez correctement, n'est-ce pas ? Parce que je crois que vous me serez grandement redevable.

Il ignora ses paroles et quitta la pièce.

— Un conseil est rarement gratuit ! lança Alexi derrière lui, en riant.

19

— Vous semblez avoir meilleur moral aujourd'hui, observa doucement Owen.

Alexandra lui sourit. Assise à ses côtés, sur la banquette avant de son cabriolet, elle ne parvenait pas à se détendre, malgré tous ses efforts. La journée était ensoleillée mais froide et elle s'était donc emmitouflée dans plusieurs couches de vêtements avant de partir en promenade dans la campagne. Les feuilles étaient rouges et dorées, et bientôt les arbres seraient sombres et nus. Ils avaient emporté un panier de pique-nique et avaient mangé dans une prairie au bord de la route, pas loin d'un troupeau de moutons qui broutaient. Elle avait passé un après-midi agréable et nonchalant. Pourtant, elle avait tant de choses à faire à la maison. Heureusement, ils seraient de retour chez elle dans quelques minutes.

— Vous avez amélioré mon humeur, mais c'était votre intention tout du long, n'est-ce pas ? demanda-t-elle prudemment.

Il sourit.

— Bien sûr. Je déteste vous voir si sombre.

Elle détourna les yeux, s'efforçant de maintenir son sourire. Owen était venu la voir chaque jour. Elle attendait ses visites avec plaisir, car sa présence était chaude et rassurante, sa compagnie extrêmement agréable. Elle aimait tant bavarder… C'était bien plus intéressant que de passer ses journées à coudre. Surtout que, lorsqu'elle cousait, ses sombres pensées refaisaient surface, lui rappelant le visage de Stephen et les moments passionnés qu'elle ne connaîtrait plus jamais dans ses bras. Son cœur était brisé et sa seule consolation était que le temps effacerait sa blessure car, elle le savait, le temps guérit tout. Jadis, neuf ans plus tôt, elle avait connu un tel chagrin…

Ils n'avaient pas parlé de son retour chez elle ni de sa grossesse, mais Owen lui avait avoué qu'il était très heureux qu'elle ait arrangé les choses avec son père, et qu'elle soit revenue à Edgemont Way. Elle ne se souvenait pas de ce qu'elle lui avait répondu. Toutefois, Owen avait conscience que sa liaison avec Stephen était terminée, et il semblait s'en réjouir. A chacune de ses visites, il tentait de lancer la discussion sur sa liaison avec Stephen et sur les sentiments qu'elle éprouvait, mais elle était devenue habile à esquiver ce genre de conversation. Elle ne pouvait pas et ne voulait pas discuter avec lui de sa relation avec Stephen.

Avec le temps, il était devenu évident qu'elle ne se trompait pas : Owen était encore profondément amoureux d'elle. Ses yeux brillaient quand il la regardait, il plaisantait souvent pour la faire rire et ses gestes étaient affectueux et charmeurs. Mais lorsqu'il la touchait, elle tressaillait ou même s'écartait. Elle n'était pas prête à avoir un soupirant, pas encore, pas maintenant, et peut-être jamais.

Elle aimait beaucoup Owen, mais tout avait changé — c'était de Stephen Mowbray qu'elle était amoureuse.

Et Owen n'était pas au courant au sujet de l'enfant, non plus.

Elle croisa ses mains gantées, décidant de ne pas répondre à sa remarque sur son récent abattement. Devant son silence, il dit :

— Nous parlions de tout, autrefois.

Elle se tourna vers lui avec de grands yeux.

— Nous ne pouvons guère parler de tout, maintenant.

— Pourquoi pas ? Je me soucie de vous.

— Je sais, et votre loyauté a beaucoup compté pour moi.

Le regard d'Owen était scrutateur.

— Quand vous serez prête, Alexandra, je vous écouterai. Mais vous vous sentiriez peut-être mieux si vous parliez de Clarewood et de ce qu'il vous a fait.

Curieusement, elle frémit, voulant défendre Stephen, même si ses actions étaient inexcusables.

— Owen, j'ai accepté sa proposition. Nous étions tous les deux en tort.

Son visage se durcit.

— J'ai beau détester le dire, il devrait vous épouser et redresser les choses.

Elle inspira et détourna les yeux. Aussitôt, il lui prit la main.

— Je suis désolé. Je sais que je l'ai déjà dit, et je jure que je ne le répéterai pas. Mais je le méprise, Alexandra. Vous méritez tellement plus.

Bien qu'elle eût envie de libérer sa main, elle ne le fit pas. Et elle n'allait pas discuter de son manque de qualifications pour être l'épouse et la duchesse de Stephen, alors qu'elle n'y croyait plus. Olivia avait raison : des nobles épousaient des roturières par amour — c'était rare, mais cela arrivait. Simplement, Stephen ne l'aimait pas. L'amour et le désir n'étaient pas la même chose.

— Je déteste vous voir le cœur brisé, grommela Owen.

Elle lui retira sa main.

— Je vais bien, vraiment.

— Vous n'allez pas bien, mais vous êtes incroyablement courageuse et résistante.

Puis il regarda devant eux et ajouta :

— Vous avez de la compagnie, Alexandra.

Elle avait déjà vu le coupé dans l'allée, et l'avait reconnu. Elysse et Ariella étaient venues, à son grand désarroi. Pourquoi étaient-elles là ? Elle n'était plus avec Stephen et elles étaient ses amies, pas les siennes. Etaient-elles venues la semoncer pour la rupture ? Elles n'étaient sûrement pas venues pour la réconforter et la consoler.

— Qui est-ce ? demanda doucement Owen, en arrêtant le cabriolet à côté de la grande voiture noire.

— Elysse de Warenne et Ariella St. Xavier. Ce sont de récentes… connaissances.

Il lui jeta un regard intrigué.

Alexandra ne s'expliqua pas davantage tandis qu'ils descendaient et entraient dans la maison. Elle était trop nerveuse. Olivia et Corey recevaient les visiteuses, du feu brûlant dans la cheminée, du thé et des scones posés sur la table. Elles sourirent comme si elles étaient contentes de la revoir, mais elles jaugèrent Owen avec circonspection, l'air spéculateur.

Alexandra ôta son manteau avant de s'avancer vers elles.

— C'est une plaisante surprise, dit-elle prudemment.

Elysse se précipita pour l'enlacer avec chaleur.

— Ne nous en tenons pas aux formalités — pas après la délicieuse sortie que nous avons faite ensemble. Nous avons entendu des rumeurs, et nous sommes si inquiètes pour vous.

Alexandra la regarda dans les yeux. Le regard d'Elysse

était aimable et soucieux. Elysse de Warenne n'avait pas une once de méchanceté en elle.

Ariella s'était approchée aussi, et elle lui tapota l'épaule.

— Allez-vous bien ? demanda-t-elle d'un air concerné, le regard doux et chaleureux.

Alexandra fut vaincue par cette nouvelle marque de sollicitude. Elles semblaient réellement se préoccuper d'elle et son cœur brisé implorait leur miséricorde. Elles étaient les amies de Stephen depuis l'enfance, et peut-être pouvaient-elles lui expliquer sa conduite. Peut-être pouvaient-elles l'aider d'une manière quelconque.

— Je vais bien, mentit-elle.

— Vous n'en avez pas l'air, déclara platement Ariella. Croyez-moi, Stephen possède un cœur très humain sous sa froide apparence, mais il peut être impossible quand il pense avoir été contrecarré.

Alexandra trembla.

— Il est tellement furieux contre moi, murmura-t-elle.

Ariella et Elysse échangèrent un regard. Elysse l'étreignit de nouveau.

— Vous avez mis son existence parfaitement ordonnée sens dessus dessous, Alexandra, simplement en entrant dans sa vie et en l'éveillant. Alexi m'a dit qu'il était très abattu.

Alexandra s'écarta pour jeter un coup d'œil à Owen. Il les écoutait, l'air sombre.

— Je n'ai pas fait les présentations, dit-elle.

Tandis qu'elle s'en acquittait, elle fut surprise de voir combien les deux femmes se montraient agréables et polies avec Owen, bien qu'il fût manifestement le rival de Stephen, si l'on pouvait employer ce terme. Elle était préoccupée par ce qu'Elysse lui avait confié : Stephen était abattu. Pourquoi ? Etait-il possible qu'elle lui manque ? Ou était-il simplement inquiet pour l'enfant ?

Pendant qu'Ariella et Owen bavardaient, Elysse lui saisit la main pour l'attirer dans le vestibule.

— Vous ne pouvez renoncer à lui ! s'exclama-t-elle.

Alexandra se mordit la lèvre.

— Vous ne comprenez pas. Il pense le pire de moi. Et il…

Elle s'interrompit. Elle ne pouvait dire la vérité à la jeune femme.

— Il m'a offert le mariage, mais pour de mauvaises raisons, et je l'ai refusé.

Elysse la regarda sans montrer de surprise. Elle devait déjà être au courant. Bien sûr, son mari était l'ami le plus proche de Stephen. Que savait-elle d'autre ? Comme si elle lisait dans ses pensées, Elysse lui prit la main et la serra.

— Les hommes peuvent être de tels sots, dit-elle doucement. Comment savez-vous qu'il vous a offert le mariage pour de mauvaises raisons ?

Alexandra ne sut que répondre.

— Je l'aime, répondit-elle enfin. Il ne m'aime pas en retour.

Elysse sourit.

— En êtes-vous sûre ?

Puis elle ajouta dans un murmure :

— Il y a quelque chose que vous devez savoir. Stephen n'est pas un homme qui s'exprime. Il ne montre jamais son affection. Il ne sait pas comment faire. Il a été élevé par le duc précédent, un homme dur, cruel, cinglant et difficile. Ce dernier lui a montré l'exemple, Alexandra.

— La duchesse douairière me l'a dit, mais il peut être si tendre parfois, murmura-t-elle.

— Et c'est seulement à cause de la profondeur de ses sentiments pour vous, affirma Elysse. Il y a autre chose : Stephen est très sensible à la question des pères et des fils — en partie à cause de l'horrible relation qu'il a eue avec Tom Mowbray. Mais il y a davantage encore. Savez-vous qu'il a juré de ne jamais engendrer d'enfant hors des liens du mariage ?

Alexandra se figea.

— Non, je l'ignorais. Pourquoi ? De nombreux nobles ont des bâtards.

Elle était certaine à présent qu'Elysse était au courant de sa grossesse.

— Je crains qu'il ne doive vous le dire lui-même. Mais c'est un sujet qui peut l'irriter comme aucun autre.

L'esprit d'Alexandra s'emballait. Elle savait qu'Elysse lui fournissait des indices importants, et que les éclaircir jetterait de la lumière sur ce qui s'était passé, mais elle ne voyait pas comment les assembler.

— Vous devriez interroger Stephen sur son père, et lui demander pourquoi il s'est juré de ne jamais laisser un autre homme élever son enfant.

Si c'était le talon d'Achille de Stephen, cela expliquait tant de choses.

— Vous en êtes sûre ?

— Absolument.

Elysse sourit.

— Il y a de l'espoir, ma chère. A moins, bien sûr, que vous ne soyez amoureuse du si séduisant St. James ?

— Je l'apprécie comme un ami, mais c'est Stephen que j'aime.

Y avait-il réellement de l'espoir ? Car s'il y en avait,

elle se battrait pour son amour, *leur* amour, et pour leur enfant.

— C'est bien ce que je pensais, dit Elysse d'un air triomphant.

Elles retournèrent dans le salon, où Owen conversait toujours avec Ariella. L'air soucieux, il leva la tête à son arrivée. Elle lui sourit pour le rassurer, alors que la plus grande confusion régnait en elle. Son esprit était en ébullition. Stephen avait un problème avec les enfants illégitimes. Elle ne pouvait imaginer pourquoi. Peut-être avait-il des frères et sœurs bâtards qui avaient souffert d'une manière ou d'une autre, et cela l'avait-il affecté profondément. C'était la seule conclusion qu'elle pouvait tirer. Puis elle songea à sa rage quand elle avait refusé de lui laisser leur enfant et quand il avait pensé qu'elle allait épouser Owen, et qu'ils élèveraient ensemble le bébé.

Elle devait lui expliquer les choses de nouveau, mais avec plus de soin, maintenant qu'elle savait qu'il était si sensible à ce sujet, se dit-elle.

Quelques minutes plus tard, l'expression d'Owen se figea soudain. Face à la fenêtre, il arborait un visage sombre et lugubre, les mains dans les poches de sa veste. Alexandra se tourna pour voir ce qui avait accroché son regard. A cet instant, Corey poussa un glapissement excité.

Comme tout le monde se ruait devant elle pour regarder par la fenêtre, Alexandra jeta, elle aussi, un coup d'œil dehors. Randolph de Warenne conduisait un chariot de fermier. L'arrière débordait de roses rouges. Et Ebène était attaché à l'arrière, hennissant.

Son cœur se mit à battre follement.

Randolph sauta à terre et se dirigea vers la maison.

Corey la regarda en souriant, puis elle courut à la porte d'entrée pour ouvrir.

Le salon était devenu terriblement silencieux — le silence uniquement rompu par les battements désordonnés de son cœur.

Que signifiait tout ceci ?

Randolph entra à grands pas dans la pièce, allant directement à elle et s'inclinant.

— Bonjour, miss Bolton.

Il sourit largement.

Elle ne pouvait respirer.

— Que fait-il encore ?

— Je crois qu'il vous a envoyé des fleurs, Ebène et un petit gage de son affection.

Randolph, toujours souriant, tira un écrin de bijoutier de sa poche.

— Je pense que vous savez déjà qu'il m'est interdit de rentrer à Clarewood avec les fleurs, le cheval ou le bijou.

Elle fixait l'écrin de velours. *C'était sûrement le bracelet.*

— Pourquoi fait-il cela ?

Randolph haussa les sourcils et ouvrit l'écrin, le lui tendant afin qu'elle en voie le contenu.

— Je crois que Sa Grâce insiste beaucoup pour que vous preniez ceci, miss Bolton. A mon avis, il est finalement épris d'une femme.

Alexandra ne put que contempler sans bouger la bague de fiançailles sertie d'un énorme diamant.

Julia se regarda dans le miroir accroché au-dessus de la belle coiffeuse en acajou de la chambre d'hôtel de Tyne, la lumière du matin filtrant entre les rideaux. Il était sorti pour lui permettre de s'habiller. Ils avaient passé toute la journée de la veille et la nuit dans sa chambre — faisant l'amour, parlant de leur vie et faisant de nouveau l'amour. Ils s'étaient fait apporter un dîner. Et ils s'étaient encore aimés.

Il partait aujourd'hui.

Julia frémit. Elle savait qu'elle n'avait jamais été aussi radieuse, mais elle ne pouvait sourire, et ses yeux étaient emplis de désespoir. Tyne était un homme fort et déterminé, mais simple de maintes façons. Sa vie était le ranch qu'il avait construit à la rude frontière de la Californie au cours des deux dernières décennies. A présent, elle savait ce que cela lui avait coûté. Elle avait vu ses cicatrices physiques, et il lui avait parlé des blessures morales qu'il avait dû endurer. Il lui avait raconté une douzaine d'histoires où il s'en était sorti par miracle. Il était d'ailleurs surprenant qu'il soit encore en vie.

Elle trembla de nouveau. Sa vie à elle était une suite de thés et de bals auxquels elle assistait par devoir. Stephen n'avait pas eu besoin de ses conseils ni même de son soutien depuis des années ; c'était un homme adulte qui réussissait très bien seul. Et même si elle regrettait qu'il ne se soit pas encore marié, elle était certaine que cela ne tarderait pas. Il était si manifestement amoureux de miss Bolton. Tout le monde semblait le savoir, sauf lui.

Elle savait que Tyne adorerait qu'elle lui rende visite, et elle avait l'intention de le faire. Mais elle ne pouvait supporter l'idée qu'il parte maintenant, alors qu'ils venaient juste d'entamer une relation passionnée, ni la probabilité qu'elle ne le reverrait peut-être pas avant six mois ou même un an.

Il frappa doucement à la porte de la chambre. Julia parvint à sourire.

— Entrez.

Il se glissa dans la suite avec un bref sourire, les yeux sombres.

— J'ai besoin d'aide pour boutonner ma robe, dit-elle.

— Bien sûr.

Il l'étudia en s'approchant. Elle lui tournait le dos, et tandis qu'il ajustait les derniers boutons, elle ferma les yeux. Même le contact de ses doigts sur sa peau lui semblait incroyablement juste.

Il la prit par les épaules et la fit pivoter face à lui.

— Vous ne semblez pas heureuse, aujourd'hui.

Elle rencontra son regard assombri.

— Vous non plus.

— Quel homme ayant tous ses esprits voudrait partir maintenant ? demanda-t-il simplement.

Elle retint une exclamation et lui prit les mains.

— Alors, ne partez pas ! Restez encore un peu — pour que nous puissions prolonger notre amitié.

— Et ensuite ? Je devrai partir, finalement, et votre vie est ici.

Elle le fixa.

— Qu'y a-t-il ? demanda-t-il d'un ton vif.

— J'étais sérieuse quand je vous ai dit que je voulais venir vous voir en Californie, murmura-t-elle.

Il ouvrit de grands yeux.

— Mais vous avez une existence bien remplie ici, Julia. Vous êtes une duchesse douairière.

— Oui, accorda-t-elle, et bientôt, si je ne me trompe pas, il y aura une nouvelle duchesse de Clarewood.

— Que dites-vous ?

Il serra ses mains dans les siennes.

— Que je peux échapper à mes devoirs, mais les Danois doivent venir avec nous.

Il ouvrait toujours de grands yeux intenses.

— Julia, j'ai un aveu à vous faire.

Elle se raidit.

— Je serai heureux de rester plus longtemps, pour vous voir. Mais il y a un problème : si vous venez en Californie avec moi, je ne serai peut-être pas capable de vous laisser repartir quand vous devrez le faire.

— Et si je ne souhaite pas repartir ? Si je veux rester ?

Elle lui prit le visage entre ses mains.

— Je suis tombée amoureuse de vous, Tyne, et rien ne me retient ici.

Il l'attira à lui.

— Je ne puis le croire… Vous quitteriez tout ce que vous avez ici pour moi ? Et si vous n'aimez pas la Californie ? Je vous ai dit combien la vie est dure, là-bas.

Elle fit glisser ses mains sur ses épaules.

— Je suis plus que prête à prendre un nouveau départ, dit-elle doucement. Et je suis plus forte que j'en ai l'air.

Il se mit à rire avant de la saisir par la taille et de la soulever, puis il la serra farouchement contre lui.

— Vous êtes très forte pour une femme aussi menue, mais vous n'aurez plus à l'être, car je serai assez fort pour nous deux. Je vous aime, Julia.

Le cœur de Julia explosa de joie. Et elle sut alors que tout ce qui lui était arrivé dans sa vie l'avait conduite à Tyne.

Elle leva son visage vers lui et il l'embrassa.

— Mais je veux faire une honnête femme de vous, murmura-t-il.

*
* *

Tenant l'écrin de velours, Alexandra passa devant les portiers de Stephen et pénétra dans le vestibule. Guillermo rayonna quand il la vit et se précipita pour prendre son manteau.

— Je vais dire à Sa Grâce que vous êtes ici, miss Bolton. Monsieur le duc est dans le cabinet de travail, avec ses architectes.

Elle trembla. Devait-elle s'en tenir aux formalités, maintenant ?

— Je connais le chemin, Guillermo, mais je vous remercie, dit-elle, le cœur battant si vite qu'elle craignait de s'évanouir.

Elle était restée debout toute la nuit, contemplant la bague de fiançailles. Une part d'elle-même était surexcitée. Elle connaissait si bien Stephen, maintenant, et elle savait que personne ne pouvait l'empêcher d'accomplir ce qu'il avait décidé d'accomplir. C'était un peu comme un retour en arrière. Il la poursuivait de nouveau de ses avances. Il n'accepterait pas un « non ». Mais, cette fois, il la séduirait pour qu'elle devienne sa femme.

Elle l'aimait si fort qu'elle avait le vertige rien que d'y penser. Elle l'aimait tant qu'elle était transportée à cette idée. Mais sa fierté persistait, ainsi que sa prudence innée. C'était un homme fier, compliqué et difficile. Il n'admettait pas les compromis. Un mariage sans une affection et une compréhension mutuelles serait impossible. Et il fallait qu'il tienne à elle. Ils ne pouvaient se marier simplement pour les convenances, ou pour leur enfant. Elle ne le supporterait pas.

Ariella et Elysse le connaissaient mieux que quiconque,

et elles étaient certaines qu'il l'aimait. Mais pourquoi ne l'avait-il pas dit, tout simplement ?

Elle le connaissait assez maintenant pour savoir qu'un tel aveu pouvait être difficile pour lui. Il n'était pas démonstratif, sauf au lit. Il ne savait peut-être même pas comment exprimer ses sentiments. Et il ne jugeait certainement pas nécessaire de s'expliquer, même vis-à-vis de la femme qu'il voulait épouser.

Elle s'arrêta sur le seuil du cabinet de travail, priant qu'il tienne réellement à elle. La porte était grande ouverte. Le soleil entrait à flots dans la pièce. Son cœur se contracta à sa vue. Il se tenait près du bureau le plus éloigné en compagnie de deux architectes, les manches de sa chemise retroussées jusqu'aux coudes, les yeux rivés sur les croquis étalés devant eux. Le soleil illuminait ses pommettes hautes et son nez aristocratique. Son cœur s'emplit d'amour, mais la douleur persistait. Elle avait tant besoin de lui.

Il leva les yeux et leurs regards se croisèrent.

Puis il regarda l'écrin qu'elle tenait à la main. Il se redressa, l'expression indéchiffrable.

— Voudriez-vous nous excuser, messieurs ? demanda-t-il aux deux hommes.

Elle ne bougea pas tandis que les architectes lui souriaient et passaient devant elle pour sortir. Elle avait le souffle coupé. Elle priait que le conte de fées se termine bien et qu'ils soient heureux pour toujours.

Il s'avança, impassible, les yeux sombres et scrutateurs.

— Je vois que vous ne portez pas la bague. Etes-vous venue la rapporter ? demanda-t-il calmement.

Elle se mordit la lèvre.

— Je suis venue en discuter.

Elle n'avait pas voulu employer ce ton si détaché.

— Je suis venue parler de *nous,* Stephen.

— Bien, dit-il d'un ton rude. Est-ce vrai ? St. James vous courtise-t-il déjà ?

Elle se crispa.

— Il est venu me voir, Stephen, mais en ami. Il sait que j'ai le cœur brisé.

— Et pourquoi auriez-vous le cœur brisé, Alexandra, quand votre grand amour est revenu ? Je pensais que vous seriez folle de joie.

— Ce n'est pas le cas.

Elle inspira. Avaient-ils tant de mal à communiquer ?

— Vous ne m'avez jamais laissé vous dire pourquoi je ne pouvais accepter de vous épouser.

— Ainsi, vous êtes venue pour me repousser. Soyez prévenue : j'ai beaucoup réfléchi. Je ne ferai pas marche arrière, et je n'accepterai pas un « non ». Je ne laisserai pas non plus partir ma femme avec un autre homme.

— Dans une relation, dans notre relation, vous devez renoncer à la tyrannie, Stephen.

Il tressaillit.

— Je ne renonce pas. Je pensais chacun de mes mots.

Son cœur s'emballa, mais elle devait être sûre.

— A cause de l'enfant, dit-elle. Parce que vous êtes très sensible au sujet de la paternité.

Il la fixa.

— Qui vous a dit cela ? Laissez-moi deviner : Elysse ? Ariella ?

— Oui, mais elles ne m'ont pas dit pourquoi.

— Alors, je vais vous le dire, et si jamais vous l'utilisez contre moi, je le nierai. Je suis un bâtard, Alexandra. Mon père naturel est sir Rex.

Elle poussa un cri, choquée.

— Avec une telle histoire, comment pourrais-je laisser un autre homme élever mon enfant ? Mon enfant *doit* porter mon nom !

Elle lui prit la main.

— Pourquoi ne me l'avez-vous pas dit ?

Il ne se dégagea pas.

— C'est une affaire grave, quelles que soient les rumeurs qui abondent, on ne confie pas un tel secret à la légère. Clarewood serait en jeu, si la vérité devait être révélée.

Cet aveu lui donnait le tournis.

— Si je l'avais su, j'aurais compris pourquoi vous insistiez tant pour que nous nous mariions — ou que je laisse mon enfant avec vous.

Tout prenait tellement sens, à présent. Elle songea à ce qu'Elysse et Julia lui avaient dit, que Stephen avait été élevé durement et injustement.

Il l'étudia.

— J'ai eu une enfance difficile. Même si St. James semble être un homme raisonnable — ne ressemblant en rien à Tom Mowbray —, je ne pourrais supporter de laisser mon fils ou ma fille à la garde d'un autre homme. Je ne le peux pas, tout simplement.

Elle toucha son visage. Elle le comprenait si bien à présent. *Il craignait que son enfant n'ait une enfance malheureuse avec un autre homme.*

— Je n'épouse pas Owen, Stephen. Je ne suis pas avec lui. Je ne suis pas amoureuse de lui.

Il parut perplexe.

— Mais vous avez dit…

— Je l'aime beaucoup, mais vous êtes l'homme que j'aime.

Une expression de surprise se peignit sur son visage.

— Quoi ?

— Je pense que je suis tombée amoureuse de vous au bal des Harrington, quand vous êtes venu à mon secours et à celui de mon père. Je n'avais jamais cru au coup de foudre, mais non seulement vous étiez un magnifique prince charmant, un vrai chevalier en armure étincelante, mais vous étiez aussi fort et aimable.

Il tendit la main vers elle et l'attira à lui.

— Et c'était ce dont vous aviez désespérément besoin, Alexandra, je l'ai tout de suite senti. Vous aviez besoin de quelqu'un pour vous aider à porter les fardeaux avec lesquels vous vous étiez débattue si longtemps.

Elle rencontra son regard grave. Elle avait eu besoin de sa force et il l'avait compris — il la lui avait offerte aussitôt.

— Je suis forte, mais je suis fatiguée, Stephen, fatiguée de toujours devoir être celle qui tient bon, de devoir toujours faire ce qu'il faut, de coudre jusqu'à 2 ou 3 heures du matin.

Il lui prit le visage dans ses mains.

— Vous n'aurez plus jamais à être fatiguée. Vous n'aurez plus jamais à lutter, et vous allez arrêter sur-le-champ ce maudit travail ! Comprenez-vous ? Il ne s'agit pas seulement de l'enfant. Je veux prendre soin de vous. Je l'ai toujours voulu — dès l'instant où nous nous sommes rencontrés. Je *prendrai* soin de vous !

Il essuya une larme qui roulait près de sa bouche.

— Et j'ai besoin de vous, Alexandra. Vous avez réchauffé ces murs glacés.

Elle se demanda si c'était sa façon de lui dire qu'il l'aimait.

— Je pensais vraiment que j'étais un homme sans cœur, jusqu'à ce que vous entriez dans ma vie, ajouta-t-il d'une voix rauque. Vous m'avez montré ce qu'est l'amour et vous m'avez appris la passion — voyez-vous maintenant pourquoi je ne peux vous laisser me quitter ?

Elle hocha la tête en pleurant.

— Je vous aime tant.

Il prit une inspiration tremblante.

— M'aimez-vous vraiment ? Vous m'avez vu sous mon pire aspect. Je n'arrive pas à croire que vous puissiez réellement aimer quelqu'un comme moi. Vous avez vu mon mauvais caractère et ma cruauté. Comment pouvez-vous m'aimer ? demanda-t-il d'un ton âpre.

Elle prit son visage entre ses mains. Elle savait peu de choses de son passé, mais il semblait être soudain un petit garçon vulnérable, pas un homme adulte et puissant. Il avait visiblement besoin d'être rassuré, et elle était heureuse de le faire.

— Vous vous êtes mis en colère, je vous l'accorde, mais très rarement, et vous n'êtes pas cruel. Vous êtes l'homme le plus aimable, le plus généreux que j'aie jamais connu.

Il jeta un coup d'œil au-delà d'elle.

Elle se tourna. Il n'y avait personne derrière eux.

— Qu'y a-t-il ?

Comme s'il venait de prendre conscience de quelque chose, le soulagement se lut sur son visage, et il sourit.

— Rien. Alexandra, j'ai été terriblement malheureux sans vous. Je ne veux pas vivre seul à Clarewood, dans ces maudits couloirs, sans vous.

Elle posa la main sur sa joue, surprise par cet aveu passionné. Comme il rougissait, elle dit :

— Moi aussi, j'ai été très malheureuse sans vous. Moi non plus, je ne peux pas vivre sans vous.

— Bien, dit-il en s'écartant.

Et soudain il redevint le puissant, l'arrogant duc de Clarewood, sûr de lui.

— Alors, c'est réglé. Nous allons nous marier immédiatement et sans fanfare.

Elle hocha la tête, pleurant de plus belle.

Il la souleva dans ses bras, souriant.

— Que faites-vous ? demanda-t-elle, étonnée.

— Je porte ma future épouse pour lui faire franchir le seuil de ma maison.

Julia s'arrêta sur le seuil de la grande salle à manger de Clarewood, et avant que Guillermo puisse l'annoncer, elle sourit. Stephen était assis en haut de la table, Alexandra à sa droite. Ils penchaient la tête l'un vers l'autre, et il posait la main sur la sienne. Tous deux souriaient, mais ce fut le sourire chaleureux et ouvert de son fils qui lui gonfla le cœur de joie.

Elle ne s'était pas trompée à leur sujet, pensa-t-elle, contente. Et elle avait eu raison de prier que Stephen trouve l'amour, pas seulement une épouse. Il était si manifestement heureux qu'elle en était transportée.

— Votre Grâce ? La duchesse douairière est ici, annonça le majordome.

Stephen bondit.

— Mère, vous arrivez à point nommé. Guillermo, faites ajouter un couvert.

Le domestique sourit avant de s'éclipser.

Julia entra dans la pièce, et Stephen s'empressa d'aller l'embrasser sur la joue. Elle se tourna vers Alexandra.

— Comment allez-vous, ma chère ? demanda-t-elle.

— Bien, Votre Grâce. C'est un plaisir de vous revoir, répondit Alexandra, les joues roses.

Julia jeta un coup d'œil à son fils. Le regard qu'il posait sur la jeune femme était celui d'un homme épris. Elle rit, heureuse comme jamais auparavant.

Il se tourna vivement.

— Vous arrivez bien, car nous avons des nouvelles à annoncer, et je voulais que vous soyez la première à les apprendre. Mais je dois dire que vous semblez déjà de très bonne humeur.

Il plissa les paupières, soupçonneux.

— Mon humeur n'a jamais été meilleure, et j'ai, moi aussi, des nouvelles. Mais pourquoi ne commencez-vous pas ?

Elle était trop profondément amoureuse pour s'inquiéter de la réprobation de son fils. Rien ne l'empêcherait d'être avec Tyne, maintenant.

Stephen se tourna vers Alexandra, qui vint se placer à côté de lui. Il l'attira à lui et fit face à sa mère.

— J'ai demandé à Alexandra d'être ma femme, et elle a accepté.

— Je suis si heureuse pour vous deux ! s'exclama-t-elle, folle de joie.

Elle tendit les bras vers Alexandra et l'étreignit.

— Je suis tellement ravie, ma chère. Je pensais et espérais que cette aventure se conclurait ainsi.

Alexandra rayonnait.

— Vous êtes si aimable. Merci. J'aime votre fils, Votre Grâce, et j'ai l'intention de passer le reste de mes jours à le rendre heureux — en lui apprenant une chose ou deux à propos des compromis.

Julia rit. Stephen contemplait de nouveau Alexandra avec le même air épris.

— Oh, Ciel ! dit-elle, il y a un mariage à préparer. Et j'ai le sentiment que Stephen a appris que parfois c'est la reine qui commande, pas le roi.

Alexandra rit à son tour.

— Nous allons nous marier en cachette, déclara fermement Stephen. Alexandra et moi l'avons déjà décidé — et nous n'avons même pas eu besoin de faire de compromis.

Il la regarda de nouveau avec chaleur.

Julia s'interrogea à ce sujet — toutes les femmes désiraient un merveilleux mariage. Alexandra avait enduré maintes épreuves, et elle méritait un grand événement.

— Je refuse d'être écartée, rétorqua-t-elle.

Alexandra prit la main de Stephen.

— C'est ce qu'Alexi a dit aussi, ainsi qu'Elysse et Ariella. Et qu'en est-il de sir Rex et de lady Blanche ? Ils souhaiteront certainement être témoins des noces — comme Randolph et mes sœurs, bien sûr.

Julia sourit largement. Alexandra n'avait pas l'intention de se marier secrètement.

Il soupira.

— J'espérais réellement éviter un événement mondain.

— Vous ne pouvez l'éviter, vous êtes le duc de Clarewood, décréta Julia.

Puis elle songea à ses propres plans avec Tyne. Il voulait l'épouser. Il l'aimait. C'était un rêve devenu réalité.

Elle sourit pour elle-même. *Leurs* projets arrivaient au moment parfait, également.

— Mais si vous êtes pressés, je pourrais aider — je

suis sûre que nous pouvons organiser une petite fête de famille dans un mois environ. J'ai un excellent traiteur.

— Ah, cela signifie une centaine d'invités — ou deux cents.

Il avait pris un ton accusateur mais il souriait.

— Mes sœurs adoreraient être mes demoiselles d'honneur, murmura Alexandra, incapable de se contenir.

— Sara et Marion aussi, ajouta doucement Julia.

Alexandra pensa aussitôt à ses deux nouvelles et chères amies.

— Et Ariella et Elysse, qui m'ont donné tant d'espoir quand je pensais que tout était fini entre nous.

— J'abandonne ! dit Stephen en passant un bras autour d'elle. Je vois que j'ai été dupé tout le long. Nous aurons donc une petite réception. Moins de deux cents, rappela-t-il en fronçant les sourcils, et aussitôt que possible.

Alexandra se mordit la lèvre de plaisir. Elle allait être la femme de Stephen et ils auraient un beau mariage, finalement.

— J'espère que je ne rêve pas, dit-elle. Je devrais peut-être me pincer.

— Vous ne rêvez pas, assura-t-il, et si je n'étais pas fixé, je penserais que vous avez conspiré toutes les deux contre moi à l'avance.

Mais il souriait toujours.

— Nous sommes des femmes, nous pensons de la même façon quand il s'agit de mariage, chéri, dit Julia en souriant.

Alexandra devinait pourquoi Julia semblait si formidablement heureuse. Quand on était amoureux, on reconnaissait aisément une personne dans le même état.

— Mère ? Je suis très inquiet, maintenant. Vous ne cessez de sourire comme une jeune fille évaporée.

Julia soupira.

— J'en suis une, Stephen — je suis follement amoureuse.

L'expression horrifiée qu'il prit était comique.

— Plaise au Ciel que vous ne soyez pas amoureuse de cet Américain !

— Je vais épouser cet Américain, Stephen. De fait, nous allons nous marier en secret.

Il la dévisagea fixement, à court de mots.

— Je suis heureuse comme je ne l'ai jamais été auparavant, et nous partirons pour la Californie après vos noces.

Stephen se laissa choir sur une chaise.

Alexandra se précipita vers lui.

— Stephen, ce sont de merveilleuses nouvelles ! Votre mère mérite d'être aimée.

Il la regarda.

— Un second mariage ? En Californie ? Avec un Américain ?

— Regardez comme elle paraît heureuse, insista Alexandra en lui prenant la main. Je sais que vous voulez que la duchesse douairière soit heureuse, aimée et choyée.

Il regarda sa mère et se leva lentement.

— Etes-vous vraiment heureuse ? J'ai demandé une enquête sur Jefferson. Malheureusement, comme il est américain, il faudra des mois à mes enquêteurs pour savoir s'il a un passé trouble. Mais une chose que je sais est qu'il a peu de moyens, mère, comparé à vous.

— Je ne me soucie pas que ses moyens soient modestes ! Il n'a pas de secret dans son passé. C'est un homme de qualité, Stephen, et j'aimerais qu'Alexandra et vous vous joigniez à nous pour dîner ce soir, afin que vous appreniez à le connaître. Au bout d'une soirée, vous comprendrez combien il est solide, c'est un homme sur qui l'on peut compter.

Stephen la fixa d'un air lugubre.

Alexandra posa son regard sur l'un puis sur l'autre. La duchesse douairière était radieuse. Elle avait tous les droits à cette deuxième chance dans la vie, à l'amour et au bonheur. Elle-même n'avait pas rencontré Jefferson, mais elle l'avait vu au bal des Harrington et n'importe qui pouvait dire qu'il était un homme fort et sincère. Il lui avait paru aussi solide qu'un vieux chêne.

Et maintenant qu'elle connaissait un peu le genre de vie que Julia avait eu, qu'elle savait comment elle avait tout sacrifié à son fils, elle la comprenait beaucoup mieux.

Elle savait combien Stephen se montrait protecteur envers ceux qu'il aimait. Mais il avait changé. Il souriait souvent, maintenant. Il riait. Il lui prenait la main et la pressait. Et il lui avait parlé une ou deux fois de son enfance, parlant d'abord de Tom, puis de sir Rex. Elle n'avait pas mesuré combien son « père » avait été cruel avec lui. Il avait tellement souffert enfant qu'elle était stupéfaite qu'il soit devenu l'homme bon qu'il était. Et maintenant qu'elle le comprenait, tout prenait tellement de sens. En retour, elle lui avait confié la douleur de la mort de sa mère et de sa décision de rompre avec Owen.

Le passé paraissait maintenant n'être que cela, le passé. Et il était enfin enterré, comme il devait l'être.

En outre, Stephen avait cessé de regarder par-dessus son épaule, dans les coins sombres.

A présent, il voulait commencer à penser au mariage de ses sœurs. Il disait que ce serait sa première priorité après leur propre mariage.

Elle n'en était pas surprise. Stephen était ce genre d'homme — un homme se préoccupant de sa famille. Sa protection ne s'étendrait pas qu'à elle ; il l'avait automatiquement étendue à ses sœurs, et même à son père. Il ne l'avait pas dit, mais elle était sûre qu'il avait payé les dettes du baron.

Il n'y avait plus de secrets. Il n'y avait plus de douleur. Les longs couloirs déserts de Clarewood étaient soudain chaleureux et gais, comme s'ils avaient été repeints de la couleur du soleil. Et il y avait tant de visites chaque jour, maintenant. Alexi venait souvent, ainsi que sa femme, Elysse. Ariella et Emilian, Jack O'Neil, sir Rex et lady Blanche venaient presque aussi souvent. Le capitaine Devlin O'Neil, qui avait jadis si mauvaise réputation, était même venu dîner avec son épouse américaine, et cela avait été une soirée captivante. De fait, tous les Warenne et les O'Neil qui vivaient dans les comtés voisins s'étaient mis à leur rendre visite régulièrement. Et ils ne venaient pas seuls : ils avaient toujours des enfants ou des petits-enfants de tous âges avec eux.

Ils n'avaient pas rendu publics leurs projets de mariage, mais Alexi, Elysse et Ariella étaient au courant — et Alexandra était certaine que tous les Warenne et les O'Neil le savaient aussi, ce qui était la raison de leur soudaine popularité. On ne leur offrait pas de félicitations, mais les clins d'œil, les poignées de main et les baisers étaient nombreux.

Et manifestement, le fait que Stephen allait être père était connu de toute cette grande et chaleureuse famille.

Ses sœurs venaient chaque semaine, maintenant, souriantes, pétillantes et discutant avidement de ses plans d'avenir. Naturellement, Olivia et Corey étaient au fait du mariage et étaient plus qu'heureuses pour elle. Elles auraient voulu venir plus souvent, mais elles étaient occupées par la restauration d'Edgemont Way, maintenant. Après toutes ces années, la maison était réhabilitée de l'extérieur et de l'intérieur, et remeublée. On rasait les écuries pour les rebâtir. Et leur nouvelle garde-robe était arrivée. Ses sœurs étaient si élégantes et si à la mode, à présent !

Elles allaient être ravies qu'il y ait un vrai mariage, finalement, et non une union en cachette. Alexandra sourit — elle ne pouvait attendre de le leur dire.

Soudain, elle se rembrunit légèrement. Elle ne savait pas ce que cela signifiait, mais elle avait surpris Jack O'Neil, à la réputation sulfureuse, en train de fixer Olivia quand elle ne le voyait pas. Elle ne savait si elle devait être heureuse ou consternée par une telle attention de sa part. Bien qu'il fût le fils du capitaine O'Neil, il n'avait que de modestes moyens et comptait retourner en Amérique, où il bâtissait sa fortune. En outre, il était un débauché notoire. Elle avait d'abord cru se tromper, mais elle le soupçonnait tout de même d'être intéressé par sa douce et raisonnable sœur.

Elle sourit à Julia.

— Nous serons très heureux de dîner avec vous et M. Jefferson ce soir, dit-elle.

Elle passa son bras sous celui de Stephen.

— Je suis sûre que nous l'apprécierons autant que vous.

Stephen soupira.

— Très bien. Cela a beau m'affliger, je vois que vous êtes décidée. Non seulement nous dînerons ensemble ce soir, mais je lui laisserai le bénéfice du doute.

Julia rayonna et l'étreignit. Alexandra sourit. Elle

n'avait pas douté sérieusement que Stephen ne plierait pas devant les souhaits de sa mère. Il avait trop changé. Il allait permettre à la duchesse douairière de mener sa propre vie.

A ce moment-là, Guillermo se présenta sur le seuil.

— Votre Grâce ? Miss Bolton ? Le comte d'Adare est ici. La comtesse est avec lui, ainsi que plusieurs jeunes enfants.

— Faites-les entrer, et voyez si le cuisinier peut servir tout le monde, dit aussitôt Stephen.

Il consulta Alexandra du regard.

— Cela vous ennuie-t-il ? Vous n'avez pas encore rencontré Tyrell, et son épouse, Lizzie, est une femme merveilleuse.

— Bien sûr que non, assura-t-elle.

Jusqu'ici, elle n'avait pas rencontré un seul de ses parents qu'elle n'aimât pas.

Un moment plus tard, six petits garçons et petites filles entrèrent en courant dans la salle à manger, suivis par le beau et ténébreux Tyrell de Warenne et sa charmante épouse, Lizzie, aux courbes voluptueuses. Tandis que les présentations étaient faites, Stephen l'attira à lui et annonça leur prochain mariage. Le comte l'embrassa sur la joue et lui souhaita la bienvenue dans la famille, puis Lizzie l'enlaça et lui demanda si elle avait besoin de quoi que ce soit. Pendant qu'elles se mettaient à bavarder, les enfants commencèrent à jouer ensemble, leurs cris et leurs rires emplissant la pièce. Personne ne les gronda, car personne ne s'en souciait.

A travers la pièce, elle croisa le regard de Stephen. Alors qu'un de ses petits cousins passait en courant près de lui et le heurtait, il lui sourit, les yeux brillants. Elle lui rendit son sourire, le cœur tellement gonflé d'amour qu'elle avait l'impression qu'elle allait s'envoler. Ses prières avaient été exaucées : il y aurait une fin heureuse qui durerait toujours, finalement.

Et tandis qu'elle parcourait la salle à manger des yeux, elle sut pourquoi les pièces et les couloirs de Clarewood étaient plus chauds et plus gais, maintenant. C'était parce qu'ils résonnaient de rires et étaient emplis d'amour.

A paraître le 1er mars

Best-Sellers n°455 • suspense

Le secret de Black Falls - Carla Neggers

De retour dans son village natal de Black Falls pour fuir un scandale qui menace sa carrière d'agent secret, Jo Harper vient chercher un peu de calme et de sérénité sous le rideau neigeux des montagnes de son enfance. Mais au lieu du havre de paix dont elle rêve, elle retrouve son village en état de choc : une adolescente a mystérieusement disparu dans la montagne. Incapable de laisser cette jeune fille seule en pleine tempête, Jo propose de participer aux recherches… pour découvrir qu'il lui faudra s'associer à Elijah Cameron, l'homme qui lui a brisé le cœur quinze ans auparavant. Malgré ses douloureux souvenirs, Jo se résigne à faire équipe avec Elijah. D'autant plus que des indices la conduisent à soupçonner l'adolescente disparue de ne pas s'être seulement perdue, mais aussi et surtout de fuir un danger – un danger redoutable qui pourrait bien les placer eux aussi dans la ligne de mire d'un tueur.

Best-Sellers n°456 • suspense

L'ombre du soupçon - Laura Caldwell

Izzy McNeil n'en revient pas : la voilà présentatrice d'une nouvelle chaîne de télévision. Après des mois particulièrement difficiles, la chance semble enfin lui sourire à nouveau. Il ne lui reste plus qu'à retrouver confiance en elle et à remettre de l'ordre dans sa vie sentimentale. Mais tout cela passe d'un seul coup au second plan quand elle retrouve Jane, sa meilleure amie, sauvagement assassinée. Anéantie, Izzy doit en outre affronter les attaques d'un odieux inspecteur de police qui la soupçonne du meurtre de son amie. Comment se défendre face à ces accusations quand des coïncidences incroyables la désignent comme la coupable idéale – tandis que de sombres secrets que Jane aurait sans doute voulu emporter dans la tombe commencent à remonter à la surface ?

Best-Sellers n°457 • thriller

Au cœur du danger - Alex Kava

Des cauchemars, qui la hantent nuit après nuit… Des insomnies, de plus en plus fréquentes. Maggie O'Dell n'aurait jamais imaginé que son travail de profiler du FBI s'insinuerait de la sorte dans sa vie privée, jusqu'à troubler son sommeil. Déstabilisée mais décidée à conserver son sang froid, elle n'hésite pas un instant à se rendre en Floride pour une nouvelle enquête qui se révèle ardue. D'étranges paquets non identifiés ont en effet été repêchés par les garde-côtes, dans les eaux de Pensacola. Des paquets qui ne laissent hélas aucun doute sur le fait que des meurtres ont eu lieu. Sur place, Maggie ne tarde pas à trouver une piste, celle d'un trafic terrifiant. Mais son enquête se complique quand un terrible ouragan se déclare. Au cœur de la tourmente, elle est alors soulagée de pouvoir compter sur l'aide du médecin militaire Benjamin Platt, un homme qu'elle connaît de longue date et à qui elle accorde une confiance absolue. Car ils ne seront pas trop de deux pour exhumer la vérité… au risque d'être ensevelis avec elle.

Best-Sellers n°458 • roman

La baie des promesses - Debbie Macomber

C'est dans la petite ville de Cedar Cove qu'elle ne quitterait pour rien au monde qu'Olivia Lockhart exerce avec passion son métier de juge aux affaires familiales. Un métier qui réserve souvent bien des surprises, comme par cette belle matinée d'été, où elle a affaire à un jeune couple décidé à divorcer alors que leur amour semble encore possible. Mais des surprises, la vie en réserve aussi en dehors du tribunal. Ce journaliste, par exemple, qu'Olivia vient de rencontrer et qui lui fait une cour assidue. Et puis, il y a sa fille, Justine, qu'elle aimerait aider dans ses choix de vie ; sa mère, Charlotte, qui a toujours un nouveau projet en tête ; et sa meilleure amie Grace, qui cherche son mari mystérieusement disparu. Bref, des gens qu'elle aime et qui ont besoin de toute son affection. Des gens qui ne peuvent que se croiser et se retrouver car à Cedar Cove, on n'est jamais loin les uns des autres…

Best-Sellers n°459 • paranormal

Le piège des ténèbres - Gena Showalter

Immortelle dotée de pouvoirs maléfiques qu'elle a toujours rejetés, Gwendolyn désespère d'échapper un jour aux hommes impitoyables et cruels qui la retiennent prisonnière. Pourtant, elle nourrit encore l'espoir secret de voir son père, cet ange aux yeux d'azur et aux grandes ailes blanches dont elle conserve précieusement le portrait depuis son enfance, la libérer de ses ravisseurs – et surtout de la moitié sombre de son être. Mais au lieu de cela, c'est Sabin, un guerrier ténébreux, un prince des seigneurs de l'ombre, qui se présente à elle pour la délivrer. Et semer le trouble dans son esprit. Car comment accorder sa confiance à cet immortel qui ne songe qu'à se battre et dont la violence est légendaire ? N'est-il pas en train de lui tendre un piège encore plus redoutable que celui dans lequel elle est déjà enfermée ? Suivre Sabin, n'est-ce pas prendre le risque de renoncer à jamais au monde dont elle a toujours rêvé ?

Best-Sellers n°460 • suspense

Le silence des anges - Dinah McCall

« Dors, mon ange, dors. » L'inscription, gravée sur le pendentif, est de celles qui vous glacent le sang. Car l'enfant que l'on vient de retrouver, portant ce collier, a été assassinée…

A l'annonce de cette nouvelle, Olivia Sealy est sous le choc. Car la petite fille est morte vingt-cinq ans plus tôt – au moment même où Olivia était enlevée, séquestrée, puis libérée contre rançon. Plus troublant encore : comme Olivia, la petite fille assassinée a une légère déformation à la main… Pour la première fois de sa vie, Olivia se sent en danger, à la merci d'une vérité sur laquelle elle n'a aucune prise. Car il est possible que, vingt-cinq ans plus tôt, on l'ait confondue avec la petite morte…

Best-Sellers n°461 • historique

La duchesse scandaleuse - Nicola Cornick

Angleterre, Régence

Depuis le décès de son mari, Laura, duchesse de Cole, est déterminée à rester libre et sans attaches, excepté ce lien fort qui l'unit à Hattie, sa fille adorée. Une décision irrévocable, croit-elle, jusqu'au jour où elle apprend l'arrivée en ville de Dexter Anstruther. Dexter, le véritable père de son enfant. Le seul homme qu'elle ait jamais aimé et avec lequel elle a passé, jadis, une scandaleuse nuit d'amour… avant de se résoudre à le quitter, dans l'espoir de l'oublier. Peine perdue : trois ans plus tard, les souvenirs de Laura sont plus vivaces que jamais, tout comme l'attirance irrépressible qu'elle éprouve pour Dexter. Pourtant, cette fois, elle devra tout faire pour l'éviter. Car non seulement Dexter n'a manifestement jamais digéré l'affront qu'elle lui a fait, mais en plus, il ignore tout de sa paternité. Et s'il venait à découvrir la vérité, nul doute qu'il s'en servirait pour se venger d'elle…

Composé et édité par les
éditions Harlequin
Achevé d'imprimer en décembre 2010

BRODARD & TAUPIN

La Flèche
Dépôt légal : janvier 2011
N° d'imprimeur : 61013 — N° d'éditeur : 15462

Imprimé en France